GOLDMANN

Walter Kempowski wurde im April 1929 in Rostock geboren. Er besuchte dort die Oberschule. 1944 wurde er wegen »politischer Unzuverlässigkeit« in eine Strafeinheit der Hitlerjugend eingewiesen, Ende des Krieges war er Flakhelfer. Nach dem Krieg lernte er Druckereikaufmann. 1948 wurde er in der damaligen »Ostzone« aus politischen Gründen zu fünfundzwanzig Jahren Zwangsarbeit verurteilt, wovon er acht Jahre im Zuchthaus Bautzen verbüßte. Nach seiner Amnestierung studierte er in Göttingen Pädagogik, danach war er zwanzig Jahre lang Lehrer in Norddeutschland. Er war Gastdozent an den Universitäten Essen, La Jolla (Kalifornien) und Hamburg und hat seit 1981 einen Lehrauftrag an der Universität Oldenburg.

1969 veröffentlichte Walter Kempowski sein erstes Buch *Im Block*. Der erste Roman seiner »Deutschen Chronik«, *Tadellöser & Wolff*, erschien 1971. Der nach *Aus großer Zeit*, *Schöne Aussicht*, *Uns geht's ja noch gold*, *Ein Kapitel für sich* abschließende sechste Band *Herzlich willkommen* kam 1984 heraus. Materialsammlungen zur »Chronik« und ihr zugehörig sind die »Befragungsbände« *Haben Sie Hitler gesehen?*, *Haben Sie davon gewußt?* und *Immer so durchgemogelt*. Eine Besonderheit im Schaffen des Autors sind die beiden von Roswitha Quadflieg illustrierten Bücher *Unser Herr Böckelmann* und *Herrn Böckelmanns schönste Tafelgeschichten* sowie die Tonbandkassette der preisgekrönten Hörspiele *Beethovens Fünfte* und *Moi Vaddr läbt*. Im Westermann-Verlag, Braunschweig, erschien seine für Schulzwecke geschriebene Fibel.

In seinem »Haus Kreienhoop« (auf dem Land zwischen Hamburg und Bremen) hält Walter Kempowski dreimal im Jahr Literaturseminare ab; dort befindet sich auch das von ihm angelegte Archiv von Autobiographien anonymer zeitgenössischer Autoren.

Walter Kempowski erhielt zahlreiche Preise und Auszeichnungen. Er ist verheiratet und hat zwei erwachsene Kinder.

Außer dem vorliegenden Band sind von Walter Kempowski als Goldmann-Taschenbücher erschienen:

Aus großer Zeit. Roman (3933)
Schöne Aussicht. Roman (6721)
Tadellöser & Wolff. Roman (3892)

Walter Kempowski

Herzlich willkommen

Roman

GOLDMANN VERLAG

Jede Ähnlichkeit mit lebenden Personen ist rein zufällig.

Ungekürzte Ausgabe

Made in Germany · 1. Auflage · 1/87

Umschlagentwurf: Design Team, München
Umschlagfoto: Flip Chalfant. The Image Bank, München (203245)
Druck: Elsnerdruck, Berlin
Verlagsnummer: 6833
MV · Herstellung: Sebastian Strohmaier
ISBN 3-442-06833-9

Für Erich Paepcke

Süße Milchschokolade. Osterhasen aus süßer Milchschokolade und Osterhasen aus Pappmaschee, den Kopf zum Abdrehen, mit grüner Papierwolle gefüllt und mit kleinen bunten Eiern aus Zucker.
Gefüllte Schokoladeneier, Katzenzungen, Schokoladenthaler und »Hansi«-Schokolade mit einem Jungen drauf, der Pluderhosen trägt.

Fröhliche Ostern!

Wandsbek, Bärenstraße 7a: Eine Baracke mit Pappwänden, drei Zimmer, Küche, Klo.
Das Wohnzimmer liegt nach Norden: Linker Hand die Schlafcouch, Marke Oslo, davor ein Tisch zum Hoch- und Runterkurbeln und zwei Cocktail-Sessel.
»Die Herren haben es gern, wenn man bar zahlt.«
Über der Couch das Schiffsbild von Konsul Discher, die »Alte Liebe«. Wir lassen dich nicht, du segnest uns denn. Die Sessel sind mit Noppenstoff bezogen. Das Gütesiegel hängt noch dran.
Auf der Tapete jubelnder Urlaub! Italienische Eisverkäufer, einer neben dem andern, immer wieder dieselben, Gondeln, Eselskarren, dünne Mädchen und fliegende Fische: Am Fenster ein Außenthermometer, dessen Glas an der Schraube gesprungen ist.

In den Schreibschrank sind Fotos gepinnt, ein wenig verkantet, die Schreibplatte ist heruntergeklappt, damit man die Fotos sieht: Der Familienvater eher peripher, »Klare Sache und damit hopp!«, gefallen auf dem Felde der Ehre, das Blumenpflückbild der Tochter so halb da drauf, und in der Mitte die beiden Söhne, bei Wertheim aufgenommen, in Rostock noch vor dem Krieg. Man hatte gealbert an jenem

Tag, und hinterher hatte es Kuchen gegeben im Erfrischungsraum, an einem runden Marmortisch.
Die Bilder der beiden Söhne: Einer ist heimgekehrt, auf den anderen muß noch gewartet werden.

Neben der Schlafcouch das Radio IMPERIAL. Auf einem Rauchtisch steht es, dessen Beine abgespreizt sind.

You load sixteen tons, what do you get?
Another day older and deeper in debt.

Die Sache mit den Sixteen Tons, jeden Tag auf allen Stationen, von Paris bis Motala.
Oder Louis Armstrong mit dem Lied von denen, die im Dunkeln stehen, daß man die nicht sieht. Das magische Auge: wie's größer wird und wieder klein.

Süße Milchschokolade. Osterhasen aus süßer Milchschokolade. Apfelsinen, Mandarinen, Pampelmusen; Birnen und Bananen. Äpfel, rote, gelbe, grüne: Eßt mehr Früchte und ihr bleibt gesund.
Von einer Würstchenbude zur andern gehn, Gummiteddies und Zuckerwatte: Jemandem auf der Tasche liegen und einen Parallelo tragen, der sehr neu ist: Hamburg 1956.

I. Teil

1

Hamburg, das Tor zur Welt – das Leben der Vorväter studieren und Kontakt aufnehmen zu den Lebenden. Sich einreihen in den lebendigen Strom: Vor sie hintreten und sagen: Ich bin wieder da. – Und angenommen werden von ihnen wie der verlorene Sohn.
Onkel Karl und Tante Hanni. Onkel Gustav in Bargfeld und im Staatsarchiv diverse Unterlagen: Daß man im Prinzip ja Hamburger ist, das geht daraus hervor, und daß man sich nicht zu verstecken braucht. In der Katharinenkirche sogar ein Epitaph, gestiftet vom Ahnherrn: Den würde man sich gelegentlich mal ansehen und man würde innewerden, daß das eine Logik hat, dies Zurückkehren in die Stadt der Väter.

Ein grünes Notizbuch kaufte ich mir, und in dieses Notizbuch schrieb ich die Liste der zu Besuchenden: Tante Thea, Tante Hille und Tante Hanni: Die Sache mit den sechs Schwestern: Drei bereits tot, und drei noch sehr lebendig. In Garstedt begoß Tante Thea noch immer die Fensterblumen, und Tante Hille tat in Volksdorf dasselbe, die eine dürr, die andere mollig, jede auf ihre Art. Schwarzbrot und dicke Milch. Es ja auch nicht leicht gehabt haben in all den Jahren: Und doch immer noch so voll Gottvertrauen.

Zuerst besuchte ich die kleine gemütliche Tante Hille in Volksdorf. Bei der hatte ich mal geschaukelt im Garten, und dann hatte ich eine Birne zu essen bekommen, eine Butterbirne, wie nie wieder in meinem Leben, zwischen Phlox und Chrysanthemen.
Erst Tante Hille besuchen, so wie man es früher getan hatte in den großen Ferien, und dann die anderen alle und der Reihe nach. Mit blauem Parallelo unter nagelneuer Jacke,

mit Herren-Knirps und Osterglocken: »Der weiß wenigstens, was sich gehört.«

Die Linie 51 nehmen, zweite Querstraße rechts, drittes Haus. Das Weiblein mit der Kunkel: Das Haus, das kannte ich noch, oben aus dem Bodenfenster hatte ich Papierflugzeuge fliegen lassen und: »Hille-Pille« hatte ich gerufen, wofür mir mit dem Finger gedroht worden war. Zweite Querstraße rechts, drittes Haus, da lag es, oben ausgebrannt, aber schon wieder Rosen über der Tür.

»Und bedank' dich auch, mein Junge.«

Ich übergab der Tante meine sieben Osterglocken, und sie sagte: »Na, wie geht's denn so? Weißt du auch, daß du deine Mutter nun schrecklich liebhaben mußt? Denkst du immer daran, daß sie hat darben müssen?« das sagte sie, und sie stellte die Kaffeetassen auf die selbst bestickte Decke. Das Wort »darben« gebrauchte sie.

Wir saßen unter dem Wappen der de Bonsacs, »Bonum Bono«, und sie schenkte mir Kaffee ein aus einer Blümchenkanne, deren Deckel mit Drahtfeder und Porzellanschmetterling gehalten wurde. Eine Scheibe »Kalten Hund« legte sie mir auf den Blümchenteller, und dann nahm sie sich einen Strumpf zum Stopfen und fragte: Was ich mir eigentlich dabei gedacht hätte, damals, in die Zone zu gehen und da irgendwelche Sachen zu machen. Ich hätte doch wissen müssen, daß mit den Russen nicht zu spaßen ist, das weiß doch jedes Kind!

Die herangewachsene Tochter ging durchs Zimmer in pendelndem Glockenrock,

Schau heimwärts, Engel!

Helga mit Pferdeschwanz und blond, sie wollte mal eben was holen aus der Veranda, dort hatte sie bloß mal eben was liegen lassen; das brauchte sie jetzt unbedingt sehr nötig. Sie winkte mir zu, mir, ihrem Vetter, der aus der Fremde gekommen war und eine so sonderbar graue Gesichtsfarbe hatte, acht Jahre Zuchthaus, irgendwie politisch; ging wieder hinaus mit pendelndem Rock, kam dann aber doch noch einmal zurück, mit ihren blonden Waden, und gab mir die blasse Hand. Das

wollte sie denn nun doch tun, ihrem gestrauchelten Vetter die Hand geben.
»Hat einen netten Freund«, wurde gesagt, »Vater Bankdirektor und kommt gut voran, viertes Semester Jura!«
Ein sogenannter »Wildfang« war sie gewesen, zu zweit hatten wir im Garten geschaukelt, »die Kleine« war sie gewesen, und »Kriegen« hatten wir gespielt, was darauf hinausgelaufen war, daß ich sie in eine Ecke drängte, an den Bretterzaun zwischen Hof und Garten und irgendwie küßte.

Drei Tassen Kaffee und zwei Scheiben Kalten Hund: Was ich mir gedacht hätte bei dieser Sache, so wurde fortgefahren, der Kaffee stand auf dem Stövchen.
»Und die Mutter noch mit hineingerissen, Junge, schämst du dich nicht? Tapfer, so tapfer deine Mutter, nicht ein einziges Wort der Klage, Zähne zusammengebissen und durch!« Und krank gewesen dort, im Lager, – »Lager«, dieses Wort gebrauchte sie – die liebe Grethe! Wüßt' ich das überhaupt? Der ganze Unterleib, ausgenommen wie eine Pute, im Lagerlazarett, unter weiß was für Verhältnissen? – Was ein Mensch alles durchstehen kann, das ist eigentlich erstaunlich.

Was *ich* da erlebt hätte im Lager, das sei gewiß auch fürchterbar. Aber das wollten wir man jetzt auf sich beruhen lassen, all' diese schrecklichen Geschichten! Der Mensch muß auch vergessen können. Und: Irgendwie ja selber schuld, nicht? würde sie sagen, oder?
Die Tür öffnete sich, und herein wieselte ein Hund. »Da bist du ja!« rief Tante Hille und warf den Stopfstrumpf von sich, »mein von Gott geliebtes Wutzelchen!« Und sie herzte ihr Wutzelchen, und dann schlug die Uhr Fünf, und ihr fiel ein, daß sie jetzt unbedingt sehr nötig was zu erledigen hat. Die Unrast, die Unrast dieser Zeiten!

Beim Hinausgehen aus dem Haus noch eben mitkriegen, daß die Fenster aufgerissen werden: eben mal tüchtig Durchzug machen nach dieser Geschichte hier ...

Das Notizbuch herausholen und abhaken die Sache. Und wieder geht ein schöner Tag zu Ende. Tapfer vorwärtsschreiten in die Zukunft und an der Ampel – »gehe!« – aufpassen, daß man nicht überfahren wird.

Am nächsten Tag fuhr ich zu Tante Thea, der dürren, die hatte immer nach Eukalyptusbonbons gerochen, dürr und zäh, und ihren Kindern hatte sie erzählt, daß der Eukalyptusbaum in Australien wächst und tausend Jahre alt wird, dagegen ist unsere Eiche nichts. Zu Tante Thea fuhr ich, die sich bei ihrer Hochzeit einen sehr deutschen Namen eingehandelt hatte gegen ihren sehr französischen.
Bei dieser Frau auf jeden Fall pünktlich sein. Lieber eine Stunde früher hinfahren und um Häuserblocks herumlaufen, den Vögeln zuhören, wie sie zwitschern, und Gärten angukken, in denen die ersten Blumen bereits abgeblüht sind. Lieber eine Stunde früher losfahren, als hier zu spät zu kommen: »Das fängt ja gut an, die arme Mutter.« Lieber pünktlich sein, damit sie sagt: »Der Junge hat sich gefangen, aus dem wird vielleicht doch noch was.«

Als ich in die von einem Blumenfenster verdüsterte Wohnstube trat, verließ auf der andern Seite der gute Onkel Oskar augenblicklich das Zimmer, die Tür schloß sich hinter ihm, und das Mobile von kleinen stilisierten Schiffen, das da hing, bewegte sich noch eine ganze Weile.
Am Eßtisch sitzen, Kaffee trinken, Topfkuchen essen und die fünf Osterglocken bewundern, die man mitgebracht hat: wie der liebe Gott die Natur doch so sonderlich geschaffen, und dann von der dürren Tante mit tiefer Stimme gefragt werden, was man sich eigentlich gedacht hat dabei, all so schlimme Sache zu machen ...
»Du weißt doch, daß deine Mutter sehr, sehr tapfer war? Ja? Weißt du das? – Gott, ich seh' sie noch, wie sie hier ankam, ich sag': ›Grethel‹? Und sie so: ›Ja ...‹ gesagt, tonlos. Und ich: ›O Gott, Grethel‹. – Kein Wort der Klage.«
Was diese Frau durchgemacht habe, das sei ja nicht zu sagen!

Und es wurde an den Fingern hergezählt: *Inflation*, *Wirtschaftskrise*, *Nazis*, und dann noch das Gefängnis! – Die Wohnung verloren, alle Möbel ... *und* der Mann gefallen! Das ja auch noch! Das müsse man sich mal vorstellen!
Fünf Jahre im Gefängnis, weil ihre Herren Söhne es für richtig gehalten hatten, sich als Weltverbesserer zu betätigen, sich irgendwie einzusetzen für irgendwas und dann in der Tinte gelandet! – Aber jetzt Schwamm drüber nicht? Man selbst hatte es ja auch nicht leicht gehabt. Abgebrannt, der liebe Christoph gefallen, und dann die Nazis ... Immer eine Haussuchung nach der andern und gesagt: »Wir kommen wieder!«
Nach dem Kaffeetrinken wurde der Bücherschrank geöffnet und es wurde ein Buch herausgeholt, Albert Schweitzer: »Der Urwaldarzt von Lambarene«. Das Buch wurde erst noch eine Weile in der Hand gehalten und dann wurde gesagt, daß man sich das Buch nur schwer vom Herzen reißt, weil es nämlich noch vom Vater stammt, daß man es aber wegschenken will, und hiermit gibt sie es mir, und ich soll es in Ehren halten.
Und dann wurde mir der Hut gereicht und gesagt: »Tschüß«, und daß das Wort »Tschüß« von »adieu« kommt, und beim Vorübergehen am Haus kriegte ich noch eben mit, daß der liebe Onkel Oskar sich wieder in seinen Lehnstuhl setzte und nach der Zeitung griff.

Zu Hause, unter der »Alten Liebe«, am heruntergekurbelten Mehrzwecktisch saß meine Mutter. Daß der gute Oskar, gelinde gesagt, schrullig sei, sagte sie. »Nimm's mir nicht übel!« Der denke immer, ihm fällt was auf den Kopf! Mitten auf der Straße zu den Dächern hinaufgeguckt, ob da nicht vielleicht was runterfällt! – Und die Kinder immer so unmäßig gezüchtigt. Aber herzensgut, irgendwie. Nach Caux fahre er jedes Jahr zur Moralischen Aufrüstung ...
Daß Helmut, Eva, Peter und Elisabeth nun schon alle im Beruf sind, sagte sie, Theologie und Wirtschaftswissenschaften, und daß sich für mich auch schon noch was finden wird. Buchhändler? Vielleicht könnte ich ja Buchhändler werden,

das denke sie eben, sagte meine Mutter, und sie entzündete eine Tischkerze, auf der stand: »Echt Stearin«.
Vielleicht Buchhändler werden? Immer mit den herrlichsten Büchern zu tun haben – »Götter, Gräber und Gelehrte« – und mit angenehm klugen Menschen, die man individuell berät? Herrn Röwekamp mal fragen, den kannte man doch noch aus der Stiftskirchenzeit, Herrn Röwekamp von der St.-Lukas-Bücherstube, der würde bestimmt was wissen.
Wenn man Buchhändler ist, dann nimmt man sich abends die schönsten Bücher mit nach Haus und liest sie seiner Frau vor, sagte meine Mutter. So wie in der Zelle, wo ihr liebes Füchschen abends beim Schein der Feuerzone Gedichte aufgesagt habe, eines nach dem andern. Wie heiße es man noch, dies eine, dieses wun-der-ba-re ...
Sie freue sich, sagte sie dann noch, und sie stand dazu auf, daß ich so zielstrebig bei den Verwandten die Runde machte. Im Grunde alles ganz nette Leute. Und wenn ich damit durch wär', dann würde sie an meiner Stelle all das andere in Angriff nehmen, was man nicht auf die lange Bank schieben soll, bei dem es irgendwelche Termine gibt, die man nicht verpassen darf. Die Leute auf den Ämtern seien oft recht merkwürdig. Sie damals, oh, wenn sie noch daran denke, als sie damals nach Hamburg gekommen sei, sie wüßt' es noch wie heute, ich glaubte ja gar nicht, was sie alles erlebt hätte! Und sie schickte sich an, lang und breit all das aufzuzählen, was ihr auf der Seele lag. Da mußte gegengehalten werden, das war irgendwie nicht zu ertragen.

Am nächsten Tag war Onkel Karl an der Reihe.
»Was bist du blassing, mein Jung' ...«
Die Möbel in seinem Wohnzimmer waren alle etwas angesengt, aber einen Fernsehapparat besaß er bereits, namens TIZIAN.
Der Fernsehapparat lief, und vor dem Apparat, auf dem Fußboden, saßen Kinder, das waren Enkelkinder, von denen im Umfeld dieser Familie eine ganze Menge existierten.

Auf der mit Goldleisten eingerahmten Mattscheibe sah ich zunächst Hunde nach Luftballons springen, sodann Gracia Patricia mit dem Fürsten von Monaco in die Kirche schreiten, links und rechts gekrönte Häupter.

Daß er sich in der Nazizeit verweigert habe, sagte Onkel Karl, und ob ich eigentlich wisse, daß in Hamburg 2,6 Kubikmeter weggeräumter Schutt auf den Kopf der Bevölkerung kämen? Während wir da drüben gesessen hätten, ruhig und trocken, hätten sie die Ärmel aufgekrempelt, und wie!
Dann erkundigte er sich nach meinen Plänen. Ob ich Lagerist werden wollte, bei ihm in der Firma, fragte er rundheraus und blickte über die halbe Brille, ich könnte morgen früh schon anfangen? Ein junger Mann dürfe nicht herumlungern. Lagerist! Das sei doch absolut nichts Schlechtes, ich kriegte 'n Kittel an und könnt' die Farben ausgeben, »fertig ist die Laube«, verdiente mein gutes Geld und läg' der armen Grethe nicht mehr auf der Tasche! Er, als junger Mann, wenn er noch daran denke...
Warum ich nicht schon eher gekommen wär', dächte er eben, er habe immer gesagt: Der Junge, der Junge, warum läßt der denn so gar nichts von sich hören? Er sähe mich noch, damals, 1948, ich hätt' ja gar nicht schnell genug ins Unglück rennen können. *Ob* ich mich noch erinnerte, daß er gesagt habe: Junge, Junge, Junge! Hast du dir das auch richtig überlegt? – Es gäbe eben Menschen, die ließen sich nicht helfen.
Und: Grethe ... die arme Grethe. Ob die sich nicht hätte heraushalten lassen aus der Sache?
»Die arme, kleine Frau hat man ja direkt gefoltert...«

Tante Hanni bedankte sich für meine drei Osterglocken und erklärte sodann, daß der Vater von Gracia Patricia einfacher Maurer gewesen sei, und daß der sich auch hochgerappelt hat, und zwar bis zum Millionär, und daß wir den Apparat nun wohl besser ausmachten, die Röhren nutzten sich sonst so ab.

Die Kinder, die da saßen, waren durch die Bank Jahrgang 1950. Merkwürdig, daß das Kinderzeugen weitergegangen war in all den Jahren.

Kam'raden die Rotfront und Reaktion erschossen ...

Die Fernsehantenne dieses Hauses war auf dem alten Fahnenmast montiert.

Nach Hause fahren mit der S-Bahn, Wandsbeker Chaussee, nach Hause, wo sich die Mutter vermutlich bereits zurechtsetzte, um auf die Ämter hinzuweisen, die man alle noch ablaufen muß. Sie damals, oh, wenn sie noch daran denke ... Die sich anschicken würde, auf schlimme Situationen hinzuweisen, die sie hinter sich gebracht hatte, und auf Zelle, Strohsack und so weiter. Lieber noch einmal um den Block herumgehen und Gärten ansehen, eh' man sich in den Noppensessel fallen läßt und Bericht erstattet: Was Onkel Karl gesagt hat, und wie's der guten Tante Hanni geht.
Um den Block herumbummeln, die herrlichen Autos angukken, die an der Ampel halten, bunt, blank und blitzend. Jetzt donnern sie los: Erst die von rechts und links, dann die von gegenüber. Wie die Gezeiten des Meeres. Was hatte man alles entbehrt!
Lieber noch etwas bummeln, nach Hause kommt man noch früh genug. In den Fußgängerstrom sich einreihen und mit den Zwei Mark fünfzig in der Tasche klimpernd ins Kino gehen. Niemand weiß, daß man ein Fachmann ist für diesen Film, ALIBI, in dem nämlich Zellen gezeigt werden und Türen, die zugeriegelt werden können von außen.

Dann ging ich zu Rita, der empfindsamen Geigerin. Die stand auch in meinem Notizbuch, und hinter ihrem Namen war ein Ausrufezeichen. Wenn die Stehlampen in den Wohnzimmern der ganzen Welt ihr schummriges Licht über die Tische ergießen, dann frisch gewaschen und rasiert zu der Kusine gehen, an die man schon häufiger mal gedacht hat, im Zuchthaus und auch anderswo. Am runden Tisch sitzen und sich von der Perlon umflossenen, herb parfümierten Kusine Tee

einschenken lassen, und: »Wie geht's der Geige?« fragen, damit sie sieht, daß man sich in der Literatur auskennt, und dann erzählen, daß man im Männerchor des Zuchthauses Beethoven gesungen hat, im zweiten Tenor: »Heil'ge Nacht, o gieße du...« Beethoven! – So etwas verbindet doch.
Sich Tee einschenken lassen von der Perlon umflossenen Kusine, deren Armreifen leis klirren, und, die Tasse in der Hand, ausführlich erörtern, wer denn nun eigentlich größer ist, Bach oder Händel? Ist Händel größer, dessen Werk sich wie ein Riesendom ausspannt, oder ist es Bach, der fünfte Evangelist?
An Rita hatte schon so mancher vorbeigeheiratet, Rita mit ihrem krausen Haar, hübsch, aber etwas sonderbar, »überspannt«, so könnte man auch sagen, und nun ja auch schon älter. Das Haar in Ordnung noch und das Gesicht »ebenmäßig«, aber ein Chiffon-Tuch verwegen um den Hals geschlungen, und so etwas ist immer verdächtig.
»Aber Händel doch nicht«, sagte sie entrüstet und stellte die Teekanne hin, »der mit seinen Scheinfugen, ein Vielschreiber wie er im Buche steht!«
Sie ging im Zimmer auf und ab und richtete das Tuch. Händel! Sie hob die Hände: Um Gottes willen! 39 Opern! Wenn *Bach* eine Oper geschrieben hätte, nur eine einzige. Ein Stoff, der vielleicht biographisch auszudeuten gewesen wäre, das Leiden eines einsamen Künstlers, inmitten einer vielköpfigen Familie... Nein, sagte sie, die Hände knetend, nicht Händel, dann schon eher die alten Italiener, Gabrieli etwa oder Palestrina, doppelchörige Werke, in romanischen Kirchen gesungen, erdhaft und klar, von Gamben und Krummhörnern begleitet; Päukchen und Zinken nicht zu vergessen.
Ob ich noch wisse, wie ich damals die Tasse zerschmissen hätte? fragte sie und brachte Kindheit ins Spiel.
»Mandelmilch«, dieses Wort fiel mir ein, »mit Mandelmilch wäscht sie ihr Gesicht.«

Meine Mutter, zu Hause, die sagte: »Rita? Ist das nicht ein *nettes* Mädchen? Und so talentiert, spielt so wundervoll Geige!

Aber nicht so ganz die Spitze« ... Die Herren sagten immer, es fehle noch etwas zur Spitze, der Schmelz oder der Strich oder wie das nun heiße. Sie habe einen harten Ansatz oder was, übe jeden Tag sechs bis acht Stunden, immer rauf und runter, aber habe einen harten Strich! Hätt' es nun ja aber trotzdem zu was gebracht ... Könnt' davon leben, immerhin ...
Und dann die Kerze entzündend: Ich sollt' es ihr nicht übelnehmen, daß sie schon wieder davon anfange. Ich hätt' an sich ja noch Zeit, sei ja man grade erst vierzehn Tage da, aber allmählich müßt' ich doch schon mal überlegen, was ich denn nun eigentlich machen will, hier draußen? Buchhändler wär' doch gar nicht schlecht? Neue Bücher, wenn man die aufklappt, wie die allein schon riechen! – Sie hätt' schon mal mit Herrn Röwekamp telefoniert. Oh, der würd' sich freuen, wenn ich mal zu ihm käm'. Ein wunderbarer Mann. Und hier, eh' sie's vergäße, hier habe sie eine Liste zusammengestellt mit all' den Ämtern, die ich noch ablaufen müßte, und wo sie jeweils zu finden sind. Manches könnt' ich zu Fuß machen, da spart man dann Geld. Sie damals, oh! wenn sie noch daran denke.
Und dann setzte sie sich zurecht: Im Gefängnis, da hatte man zusammengehalten, obschon es dort auch richtige Furien gegeben habe. Zum Beispiel in Sachsenhausen ... und sie schickte sich an, all das auf mich loszulassen, was sie erlebt hatte an Schlimmem: Fünf Jahre Gefängnis!
Noch eh' sie richtig in Gang kam mit ihren Geschichten, ging ich aufs Klo, und zwar augenblicklich. Es war schon genug, daß man sich all' das vorgestellt hatte, oft.

Dann kam per Post eine Karte für die Matthäus-Passion von Tante Thea; sie selbst könne nicht hingehen, wie sie das sonst jedes Jahr tue, sie habe an dem Tag gerade was anderes vor. Ausgerechnet! Leider! Und sie habe gedacht, vielleicht mache das ihrem Neffen ja Freude, wo der doch so viel Schweres durchgemacht hat und noch so vieles nachholen muß. – Die Matthäus-Passion, das schrieb sie noch an den Rand, die wär' allerdings nicht ganz so schön wie die Johannis-Passion, mehr

so volkstümlich, aber eindrucksvoll, die würd' mir schon gefallen: Es sei lustig, wie die alle auf einmal »Barabbam!« schreien, da erschrecke man sich direkt. Und am Schluß die Stelle, wo die Erde bebt und der Vorhang zerreißt: Lautmalerei!
Die Matthäus-Passion in der Michaeliskirche?

Wenn ich einmal soll scheiden,
so scheide nicht von mir...

Das sich anhören in strahlendem Licht von strahlenden Stimmen, unter Bürgern, die ein Abonnement auf so etwas haben? Da guckt man sich am besten nur die Stuckschnörkel an und die geschwungenen Balustraden, alles handgeschnitzt.
Die linke Flötistin da oben – »Buß' und Reu'« – das sah man dann, daß die nicht übel war.
»Das ist die Tochter von Professor Hartlieb«, war zu erfahren und ins Notizbuch einzutragen: Elbchaussee, uralte hamburgische Familie.
Auch dort einen Besuch machen? Sich melden lassen nach alter Art: Man ist der und der? Und einen schönen Gruß von Rita, Sie wissen schon, die Geigerin vom Telemann-Quartett. Und dann freut die sich, ohne es sich freilich anmerken zu lassen, freut sich, weil man sagt, daß man von der Matthäus-Passion erschüttert gewesen sei.
Über Händel wäre Einigung zu erzielen: die Sache mit den Scheinfugen, Gott behüte, und daß 39 Opern einfach zu viel sind, und auch über Stamitz und Pachelbel: Zinken, Krummhörner und Gamben. – Hinsichtlich des Wissens über Händel würde man bestehen können bei dieser jungen Dame, mit der man dann vermutlich irgendwann einmal an der Elbe sitzt und bekanntgibt, daß der eigne Vater immerhin Reeder war, und die eigene Mutter hugenottischen Ursprungs.

Bonum Bono

Da würde sie dann denken: »So ganz ohne ist der wohl doch nicht...«

Zuhause lag an diesem Tag doppelter Qualm in der Stube,

die Kerze war noch warm, und halb leere Tassen standen auf dem Tisch.
Aus der Küche wurde gerufen: »Walter!« Und die Mutter kam heraus: »Weißt du, wer eben hier war?«
Jungvolkjungen sind hart, tapfer und treu... Nein, das hatte ich nicht ahnen können, daß jemand aus Lübeck kommen würde, ein sogenannter Kumpel, mit dem ich die Pritsche geteilt hatte, viele Jahre.
»Du mußt ihm noch begegnet sein, grade eben ist er weggegangen...«

Ein Gott vermag's. Wie aber, sag' mir, soll
ein Mann ihm folgen durch die schmale Leier?

Ein Kamerad war gekommen, um nach mir zu sehen, einer von der freundlicheren Sorte, der gesagt hatte, damals, daß es schon nicht so schlimm werden wird, draußen, wenn man rauskommt, daß sich schon alles fügt.
Sein Name hatte nicht in dem Notizbuch gestanden, aber jetzt schrieb ich ihn hinein, auf eine extra Seite, und ich versah die Seite mit einem Plus-Zeichen. Und während im Radio »Hammond-Zaubereien« zu hören waren, richtete ich in meinem Notizbuch eine neue Ordnung ein, mit Plus- und Minus-Seiten, mit Achtung! was noch zu erledigen ist, die Hürden also, die man nehmen muß, wenn man ein Glied der menschlichen Gesellschaft werden will. Weiter hinten dann, die Mädchen-Seite, die blonde Helga mit dem Pferdeschwanz und Rita, die kraushaarige Geigerin.
Und die Hartlieb natürlich, Buß' und Reu'. Der würde man sich nähern müssen irgendwann, da nicht lockerlassen.

2

Morgens früh beim Frühstück – Arzberg, Marke »Adria« – bei echtem Bohnenkaffee und Toast, guter Butter und frischem Ei: da wurde die Gardine mit der Schleuderstange zurückgeratscht und dann gesagt: »*Warst* du schon bei Herrn Röwekamp?« Vier Wochen rum und noch immer nichts unternommen? *Gar* nichts unternommen? Weder beruflich noch bei den Ämtern?
Dies Herumhängen sei ja im höchsten Grade lähmend... Irgendwie müßt' ich doch ingangkommen, endlich! Das sei ja zum Verzweifeln! Wenigstens schon mal zum Heimkehrerverband gehen, die fragten schon immer: »Wo bleibt denn bloß Ihr Sohn?« Die freuten sich doch auf mich! Rührende Leute... Die paßten auf, daß man nichts verpaßt. – Und zum Zahnarzt. Mal alles nachsehen lassen. Aber nicht zu Dr. Hilferding, oh, sie bereue es so... Der schreibe die Rechnungen mit der Gabel, so teuer wär' der, und: Sie habe noch gesagt zu ihm: »Aber schauen Sie sich die Zähne genau an...« Nein, alle rausgerissen, und nun sitze sie da. Schrecklich!

Beim Heimkehrerverband: Hier wurde ich im Hinterzimmer eines Hinterhauses mit Handschlag willkommen geheißen, zuerst von einem Mann mit Tränen in den Augen, dann von einer molligen Kriegerwitwe, die mich anlachte und mir sogar *beide* Hände gab.
Sie freuten sich, daß ich gekommen war, und sie sagten der Stenotypistin, daß ich ein wirklicher kleiner Held sei, weil ich mich für die Freiheit eingesetzt hätte... Und dann standen sie vor ihren Soennecken-Rollschränken – einer hoch, einer runter – und fragten, ob ich schon was unternommen hätte? Flüchtlingsausweis beantragt und Haftentschädigung, nichts auf die lange Bank geschoben?
»Das sind Sie Ihrer Mutter schuldig.«

Man erinnerte sich noch an diese Frau, und wie sie zum ersten Mal hier eingetreten war, schüchtern, oh, man erinnerte sich noch genau! Ganz leise gesagt: »Meine beiden Söhne...« Nicht an sich selbst gedacht, nur an die beiden Söhne. »Wie mag es ihnen gehen?« gesagt und Bilder gezeigt: »Dies sind meine beiden Söhne.« – Eine entzückende Frau und so tapfer! Wo war man stehengeblieben? Ach ja, bei der Haftentschädigung. Pro gesessenen Tag fünf Mark, abzüglich dem und zuzüglich dem. Man muß sie jedoch beantragen: Zeit wird's, das steht fest. Morgen zum Bezirksbüro gehen, dies in die Hand versprechen, und dann zum Wohnungsamt. Und das Rote Kreuz nicht vergessen und die Arbeiterwohlfahrt, da gibt es was zum Anziehen (aber bei der Arbeiterwohlfahrt nicht sagen, daß der Vater Reeder war!).
Gleich morgen zu all diesen Ämtern gehen, in denen tüchtige Beamte nur darauf warteten, den Fremdling zu begrüßen. In das Tor der Ämter einschreiten und die Treppen hinauf: gemessenen Schritts.

Bevor die Sache richtig losging, wurde mir auf einem Amt, dem ersten, das ich betrat, gesagt: Halt! Ich sei ja noch gar nicht richtig da! Ich müßte erstmal ankommen, ganz wie es sich gehört. Wo kommen wir denn da hin!
Ich fuhr also ins Notaufnahmelager. Baracken mit Etagenbetten, Suchanzeigen am Zaun, und:

HERZLICH WILLKOMMEN!

Ein Spruchband überm Eingangstor.
Ich watete die aufgeweichten Wege von einer Baracke zur andern, an der Freiheitsglocke vorbei und an einem mit stilisiertem Stacheldraht versehenen Denkmal.

WIR WARTEN AUF EUCH!

Grade eben war ein Transport aus Polen gekommen, zwei Frauen sah ich, die sich umarmten, eine Westfrau und eine Ostfrau, ein alter Mann stand daneben und weinte.
»Ach so, Sie kommen aus Bautzen!« hieß es in den Bürostuben, und ich wurde vorgezogen. Die Umsiedler da, diese Halbpolacken, können warten. »Ach so, Sie kommen aus

Bautzen«, so wurde gesprochen, und: ob ich eine Tasse Kaffee will.
Dann wurde mir ein Schein ausgehändigt, daß ich also nun regulär angekommen bin und aufgenommen in der Bundesrepublik Deutschland, und man gratulierte mir dazu.
Ein Mann zog mich in eine Ecke, konspirativ, ob ich ihm Leute nennen könnte in Bautzen, die sich besonders kameradschaftlich verhalten hätten? Die zusammengehalten hätten wie Pech und Schwefel, so wie im KZ, wo es ja auch Untergrundorganisationen gegeben hat? Ob ich ihm diese Leute möglichst *namentlich* nennen könnte? – Zettel und Bleistift hatte er schon in der Hand.
Ich sagte: »Ja! Der eine hieß Rosenkranz, der andere Güldenstern.« Der Mann schrieb sich das auf und sagte: Man wolle diese Leute nämlich richtig empfangen, wenn sie hier in der Bundesrepublik ankommen, in der Heimat, würdig also.

Ich ging dann noch zum evangelischen Hilfswerk. Dort versperrte mir eine Diakonisse die Tür: Was ich beim Herrn Pfarrer will, »der hat jetzt keine Zeit...«.
Als ich dann aber was sagte von »Bautzen« und vom »Kirchenchor« und als ich ihr eröffnete, ich hätte gesungen vor Kranken und Schwachen, und zwar im zweiten Tenor, da ließ sie mich denn doch herein. Mit der linken Hand setzte sie ein Grammophon in Bewegung, auf dem ziemlich sofort der Choral »Nun danket alle Gott« ertönte, und mit der rechten öffnete sie die Tür zum Büro des Lagerpfarrers, der da sein Pfeifchen rauchte. Er hatte gerade das Bundesverdienstkreuz bekommen für seine aufopferungsvolle Tätigkeit, auf dem Schreibtisch lag es in einem aufgeschlagenen Samt-Kästchen. Er rückte mir einen Sessel hin, setzte sich unter das Bild vom verlorenen Sohn, schlug die Beine wie Palmström übereinander und fragte mich nach den Namen der inhaftierten Pastoren, ob die sich vorbildlich benommen hätten? Ja? (stopfte seine Pfeife) Der Sowieso? Habe der sich auch vorbildlich benommen? (zündete sie an). Dann dampfte er sich ein mit seinem Pfeifentabak und hielt mir ein Kolleg über seine

Besoldung: daß er Trennungszuschlag kriegt, aber seine Frau kann das nicht aushalten, die Kinder, die Schule und so weiter und so fort.
Zum Schluß, als die Schallplatte draußen auf dem Gang sich dem Ende näherte, ging er an den Schreibtisch und kramte ein Neues Testament hervor, und zwar ein plattdeutsches:

Ick bün dat A und dat O ...

Ob ich das gebrauchen könnte? Er habe grade darin gelesen – sehr komisch.
Ich steckte es ein und ging hinaus, und der Gottesmann setzte sich wieder an den Schreibtisch, um sich still und dankbar in die Betrachtung seines Kreuzes zu versenken.

Draußen hatte sich die Szenerie verändert. Ein prominenter Mann war in einer der hinteren Baracken entdeckt worden, irgendein Mensch, der mal vier Wochen lang Chauffeur bei Hitler gewesen war und dafür zehn Jahre in Rußland hatte zubringen müssen. Still und heimlich wollte er sich ins Zivilleben verdrücken, aber das konnte nicht geduldet werden! Zwanzig Journalisten bedrängten ihn, wild wie scheuende Pferde: Ob er Eva Braun mal gefahren habe, und ob in Moskau ein Unterkiefer von Hitler läg', ob ihm das bekannt wär'? »Die Times ist am Apparat!« wurde geschrien, »hören Sie, die Times!« Doch der Mann, der da zwischen ihnen saß, der reagierte nicht. Still und bieder ließ er sich vom Blitzlicht blenden. Dem war die Times egal.

Ich fuhr zurück nach Hamburg und zeigte meiner Mutter den abgestempelten Notaufnahme-Schein, worüber sie sich herzlich freute. Dann ging ich zum Afrika-Haus, vor dessen geschwungener Eingangstür ein schwarzer Mohr stand, der eine goldene Pfeife rauchte. Hier gab es das Begrüßungsgeld, sechshundert Mark, immerhin. Ich erhielt es aus der Hand eines freundlichen Herrn.
Draußen auf der Alster die ersten Segelboote dieses Jahres und das pulsierende Leben neuester Zeiten, und drinnen, in der behaglichen Atmosphäre eines hanseatischen Büros,

unter einem tadellosen Abreißkalender, da schob mir der Beamte mit seinen behaarten Händen das Begrüßungsgeld der Freien *und* Hansestadt Hamburg über den Tisch, wundervolles Westgeld in festen neuen Scheinen. Gegen Quittung, das versteht sich.

WIR VERGESSEN EUCH NICHT!

Dazu diverse Bons für die verschiedensten Belustigungen: eine Stadtrundfahrt und eine Fahrt durch den aufblühenden Hafen, Karten für die Museen, für die Staatsoper und für Hagenbecks Tierpark, der gerade Wasserschweine hatte erwerben können.

»Wir freuen uns, daß Sie wieder da sind«, sagte der freundliche Herr in diesem Büro; er würde dafür sorgen, daß die Dinge wieder zurechtgerückt werden in dieser Welt. Er gab mir die Bons, und dann verwies er auf den Tatbestand, daß sechshundert Mark nicht ewig reichen.

Dann ging ich zum Hauptbahnhof, denn von der Bundesbahn gab es ebenfalls was gratis: Ein halbes Jahr freie Fahrt. Dieser Mann hat sich verdient gemacht um demokratisches Selbstverständnis, der hat den Horden aus dem Osten ein bis hierher und nicht weiter! mannhaft zugerufen, der darf dafür ein halbes Jahr durch unser deutsches Vaterland fahren, und zwar kreuz und quer.

Dann von einem Amt zum andern, im Parallelo, den Herren-Knirps fest in der Hand, den Hut mit der Sperlingsfeder auf dem Kopf, die dreieckige Heimkehrernadel am Revers und das Notizbuch in der Tasche.

DEUTSCHLAND DREIGETEILT? NIEMALS!

Mit Paternoster hoch und runter, das Westgeld in der neuen Brieftasche und die sich mehrenden Dokumente: Die Weiterfahrt durch den Keller ist ungefährlich.

HEUTE KEINE SPRECHSTUNDE.

Auf Bänken sitzen und den Beamten zusehen, wie sie die Gänge hinauf- und hinuntereilen, hier hinein und dort wieder heraus, wie Meerschweinchen im Kinderzoo.

»Bin ich hier richtig?«
Ja, aber erstmal warten: »Sie werden dann aufgerufen.«
Warten – das schmeckt. Auf Bänken, Stühlen oder Schemeln warten, zurückgelehnt oder auch vornübergebeugt: Alle Städte mit A aufzählen oder das 1 × 18 lernen. Altdorfer, die Alexanderschlacht, das Gewoge der Gewalthaufen vor untergehender Sonne: Siehe, ich bin bei euch alle Tage. Winkelried, dieser Mann, der alle Spieße auf sich zog, obwohl er doch Weib und Kind hatte, und die Halbtoten auf dem Schlachtfeld, um Wasser flehend, bis an der Welt Ende.

DEIN PÄCKCHEN NACH DRÜBEN!

Warten, das schmeckt. Eh' du dichs versiehst, bist du »dran«, fällst heraus aus deinen Gedankenbildern und trittst ein in die Amtsstube, und die kennen dich dann schon, die wissen, daß du nicht mit der Faust auf den Tisch schlagen wirst, wie jener Mann vor vierzehn Tagen, der dazu noch mit hoher Stimme kreischte!
Sohn eines Reeders gewesen, im zweiten Tenor des Anstaltschores Beethoven gesungen und ein Epitaph in der Katharinenkirche – sowas gibt Halt.

Die verschiedenartigsten Ämter lernte ich kennen, provisorisch untergebrachte mit ramponierten Aktenschränken und komfortable – je nachdem. Und, so lange ich auch warten mußte, irgendwann war ich immer dran.
Wieso ich nach Wiesbaden gegangen bin im Jahre '47, das interessierte diese Leute, und wieso dann nochmal zurück nach Rostock? Die Mutter besuchen? Warum das?
Wenn einer gesessen hat, *dann* muß er auch was gemacht haben. Die Geschichte mit den Frachtpapieren, was mich das eigentlich angeht, daß die Russen ihre Zone ausplündern. Die Amis und die Engländer wären auch ganz schön happig gewesen; hätten alles in die Luft gesprengt...
Was mich das angeht und was ich mir dabei gedacht hätte, ich hätte doch wissen müssen, daß sowas sehr gefährlich ist?

GESAMTDEUTSCH DENKEN, HANDELN UND FÜHLEN!

Büroklammern in Magnetboxen sah ich, wunderbare Locher,

Löscher in Form von Rollwagen, herrliche Papierscheren und kleine Schwämme zum Anfeuchten des Zeigefingers: Ich hätte doch wissen müssen, daß das sehr gefährlich ist, wurde gesagt. In die Ostzone zu fahren und sich da für irgend etwas einzusetzen. Und für diesen Leichtsinn noch eine Entschädigung kassieren wollen? Geld? Vom Staat?
Ob ich überhaupt beweisen kann, daß ich gesessen habe? wurde gelegentlich sogar gefragt, und: »Sie sind also vorbestraft?« hieß es sodann. Oder auch mal: »Ach, aus Rostock sind Sie – da sprechen sie aber gut deutsch.«
Manchmal hieß es: »Aus Rostock? Da hab' ich im Lazarett gelegen ...« Deshalb mußte ich aber trotzdem nächste Woche wiederkommen, Donnerstag um 9.30 Uhr und: dies und das ist nachzureichen, das Netz der Dokumente ist noch keineswegs vollständig, wesentliche Bereiche liegen noch im dunkeln. Ohne Geburtsurkunde geht es nun mal nicht, der Taufschein kann hingegen gern zuhaus gelassen werden.

Abends bei Kerzenlicht am hochgekurbelten Mehrzwecktisch, bei »Lullaby of Birdland« aus dem erleuchteten IMPERIAL, tauschten wir die täglichen Erfahrungen aus, meine Mutter und ich. Im Notizbuch war allerlei abzuhaken, und die Papiere wurden ausgelegt wie ein Kartenspiel, hier war noch eine Lücke und dort war allerhand Überflüssiges, was man sich hätte sparen können. Fein, daß das nun alles so schön in Gang kam! Das flutschte ja richtig!
Die Mutter hatte das ja auch alles miterlebt, sattsam! Die Trudje vom Roten Kreuz: »Stimmt das auch?« und der Kerl vom Wohnungsamt, dick und brösig: »Das kann ja jeder sagen.«
Zum Rundfunk hatte man sie zerren wollen. Über das ungewöhnliche Schicksal hatte sie sprechen sollen, das hier mal wieder eine ganze deutsche Familie getroffen hat: Mann gefallen und die Frau und beide Söhne im Gefängnis ... Ins Mikrophon hätte sie sagen sollen, wie ihr ums Herze ist! Nein, das hatte sie nicht gekonnt. Und: Um Himmels willen! Man wollte doch den eigenen Söhnen nicht schaden; die wären

dann da drüben womöglich auf horrende Weise gefiekatzt worden?
»Wie's Robert wohl geht?« wurde gesagt, und sie setzte sich zurecht, und es war zu merken, daß nun die Leidensode gesungen werden sollte, bei Kerzenlicht und Tick-Tack-Boogie, lang und breit. Zelle, Strohsack und Transport... Nur durch augenblickliches Gähnen war es zu verhindern, daß diese Frau all das von sich gab, was sie in ihren fünf Gefängnis-Jahren erlebt hatte. Man sei müde, mußte rasch gesagt werden, Tweedlee dee! und man müsse auf dem schnellsten Weg ins Bett. Und man zog sich zurück und ließ die Mutter sitzen mit all ihren Geschichten von Zelle, Strohsack und Transport, und das war bestimmt nicht recht.

Das Fragebogen-Ausfüllen ging mir flott von der Hand, das erledigte ich mit links; Name, Vorname, Geburtsdatum, Beruf des Vaters, letzte Tätigkeit vor der Inhaftierung.

NICHTZUTREFFENDES BITTE STREICHEN!

Wahre Kunstwerke von Fragebögen, in dreifacher Ausfertigung. Wieviel Frachtbriefe das gewesen waren, und was da genau dringestanden hat. Und ob die Russen wirklich so viel geplündert hätten und was mich das eigentlich anginge? Ob ich mir bewußt gewesen sei, daß das verboten war?
»Überlegen Sie bitte alles ganz genau!«
Das kriegen wir schon. Den nagelneuen Kugelschreiber einrasten lassen, als ob man einen Porsche startet, und dann die heranrauschenden Fragebogen-Fugen in Arbeit nehmen, diese Dome aus zielgerichtetem Wissensdrang, mit sachgerechten Verzierungen und unterirdischen Gewölben, in denen die Stimme hallt. »Vordruck römisch acht, Strich 703«, das steht unten drunter, und das ist auch ganz in Ordnung so. Sonderbar nur, daß all diese fabelhaften Ämter nichts voneinander wußten. »Ich hab' doch schon...«, das galt nichts vor den gestrengen Herren. Am sonderbarsten waren noch die Damen, die tippten weiter, wenn man zu ihnen sprach.

Zum Wohnungsamt, zum Arbeitsamt und zwischendurch

auch schnell einmal zu Herrn Röwekamp, bei dem es schwarze Bücher zu kaufen gab mit heraushängenden Lesezeichen, rot, grün und violett und kleine Kruzifixe, mit Preisschild auf dem Bauch: romanisch, gotisch oder sonderbar.

Einer ruft's dem andern zu:
Elsner Schuh! Elsner Schuh!

Hinter einer verschließbaren Glastür silberne Abendmahlskelche wie Tennispreise; daneben Krippen zum Ergänzen: Zwanzig Marias hintereinander, zwanzig Josephs und zwanzig Christuskinder; dazu jede Menge Engel in den verschiedensten Positionen.

In Herrn Röwekamps Laden stand grade ein Mann mit Baskenmütze. Ich mußte mitanhören, wie dieser Mann bekanntgab, daß er eine *echte* Bibel besessen habe aus dem frühen *acht*zehnten Jahrhundert, worüber der Herr Röwekamp allerdings nur lachen konnte, denn er, er hatte eine Bibel sein eigen genannt, die aus dem frühen *sieb*zehnten Jahrhundert stammte. Beide Stücke waren am selbigen Tage verbrannt, und zwar im *zwan*zigsten Jahrhundert.

Auch zum Arzt war zu gehen, nicht zu Dr. Hilferding, dem Zahnarzt, das hat Zeit, sondern zu Dr. Pott, genannt »Pötting«, von dem gesagt wurde, er sei in Ordnung.

Dieser Mann beklopfte mich und drückte hier und drückte da. Als er sich schließlich sprudelndes Wasser über die Hände laufen ließ, fragte er: »Haben Sie sehr leiden müssen? Hat man Sie sehr geschlagen?«

Über seinem Schreibtisch hing ein abstraktes Bild in angenehmen Farben und in der Veranda saugte die Sprechstundenhilfe mein Blut in die Pipette.

Auch er habe leiden müssen, sagte Dr. Pott und trocknete die Hände ab. Auf einer nassen Wiese habe er lagern müssen, vier lange Wochen, pro Tag einen Löffel Rosinen. Die Amis, die hätten sich ja einen Spaß draus gemacht... Die Engländer wären ganz anders, hätten damals ja selbst nicht viel gehabt. Und hier, in Hamburg? Jeder Autofahrer halte an, wenn eine Frau über die Straße will.

Dann sagte Dr. Pott zu seiner Sprechstundenhilfe: »Dieser Mann hat einen abklingenden Mangelschaden«, und das Mädchen schrieb's auf und setzte sich wieder über mein Blut und beäugte es durchs Mikroskop.

Per Post kam ein Spendenpaket. Der Mehrzwecktisch wurde heraufgekurbelt: Sesam öffne dich! Bei den Nazis das Winterhilfswerk, das wußte man ja noch, wie man damals dem Mann aus der Altstadt das kunstgewerblich so wertvolle Schaukelpferd für seinen Jungen geschenkt hatte? Tränen in den Augen? – Damals hatten wir mitgemacht, Not zu lindern, und nun bekamen wir selbst ein Paket und waren gespannt, was da wohl drin ist.
Ja, was enthielt der kostbar verschnürte Karton? Eine Damenstrandhose mit aufgesticktem Krokodil, dazu zwei tadellose Schuhe, wenn auch zwei linke! Leider! – Dann ein alter Mantel, auf Taille geschnitten, mit Kavalierstasche, Baujahr 1936; Olympiade in Berlin, Jesse Owens läuft zehn zwo.

Lieber Empfänger! Würden Sie sich bitte
bedanken bei Frau Lindström in Uppsala?

Wohin mit dem Ding? Den ganzen Tag durch Hamburg gelaufen, einen Bettler zu finden, dem man den Mantel hätte aufhängen können.
Der hätte sich schön bedankt.

Von meinem Bruder Robert kam ein Brief aus dem Gefängnis, ein sogenannter Terminbrief. Daß er sich nach Haus sehnt, stand darin, und daß es ihm den Umständen entsprechend durchaus annehmbar geht, also schlecht.

Oft schicken, viel schreiben,
beisammen bleiben!

Auch Schwester Ulla aus Dänemark ließ von sich hören, daß sie die Sommerkleider in Ordnung bringt, und daß der Garten viel Arbeit macht.
Für das hintere Zimmer wurde ein unsymmetrischer Tisch gekauft: Wenn Robert kommt, der wird sich freuen. Nächsten Monat einen Schrank besorgen, dann ist man wieder ein

Stück weiter. Und dann eine von diesen wundervoll-praktischen Stehlampen, deren Arme man in jede Richtung biegen kann, mit angearbeitetem Rauchtisch! Und alles aus Spezial-Messing, das nie geputzt zu werden braucht. Sukzessive muß man weiterkommen in dieser Welt, immer weiter und weiter. Irgendwelcher Stillstand ist ja völlig ausgeschlossen! Erstmal den Ämterschiet hinter sich bringen, mit den Frachtbriefen die Sache, daß man das aus demokratischem Rechtsempfinden gemacht hat, das Melden, daß die Russen alles rausholen aus ihrer Zone, Nähmaschinen, Zucker und Zement, dann findet sich alles weitere von selbst. Und dann kommt ja auch die »Entschädigung« eines Tages als Krönung aller Bemühungen, irgendwann, die hilft dann ja natürlich auch sehr: Pro Tag fünf Mark? Herrlich! Schon jetzt mal provisorisch ausrechnen, was man so kriegt dafür, daß man sich eingesetzt hat für den Westen. Die Entschädigung und all die anderen Vergünstigungen, Überbrückungsausgleich und Rente im Hinblick auf den Mangelschaden. Und Ausbildungsbeihilfe! Und vielleicht eine Kur?
Das lohnte sich ja direkt noch, daß man gesessen hat.

Die paar schönen Tage! – Auch mal an der Elbe spazierengehen zwischendurch, die großen Schiffe vorübergleiten sehen und drüben die Werften, eine neben der anderen, »Schlieker-Werft«, »Stülken-Werft« und »Deutsche Werft«, groß und stolz, und das Blitzen der fleißigen Schweißbrenner...
Junge Leute zu zweit und zu dritt. Noch sind die Segelboote eingepackt, aber diese jungen Menschen, kraftvoll und gesund, die schauen schon mal nach dem Rechten. Die Persenning abknöpfen, ein kleiner Hund bellt: Bald wird wieder Ansegeln sein.
Unter sie treten und sagen: Ich bin der und der? Und wenn Sie wüßten, was ich alles erlebt habe? Wollen wir uns nicht mal zusammensetzen, und dann erzähle ich Ihnen alles haarklein? Wasserkarzer, Einzelhaft und Tribunal?
Die jungen Menschen sind dann starr und scheu zugleich und gehen benommen nach Haus. Und dann bekommt man

Briefe, in denen von Frühling die Rede ist, und man soll nur hoffen: So wie die Knospen jedes Jahr aus den erstarrten Zweigen hervorbrechen, so bricht auch Hoffnung und Lebenskraft aus den erstarrten Herzen. Ein Büchlein bekommt man geschickt, mit einer Karte: »Ich bin immer für Sie da.«
Aber, wenn man das tut, da hingehen, dann wird gerade der Wagen gewaschen: »Nein, das tut uns leid, Eva-Maria spielt heut' Tennis.«
Am Rande des Tennisplatzes steht man dann mit seiner Einzelhaft und mit dem Epitaph in der Katharinenkirche und pflückt die Knospen ab, die aus dem dürren Strauch emporstrotzen, und man sieht hinüber, dorthin, wo wuchtige Schläge ausgeteilt werden von jungen Menschen, deren Väter königliche Kaufleute sind. Einen Blüthnerflügel haben sie zu Hause stehen oder einen Bechstein, kostbare Instrumente, auf denen die Dame des Hauses gelegentlich ein Abendlied spielt.

Ins Café Rose ging ich, in dem es nach Zitronenröllchen und Kaffee roch. Hier trafen sich jeden ersten Mittwoch des Monats die Rostocker. In diesem Café, in dem die Wände nach alter Art mit Mahagoni getäfelt und mit Kristallspiegeln versehen waren, gab es nämlich ein Rostocker Eckchen mit Rostocker Bildern an der Wand, genau drei Stück, treppenartig angeordnet nach Rostocker Geschmack, denn der Wirt war selber Rostocker, und der kannte den Vater noch! Der konnte sich sogar noch daran erinnern, daß der Vater mittelgroß und mittelblond gewesen war! Und: »Trug der nicht 'ne Brille?«
Altflüchtlinge trafen sich hier, die mit ihrem Ämterkram längst durchwaren: »Lastenausgleich? Ein Jahrhundertgesetz!« Vollbusige Damen und Herren mit Beinprothese: »Wo schitt di de Dübel her?« riefen sie unter der Musik eines Stehgeigers plus Klavier, und: Vor Smolensk, das war ja auch kein Pappenstiel gewesen.

Der Rostocker,
des Rostockers,
dem Rostocker,
den Rostocker Doppelkümmel!

Geschichten von vor und nach dem Zusammenbruch wurden hier erzählt, vom »Zusammenbruch«, der auch »Umwälzung« genannt wurde, und von vor und nach der Währung: Dr. Kammerjäger, Frau Pastor Wiese und Fieden Lüng vom Haushaltswarengeschäft Seesam & Katzig, Doberaner Platz, direkt neben dem Reformhaus. Der hatte Frau Pastor Wiese mal eine Thermosflasche verkauft, als es schon nichts mehr gab, und das weiß sie noch und sie kann es ihm wieder und wieder erzählen!

Schwarzwälder Kirschtorte auf dickem Porzellan, und dann wurde auch ich mal angesprochen: »Ihr Vater«, wurde gesagt, »der hat mir mal ein Buch nicht zurückgegeben ... Da wart' ich heut' noch drauf...«

In diesem Augenblick trat Frau Amtsgerichtsrat Warkentin in die Rostocker Ecke, kleine Brillant-Beete auf den Fingern: »O Kinnings, ji snackt ja gor keen Platt?« sagt sie. – Gott, wie konnten all' die Rostocker lachen, war das ein Gekreische und Gejuche, und die Münder rissen sie auf nach allen Seiten, und sie zeigten ihre nagelneuen Gebisse. Nee, wir Rostocker lassen nix anbrennen, wir trinken jetzt mal einen Doppelkümmel. Und dem jungen Mann hier, was ein Sohn von Körling ist, der einem ein Buch nicht wiedergegeben hat, was man noch weiß, dem werden wir schon noch unter die Arme greifen, wenn mal irgendwelche Hürden auftauchen – »Mein Sohn ist Syndikus« – dor kann hei sick up verlåten. Schließlich hat man sich zu Zeiten, wo es so gut wie nichts mehr gab, eine Thermosflasche vom Herzen gerissen, was einem hart ankam; wirklich und wahrhaftig.

»Wenn man gesessen hat, kriegt man da nicht 'ne Masse Geld?« Das interessierte diese guten Leutchen brennend, und: wieviel?

Frau Amtsgerichtsrat Warkentin hatte mir nur die Linke gereicht, die hatte mich nur eben von der Seite gemustert: Mit solchen Leuten wollte sie nichts zu tun haben, mit Leuten, die ihre Mutter nicht raushalten aus ihren Maleschen.

Auf der Reeperbahn traf ich mich mit alten Kumpels, Kalle

Hesterberg und Willi Sänger, »Jupp, die Geige!« riefen die, und: »Jede Menge Barcelona!« Das Leben aus vollen Zügen genießen!
Beide waren mit der Entschädigung längst durch, hatten die sogenannte Pennunse schon und bezogen Renten und Stipendien; die ließen sich nicht lumpen.
»Eine Cola für das arme Schwein!« riefen sie und meinten mich damit, und dann sprachen sie von Ost IV und West V, was man da für Dinger gedreht hat. Mit Fritze Günzelmann, das waren noch Zeiten gewesen! »Der ist jetzt in Duisburg.« Aber man war nie auf West V gewesen, das war der Haken, und Fritze Günzelmann war einem gänzlich unbekannt.
»Eine Cola für das arme Schwein!«
Dem armen Schwein wurde auch ein Rum spendiert, den schüttete man ihm in die Cola, und da vorn, den Damenringkampf im Schlamm, dies Gewälze zweier dicker Frauen auf einer mit Matsch bespritzten Bühne, das durfte es sich ebenfalls begucken.
Zwei hanseatische Herren am Nebentisch wurden gefragt: Ob sie begreifen könnten, daß dieser arme Hund hier, der hier neben ihnen am Tisch sitzt, volle acht Jahre im Knast gesessen hat, für nichts und wieder nichts? Und man selbst sieben und sechs, das macht zusammen einundzwanzig?
»Herr Ober: Noch 'ne Runde!«
Nein, das konnten die hanseatischen Herren am Nebentisch nicht begreifen. Sie klemmten ihre Aktentasche nun lieber doch zwischen die Knie und sahen nach vorn, dahin, wo geächzt ward und gestöhnt.

Dann gingen wir nach Hause, links und rechts ein Kumpel.

Und wir tragen uns're
Leiden mit Geduld.
An der ganzen Scheiße
ha'm wa keine Schuld!

Das sangen wir, und als wir damit fertig waren, schrien wir im Chor und immer wieder: »Mit der Zeit wird alles heil, nur die Pfeife hat ihr Teil!«

Der kleine Fehler auf dem dreiundzwanzigsten Fragebogen, einem an sich ganz unwesentlichen Fragebogen, unten links, daß ich da irgendwo ein einziges Mal »ja« statt »nein« geschrieben hatte, aus Jux und Tollerei: daß ich mir über die Tragweite meiner Handlungsweise im klaren gewesen sei, irgendwie so, was natürlich absolut verkehrt gewesen war, dieser Fehler würde keine weiteren Folgen zeitigen, das hatten die beiden Kumpel gesagt, und das stand nun wohl so ziemlich unverrückbar fest. Das würde zu korrigieren sein, obgleich, wenn man ehrlich war: Es hatte schon einmal Folgen gehabt, daß man sich ein »Ja« abgehaucht hatte, in einer düsteren Stunde, wo ein klares »Nein« besser gewesen wäre.

»Nirgendwo ist die Ostsee so blau wie in Warnemünde«, das wurde am Rostocker Stammtisch festgestellt, ein Rostocker neben dem andern, mit Gebiß und mit Uhrkette über der Weste, mit Manschettenknöpfen aus geflochtenem Gold und blauem Wappenring mit und ohne Wappen.
Und auf der Reeperbahn, die Spätheimkehrer, die sagten: »Das waren noch Zeiten, als wir auf West III lagen, das war noch 'ne Wucht!« Riesige Armbanduhren trugen sie und Ledermäntel, und einer hatte wohl sogar schon ein Auto.
Und zuhaus die Mutter: Die hatte einen Bastteppich gekauft für das hintere Zimmer. Bastteppiche waren so herrlich billig, und nächsten Monat kommt ein richtiges Bett. Das kriegen wir schon, dat treckt sick all' na'n Lief!
Von der evangelischen Kirche kam schließlich auch noch etwas – das versöhnt – eine Vier-Pfund-Konserve mit sehr gelbem Käse, den man allerdings nicht essen konnte.

Was den kleinen Fehler anging, im dreiundzwanzigsten Fragebogen, unten links, der die Augenbrauen der Beamten hatte hochschnellen lassen: Dieser Fehler hatte inzwischen leider Aktivitäten ausgelöst, die nicht zu vermuten gewesen waren. Das eine »ja« zuviel, das fraß sich von der ABC-Straße zum Afrika-Haus und wieder zurück. Leute, die bereits ins Freundliche eingeschwenkt waren – »Sie sind ja nun schon

ein alter Bekannter!« die mir schon vorgerechnet hatten, was es »bringt«, wenn man acht Jahre beim Russen sitzt, pro Tag fünf Mark abzüglich dem und zuzüglich dem, die machten sich nun Notizen in ihrer schrägen Beamtenschrift, die sagten: »Sie brauchen erstmal nicht wiederzukommen, Sie kriegen dann Bescheid.«
Im Augenblick war leider nichts zu machen.

3

»Weißt du, was hier gekommen ist, mein Junge?« sagte meine Mutter, als ich eines Abends nach Hause kam, und sie hielt einen Brief in die Höhe: Es war die Nachricht, daß sie einen Erholungsaufenthalt spendiert bekommen hatte, und zwar im Harz, – »Hastu Wochte?« – und ihren Sohn, das stand mit Sternchen unten drunter, den dürfe sie natürlich mitbringen.

Die Welt wird schöner mit jedem Tag,
Man weiß nicht, was noch werden mag …

Der Harz? Sich wiegende Föhren im Gegenlicht, und leichter Wind weht Samenbäuschchen zwischenhin! Ätherischer Duft nach Wald, und die Brust zieht all das in sich ein! Entzükkende Städtchen mit krummen Häusern in krummen Gassen: Fachwerk, und von der Turmuhr schlägt es Vier?

Man hatte kirchliche Kreise auf uns aufmerksam gemacht, auf das uralte Hamburger Blut in unsern Adern. Sogar einen Epitaph in der Katharinenkirche und Hugenotten sowieso!

Die Kirchenverwaltung hatte tief in die Tasche gegriffen: Um zwei Menschen nach leidvoller Erfahrung ein Ausspannen zu ermöglichen, da war ihr nichts zu teuer.

»Du sosst es sehn, mein Jung', das wird noch wundervoll!«

Nach Seifenhagen in den Harz sollte es also gehen, wo schon die Betten ausgelüftet wurden, damit es diese beiden Menschenkinder recht schön hätten!

Mit dreimal Umsteigen fuhren wir hinunter in den Harz – »gottvoll!« – und wir langten auch ganz richtig an in Seifenhagen, – »wonnig!« – einem Dorf, das allerdings im wesentlichen aus Straße bestand. Wir bezogen in einem Haus, das früher dem Prokuristen des nahen Steinbruchs gehört hatte, ein Zimmer mit zwei weißen Betten, eins hier, eins dort, mit Aussicht auf einen Schuppen, in dem zeitweilig Holz gesägt wurde. Das Essen fand in der lila tapezierten Wohnstube des Hauses statt, Mittags gab es Eintopf oder Sülze mit Bratkartoffeln, – Sülze »unrasiert«, wie man so sagt – und abends lagen Jagdwurstscheiben auf der Platte, mit Salzgurke reichlich garniert. Die Wirtin mit flehentlichem Blick, sie versuchte ihr Bestes aus den minimalen Pflegesätzen herauszuholen, sie wollte ihren Gästen schließlich was bieten: der geschiedenen Frau Maaßreich zum Beispiel, die von ihrem Mann wiederholt geprügelt worden war, und dem alten Herrn Kück mit seinen verschiedenen Altersleiden. Sie wollte den Gästen etwas bieten, damit sie nicht unangenehme Briefe schrieben an das Kirchamt in Hamburg, wodurch ihr der Posten genommen werden würde, den sie ohnehin nur auf Probe innehatte.

Auch ein Pfarrer aus der Ostzone war vorhanden mit Frau, der war für alles dankbar, und eine ältere Dame mit ihrer herangewachsenen Enkeltochter. Wir alle saßen auf zusammengesuchten Stühlen und sahen uns die lila Tapete an, die stellenweise abgerissen war und den Blick auf Zeitungen freigab, die darunter an der Wand klebten – verkehrtrum, also ganz normal. »Vorsintflutlich«, dieses Wort lag in der Luft, und: »Wie isses nun bloß möglich«, das natürlich auch.

Die Berge links und rechts mit ihren Wäldern? O Täler weit, o Höhen? – Die Bäume waren abgeholzt worden von den Engländern, Reparationsabgaben für die Gruben in Wales: Eine Maßnahme, die aber vermutlich ordnungsmäßig verbucht worden war, Schuld abzutragen, die Deutschland auf sich geladen. Anerkennenswert, wie die Forstverwaltung überall sofort wieder Bäume nachpflanzte: Hier einer abgehackt, und zack! – sofort wieder einer hingesetzt. Da wurde keine Zeit vertan.

BETRETEN DER SCHONUNG VERBOTEN!

Ein einziger Spaziergang war immerhin noch möglich: die Landstraße entlang, auf der in regelmäßiger Folge Lastwagen zum Steinbruch donnerten, und dann rechts rein, einen Fußsteig hinauf bis an die Zonengrenze.

»Gehen Sie da bloß nicht zu dicht ran! Um Gottes willen!«

Wir wagten uns bis an das Schild HALT und spürten den Sog von drüben: das zog.
Zwischen wuchernden Himbeerbüschen hindurch führte der Weg zu einem Wirtshaus mit Kaffeegarten, in dem aßen wir Torte. Meine Mutter holte ihre Occhi-Arbeit heraus und: »Vornehm geht die Welt zugrunde«, wurde gesagt, und die Lesemappen lasen wir durch, von vorn bis hinten,

Rauche, staune, gute Laune!

Daß Romy Schneider sich verlobt hat, stand da drin, wie man Oma-Möbel modernisieren kann, alle Schnörkel abschlagen und blau anstreichen, und die Miss-Wahl, für die eine Strumpf-Firma verantwortlich zeichnet, daß die ein dolles Ereignis ist: »Opal, die besten Strümpfe der Welt.«
Wir zählten, wieviele Lastwagen auf der Straße leer hin und voll wieder zurückfuhren. In der Kurve mußten sie jedesmal bremsen, mit ihren tadellosen Luftdruckbremsen.
Daß die geschiedene Frau Maaßreich vier Jahre lang in ehelicher Hinsicht nicht beachtet worden war, außer, daß ihr Mann sie dann und wann geprügelt hatte, das repetierten wir, und daß die Enkeltochter der alten Dame über jeden Zaun steigt, immer nur Jungen im Kopf. Unglaublich! Der Grund vermutlich, weswegen die alte Dame jeden Tag steifer dasaß.

In diesem Kaffeegarten saßen wir so ziemlich jeden Tag. Meine Mutter schrieb Ansichtskarten mit Steinbruch, Zonengrenze und Kiosk in jede Richtung, und Karten mit Hunden drauf, die Schiebermütze und Brille trugen.
Ich brachte mein Notizbuch auf Vordermann, die Menschen-Buchführung, allerhand Leute waren vom Plus ins Minus zu überführen. Der Hartlieb mit ihrer silbernen Flöte, wie sie da oben gestanden hatte, Buß' und Reu', räumte ich den ersten Platz ein auf der Mädchenliste, wohingegen Rita und Helga weiter unten angesiedelt wurden.
Wenn wir da so unsere Obsttorte aßen, mit Schlagsahne, die ein bißchen wäßrig war, dann sprachen wir von früher, von zuhaus also, und »ich weiß es noch wie heute...« wurde gesagt. Wie schön das immer gewesen war in der alten Woh-

nung noch! Vati, Ulla und der liebe Robert, der noch immer im Gefängnis sitzt, drüben, aber vermutlich auch bald kommt, so, wie man selbst zurückgekommen war. Was hatte man alles erlebt!

O ja, sagte meine Mutter und leitete, ohne sich zurechtzusetzen, und ganz unversehens über auf das, was sie noch immer nicht hatte loswerden können. Eingeklemmt zwischen Tisch und Blattpflanzenständer, vor Obsttorte und Lesezirkel, an einem Nachmittag um vier Uhr dreißig mußte ich mir's in die Ohren schießen lassen: Zelle, Strohsack, trocken Brot... Auf der Landstraße ein Lastwagen nach dem andern, und über den gerupften Wäldern Bussarde immer rundherum. Trocken Brot, und: »Stellen Sie sich nicht so an«...

Alles mußte ich mir anhören, da ging kein Fuß dazwischen. Und die Hundepostkarten lagen auf dem Tisch.

Gell, da schaust du!

Auf dem Rückweg die dürren Beine der Mutter: »Hoffentlich fällt sie nicht noch hin«, denken, und: »Das ist alles *deine* Schuld.«

Nun hatten wir jeden Tag unser Thema. Erst den altbekannten Weg gehen, der zur Tradition erklärt wurde. Die Landstraße entlang, mit dem Taschentuch vorm Mund gegen den Staub und durch die Schonungen hindurch, tiefatmend, manche schon wieder ganz schön in Schuß.

An der Zonengrenze, am Schild: HALT! Einen Augenblick haltmachen und den Sog spüren, wie das »zieht«, und im Kaffeegarten der Tisch neben den Kaninchenställen, der war immer frei.

Wenn wir die Obsttorte verspeist hatten – »Was nützt das schlechte Leben« – und auch die Himbeerkörner aus den Zähnen entfernt worden waren, dann kam die Zigarette dran, und dann ging's weiter im Text mit: »Hastu Wochte« und »So wahr wie ich hier sitze«...

Immer neue Einzelheiten wurden hervorgeholt: von Mal zu Mal tat's etwas weniger weh. Abgesehen davon nämlich, daß diese Frau das Schlimme berichtete, das ihr widerfahren war,

sie teilte andererseits auch mit, daß sie sich eingerichtet hatte in dieser Kontrawelt, – »trotz und alledem« – daß sie einen Teil ihres Wesens hatte entfalten können, der sonst nicht zum Vorschein gekommen wäre: und sie erzählte nicht schlecht. Ab und zu passierte es sogar, daß man lachen mußte.
Nein, was hatte man alles erlebt! Das Leben war reicher geworden, ohne Zweifel, wenn auch vermutlich kürzer.
Sogar die Servierhilfe des Waldlokals, die schon immer so herüberguckte: Was mit den beiden Typen los ist, kommen jeden Tag, essen Kuchen und reden und reden? Selbst diese dralle Dirn wurde einbezogen in den Vortrag. Ob sie wisse, wen sie hier bedient? wurde sie gefragt, und, die Hand im Geldbeutel, mußte auch sie zur Kenntnis nehmen, daß es zwei Spätestheimkehrer waren, Mutter und Sohn, die hier Himbeertorte aßen. Viele Jahre hinter Gittern mit trocken Brot und Strohsack, und doch immer noch so tapfer und voll Lebensmut. Alles mußte sie sich anhören, da half kein Recken und kein Strecken.

Beim Abendbrot zur Rechten den schmatzenden alten Witwer, der sich mit seiner abgelutschten Gabel Jagdwurstscheiben vom gemeinsamen Teller heraussortierte – »wie isses nun zu fassen« – und zur Linken die geschiedene Frau Maaßreich, die nun schon *fünf* Jahre ehelich nicht mehr beachtet worden war, – »dumm wie'n Bohnensack, nimm's mir nicht übel . . .«
Auch der Frau Maaßreich konnte meine Mutter zu günstiger Stunde all das Schreckliche vortragen, das ich ja nun schon kannte, von Tapferkeit und Hoffnungsfreude, daß ein kleines Stückchen Brot zur rechten Zeit eine wahre Gottesgabe sei, und daß man in solchen Ausnahmesituationen die Menschen kennenlernt, die Guten wie die Bösen, und dankbar wird für alles, was das Leben so hergibt.
Ich assistierte ein wenig dabei, warf ein paar wohldosierte Brocken ein, die ihre Wirkung nicht verfehlten.

Der Ostzonenpfarrer, den man illegal für drei Wochen hier beherbergte – »um Gottes willen kein Wort« –, auch der

wurde eines Tages beim Jackenknopf genommen und auf den Stuhl gedrückt. Auch der mußte sich die Geschichten anhören vom Untersuchungsgefängnis, kurz »UG« genannt und vom Wasserkarzer, von tapferem Mut und unbeugsamem Hoffnungsdrang, und gefragt wurde er, was er bloß dazu sagt? Eingesperrt wie'n Schwerverbrecher »wegen nichts und wieder nichts«?
Zu zweit nahmen wir ihn uns vor, bestens aufeinander eingespielt, einer von links, der andere von rechts. Wenn der eine Atem holte, dann sprach der andere weiter, und der Stoff wurde gleich so zubereitet, daß dieser junge Theologe, der in Kürze wieder gezwungen sein würde, auf eine Ostzonenkanzel zu steigen, um sich zwischen Wahrheiten hindurchzulavieren, Stoff für Predigten daraus würde entnehmen können, noch und noch! Das Gleichnishafte wurde herausgekehrt und das Wundersame. Das Komische ließ man hier besser weg. – Bei dieser Gelegenheit erfuhr ich dann auch noch den Rest, der mir bisher verschwiegen worden war, und ich übertrumpfte das, so gut es eben ging.
Irgendwann würde auch der alte Herr Kück noch an die Reihe kommen, der uns regelmäßig davon in Kenntnis setzte, daß er noch immer einen guten Strahl habe und uns ganz kunstlos von Darmspiegelungen erzählte, aber das würde schwierig sein, denn der hatte ein Mikrophon vor der Brust, das er auch abstellen konnte.

Mit der Zeit sagten auch die andern Gäste ihr Verschen auf, jeder hatte so sein Thema – es war nur die Frage, wer zuerst damit anfing: der hatte dann das Sagen. Den Darmspiegelungen gesellten sich exakte Beschreibungen vom Krebstod der Gattin hinzu, vom »Suppen« wurde bei der Suppe erzählt: Ärzte gaben im Weltbild des Herrn Kück die Zielscheibe ab für massive, dramatisch vorgetragene Klage.
Auch die Ehelichkeiten der Frau Maaßreich kamen ausführlicher zur Sprache: ganz abgesehen vom Prügeln, hier war auch noch vom Saufen zu sprechen, morgens früh schon sternhagelvoll und immer ans Portemonnaie gegangen! Die

Rechtsanwälte, was das für Versager wären, führte Frau Maaßreich aus, nicht weniger überzeugend als der alte Herr Kück es tat mit seinen Ärzten. Rechtsanwälte, das seien Schlafmützen, sagte Frau Maaßreich, und ihre schlaffen Wangen strafften sich: Die Rechtsanwälte hätten ihr das Wort umgedreht im Mund, und als es darauf ankam, nicht aufgepaßt!
Der Ostzonenpfarrer hielt sich im Grundsätzlichen zurück. Der bewegte nur ein wenig die Ohren. Mit seiner blassen Frau saß er neben dem Ofen und hörte sich alles an, der wurde sein Verschen nicht los, so sehr es ihn wohl drängen mochte: Das Kugelkreuz der Jungen Gemeinde, an seinem Revers, das war noch das äußerste.

Die alte Dame – zweimal abgebrannt und die Schilddrüse nicht in Ordnung – war wie ein Luchs hinter ihrer Enkeltochter her, und doch passierte es jeden Tag, daß sie sich wegstahl irgendwie: »Haben Sie Jutta nicht gesehen?« fragte sie uns, wenn wir zum Kaffee strebten.
Zum Bahnhof sei sie gelaufen, hieß es am nächsten Tag, vier Kilometer, um sich dort mit jungen Leuten zu treffen! Im Führerhaus eines Lastwagens war sie auch schon mal gesehen worden mit ihrem frechen Popo. (Schwarze Haare hatte sie, kurz und hinten ausgefranst.) – Die alte Dame deutete auf mich und sagte zu meiner Mutter: Da wär' dieser junge Mann doch ein anderer Charakter, so fein und höflich. Sie meinte mich damit, der ich grade überlegt hatte, ob ich mich nicht auch mal wegstehlen sollte, zum Bahnhof oder sonstwohin.
Diese alte Dame hatte andere Erfahrung machen müssen, als der alte Herr Kück und die geschiedene Frau Maaßreich: Mit Ärzten und mit Rechtsanwälten war sie bislang gut ausgekommen. Sie, ihrerseits, hatte mehr die Lehrer auf dem Kieker. Was das für Typen seien! Faul bis dorthinaus und ungerecht. Der Klassenlehrer ihrer Enkeltochter habe für ein Rauchzimmer in der Schule plädiert! Bei *den* Lehrern, da müsse man sich nicht wundern, wenn die Jugend über die Stränge schlägt.

Im Keller war ein Ansatz zu Kneippbehandlungen auszumachen: Das war sich der Harz schuldig. Mehrere Holzbottiche standen in der ehemaligen Waschküche, und Schalen, in denen man die Beine mal heißem und mal kaltem Wasser aussetzen konnte, wenn heißes Wasser vorhanden war.
Dies gefiel mir. Für kalten Blitzstrahl war ich nicht zu haben, aber auf einem Schemel sitzen und mit den Beinen gemütlich in warmem Wasser plätschern – das war angenehm. Öfter saß ich dort, und ich zählte die Lastwagen, die draußen vorüberpolterten.
Die verworfene Enkelin kam ab und zu herunter mit ihren gerupften Haaren, billige Ringe an den dicken Fingern. Sie schwang sich mit ihrem frechen Popo auf den Wäschetisch und rauchte mir was vor. Schillernd war ihr Blick, und Jeans trug sie, mit denen sie sich, wie uns von der Großmutter mitgeteilt worden war, in die Badewanne gesetzt hatte, um sie den Schenkeln zuzuformen.
Als wir etwas vertrauter miteinander waren, drehte sie mir mit dem Zeigefinger wohl auch mal in den Locken herum. Sie reckte und sie streckte sich, und hinter dem Kneippkeller war ein dunkler Abstellraum, da mußten wir natürlich mal nachsehen, was da so alles untergestellt ist, und es war ein ziemliches Gewurstel.
Eines Tages kam die Großmutter die Kellertreppe herunter. Ich wurde knapp fixiert, und die Enkeltochter wurde hinaufgerissen in das helle Licht des Tages.

Erholungstage im Harz: Auch sowas geht vorüber. Ob ich mit dem Mädchen irgendwelche Sachen gemacht hätte, wurde ich gefragt. »Sieh mich an, Junge?« Solche Mädchen gingen über Stock und Stein!
Und dann saßen wir die letzten beiden Tage auch noch ab, auf den gepackten Koffern, lauschten den Lastwagen auf der Straße und der Kreissäge auf dem Hof, die von einem Trekker mit Treibriemen angetrieben wurde: »Klangsäule und Laufwerk«, wie man das musikalisch hätte ausdrücken können.

Ich hatte in meinem Notizbuch den Namen »Jutta« einzutragen, strich ihn jedoch wieder durch. Man würde diesem Wesen wohl niemals wiederbegegnen. Leider.

Herrlich war es, nach Hause zurückzukehren, »Gott sei gelobt, gepriesen und gepfiffen!« Nach Hamburg in die liebe kleine Baracke, grün mit weißen Fensterrahmen, wo die Dahlien bereits aufgegangen waren. Ein Haufen Briefe lag im Kasten, und die Haustür hatten wir vergessen abzuschließen, mitten in Hamburg, und das war ja nun wirklich zum Totlachen.
Von den Ämtern immer noch nichts. Kein »Ja« und kein »Nein«, weder die Mitteilung, daß man sich die »Entschädigung« auf der Amtskasse in der Schloßstraße, Zimmer 11 a, abholen kann, noch das Gegenteil davon. Mal nachfragen irgendwie? Lieber nicht. Wer viel fragt, kriegt viel Antwort. Eines Tages würde schon die Nachricht des Glücks kommen, und alle Sorgen würden wie ein böser Traum verfliegen.

4

Hamburg, im Juni 1956: Die ersten Bundeswehrsoldaten in der U-Bahn und: »Schon wieder verließen 2315 Menschen die Zone«, das stand in der Zeitung.
»Nackter Amazonas«, diesen Film sah ich mir an – »Einiger Eingeborenenszenen wegen nicht für Jugendliche« – und den »Hauptmann von Köpenick«: Wie Rühmann in der Anstaltskirche die zweite Stimme singt.
»Wat haste jemacht mit dei'm Leben?«
»La Strada«, nicht wahr, das trompeteblasende Mädchen, ein bißchen mongoloid kommt sie einem vor, und dieser Unhold da, der Grobian, warum ist der nicht 'n bißchen netter zu ihr? Sich im heißen Juni ins Kino setzen, nicht zu weit hinten, nicht zu weit vorn, VistaVision, zweimal pro Woche, solange das Geld reicht: »Whisky, Dynamit und Teufelsweiber« und »Die Farm der Verfluchten«. Nichts auslassen und nichts übersehen.
»Der rote Ballon«, das war ein schöner Film, ein kleiner Junge, dem ständig ein Luftballon folgt, auf Schritt und Tritt. Wie sie das wohl gemacht haben? fragte man sich. – Mit mir ging's umgekehrt zu dieser Zeit.

Auch den Belustigungsbons wendete ich mich zu, in ein Scheckbuch waren sie eingeheftet, und perforiert waren sie. Der Bon für Hagenbeck: Ich fuhr hinaus nach Stellingen und verbrachte einen Tag Freiheit vor Gittern und Gräben. Den Pfeilen muß man folgen, damit man nichts verpaßt, die unruhig hin- und herhastenden Wölfe nicht, und nicht die Korkenzieherantilopen. Vom Eingang wird man zum Ausgang geleitet. Wer draußen ist, kann nicht wieder hinein.

BITTE NICHT FÜTTERN!

»Wo sind bloß die Giraffen?« denken, wenn man bei den sich wiegenden Elefanten steht, ein Neger mit Gazelle zagt im

Regen nie, Giraffen sind stumm, das weiß man noch – »Der Löwenritt« – sie spreizen die Beine, wenn sie was vom Boden aufnehmen wollen, und ihr Fell ist gezeichnet, »als ob flirrende Hitze über der Steppe steht...« Bloß nicht die Giraffen verpassen! Und im Zooführer nachschlagen, wo denn nun eigentlich die Wasserbüffel zu sehen sind, Zebus und Buckelrinder: Büffel, denen das Wasser beim Saufen aus dem Maul trieft. Bei den Büffeln an den eingezäunten Spielplatz mit Kindern denken, an dem man vorübergegangen ist, ohne groß hinzugucken: *Das* war es gewesen: Der Geburtstagsnachmittag im Jahre 1935, die Kindergesellschaft... Mit glattgebürstetem Haar Topf schlagen, und als Trostpreis das Geduldspiel, in dem eine Maus in die Falle geruckelt wird (auf der Rückseite ein Spiegel). – Stachelbeertorte hatte es gegeben, auf unappetitliche Weise unansehnlich.
Der Großvater zeigt seinem Enkel die glühenden Augen des Leoparden. Er deutet in die Dunkelheit des Käfigs, dorthin, wo die Augen glühen, und er tut das mit dem Spazierstock.

Die Hafenrundfahrt: Daß Hamburg wieder was gilt in der Welt, – »he lücht!« – und die Russen, das sollt' man gar nicht glauben, die haben auch große Schiffe, aber sie pflegen sie nicht, sie lassen sie verkommen. Russen haben kein Verhältnis zur Seefahrt: Merkwürdig, daß die roten Matrosen, die man da oben an der Reling herumstehen sieht, nicht über Bord jumpen, jetzt wär' doch die beste Gelegenheit? Hamburg? Könnten sich doch als Kellner verdingen oder als Taxifahrer, jeden Groschen zur Seite legen und eine Würstchenbude aufmachen? Ziehen es vor, in ein Land zurückzukehren, in dem man nichtsahnende Bürger ins Gefängnis wirft?
Die Russen? Können nicht Fahrrad fahren und trinken Schnaps aus Wassergläsern. Russen haben dicke Frauen, spucken in die Gegend und sind unberechenbar.

Die Hafenrundfahrt und die Stadtrundfahrt: Was alles stehengeblieben ist bei den Bombenangriffen, der gute alte Bismarck, wie eh und je, und was alles wiederaufgebaut ist, ganze

Stadtteile neu entstanden, die Katharinenkirche hat schon wieder einen neuen Turm: und hier das Springer-Hochhaus, die ganze Last auf dünnen Säulen?
Der Fremdenführer in dem Panoramabus, der nur noch einen Arm hatte, bat den Fahrer, einen kleinen Umweg zu machen. Er sprach durchs Mikrophon davon, daß hier, in dieser Straße, die nach nichts aussieht, in der die nagelneuen Mülleimer so ordentlich vor jedem der nagelneuen Häuser stehen, daß hier die Menschen damals wie lebende Fackeln herumliefen! Das ist noch gar nicht lange her! Der Fahrer fuhr langsam und gleichsam taktvoll durch diese Straße, weich wippte das Fahrzeug in den Federn, und fast unhörbar glitt er dahin, der Panoramabus, von dem der Hamburger Senat über zwei Exemplare verfügte, blank und schön.
Der Fahrer an seinem nagelneuen Steuerrad: Seine Ohren waren ein wenig angeknabbert, das war ihm im kalten Rußland widerfahren, doch jetzt saß er in einem warmen Bus und fuhr durch eine Straße, der nichts mehr anzumerken war von lebendigen Fackeln und von Feuersturm.
»Und nun sehen Sie bitte alle mal nach rechts!«
Rechter Hand die Reeperbahn, sehr sehenswert, mit Hippodrom und Café Keese, mit bunten Mädchen und ganz normalen, schwarzgekleideten à la Juliette Greco, schwarze Hose, schwarzer Pulli, schwarzes Haar.
Schwere Jungens und leichte Mädchen – sehr sehenswert. (»Hamburg ist nämlich eine Hafenstadt.«) Allerdings, wenn man weiß, daß man empfindlich ist, sollte man sich sowas lieber nicht ansehen: Neulich – wie war das noch gewesen – da hatte ein norwegischer Pastor einen Weinkrampf gekriegt, als er die Damen vom horizontalen Gewerbe in einem Schaufenster hatte sitzen sehen, der war sofort nach Hause gefahren und hatte dort Zeitungsartikel über Deutschland verfaßt: Die Deutschen achten nicht die Würde ihrer Frauen.

Der Bon fürs Museum: Vor dem Portal die fünf Erdteile in weiblicher Gestalt aus Stein.
Schülerhorden tobten durch die Säle, einzelne Lehrer dabei,

mühsam die Würde wahrend. Im Parterre das Skelett eines Walfisches, mit Drähten zusammengehalten, und daß das noch gar nichts ist, die Saurier waren noch viel größer! Soundso hoch, soundso lang, soundso breit! ausgestorben schon vor Jahrhunderttausenden, und zwar nur deshalb, weil die Temperatur im Jahresdurchschnitt um ein halbes Grad gefallen ist.

Neben dem Skelett des Walfisches ein Elefant aus Bronze. Was der wohl gekostet hat? Einen Elefanten aus Bronze hier aufzustellen, das hätte sich die Museumsverwaltung getrost schenken können. Wie Elefanten aussehen, weiß man schließlich noch.

Im ersten Stock hingen die verschiedensten Einbäume unter der Decke, von den Fidschi-Inseln hatte man sie geholt. Darunter standen Schaukästen, mit den Nachbildungen von Farmen: Wenn man auf Knöpfe drückte, bewegte sich das Ganze! Die einzelnen Stationen, die der Kaffee durchlaufen muß oder der Tee, um für Menschen genießbar zu werden, leuchteten auf: das Herrenhaus, auf dessen Terrasse sich die weiße Frau des reichen Farmers räkelt.

Im nächsten Saal standen lebensgroß die letzten Botokuden, in ausgestopftem Zustand mit rekonstruiertem Werkzeug in der Hand, vor nachgebildeten Hütten. Vater, Mutter, Bruder, Schwester. Im Vordergrund zwei Botokudenkinder, die schon mal lernen, wie man einen Vogel abbalgt, fleißig sind sie und gelehrig: Die liegen ihren Eltern später nicht auf der Tasche. – Aus einem Lautsprecher tönte das Zirpen von Zikaden, und ab und zu grollte ein Puma aus der Ferne: Um 12.30 Uhr wird die letzte Musik der letzten Botokuden zu hören sein, die ein Forscher aufnahm, unter Einsatz seines Lebens: Die Tonbänder lassen schon nach! Bald wird man sie wegschließen in einen Stahltresor, für immer und ewig, damit auch ein ferneres Menschengeschlecht sich anhören kann die Musik der letzten Botokuden.

Gerettete Balken abgebrannter Häuser waren im obersten Stockwerk zu sehen: Eine Lehrausstellung »Feuerbekämpfung einst und jetzt«. Daß die früher höchst unvollkommen war, heute dagegen klappt. Vergrößerte Stiche an der Wand von der Katastrophe 1842 – komische Feuerwehrleute an einer komischen Spritze – und Fotos aus dem Jahre 1943 von Schrumpfleichen, ganz ähnlich denen, die im ersten Stock federngeschmückt in Glaskästen saßen.

Der Bon für die wiederaufgebaute Staatsoper bescherte mir eine Oper, die »Lulu« hieß, die Geschichte einer Dirne.
Zusammen mit Querbinder tragenden Schülern, dicken Frauen in glitzernden Silber-Kleidern und goldenen Schuhen, schwitzende Ehemänner hinter sich herziehend, ließ ich mich hineinsaugen in die neue Staatsoper, in die demokratischerweise keine Loge für das Staatsoberhaupt eingebaut worden war.
Die Bühne hatte man an diesem Abend wie eine Manege gestaltet, die Hintergrund-Kulisse mit tausend Zuschauerköpfen bemalt, und in der Mitte der Bühne stand ein Lottersofa, auf dem sich Lulu räkelte. Zu beanstanden war, daß das Sündig-Fleischliche dieser Oper nicht sündig-fleischlicher ausfiel. Mit Räkeln allein ist sowas nicht getan.
Die Lulu nicht hübsch genug und keine Wollust bei der Sache, so wenig wie bei den sich wälzenden Damen auf der Reeperbahn.
»War es schön?« fragte die Mutter zuhaus, und ich sagte, daß es mir gefallen hat.

Zwischendurch das fünfte Bundestreffen der Spät- und Spätestheimkehrer: Zehntausend Menschen auf dem Rathausmarkt.

Heimat, deine Sterne.

Mit Schildern standen sie da. »Wer kennt den Leutnant Zuckertort?« Und: »Achtung, Torgauer, wir treffen uns im Schwarzen Bären.« Das kann doch noch nicht alles gewesen sein?
»Die Toilettenwagen befinden sich an der Südflanke des Platzes«, und: »An dem dunkelroten Borgwardt mit dem Kennzeichen Sowieso ist die Beleuchtung nicht abgeschaltet worden.«

Im Verwaltungsbüro gab es Essenmarken für Würstchen und Kartoffelsalat, gestiftet vom Senat, und Getränkemarken für Bier, wahlweise Coca-Cola.
Armbanduhren sollte man über Klaus Lauterberg vom Block der Heimatvertriebenen und Entrechteten kaufen, und: »Bist du denn blöd?« den Mantel natürlich bei der Firma Steiger. Das ist doch auch ein Kamerad.
Ein Minister sprach durch das Mikrophon, aus Bonn war er gekommen in einem schwarzen Mercedes, man hielt einen Schirm über ihn, weil es grade mal wieder regnete, – an den Parteitagen in Nürnberg hatte es nie geregnet! – und er schrie in das Mikrophon, weil er mißtrauisch war, ob ihn auch jeder hört: Von den Brüdern und Schwestern in der Zone schrie er was ins Mikrophon, daß wir unsere Herzen nicht erlahmen lassen sollten, die Wiedervereinigung in Freiheit herbeizuführen, und wenn man das bedenke, daß die da drüben immer noch Lebensmittelkarten haben!
Dies war der Minister, der alle Denkmäler einweihte, Findlinge mit handgeschmiedeter Kette drumherum und mit Bronzebuchstaben: WIR WARTEN AUF EUCH! Aus Bonn war er gekommen von seinen wichtigen Verhandlungen dort, um den Menschen, die hier zusammengekommen waren, Trost zu spenden. Von Einheit in Freiheit sprach er, und daß diese Woche wieder dreitausend aus der Zone gekommen sind, und daß ein System, das auf Unrecht gegründet ist, sich selber richtet und eines Tages wie nichts in sich zusammenfällt.
In den Fenstern der umliegenden Bürohäuser lagen Menschen und hörten zu. Das waren vermutlich ebenfalls Heimatvertriebene, Entrechtete, Flüchtlinge und Spät-, Später- und Spätestheimkehrer. Die sangen mit, als die Nationalhymne von den Fassaden hallte, und der Minister sang auch mit, das konnte man deutlich hören, und *der* sang die letzte Strophe.

Einem zierlichen blonden Jüngling begegnete ich auf diesem Treffen, der hatte sich im Knast immer sehr still verhalten, immer nur auf der Pritsche gesessen und vor sich hingeknüsert.

Dieser junge Mann hatte sehr genaue Vorstellungen von seinem Lebensweg. Jetzt studierte er erstmal Jura, war gleichzeitig in der CDU aktiv, hielt Vorträge über das unmenschliche Ostzonen-Regime, in denen er beschrieb, wie die Gefangenen in Bautzen der Reihe nach gefoltert worden seien, nach dem ABC. Sein Traumziel war Bonn, und er hatte schon mal vorgefühlt und Bonn hatte gesagt: »Ja, solche Leute wie Sie können wir gebrauchen.«

Drei Vorträge habe er bereits ausgearbeitet, den über die Folterungen, einen zweiten über Widerstand in der SBZ und kürzlich noch einen dritten: Neue Aspekte hinsichtlich der Wiedervereinigung. In der Ferne kündige sich ein Großprojekt an, ein Buch über Bautzen, mit allen Schikanen! Den Leuten würde das Blut in den Adern gerinnen.

An mir hatte er zu monieren, daß ich Tabakkrümel in die Gegend spuckte. Sowas gehe nicht, hier draußen. Und auf keinen Fall »Scheiße« sagen oder ähnliches. Was die Kleidung betreffe, mein Anzug sei ja ganz gut, aber nicht zu sehr Ton in Ton gehen! das schärfte er mir ein. Die Krawatte als mutigen Kontrast zur Farbe des Anzugs verstehen. Aber nicht rot zu braun! Um Gottes willen.

Ferner: Wenn einem Feuer angeboten wird, vielleicht von einem älteren Herrn, dem dann das brennende Streichholz aus der Hand nehmen. Und die Sonnenbrille natürlich ab, wenn man mit jemandem spricht.

Er gab mir eine Adresse in Bonn, von einem Menschen, der auch gesessen hatte und sich jetzt im Bundesministerium für Gesamtdeutsche Fragen befand. Von diesem guten Manne könnte ich jede Menge Bücher kriegen, und zwar umsonst! Wenn ich erstmal in dessen Verteiler drin wär, kriegte ich laufend Bücher, Zeitschriften und Broschüren. »Die SBZ von A bis Z« zum Beispiel und die Informationsblätter zur politischen Bildung, oft ganz interessant, er habe schon *so* einen Stapel.

Wie es meinem Bruder gehe. »Was? Der sitzt immer noch?« Na, das schreibe er sich jetzt mal auf. Er wolle sehen, was sich da machen ließe. »Soweit kommt das noch!«

Dann sah er auf die Uhr. Oh! Nun müsse er aber gehn – er habe nämlich noch eine kleine Verabredung. Er stand auf und ordnete Schal, Jackett und Mantel, und dann reichte er mir die Hand und schüttelte sie ausdauernd. Ich sollte doch auch Jura studieren, wie er, mit Jura könnte man eine ganze Menge anfangen. Und wenn er dann irgendwann in Bonn sitzt, dann holt er mich nach.

S-Bahn fahren, von einer Endstation zur andern, mit stillen Menschen, die ernst vor sich hinblicken und im Takt mit dem Kopf wackeln. Da hinten sitzt ein hübsches Mädchen, das Kleid auf den Schultern geknotet – jetzt steigt sie aus. Dafür steigt ein anderes ein, auch nicht zu verachten – Pepita-Rock und Nicki-Tuch, Uralt Lavendel.
Den Elbtunnel sah ich mir an: Fotos von Kaiser-Wilhelm, wie der den Tunnel einweiht, Leute mit Zylinderhut und Schärpe, weißgekleidete Jungfrauen. Mit dem Lastenaufzug fuhr ich hinunter, und dann ging ich die eine Röhre hinüber und die andere Röhre wieder zurück. Die Wände gekachelt – feucht. Sonderbar, daß vielleicht gerade jetzt ein Schiff über den Tunnel hinwegfuhr...
U-Bahn, S-Bahn – auch mit der Linie 51 fuhr ich, und zwar nach Volksdorf, zweite Querstraße rechts, drittes Haus, Hille-Pille. Hatte sie nicht gesagt: »Guck mal wieder ein?« – Sich zu ihr setzen in die Küche und ihr beim Bügeln zusehen und vom Gefängnis erzählen, während sie die Wäsche einsprengt.
Die Tante öffnete mir mit Hut auf dem Kopf, sie müsse gerade in die Stadt: »Und Helga ist auch nicht da, sonst hättest du mit der spazierengehen können...« Ob ich mitkäme, stadteinwärts?
Und dann saß ich wieder in der S-Bahn, zusammen mit stillen Menschen, die ernst vor sich hinblickten und im Takt mit dem Kopf wackelten. Leute stiegen ein und wieder aus, und daß ich mich ruhig mal wieder sehen lassen soll, sagte die Tante, aber vorher durchrufen, das ist immer besser.

Bei Tante Thea, der dürren, war festzustellen, daß man auch

in der Garderobe sitzen kann, im »Entrée«, auf einem würfelförmigen Hocker neben einem mit farbigen Fotos beklebten Schirmständer, der hier wohl als »Pfiff« gedacht war. Bei Tante Thea waren grade drei Damen zu Besuch, von denen wurde gesagt: »Die kennst du ja doch nicht.« Deshalb saß ich in der Garderobe, und mir wurde ein Glas Portwein herausgebracht und die Rundfunkzeitung mit: »Original oder Fälschung?«, einem Spitzweg-Bild in doppelter Ausfertigung. Suchkind 312.

Als ich da so saß, kam einer meiner Vettern nach Haus. Der sagte »Hallo?« zu mir und: »Wie geht's?«

Er sei grade ein paar Tage zu Haus, bevor er seine neue Stelle antritt, und vielleicht sollten wir mal ein Vettern- und Kusinentreffen veranstalten, was aus jedem so geworden ist, und daß sich mal alle richtig kennenlernten und einander hülfen, wenn Not am Mann ist?

Ich sollte ihm mal meine Adresse geben, er riefe mich an, wenn's soweit ist, sagte er noch, und dann stieg er nach oben, wo er sein Zimmer hatte, mit Schreibtisch, Globus und Blick auf den Fußballplatz.

Rita freute sich, daß ich sie mal wieder besuchte, morgens um halb elf. Sie hatte ihre Geige unterm Kinn und übte, immer rauf und runter. Ich bekam ein Schälchen mit Keksen und ein Süßmutglas voll Martini, und ich hörte ihr zu, immer rauf und runter. Ob ich diese köstlichen Musikkarikaturen kennte, fragte sie, ohne abzusetzen, von diesem Engländer. »Wie heißt er man noch. Da drüben liegt das Buch«, ich sollte es mir ruhig mal ansehen.

Das Zimmer war ziemlich ungemütlich, das muß ich wirklich sagen. Ein schwarzes Büfett – beim Brand gerettet – mit Kristallschalen in der Vertiefung, ein Eßtisch mit schwarzen Stühlen und ein Bett, zur Couch mit Steppdeckrolle umfunktioniert. Über dem Bett allerdings, und das war anzuerkennen, van Goghs »Sonnenblumen«.

Vom Fenster aus sah man auf einen Hinterhof. Da stand ein kleines Gebäude, in dem irgendwelche Konserven hergestellt

wurden. Die Frauen hatten grade Pause, die saßen vor der Tür. Jetzt kam der Chef mit einem Mercedes auf den Hof gerollt. Der sprach mit den Frauen, daß die zwölf Kisten noch bis heute abend fertig sein müssen, ob sie das wohl schaffen? Ja, das schaffen sie, sagten die Frauen und drückten die Zigarette aus. Das wär ja gelacht.
Inzwischen strich die Kusine ihre Geige mal ganz oben und mal ganz unten. Nahm sich dann auch ein reguläres Stück vor, die zweite Stimme, wie zu hören war. Daß die Bogenhand wichtiger als die Griffhand sei, das erfuhr ich, die forme nämlich den Ton, und daß man auch die Pausen *spielen* muß, und: Das könne sie nicht aushalten, daß die Leute zu ihr sagten: »Was haben Sie für eine kostbare Geige«, wenn ihnen ihr Spiel gefallen hat.
Der Martini, das muß gesagt sein, schmeckte ziemlich nach Marmelade.

Zum Notizbuch gesellte sich noch das Tagebuch. »War beim Haarschneider.«
Die Vergangenheit rekonstruieren: alles aufschreiben, solange das Gedächtnis noch Kleinigkeiten hergibt, die bösen, einsamen Stunden der Untersuchungshaft, in denen es jedoch Lichtblicke gegeben hatte, und auch die guten Stunden, später dann, in Bautzen, die allerdings gleichzeitig sehr beschissen gewesen waren.

Heil'ge Nacht, oh gieße du ...

Die *schönen* Stunden! Wie man mit Freunden zusammen auf der Pritsche gelegen und an die Zukunft gedacht hatte, Stunden, in denen man von früher erzählt hatte und Gedichte leise vor sich hinsprach oder sang.

Ein Knäblein ging spazieren
ins Rosengärtelein ...

Wie ging die zweite Stimme man noch?
Die schönen Stunden, aber auch die bösen Stunden, in denen man sich um die Zukunft sorgte: Was sollst du bloß machen, wenn du eines Tages rauskommst?
»Die Verwandten versagen auf der ganzen Linie«, schrieb ich

in das Tagebuch, und daß die mir den Buckel runterrutschen können. »Die kommen schon noch mal.« Daß ich das erlebe, daß *die* noch mal kommen, das war mir klar.

Den Bon für das Planetarium ließ ich verfallen. Daß die Erde noch drei Milliarden Jahre existiert, das ist ja auch kein Trost. Ich fuhr statt dessen zum Hauptbahnhof und beobachtete die Güterzüge, die dahinzuckelten, ganz gemütlich, klipp-klapp. Dermaßen lang waren sie, daß man die Lokomotive vorne ganz vergaß.
Die schwer andampfenden Reisezüge – wenn der Lokführer nicht aufpaßt, drehen die Antriebsräder durch – und die kleinen schnellen S-Bahnen, die sich immer gleich in die Kurve legen.
In die Photomaton-Kabine setzte ich mich und ließ mich viermal blitzen, kling-kling-kling-kling, jedesmal einen andern Gesichtsausdruck, vom verbitterten über den müden bis zum hoffnungsvoll und übermütigen: Ach, das Leben ist doch schön.

5

Zu diesem Zeitpunkt fiel mir der Kamerad in Lübeck wieder ein, der mit mir die Pritsche geteilt hatte.
Ich stieg in den Etagenzug und fuhr also nach Lübeck: »Das wird ein Pfundsspaß«, dachte ich, und ich erinnerte mich daran, daß wir uns immer gut verstanden hatten: »Lieder ohne Worte«, hatten wir es genannt, wenn wir, ohne es auszusprechen, dasselbe dachten, damals, auf der Pritsche: Ein Blick, eine Geste, das genügte.
Lübeck lag unter einem Caspar-David-Friedrich-Himmel, einschließlich Regenbogen; doch die Kirchtürme waren enttäuschend klein von weitem und gar nicht »akkordierend«, jeder stand für sich.
Durch das tiefliegende Holstentor schritt ich hinein in diese Stadt, rechts die zerstörte Petrikirche, links die Stümpfe der Marienkirche, und durch das Burgtor schritt ich wieder hinaus, dort draußen nämlich, so stand in meinem Notizbuch, in der Schomburger Allee, sollte jener mit einem Plus-Zeichen versehene Mann wohnen, der immer so freundlich zu mir gewesen war: Überraschen wollte ich ihn nach so langer Zeit, so wie er mich hatte überraschen wollen in Hamburg, was ins Wasser gefallen war wegen der Matthäus-Passion, die ich mir angehört hatte. Damals hatte er mich besucht, nun würde ich ihn besuchen, und darüber würde er sich freuen, damit war fest zu rechnen.

Schomburger Allee Nr. 36. Auf der Klingelleiste, ohne Zweifel, stand der mir vertraute Name. Da die Haustür offen war, stieg ich hinauf in den dritten Stock, an Stegemann und Nicolai vorbei, Marquart, Meyer und Fresch, und oben im dritten Stock, links, klingelte ich. Doch es wurde nicht geöffnet. »Das ist aber eine Überraschung!« Diesen Ausruf freudigen Erstaunens bekam ich nicht zu hören, und die Begrüßung

nach Knastrologenart fand nicht statt. Auch ein erneutes Klingeln brachte ihn nicht zum Vorschein, das Horchen an der Tür und auch das Rütteln war ohne Ergebnis. Lieder ohne Worte? Drei Uhr nachmittags, man hätte sich eben doch anmelden sollen.
Ich wartete eine Weile, dann stieg ich die Treppe wieder hinunter, vorbei an einem Mädchen mit Puppenwagen und Spange im Hahnenkamm. Ob sie meine, daß der Onkel da oben bald wieder nach Hause kommt, fragte ich.
»Kann sein!« sagte sie.

Ich ging wieder zurück in die Stadt. »Das Ankleben von Zetteln wird strafrechtlich verfolgt!« stand auf den Stromverteilern. Dann und wann wurde ich von Bussen überholt, mit Menschen, die auf mich herunterguckten.
Auf das Burgtor schritt ich zu. Das durch einen barocken Helm entstellte Burgtor, von Mauerresten flankiert und eingefaßt, dahinter gleichgewichtig die alten Kirchen, wie imposant das mal gewesen war, das ließ sich ahnen, von Malern sicher tausendfach gemalt, gezeichnet und für die Ewigkeit gestochen.
Wie schade, daß man hier jetzt nicht auf seine Heimatstadt zuschritt, so dachte ich, Rostock, streckenweise konnte sie mithalten, diese Stadt, mit Lübeck, aber, wenn man ehrlich war, eben doch nicht so ganz: Schwartauer Marmelade – auf dem Etikett war die Silhouette der Stadt Lübeck zu sehen, wie auf der Rostocker Sieben-Türme-Wurst die Silhouette der Stadt Rostock zu sehen gewesen war. Nein, wenn man ehrlich war, Rostock konnte nicht mithalten mit dieser Schwesterstadt: Und nun auch noch in der Hand der Russen? Das war ja schon fast peinlich.

An der Marienkirche wurden gerade Bretter hingeschmissen, da war das Betreten verboten, und im Dom tropfte Regen auf die Trümmer herab: noch weiter dürften sich die Turmstümpfe nicht neigen, das war ganz offensichtlich, sonst würden sie in sich zusammenstürzen.

Wir klatschten in unsere Hände vor Freude,
als die Bomben auf Lübeck fielen ...

Bei Niederegger waren Marzipanwelten zu besichtigen, Äpfel, Birnen und Bananen, sorgfältig bemalt. Kartoffeln in kleinen Körben, das Holstentor in jeder Größe und Schweine, eines neben dem andern, ordnungsgemäß mit Ringelschwanz. Einer japanischen Delegation wurde das grade gezeigt: »Gehen Sie bitte mal ein bißchen zur Seite«, und es wurde gesagt, daß dies auch alles kaputt gewesen sei, man habe praktisch vor dem Nichts gestanden. Fotos wurden gezeigt, hier, die einzige noch heile Misch-Maschine, aus den Trümmern herausgeklaubt, und dann wurde gesagt, daß die Marzipanmasse immer teurer würde, die Preise seien nicht mehr zu halten. Verdienen tue man fast gar nichts mehr daran. »Den Rest holt die Steuer.«

Vor dem Niederegger-Haus übrigens, vor dem wiederaufgebauten Stammhaus, das sei den verehrten Gästen wohl gar nicht aufgefallen: die modernen Mosaikpfeiler? Vom Architekten als ein sachliches Echo auf die vier Baldachin tragenden gotischen Pfeiler des gegenüberliegenden Rathauseinganges gedacht. Altes und Modernes, Stil neben Stil, Hand in Hand, ganz ohne Minderwertigkeitskomplexe. Mosaikpfeiler, die einen Haufen Geld gekostet hatten, Hansekoggen wiedergebend, Kräne, Kirchen und – hier unten – auch ganz klein das Niederegger-Haus, mit den vier Mosaikpfeilern davor. Ziemlich raffiniert, was?

Lübecker Marzipan, *Rostocker* Doppelkümmel und *Danziger* Goldwasser. In Königsberg ging's dann wieder mit Marzipan los, aber davon konnte nun wohl keine Rede mehr sein. »Kaliningrad«, wenn man das schon hörte ...

Markopano, das Brot des Markus, dieses süße Gebäck aus Mandeln, Puderzucker und Rosenöl.

Ich setzte mich in das Café, trank meinen Kaffee und sah den Leuten zu, die da saßen und auch ihren Kaffee tranken. Dort links ein ehemaliger Offizier? Dort rechts die NS-Frauenschaft? Auf alle Fälle Schülerinnen, vom Katharineum, in

Pullover mit V-Ausschnitt, schwarz vom Scheitel bis zur Sohle. Schülerinnen, die nicht mehr wußten, was BDM bedeutet.
Den Zigarettenrauch bliesen all diese Menschen mal nach links und mal nach rechts, unter die Decke und zuweilen sogar nach unten, durch die Nase. Die Ami-Zigaretten hatten besser gerochen, damals, da war einem schwindelig geworden schon bei einem einzigen Zug.
Kleine runde Marmortischchen und eine blonde Bedienung. Sie heranrufen und fragen, wo auf der Getränkekarte denn nun eigentlich die Schnäpse stehen? Sich das zeigen lassen und für einen winzigen Moment ihren Zeigefinger berühren? Merkwürdig, daß dieses doch wahrscheinlich ganz einfache Menschenkind Sperenzien machen würde, wenn man ihm ein wenig nähertrete ...

Draußen hatte es aufgehört zu regnen. Ich sah mir die Läden an: Buchhandlungen mit Bücherbergen, Schlachtereien mit Wurstbergen, Musikgeschäfte mit Radiobergen. Schließlich auch ein Uhrengeschäft, vor dem blieb ich etwas länger stehen. »Ich geben Ihnen Ihre Zeit zurück ...«
Der Kauf einer Armbanduhr würde sich nicht vermeiden lassen, schwarzes Zifferblatt und Metallarmband, die würde ich mir kaufen eines Tages, wenn die »Entschädigung« kommen würde. So als ob man eine Klappe öffnet, würde sie kommen, und aus der Klappe würden Goldstücke herausrutschen. Und dann öffnet sie sich noch einmal, und dann rutscht da wieder was raus. Ein steter warmer Strom.
Ich guckte mir die Uhren an, wie sie tickelten und tackelten, mit Pendel links, rechts, links, rechts, alle auf halb Fünf gestellt, mit kleinen Preisschildern versehen, die im Wind der Ladentür: kling-klong-klüng sich drehten. Eine der Uhren, das war erstaunlich, die war ihr eigener Pendel, und auf dem Tresen stand eine unter Glas, die von vier goldenen Kugeln angetrieben wurde wie ein Karussell.
Merkwürdig, daß es hier keine Sanduhren und keine Sonnenuhren zu kaufen gab. Die gehören doch auch dazu.

In »Lubeca« fand die zweite Begehung einer Buchhandlung statt. Hier kaufte ich die »Buddenbrooks«, weil ich es originell fand, in Lübeck dieses Buch zu kaufen. – Im Winter, vielleicht bei einem Glas Wein, Seite für Seite dieses Buch vereinnahmen, obwohl – Verfall einer Familie? Eigentlich kein schönes Thema.
Die »Buddenbrooks« und »... traun fürwahr«, Professor Unrat, dieses erstklassige Buch. Gleich mal notieren, was man sonst noch alles kaufen muß für diese spezielle Bibliothek: Viel gab es nicht, in dieser Richtung.

Gegen fünf Uhr war ich wieder bei meinem Freund, der es nun schwer haben würde, mir was anzubieten, wo ich doch grade einen Kaffee getrunken hatte. Das kleine Mädchen mit dem Hahnenkamm saß noch immer in der Tür, und es sagte: »Der Onkel ist noch nicht gekommen«, und dabei sah ich, daß sie eine entzückende Zahnlücke hatte. Nein, der Freund war noch immer nicht da, das war im dritten Stock zu überprüfen. Dafür merkte ich, wie hinter mir in der gegenüberliegenden Tür die Türfenstergardine zur Seite gerafft wurde: Wer das da ist, der da dauernd klingelt und nicht kapiert, daß das keinen Zweck hat.

Tante Lotti besuchen? Bei der Gelegenheit? – Diese etwas merkwürdige Frau, die mit einem Mann verheiratet gewesen war, der mit rostigem Eisen und mit Schmieröl zu tun gehabt hatte? Ich ging in die Kronsforder Allee, da stand das Haus, wie eh und je, unversehrt, und die Tante saß im Erker, als ob sie mich erwartet hätte und winkte mir zu und war überhaupt nicht verwundert, daß ich sie besuchte. Mir wurde ein Teller hingeschoben, und sieben Kekse wurden mir wie Geldstücke hingezählt, und dann deklamierte mir diese Frau, die auf fatale Weise meiner Mutter ähnlich sah, Witze von Klein Erna, immer einen nach dem andern. Sie dachte wohl, sie müsse mich, den Spätheimkehrer, erheitern, weil ich doch so viel Schlimmes erlebt hätte.
Die Wohnung wirkte so, als werde sie in Ordnung gehalten für

jemand, der irgendwann einmal kommen wird: Mit drei Kristallschalen auf dem Büfett, drei gleichartige Spitzendeckchen darunter, und eine Seelandschaft an der Wand: Stürmische Wellen, handgemalt.
Nachdem die Tante alle Klein-Erna-Witze ihres Repertoires losgeworden war, verschwand sie im Hintergrund der dämmrigen Stube, kratzte sich am Kopf und zog Schubladen auf, mal kleinere und mal größere, raschelte und kam dann mit einem Umschlag zurück, zögernd und verlegen, einem Umschlag mit Familienfotos. Diese Fotos brauche sie nicht mehr, sagte sie, und ich steckte den Umschlag in die Tasche.
Ich strich diese Frau auf der Minus-Seite meines Taschenbuches aus und übertrug ihren Namen auf die Plus-Seite, direkt unter »Kalle Hesterberg« und »Willi Sänger«.

Mit einem Bus der Linie 10 fuhr ich dann zur Zonengrenze, da drüben lag Herrnberg. 1947 war ich hier schwarz über die Grenze gegangen; ein Graben, das war die Grenze gewesen. Nun war da immer noch der Graben, nur das Gebüsch war gewachsen in der Zwischenzeit, NORDDRAHT, und drüben hörte man die Hunde bellen. »Nie wieder gehst du dahin zurück!« hatte ich mir damals geschworen, und dann hatte ich es doch getan.
»Mange tak for ingen tink«*, sagte ich laut und fuhr nach Haus, und wahrscheinlich tat ich das in dem Moment, in dem mein Freund in der Schomburger Allee die Schlüssel aus der Tasche zog und von einem Kind zu hören kriegte: »Ein Mann war da.« Und: »Wenn ich es nicht geahnt hätte!« würde er dann denken und er würde wissen, wer dieser Mann gewesen war.

* dänisch: »Vielen Dank für nichts«.

6

Und dann fuhr ich nach Kopenhagen.
Siebenundzwanzig Jahre alt und noch nie im Ausland gewesen: Warum also nicht nach Kopenhagen fahren? Wenn man dort eine Schwester hat, die sagt: Die Hinfahrt übernehmen wir? In pekuniärer Hinsicht?
Wenn einem so etwas geboten wird, dann läßt man sich nicht lange bitten. Dann fährt man eben, so weit es irgend geht, nach Norden, dorthin, wo über Hünengräber sich Birken biegen, in weiter Landschaft, wo Menschen wohnen, bei deren Anblick man an guten Käse denkt.
Dänemark, das wollte man schon immer mal sehen, das kleine, saubere Land mit den weißen Häusern, vor dem Krieg, im Krieg und jetzt, im Frieden sowieso.
»Kopenhagen«, wie das schon klingt, so behaglich und gesund: das Wort »labend« fällt einem dabei ein. Daß es in so einem Land überhaupt Kranke gibt?
»Mein Sohn ist jetzt in Kopenhagen«, sagte meine Mutter zum Kaufmann an der Ecke, und der füllte ihr den Zucker in die Tüte.

Ein D-Zug in Leichtbauweise trug mich durch die Lande. Nie wird man es erleben, daß ein hübsches Mädchen fragt: »Ist hier noch was frei?« Immer sind es Männer, die sich ins Abteil schieben, oder alte Frauen mit Thrombosebeinen, denen man die Koffer ins Netz heben darf. Und setzst du dich zu einem Mädchen hinein, dann steigt es gewiß in Flensburg aus.

An der Zugfahrt war bemerkenswert, daß der Himmel sich zeitweilig einschwärzte. Ein Schwarm weißer Tauben, die sich vor den schwarzen Wolken hin- und herwandten, von der Sonne blendend angestrahlt – sowas hatte ich noch nie gesehen. Hochspannungsmasten mit taudicken Drähten, müdemajestätisch, und auch die bekannte Brücke, die kein Ende nimmt, als zweitlängste oder drittlängste Brücke Europas oder der Welt in aller Munde – »Wenn die Brücke kommt, dann mußt du aufpassen...« – alles schön und gut, aber weiße Vögel vor einer schwarzen Wolke? Das war merkwürdig genug.

Eine Frau saß in meinem Abteil. »Dies ist eine reife Frau«, dachte ich, einen schmuddelig-weißen Kragen hatte sie auf der dunklen Bluse. Sie erzählte mir von ihrem Mann, daß sie ihn dauernd kraulen soll, und sie kann es nun nicht mehr ertragen.

In den Städten Richtkränze auf Neubauten und stilles Glück in kleinen Gärten. Dann links Felder, rechts Wälder. Neben dem Zug erscheint ein weißes Auto, das mitzuhalten versucht. *Jetzt* hat es der Wald verschluckt.

»Du fährst jetzt nach Dänemark«, dachte ich, und: »Dies gibt dir das Leben noch her, immerhin.« Und: »Die Kumpels auf West V, die vielleicht in diesem Augenblick gerade Rauchpause machen, die sehnen sich nach dem, was du hier jetzt erlebst.«

Im behaglichen Kopenhagen betrat ich zum ersten Mal in meinem Leben ein Reihenhaus. Das Klofenster liegt neben der Haustür, und es rauscht dort, wenn man klingelt.

Drei kleine Mädchen schmiegten sich an mich: Mette, Karen und Britta, deren Onkel ich war, wie ihnen zunächst auf deutsch und dann auf dänisch erklärt wurde. Sie setzten sich neben mich auf das zweisitzige Sofa, und ich roch ihre von Bananen und Weißbrot genährten Körper. Duftige, von Sonnenlicht getränkte Kleider. Ob Onkel »Hober« auch bald käm'? das fragten sie in ihrer Sprache.

Das Wohnzimmer war mit modernen Bildern behaglich vollgehängt, eines neben dem andern und untereinander, alles voller Porträts und Landschaften mit kleinen weißen Häusern und Hünengräbern, über die sich Birken biegen, modern: also grade eben noch zu erkennen. Auf den String-Regalen Rankpflanzen wie hängende Gärten und Bücher: »Schnipp Fidelius Adelzahn« zum Beispiel, aber auch die Königliche Klassiker-Bibliothek des dänischen Volkes mit siebenundfünfzig Bänden. Und: Tania Blixen, die originelle Erzählerin, die »hier ganz in der Nähe wohnt«, wie mir gesagt wurde, und einkaufen geht wie ein normaler Mensch.

Die Schwester saß auf einem stilistisch wertvollen Stuhl, – »Einfach, aber geschmacklos«, wie sie sagte – eine Schüssel mit Kartoffeln auf dem Schoß. Wie lange hatte man sich nicht gesehen! wie lange hatte man nicht eine junge Frau Kartoffeln schälen sehen: Dies Geräusch beim Ausstechen der Augen, das kam von weit her.

Die Schwester dort drüben und man selbst hier, nach so vielen Jahren. Was hatte man alles erlebt?

Vom Russeneinmarsch in die Heimatstadt wollte ich ihr berichten, wie auf der Landkarte sich zunächst ein Pfeil von Westen (die Engländer!) der Stadt genähert hatte, deutlich zu verfolgen, sodann jedoch ein Pfeil von Osten, und zwar drohend. Dies wollte ich breit und plastisch von mir geben, die Schwester jedoch stoppte die Sache, damit wartete ich am besten, bis auch Sven da sei, sonst müsse ich ja alles zweimal erzählen.

Ob ich auch ganz lieb zu der Mutter sei? fragte sie. Ob ich sie auf Händen trüge? Und während die kleinen Mädchen mir die Brille fettig machten und mich bestiegen wie einen Berg, wurde gefragt: Ob ich schon irgendwelche Pläne hätte? Für die Zukunft? Man kann der armen Mutter doch nicht ewig auf der Tasche liegen?

Am Abend kam der Schwager mit seinen nordischen Zähnen. »Nu? Wie geht's, wie steht's? Fritz fischt frische Fische?« Im Büro sei ein richtiger Kuddelmuddel gewesen, er müsse sich nun erstmal duschen.

Zum Abendessen setzten wir uns in die Eßecke an den nagelneuen Teakholz-Tisch, der einmal pro Monat eingeölt werden muß und deshalb so gut riecht. An der Wand selbstgemachte Fotos vom Urlaub in Norwegen, mal links ein Wasserfall, mal rechts und die Blockhütte steht exakt in der Mitte.

Das Essen war opulent zu nennen.

Es ißt der Mensch,
es frißt das Pferd,
doch heute ist es umgekehrt...

Zunächst ein Aquavit, dann eine enorm fette Brühe, dann wieder ein Aquavit. Mein Platz war mit Blümchen bekränzt, und es wurde erzählt, wie es gewesen war, als man die Mutter zum ersten Mal hiergehabt hatte, grade vier Wochen frei: »Diese tadellosen Kartons werft ihr doch wohl nicht etwa weg?« hatte sie gesagt, und alle Bindfäden hatte sie entknotet und sauber aufgeknäuelt.

»Skol!« wurde gesagt, was zu deutsch so viel wie »Prost« heißt, und dann gab es Gänsebraten mit Apfelmus: Wie mir das schmeckt? wurde ich gefragt, und der Schwager rechnete nach, seit wann ich keinen Gänsebraten mehr gegessen hätte, und das Ergebnis wurde den drei Mädchen mitgeteilt, die das gar nicht glauben wollten.

»Aber nun: ti stille«, nun mußten sie still sein. Wenn Erwachsene reden, müssen Kinder den Mund halten.

Als der braune Vogel vertilgt war, lehnten wir uns zurück und rauchten eine Zigarette, Marke »Cecil«, und von der Mutter wurde geredet, die ruhelos gewesen war. »Wißt ihr noch, ihr Kinder? Ja?« Immer von einem Zimmer ins andere gelaufen und nach acht Tagen abgereist. Rätselhaft und unverständlich.

Nach der Zigarette wurde Rotwein entkorkt, der in Dänemark nicht gerade billig war, und dann wurde gesungen, jeder kam dran. »Sah ein Knab' ein Rö-schen stehn...«, sang der Schwager. Zum Glück wußte ich ein dänisches Lied, das hieß:

Broder Jacob
sover du? sover du?
hør du ikke klokken
bim bam bum...

Danach gab's einen Zitronenkrem, der nicht von schlechten Eltern war. Zum Abschluß Kaffee und kleine süße Kuchen, giftig angemalt, grün und blau, und einen warmen Kognak noch dazu.

Nach dem Essen wurden die Kinder ins Bett geschickt und es wurde hinübergegangen in die durch ein Bücherregal von der Eßecke abgetrennte, mit einem Fellteppich versehene Wohn-Zone. Nun war die Gelegenheit, behaglich zurückgelehnt zu beginnen mit den beiden Pfeilen, die sich 1945 auf Rostock zubewegt hätten, dem ersehnten grünen und dem drohenden roten, und von der Angst, die einem wie ein Kloß im Hals gesessen habe. Der Schwager mußte jedoch aufstehen in diesem Moment und seine Pfeife holen, der Schwager, der im Krieg in Deutschland gearbeitet hatte, weswegen er nun eine deutsche Frau besaß, deretwegen er so manche Schererei hatte erdulden müssen. Er wählte aus seinen dreiunddreißig Pfeifen die afrikanische Calabash-Pfeife aus, brach ein Eckchen Preßtabak ab, rubbelte ihn in den Händen, bis er wolkig aufblühte, steckte ihn in die Pfeife und zündete ihn an, wobei sich die Flamme bog. Dann rief er mich an seinen Schreibtisch, und dort zeigte er mir die letzte Brotration aus dem Gestapo-Gefängnis, in dem er zehn lange Tage gesessen hatte; die bewahrte er noch immer auf. Und dann beschrieb er es mir haarklein – fünfzehn Jahre sei das her! – wie es im Gefängnis zugeht, wie einem zumute ist, mit Gittern vor den Fenstern. Die Tür sei von draußen abgeschlossen, und kein Mensch kümmere sich um einen! Wie verzweifelt man da sei! Ob ich mir vorstellen könne, wie das ist, wenn man im »Fängsel« sitzt, »das sichere Tod vor die Augen«, und draußen gingen die Menschen spazieren und pfiffen ein Lied vor sich hin?
Als meine Schwester dann kam, Kinder zu Bett gebracht und Küche in Ordnung, legte er die Fünfte von Beethoven auf, eine Musik, bei der man als Kulturmensch bekanntlich nicht sprechen darf, und er dirigierte das Werk von vorn bis hinten, was die Schwester mit »Augen in die Höhe« kommentierte. Diese Art Platten dauern ja ziemlich lange.
Mir wurde nach und nach erheblich übel, und zwischen zweitem und drittem Satz lief ich in den Garten und erbrach die Speisen in umgekehrter Reihenfolge ihrer Aufnahme zwischen Betunien und Begonien. – In der Ferne tuteten Schiffe, das erinnerte mich an zuhaus.

Am nächsten Morgen weckten mich die drei Mädchen mit vielen Küssen, wobei jede die erste sein wollte, sie bekrabbelten mich von oben bis unten und dann sausten sie ab in die Schule. Für mich mit meinem abklingenden Mangelschaden gab es auf dem weißgedeckten, sonnenbeschienenen Frühstückstisch die herrlichsten Eier plus Weißbrot und gesalzener Butter, dazu Kirschkonfitüre, dreierlei Käse und einen Früchtekorb voll Bananen und Weintrauben: egal, ob man davon ißt oder nicht. Ob das für mich die ersten Bananen seien, wurde ich gefragt, und wie lange das wohl her sei, daß ich keine Bananen mehr gegessen hätte.
»... Ausgerechnet Bananen!« Dieses Lied kannte meine Schwester noch, und sie sang so viel davon, wie jeder normale Mensch davon kennt.
Meine Schwester band sich ein Kopftuch um, zog Gummihandschuhe an und griff nach dem Staubsauger. Wie es denn so gewesen sei, im Gefängnis, wollte sie unter dem durchdringenden Geräusch des Apparates wissen.
Ich vertagte die Antwort und wagte es und tat ganz allein ein paar Schritte vor das Haus, das traute ich mir zu in diesem fremden Land. Ich ging die bequeme, von dänischen Pflasterern gepflasterte Straße entlang, über die noch vor ein paar Jahren deutscher Marschtritt gehallt hatte, und sah mir die sauberen dänischen Reihenhäuser an, mit dänischen Gardinen und dänischen Blumen vor den Fenstern.
Wie gut, dachte ich, daß du hier kein Deutschland-Abzeichen tragen mußt, dann würden die friedlichen dänischen Menschen mit Hacke und Spaten aus ihren Gärten gesprungen kommen und dich totschlagen. Womöglich.
Daß es in so einem schönen Land auch Verrückte und Bresthafte gibt? Auch das war zu denken. Menschen, die ein Bein nachschleifen und mit dem Gesicht zucken, vermutet man nicht in einem Land, in dem man Luren-Butter ißt und geröstete Speckschwarten anstelle von Bonbons.

Am Sonntag, nach einem Frühstück von anderthalb Stunden, bei dem es an kaltem Braten, Obst und Käse nicht fehlte,

stiegen wir unter dem Geläut von Kirchenglocken in das frischgewaschene Auto. Der Schwager nahm sich die Zeit, dem deutschen Gast die Stadt zu zeigen, die jahrelang unter den Deutschen geächzt hatte. Die Kinder blieben zuhaus, das war in diesem Falle wohl das beste, von denen sollte das Schreckliche, das es unter anderem zu besichtigen galt, ferngehalten werden.
Das Auto hatte eine schwarze Autonummer und: Diese Ruine, »die du da vorne gucken kannst«, das war die Forum-Halle gewesen, die war von dänischen Widerstandskämpfern in die Luft gesprengt worden, »mit Maus und Mann«, und zwar alles Deutsche! Die einzigen Dänen, den Hausmeister und seine Frau, hatte man kurz vorher herausgewinkt und in den nächsten Keller gezogen.
Wie sie die dummen Deutschen beschissen hätten, wurde ausführlich erzählt und dort drüben das Museum des Widerstandes: Erstmal noch eine Baracke nur, später dann ein großzügiger Bau: Der Entwurf existiere schon: Parthenonartig mit brennenden Schalen davor. – In diesem Museum seien *feine* Bilder zu sehen, sagte der Schwager, die sollte ich mir mal allein ansehen. Die Deutschen, was das für *feine* Menschen sind, das könnte ich daran studieren.
Ob ich nicht auch Hitlerjunge gewesen sei? fragte er dann, obwohl er das doch wußte, und er fragte Ulla, seine Frau, ob sie nicht sogar noch ein Foto von mir hätte, in schwarzer Hitleruniform und mit Heil-Hitler-Gruß?
»Der Krug geht so lange zum Wasser, bis er kaputtgeschmissen wird«, sagte er, das hätten wir Deutschen wohl nicht gedacht, was? Er wunderte sich nur, daß die schon wieder so gut aufgeräumt hätten in ihren Städten und aufgebaut die Häuser und gar nicht mal so schlecht...
Sie seien eben »dygtig«, im Guten wie im Bösen.

Danach steuerten wir ein Restaurant an, das auf einem Felsen, hoch über dem Wasser lag, da warteten die Kinder schon auf uns. Heftige Umhalsungen und Küsse die schwere Menge, und dann saßen wir an einem prachtvollen Tisch, mit Blick auf

den Sund. Auf dem Wasser hielten braungebrannte Segelmenschen unter schneeweißen Segeln Ausschau nach allen Seiten, und manch einer saß an der Ruderpinne, gemütlich, gutgelaunt: das wär' ein Posten für mich gewesen.
Die drei Mädchen stritten sich, jedes wollte neben dem Onkel sitzen und: »Hass du Hunder?« fragten sie mich wieder und wieder. »Ti stille!« wurde zu ihnen gesagt, und streng wurden sie angeguckt.
Die Teller waren angewärmt und die Servietten gestärkt, und als ich grade anfangen wollte, zu berichten von der unheimlichen Stille, die über der Stadt gelegen habe, als die Russen einmarschiert seien, da gab es fette Schollen, und es wurde gesagt, daß man hier auch mit der Mutter gegessen hat, am zweiten oder dritten Tag, und die Mutter hätte gesagt: »Junge, Junge.«
Ob das wohl die erste Scholle sei, die ich wieder äße, wollte der Schwager wissen, und wir prüften den Monatsnamen, ob auch kein »r« drin vorkommt.
Von dem Eis, das es zum Schluß gab, hätte ich im Gefängnis eine ganze Woche leben können, sagte ich, was dahingehend mißverstanden wurde, daß man sagte, man habe es ja nur gut gemeint.

Ein langer Spaziergang schloß sich an, den Strand entlang, die Wellen brachen sich an den Steinen.

To be or not to be
that's the question but not for me!

Der Schwager lief mit den Mädchen voraus, wie nett er mit seinen Kindern umgeht, sollte das bedeuten, und die Schwester versuchte es, sie legte den Arm um mich.
Merkwürdig, daß man sich so gar nicht kennt, sagte sie, wo man doch Bruder und Schwester ist? Und daß sie sich freut, mich hier zu haben. Erinnerungen wurden von ihr zitiert, der Großvater mit seinem »Is dat noog?«, der Vater, der immer so vogelig gewesen sei, und die Mutter, der man nie, nie, nie geholfen habe bei der großen Wäsche. Auch von mir wußte sie was zu erzählen: »Ä ägert mir«, hätte ich immer gesagt, als Kind.

Hier in Dänemark sei es für sie nach dem Krieg auch kein Zuckerschlecken gewesen. Kein Wort deutsch habe sie sprechen dürfen: »Ach, Sie sind Deutsche?« Und so wenig Geld! Und alle möglichen Rostocker hätten ihr geschrieben, mit langen Bestell-Listen was sie alles geschickt haben wollten. Leute, die sie kaum kannte... Warum sie mir in all den Jahren so selten geschrieben hat, das wollte ich sie fragen, in der Zelle, da hätte ich mich über einen Gruß gefreut, aber das ging nun irgendwie nicht mehr.
Der Schwager warf Steine ins Wasser, für seine drei Töchter, sowas muß schließlich auch sein. Und dann saßen wir alle auf der Uferbrüstung und sahen den Wellen zu, wie sie anrollten und zurückwichen. Irgendwie wollte der Schwager mir was Gutes sagen, aber er wußte nicht, wie er's anstellen sollte. Ziemlich wortlos holte er den Brotkanten aus der Tasche, den er aus dem Gestapo-Gefängnis mitgebracht hatte, gab mir die Hälfte, und damit fütterten wir dann die Möwen.

Im Garten liegen, fremdartige Zigaretten rauchen, Käsebrote essen und die drei kleinen Mädchen ertragen, – »Hass du Hunder? Bistu müde?« – wie sie sich streiten, wer neben dem leiblichen Onkel liegen darf, der einen so schicken blauen Parallelo besitzt, und in den Garten des Nachbarn gucken, wo ein dänischer Finanzbeamter steht und sich wundert, was die Familie Sörensen da für einen merkwürdigen Besuch hat: liegt auf dem Rasen und balgt sich mit den Kindern?
Die Kinder brachten andere Kinder mit, und sie zeigten ihnen den Onkel, der Krakowiak tanzen kann: Das hat der bei den Russen gelernt. Hu! Mit den Ohren wackeln kann dieser Onkel, links und rechts verschieden, und wenn er sitzt, kann er sich in den Handstand drücken, ohne Schwung zu nehmen, was ganz unglaublich ist. Wie heißt das man noch? »Abrokatik«, nicht?
Eine Decke lag auf dem Rasen, die man mal *hier* hinlegen mußte und nach einer halben Stunde *da*hin, damit das Gras nicht Schaden leidet, mit Kindern saß ich auf dieser Decke, die das Fadenspiel nicht kannten, das »Abnehmen« von

Bindfäden aus der Hand des anderen, wobei es interessante und schöne Motive jedesmal zu sehen gibt.
»Was soll der tun, dem dies Pfand gehört?«
Das Lied vom Anderssein: »Schwer war es, doch das schwerste war es nicht.« Mit Kindern sich abgeben: Das hat was mit Freiheit zu tun. Und mit Kindern, die mit Milch, Weißbrot und Butter aufgezogen wurden, deren Haut keine Partikel schlechter Kost aufweist: das erst recht.

Mit der Bahn fuhr ich in die Stadt, die Börse mit dem gedrehten Turm, und aus den Kirchen strömte kalte Luft. Die Vesterbrodgade entlang marschierte ein weibliches Pfeiferkorps, Mädchen mit äußerst kurzen Röcken. Ich suchte den Rollstuhlmann, der da Veilchen verkaufte: »Den mußt du unbedingt gesehen haben!« das war mir eingeschärft worden.
Vor dem Schloß die standhaften Zinnsoldaten, in einem Kiosk Magazine mit nackten Mädchen, und in einem Spielzeuggeschäft deutsche Panzer und Stukas. Hier standen auch Märklin-Autos, wunderschöne Lastwagen, mit Rautenleiste an der Ladefläche: Autos von der Art, wie ich sie als Kind gern gehabt hätte. Gleich daneben in Schaukästen Erinnerungsfotos von 1945: Eine Frau in Großaufnahme, der sie die Haare abgeschnitten haben, die hatte wohl fraternisiert. Dann Fotos eines Lynchpogroms, von der Bodenluke eines Hinterhauses aus aufgenommen: Menschen umringen einen deutschen Flaksoldaten, seine Mütze haben sie ihm vom Kopf geschlagen. Auf einem zweiten Foto nur noch Gewühl. Schließlich: Wie die Leiche abtransportiert wird.
Es muß gar nicht so einfach sein, einen Menschen so lange zu schlagen, bis er tot ist. Und: Wie dieser Mann wohl hieß? – Erinnerungsbilder aus großer Zeit.

Das Essen bei den Sörensens wurde nach und nach schlichter – Apfelkartoffeln schmecken ja auch ganz gut –, es wurde mehr und mehr dänisch gesprochen, und das Portemonnaie wurde untersucht, ob sich darin nicht noch'n paar Kronen verirrt haben.

Mein Schwager erkundigte sich danach, wieso man eigentlich von »Singendem Deutschland« spreche, ob wir damit »Von der Etsch bis an den Belt« meinten? Und wieso in Deutschland die Männer immer links von der Frau gingen, anstatt da zu gehen, wo's am gefährlichsten ist? Und wieso bei uns die Buchtitel auf den Buchrücken alle verkehrtrum stünden? Ob ich ihm das mal erklären könnte? Die Deutschen seien ein hochmütiges Volk, da lerne keiner Dänisch. In Dänemark lerne man auf allen Schulen Deutsch, da sei man aufgeschlossener. Ein Drittel der Dänen sei »tradischonell« für England gewesen, ein Drittel für Frankreich und eins für Deutschland. Das habe sich jetzt natürlich geändert...
»Nun hör endlich auf damit«, sagte meine Schwester auf dänisch, und da griff er sich dann die »Berlinske Tidende«, man muß auch vergessen können, das ist klar.

Nachdem ich die Fotoalben der Familie durchgesehen hatte, mit Bildern vom Arbeitsdienst – »Kamerad Pferd« – und von Warnemünde, auf denen der Vater mit Knickerbockern zu sehen war, nachdem ich den Mädchen alle deutschen Spiele erklärt und so manches dänische Wort gelernt hatte, – »ti stille!« und »lok døren!« zum Beispiel, was »sei still!« und »mach die Tür zu!« heißt – sagte ich »mange tak« und fuhr mit meinen Russengeschichten nach Haus. Der Schwager hatte mir 200 Kronen zugesteckt – »aber Ulla nichts davon sagen« – und von der Schwester hatte ich 250 bekommen. »Komm in meine Armee«, das hatte sie zum Schluß gesagt.
»Wie ist es gewesen?« fragte die Mutter, die gerade in der Küche Flomenschmalz ausbriet.
Ich stellte den kleinen Märklin-Laster, den ich mir in Kopenhagen gekauft hatte, auf den Tisch, ein Anhänger würde gelegentlich dazukommen müssen. Dann zählte ich mein Geld, und ich hatte mehr als vor der Reise.

7

Meine Mutter arbeitete jetzt halbtags in einem Bunker, Bücher reparieren für einen Verlag, die Rente aufbessern mit 90 Pfennigen die Stunde. Wenn sie aus dem Haus gegangen war, rasierte und wusch ich mich in aller Ruhe und setzte mich an den gedeckten Frühstückstisch, auf dem in der Regel ein Zettel lag: »Kuß, Mutti!«

Danach machte ich meinen Revisionsgang. »Kassabuch«, was sie da alles einträgt: 169,80 Mark Witwenrente, 48 Mark Ausgleichsrente, abzüglich 79,55 Miete und 1,15 für das »Sonntagsblatt«, 20 Mark für Gas und Elektrisch, und: »Walter 10 Mark«, stand da auch zu lesen, und »5 Pfennige für Diverses«. – »Überschuß 23,15 DM«.

Danach kam ihre Briefmappe an die Reihe, ein angefangener Brief: »Lieber Richard ... mein Herz ist so schwer ...«, und: »Walter kommt allmählich wieder zu Kräften, der gute Junge. Er will vielleicht Buchhändler werden. Wir müssen sehen ...«

Onkel Richard war Oberst im Führerhauptquartier gewesen, für den fand man es bedauerlich, daß Deutschland den Krieg verloren hat.

Auch Antwortbriefe lagen in der Mappe. Von der Freiheit stand da was drin, der man ein kleines Lächeln der Hoffnung zeigen müsse. Einen fand ich, von einem Schriftsteller namens Wirlitz, der in Rostock mal unser Untermieter gewesen war und nun in Hamburg lebte. Daß die Aussicht für den Journalismus schwarz sei, und daß er diesbezüglich für ihren Sohn (also mich!) keine Chance sähe. – Ein anderer Brief war von Cornelli, dem Weinhändler, der uns bei Ullas Hochzeit sogenannten »Surius« verkauft hatte. »Mit Rock und Stock« sei er aus der Zone gekommen, schrieb er. Jetzt lebte er in Freiburg und nahm an anthroposophischen Kursen teil: Über die Farbe »blau« meditiere er momentan, schrieb er, daß die weggehe, wogegen »rot« komme.

Auch ihrem Freund Cornelli hatte meine Mutter vermutlich das Herz ausgeschüttet bezüglich ihres Sohnes, daß der herumlungert, den ganzen Tag.
»Liebe Frau Kempowski!« schrieb er deswegen. »Seien Sie doch froh, daß Ihr Junge sich nicht sofort ins Getriebe stürzt, seien Sie doch dankbar dafür, daß er sich auf ein geordnetes Leben vorbereitet. Ich halte ihn für einen Pfiffikus! Was sind die wenigen Tage, in denen er herumzusitzen scheint, gegenüber der Aufgabe, die er irgendwann einmal – davon bin ich fest überzeugt – anzupacken hat?«

Ein Buch: »Die letzten Dinge« mit angekreuzten Stellen lag da auch, das hatte er ihr geschickt, und ein Blatt mit Versen, die sie selbst gemacht hatte, und zwar für ihn.
Unten im Schreibschrank standen die Akten. Das war auch ganz interessant. Das Testament meines Vaters: Die Söhne sollten ihrer Mutter monatlich eine Summe in Höhe der Bezüge eines Amtsrichters zahlen, wenn sie die Erbschaft anträten. Damit war es ja nun nichts. Konossemente ausfüllen: »Wetter erlaubend?« Das hatte sich von selbst erledigt.
Neben den Akten stand der Ordner mit den Zuchthausbriefen.

Vorwärts mit aller Kraft
zum Aufbau des Sozialismus

Im Schneidersitz saß ich vor dem Schreibschrank und las in den Briefen. »Betet für mich«, sowas stand da drin, und das war ziemlich schrecklich.
Allerhand war in dem Schreibschrank zu entdecken: Ein Kästchen mit Briefmarken für Bethel und sogar noch ein paar von den Päckchen, die wir 1947 in den Westen geschickt hatten. Die waren noch immer nicht geöffnet.

Manchmal stellte ich mich hinter die Gardine und beobachtete die Straße, Hinke-Pinke spielende Mädchen (die Quadrate mit Ziegelsteinsplittern auf das Pflaster gemalt) und ein roter Lastwagen mit Kohlensäureflaschen: Schlagseite hinten links. An den Häuserfronten noch die Bombensplitternarben

und in den Fenstern häßliche Mütter, dick oder dürr. Die Betten auch mal wieder alle raustun und die Fensterrahmen abseifen.
Eine braunäugige Frau, Mitte Dreißig, die öfter mal vorbeiging, mit Milchkanne oder ohne, die interessierte mich zeitweilig.

Do swidanja drug moi
do swidanja ...
kak mnje trudno uchoditj watmu.*

Das war eine Frau, die zu anderen Zeiten auf einem Gut Herrin gewesen wäre und per Pferd die Felder inspiziert hätte.

Dann fiel mir Onkel Gustav ein, bei dem war ich noch nicht gewesen, ein Mann, dem das gerundet Menschliche vertraut war, wie man es ausdrücken könnte.
Onkel Gustav, mit dem ich lediglich »durch einen Scheffel Erbsen« verwandt war (wie immer gesagt wurde), saß in seinem durch Weinlaub vor den Fenstern verdunkelten Zimmer, die Brille hing ihm an einem Ohr herunter, und er las in einem Buch. Den Satz las er noch zu Ende, wobei er mich gleichzeitig hereinwinkte und zum Sessel dirigierte, und dann klappte er das Buch zu und begrüßte mich breit und aufgeräumt: »Walterius!« rief er, und zwar so laut, daß die Spatzen vor dem Fenster aufflogen, »der Weitgereiste, in die Steppen Innerasiens verbannte, nun glücklich Heimgefundene ...« Und dann rief er: »Da sind sie alle drin!« Und er wies auf einen Geldschrank. Die gemeinsamen Ahnen meinte er, die er ausgeforscht hatte: lückenlos. Oder doch so ziemlich.
Kaffee wurde gebracht in Fliegerschadengeschirr und Topfkuchen, und dann öffnete er den Geldschrank und holte Stöße von Fotos und Papieren heraus und eine zusammengeklappte Ahnentafel in Kreisform, einen Meter im Durchmesser: er handhabte sie wie eine Generalstabskarte. Gloriose Bluts-

* Leb' wohl, mein Freund,
Leb' wohl ...
Wie schwer ist es, in das Dunkel zu gehn.
(Aus einem Gedicht von Jesennin; 1895–1935).

linien waren hier zu besichtigen, immer ein Pastor nach dem andern, Geschlechterfolgen, die sich weit im Westen oder gar im Osten verloren.

Er vergnügte sich damit, mir »dunkle Punkte« aufzuzeigen, einen unehelichen Vorfahren, von einem durchreisenden Husaren gezeugt, und tragische Schicksale, zu denen auch ich ohne Zweifel gehörte – auf seiner kostbaren Tafel bereits mit dem Hinweis »Gesessen! Acht Jahre Zett!« ausgezeichnet.

Ob ich wüßte, daß ein angeheirateter Oheim im Jahre 1811 unter dem Korsen sogar zum Tode verurteilt worden sei? fragte er mich und wühlte in seinen Papieren herum.

Auf der Ahnentafel war noch ein weiteres »Z« vermerkt: Lottis Mann, 1938. Auf dieses Zett wurde nicht weiter eingegangen. Aber was die braunen Punkte bedeuteten, das wurde mir gesagt. Das waren all die Tanten und Onkels, die in der Nazizeit braun angehaucht gewesen waren.

Der Nachmittag ging dann damit hin, daß er mir alte Briefe vorlas von Leuten, die sich vor längerer Zeit mal irgendwie geliebt hatten, und ab und zu hielt er ein Foto hoch und fragte mich: »Und wer ist *das*?«

Ein Lieblingsfoto hatte er in seinem Geldschrank liegen, ein Brom-Silber-Foto von einem jungen Mädchen in seidenem Kleid: »Gestorben!« rief er, »mit siebzehn, an Schwindsucht!« Und aus dem Tagebuch ihrer Mutter las er mir die Sätze vor: »Ach Elfi, Elfi, warum hast du uns verlassen?«

Bei Onkel Gustav wurde es spät, den würde man mal wieder besuchen, vielleicht; nach angemessener Pause. Fünfzig Mark schenkte er mir, und dann stand er in der Tür und rief mir nach: Ich sollt' ihm mal schreiben, er sei ein verdammt guter Briefkrieger.

Vielleicht, das erwog ich, sollte ich ihm den Umschlag mit den alten Fotos geben, den ich von Tante Lotti geschenkt bekommen hatte. Aber das konnte ich ja immer noch tun.

Auch bei Tante Hedi war ich noch nicht gewesen. Tante Hedi in Fehlingsfehn. Irgendeine dunkle Erinnerung an eine braune Holzveranda auf Stelzen und an einen verwilderten

Garten, Holunder und Jasmin. Das schöne Blechauto stammte von ihr, 1935, mit Vor- und Rückwärtsgang, zu Weihnachten geschenkt bekommen und sofort kaputtgemacht. Diese Frau mit dem Fahrrad besuchen, das beschloß ich, und ich nahm das Rad meiner Mutter und fuhr los: bis Fehlingsfehn? Das wär' mal eine richtige Unternehmung.
Ich radelte also an gegen Wind und Verkehr, – »Die backt so wunderbaren Kuchen, mein Jung'!« – der Sattel drückte, für andersartige Anatomien berechnet, und der Wind pfiff. Als ich endlich den letzten Vorort von Hamburg hinter mir gelassen hatte, sah ich mich in einer Pappelallee, »schnurgrade« ist kein Ausdruck, die ich wegen des Gegenwindes quasi stehend zu durchmessen hatte und mit flatterndem Mantel. Schließlich machte die Straße einen Knick, und dann ging's noch einmal geradeaus und mindestens genauso lange.
Noch 25 Kilometer gegen den Wind? In einer Gastwirtschaft, einer ehemaligen Poststation, mit weit heruntergezogenem Dach und Linde davor, trank ich eine Tasse Kaffee, und dann kehrte ich um, mir der Tatsache bewußt, daß ich die Tante in Fehlingsfehn die nächsten 27 Jahre meines Lebens auch nicht mehr würde besuchen können, weil ich mich zunächst »großartig angemeldet« hatte (wie meine Mutter es ausdrückte) und die Tante dann mit ihrem Kuchen hatte sitzenlassen.
Zu spät fiel mir ein, daß ich dann den Kameraden Feghelm auch nicht wiedersehen würde. Helm Fegheim aus Fehlingsfehn: »Das moralische Gesetz in mir, den gestirnten Himmel über mir und – Westfalen«, der in Fehlingsfehn jetzt den Hof seines Vaters bewirtschaftete, und das war eigentlich schade. Ob er wohl sein Ritterkreuz gerettet hatte, und das Kreuz der weißen Rose?
Beim Vorwärtsstürmen hatte er einen deutschen Adler über sich gesehen und Hitler hatte er die Hand gedrückt. Fein, väterlich.

Bei der Verwandtschaft ging inzwischen ein Geraune um, daß ich verworfen sei. Kommt dauernd reingeschneit, sitzt herum wie 'ne Klette, anstatt irgendeine Arbeit anzunehmen! So faul sei ich, wurde geraunt, daß ich meiner Mutter noch nicht einmal beim Kohletragen hülfe, aber Grethel sei eben selber schuld, sie sei zu gut... Und wahnsinnig unzuverlässig sei ich! Der Charakter irgendwie demoliert; meldete mich überall an und käm' dann nicht.

Tante Thea, die dürre, die sich sonst nie sehen ließ, kam uns extra mal ins Haus, um mich »schneiden« zu können, gab mir nur mit Verzögerung die Hand, als ich dummerweise herzlich auf sie zuging und war im übrigen streng-freundlich zu meiner Mutter, die das natürlich auch merkte.
Von Onkel Karl bekam meine Mutter sogar einen Brief, ob ihr Sohn eigentlich Miete zahlte? Aus erzieherischen Gründen sollte man einfach die Miete um 40 Mark anheben, meinte er, die könnte ihr Sohn dann ja zahlen, und das Geld kommt auf ein Sparkonto, das würde ihm ausgezahlt werden, wenn er bewiesen hätte, daß in ihm noch ein guter Kern ist.
Diesen Brief fand ich bei meinen Mittwoch-Revisionen im Schreibschrank und die Antwort meiner Mutter im Entwurf. Sie könne mich so gut verstehen, und da müßten wir nun durch und pi-pa-po.

Buchhändler werden oder – Pastor. Warum nicht? Da gab es doch so Extra-Kurse für Leute, die irgendwie nicht recht zu Pott kommen? Pastor werden, auf dem Dorf, in der Laube sitzen und Kaffee trinken?
Von Tante Hanni wurde mir ein Gespräch mit dem Studentenpfarrer vermittelt.
Eine halbe Stunde mußte ich warten, in einem provisorischen Vorführraum mit den verschiedenartigsten Stühlen durcheinander, neben einem Bildwerfer, der auf eine provisorische Leinwand gerichtet war. Schließlich kam der junge Herr in schwarzem Anzug, das helle Haar gen Himmel gewellt. Aus der Konferenz über die endgültige Gestaltung des studentischen Gesangbuches hatte er sich für einige Minuten losreißen können – wen dürstet, der nehme das

Wasser des Lebens umsonst – und nun fragte er mich nach meinem Namen, wobei er die Hand für alle Fälle einmal hinters Ohr legte und mich sorgenvoll anblickte.
Daß ich im Zuchthaus-Chor gesungen hätte, das sei ja *fein*, sagte er (wobei er gleichzeitig die Stühle sortierte und ordentlich hinstellte), er selbst, er kenne das, das Singen ... *Er* wär' allerdings bei Kurt Thomas gewesen, vielleicht könnte ich ermessen, was das bedeute? Barcelona, Coventry und Mailand?
Daß ich meine Leidenszeit »umdrehen« wollte – wie man das vielleicht ausdrücken könne –, das imponiere ihm, von hinten her aufrollen und beim Zentrum packen ... Einem Studium der Theologie stünden in meinem Falle jedoch je und je *sprachliche* Schwierigkeiten entgegen: Latein, Griechisch *und* Hebräisch! Und: *Warum* ich eigentlich ausgerechnet *Theologie* studieren wollte, das frage er sich, und er sah auf die Uhr (schon sieben Minuten vertan!), müsse es denn *aus*gerechnet Theologie sein?
Dieser junge Theologe, der keine Ahnung davon hatte, daß ein Epitaph in einer Hamburger Kirche hing, unsere Familie betreffend, der wartete ein Weilchen auf Antwort – und dann, als die Antwort ausblieb: Dann ließ er meinen Namen hinausfliegen aus den Tempeln seines Gehirns.

Um Gutes zu tun, muß man ja nicht gleich Theologie studieren!
Ich besann mich auf Botschaften, die mir aufgetragen worden waren im Gefängnis. Längst hatte ich sie übermitteln sollen, nun war es schon ein wenig spät dazu.
In die verschiedenartigsten Wohnungen trat ich ein, meist neuesten Datums, die linke Wand anders tapeziert als die rechte, mit Messinglampen, deren Schirme sich wie Tüten in jede Richtung biegen ließen, mit Flauschsesseln und grünen Teppichen, in die rote Wagenspuren eingewebt waren. Über der Schlafcouch hingen in der Regel die japanischen Pferde, mal groß, mal klein, mal gedruckt und mal gewebt, oder Vincent van Gogh: Die Sonnenblumen. In manchem Wohn-

zimmer waren Kraniche zu bewundern, aus Teak-Holz, die in die Heimat strebten, drei übereinander oder sogar fünf, angepinnt im goldenen Schnitt; manchmal sah man auch Kalenderblätter mit Heimat drauf: Hirschberg, Allenstein oder Leipzig. In Gold gerahmte Kalenderblätter.
Meist wurde ich von den Angehörigen freundlich empfangen, mußte schlechten Wermut trinken und dazu Salzstangen essen. Öfter ging die Sache aber auch kurz ab. Da waren dann schon etliche dagewesen, die berichtet hatten, daß es dem Sohn oder Ehemann dort drüben gutgehe, das heißt schlecht, und daß er sich Cervelatwurst mit Knoblauch wünsche für sein Paket. In einer weißen Villa in Blankenese wurde ich gar nicht erst vorgelassen. Da war Manfred zuhause gewesen, der mich vor so vielem bewahrt hatte. Hier wußte man schon, daß er tot war, jede Woche kam einer an und meldete es, das wollte man sich nicht noch einmal anhören. Diese Geschichte wollte man nun endlich ad acta legen dürfen.

Lustig war es, daß mir auf der siebzehnten Station, im Ratiborweg, der abging vom Gleiwitzer Bogen und in die Görlitzer Straße mündete, der Kamerad selbst öffnete: Wir umarmten uns nach Knastrologenart. Willkowski hieß er, und er hatte im Gefängnis als ein Dichter gegolten. Grade war ihm seine Entschädigung ins Haus geschickt worden – »Der Briefträger hat aber geguckt!« – und er zählte mir die Fünfzigmarkscheine vor, daß das auf Heller und Pfennig stimmt: und nun beziehe er erstmal Rente, denn schwerbeschädigt sei er natürlich sowieso. Arbeiten? Er sei doch nicht blöd! Dafür habe er sich nicht neun Jahre ins Kittchen gesetzt, um sich hier jetzt totzuschuften.

Das bunte Licht, das in die Kirche fällt,
ist bunt für *den* nur, der's für Buntes hält...

Er zeigte mir all seine Gedichte, einhundertvierundzwanzig Stück, in der Zelle mühsam auswendig gelernt und nun auf Dokumentenpapier in Schönschrift niedergeschrieben. Etliche trug er vor: Reimen tat sich alles, soviel war festzustellen. Zwischendurch schlugen wir uns auf die Schulter, so als ob

uns das plötzliche Wiedersehen übermannte. Wir sagten: »Jupp, die Geige!«, und suchten seine neue Stammkneipe auf, »Zum Fleetenkieker« hieß sie, die hatte erst vor kurzem aufgemacht: Junge Leute waren das, die hier den Bierhahn putzten, »die müssen unterstützt werden«, sagte Kamerad Willkowski.
Wir tranken einen Korn nach dem andern und Bier dazu, deren Blume nicht verwesen darf: gemeinsame Heldentaten gab's genug, und: Unerhört, daß es hier im Westen Wodka zu kaufen gibt. »Die kriechen dem Russen noch in'n Arsch!« Und: »Wie gut, daß die KPD jetzt verboten ist.«
Die Beamten auf den Behörden: das war ein bewegendes Thema. Was das für bescheuerte Mißgeburten seien, diese Pappchinesen. Ein Amtsarzt habe zu ihm gesagt: »Plattfüße? Wieso Plattfüße? Ich denk', Sie haben gesessen?« Sowas müsse man sich mal vorstellen! Alle nach Sibirien schaffen, ins Quecksilberwerk, unterste Sohle!

Scheiße in der Lampenschale
gibt gedämpftes Licht im Saale.

Daß ich meine Entschädigung noch nicht hätte ... merkwürdig. Da müsse ich mich jetzt wohl ziemlich einschränken, was? Ich sollt's wie er machen: Haarschneiden? Holzauge sei wachsam! Das mache seine Mutter bei ihm. Das Haarschneiden beim Friseur sei ihm viel zu ekelhaft. Wer könne denn wissen, wer vor einem dran gewesen ist? Der hatte sich womöglich fünf Jahre das Haar nicht gewaschen.
Mit den Uniformen der Bundeswehr war er nicht einverstanden. Halb Fliegeruniform, halb Panzeruniform – zweireihige Jacken! – ein richtiger Mischmasch. Die schönen alten Stahlhelme hätten sie man wieder aufleben lassen sollen, das hätte ihm noch imponiert.
Die Zeche teilten wir uns. Alles müsse seine Ordnung haben, sagte er, und: es sei ihm ein geistiger Reichsparteitag gewesen, und: »See you later, Alligator...«
Ich wußte nicht, daß ich »...In a while, krokodile« hätte antworten müssen, so war das damals Sitte.

Einen andern Knastkameraden besuchte ich, weil's dem gutging: der war mir schon lange empfohlen worden. Ein junger, dicker Mann, blond mit Schildpattbrille, der auf seinen dikken, durchgehenden Kreppsohlen geschmeidig durch das Zimmer schnürte. Einen Ehering trug er aus dreierlei Gold, einen Mercedes mit Pontonkarosserie besaß er und eine barockartig eingerichtete Wohnung mit versiegeltem Parkett und einer aus Kupferblech getriebenen Städtedarstellung nach Art eines mittelalterlichen Stichs über dem Brokatsofa. Dick und herzlich nötigte er mich auf einen Lutherstuhl, und alles verfügbare Licht knipste er an, damit die wuchtigen Stilmöbel auch recht zur Geltung kämen. Die strahlende Flandernkrone aus Messingblech und die Wandleuchten, an denen Glasprismen spektralfarbensprühend herunterhingen: Immer wieder stand er auf und knipste dies aus und das wieder an: Was ich meinte, ob es so besser sei? Oder so? Und dann fragte er, ob ich lieber einen Kognak für sechzig oder einen für siebzig Mark trinken will, bot mir unversteuerte Zigaretten an und sprach von Vermögenswerten, die er gerettet hätte von drüben, und wie schlau er dabei vorgegangen wär'.
Lange hatte er sich mit dem Begriff der Freiheit beschäftigt (schlug die Beine übereinander und ließ das marmorne Tischfeuerzeug schnappen), und zwar rein rechnerisch. Mittels der Formel: Geld mal Kilometer könne man den individuellen Freiheitsindex eines jeden Menschen berechnen. Er nahm einen Zettel aus einem silbernen Kasten und rechnete es mir mit goldenem Kugelschreiber vor: 56 000 Mark besitze er, damit komme er – großzügig gerechnet – einmal um die Welt. Also: 56 000 mal 40 000 Kilometer macht 2,352 Milliarden Freiheits-Einheiten. (Automatisch komme man bei dieser Rechnerei auf sehr hohe Zahlen, das müsse ich schon entschuldigen! So ähnlich sei das wie beim Penicillin.) Diese Freiheits-Einheiten müßten dann noch mit den zur Verfügung stehenden Urlaubstagen multipliziert werden, das seien bei ihm einundzwanzig. Somit komme er auf runde fünfzig Milliarden Freiheits-Einheiten. – Wieviel sei das bei mir?

Im Knast hatte er das Violinkonzert von Max Bruch pfeifen können, oben auf der oberen Pritsche hatte er gesessen, war Dirigent und Solist in einem gewesen und hatte hinterher gesagt, daß dieses Violinkonzert eine Sammlung von schönen Stellen sei, was bei seiner Darbietung allerdings nicht so ganz herausgekommen war.
Dieser junge, dicke Mann, Brennstoffhändler von Beruf, blond mit Schildpattbrille, bot mir sodann gewisse Summen an. Dieses Geld bekäme ich, wenn ich das und das für ihn täte, nur hier mal unterschreiben, zum Beispiel, oder da mal hingehen und das und das sagen ... Das wollte ich nicht? Schade ... Immerhin, er ließ Kohlen abladen, vor unserer Baracke, kostenlos, und wir hatten zu tun, daß wir die auch alle wegstauten.
Dies war ihm hoch anzurechnen, ganz gewiß.

Vom Verband der Heimkehrer wurde ich gebeten, bei einem Menschen namens Kruse nach dem Rechten zu sehen, dessen Frau hatte um Hilfe gefleht. Im Gefängnis war dieser Mann ein sogenannter »Krümelkacker« gewesen, außerdem Spezialist für schweinische Witze. Jetzt saß er mit langem Haar und wildem Bart in einem schwarzgestrichenen Zimmer, und die schwarzen Vorhänge waren zugezogen. Auf einem Liegestuhl in der Mitte seines schwarzen Zimmers lag er, und er dachte nach über das Wesen dieser Welt. Nun, da ein Kamerad erschienen war, setzte er sich eine Sonnenbrille auf und kam aus seiner Gruft hervor. Er trat zu mir in die Wohnküche, als ob er unter die gesamte Menschheit träte, und er reichte mir die blasse Hand. Während seine kleine Frau uhrpendelartig auf dem Flur hin- und herging, stellte er sich an den Herd und rührte in einem Brei herum, der schon Blasen warf.
Mit normalen Westleuten könne er sich nicht mehr unterhalten, sagte er, dieses oberflächliche Gerede! Er sei dabei, das wesentliche, das er im Gefängnis erfahren habe, für sich, für seine Person, hinüberzuretten: Das bewußte Leben, das Abknipsen der Tage vom Zeitband, aus dem Nichts kommt es, ins Nichts verschwindet es.

Dann war der Brei fertig, »Kascha« genannt, der Knastsuppe nachempfunden, aber mit Schmalz angemacht und mit gebratenen Zwiebeln. Er holte seine Frau herein, nannte sie sein »Kleines«, umarmte und küßte sie, und dann aßen wir das erinnerungsträchtige Gemansche aus Zuchthaus-Kummen, und mit Holzlöffeln.
Seiner jungen Frau erklärte er sodann, obwohl sie das schon zu wissen schien, daß wir diese Suppe im Zuchthaus *jeden* Tag hätten essen müssen, *jahrelang*, und er überlegte sich, ob er nicht mal Kaldauen kauft und in die Suppe tut, damit sie mal mitkriegt, was wir durchgemacht haben!
Dann regte er, über die Suppe pustend, an, ich sollte es genauso machen wie er, in einem schwarzen Zimmer sitzen und sinnen; unser beider Denken sei dann wie eine Klammer über die Stadt hinweg: zwei dunkle Räume, in denen es licht sei.
Seine Frau rang die Hände. Sie brachte mich zur S-Bahn und rang die Hände. Ein liebes, eiliges, kleines Frauchen mit festen Füßen und festem Gesicht, und sie sah mich beim Abschied an, ob sie hinter meiner Stirn wohl die Antwort finden kann, die sie braucht.

Auch zu Willi Sänger ging ich mal wieder, dem alten Kumpel.

Und schlägt der Arsch auch Falten,
wir bleiben doch die Alten!

An der Mauer einer Brauerei entlang ging ich, an Bauzäunen, hinter denen Gerüste aufragten für immer größere und schönere Häuser, an geparkten Autos vorbei, eines neben dem andern, bis hin zu stud. med. Sänger, an dessen Tür zu lesen stand: »Bitte dreimal klingeln!«, der aber gerade nicht da war. Oder: Er war doch da, kann sein, stand hinter der Tür (kam mir irgendwie so vor) und wartete, daß ich die Treppe zögernd wieder hinunterstiege.
An einer anderen Mauer ging ich sodann entlang, an anderen Bretterzäunen und anderen parkenden Autos vorbei, zu Kalle Hesterberg, den ich auf Ost IV schon nicht hatte leiden

können. Der saß in seinem Zimmer, lernte Paragraphen über das Wegerecht und hörte Musik, die aus einem Kofferradio kam.

Mamatschi, schenk' mir ein Pferdchen,
ein Pferdchen wär' mein Pa-ra-dies.

Er hatte neben sich eine Tüte Butterkeks, und immer, wenn ein Schlager zu Ende war, griff er sich einen.

Da drüben das Bett und dort der Schrank, und am Tisch Kalle Hesterberg, mit Radio, und immer einen Keks nach dem andern.

Einmal im Monat tagte in der Eimsbüttler Chaussee die Mecklenburgische Landsmannschaft, da ging ich schließlich auch mal hin. Wer weiß, wozu 's gut ist? Ich quetschte mich ins Hinterzimmer, wo die biederen Herrschaften saßen, mit ihren überzeugenden Hinterteilen. Ich wurde den Leuten einzeln vorgestellt – »annenehm« – und kriegte allerhand Patschhände zum Schütteln gereicht.

»Meine Gattin ist grade auf'm Klo.«

Ich bestellte ein Bier und lauschte dem Kassenbericht des Geldverwalters. Alle Frauen, die hier saßen, trugen Blumenkleider, und die Herren hatten irgendwelche Abzeichen am Revers: sei's der Mecklenburger-Büffelskopf in Gold, Silber oder Bronze, sei's das VW-Abzeichen, oder gar der Mercedes-Stern. Einer trug das Heimkehrer-Abzeichen in Gold, so wie er früher das goldene Parteiabzeichen getragen haben mochte.

Nachdem der Kassenbericht verlesen worden war, sog ein jeder nochmal kräftig an der Zigarre, und dann wurde von Ihrer Hoheit gesprochen, daß die zum nächsten Jahrestreffen kommen will, und Wimpel in den Farben blau-gelb-rot gibt's schon ab zwei Mark fünfzig. Eine mecklenburgische Jugendfreizeit in Ratzeburg, ein Hausfrauentreffen im Kleinen Fährhaus und die Wahl der Delegation nach Bonn, die da endlich mal Gelder lockermachen soll. So ginge das hier jedenfalls nicht weiter.

Sodann fielen Wörter wie »Dachverband« und »bundes-

weit«, und die Frage wurde diskutiert, ob die Mecklenburgische Landsmannschaft nach der Wiedervereinigung noch weiterbestehen bleibt, und wie das im Verneinungsfall mit den Geldern wird, die sich hier angehäuft haben: Wer da den Nießbrauch hat. Das wär mal »intessant«.
Ein älterer Herr aus Crivitz, dessen Gesicht zu Vergleichen herausforderte, ein »Biamter«, wie zu erfahren war, zeigte Fotos, auf denen Heuss zu sehen war, groß im Vordergrund, und hinten, in der wogenden Menge er selbst, mit einem Pfeil markiert. Er berichtete, sein Sohn habe »Pappi« zu ihm gesagt, der habe gefragt, ob wir wohl eines Tages unsere Heimat wiedersähen?
Hier wäre also noch echtes Meckelbörger Blaut im Rollen! Hatte man gar nicht gedacht, daß in der deutschen Jugend das Meckelbörger Blaut noch so rollt.
Dann wurde: »Ruhe!« geschrien, und ein swinplitsch dreinschauender Mann, der in dieser Ortsgruppe als Heimatdichter geführt wurde, las ein Kunstwerk vor, das ganz dazu angetan war, in die Annalen der Mecklenburgischen Landsmannschaft einzugehen.

O Heimatland, o traute Flur,
wann seh' ich dich mal wieder.
Und sei's ein kleiner Zipfel nur,
ein Ast von weißem Flieder...

Das Gedicht hatte elf Strophen, und die Mecklenburger schnalzten mit ihren Papageienzungen! Das sei ihm so zugeflossen, sagte der Dichter, und er guckte, wie er meinte, daß ein Dichter gucken muß. Er wisse auch nicht, wie das kommt, daß ihm das immer alles so zufließt.
Der Vorsitzende rief: »Ruhe!« Er sei der Meinung, daß dringend ein Kulturpreis gestiftet werden muß, »lämlich«, damit man diese Pflanze hier nicht achtlos austritt, diese Flamme, die hier so unnachsichtig glüht.
Der Dichter versprach, auch mal wieder in »us Muddersproak« tätig zu werden und griff wohl auch in die Tasche, um anzuzeigen, daß er da noch weiteres auf Lager hat.

Kino: »Sterne über Colombo«, mit Kristina Söderbaum. Sie hatte noch immer das versonnene Lächeln von »Immensee«, aber zwanzig Jahre älter war sie mittlerweile. Den Film »Immensee« gab's auch zu sehen. In diesem Film, das war dann noch so eigenartig, kam ein Flugzeug mit Hakenkreuz am Seitenleitwerk vor. Irgendein armer Mensch hatte jedes einzelne Bild sich vornehmen müssen und das Hakenkreuz wegkratzen. Und dies Gekratze flimmerte dann über die Leinwand.

Stud. med. Sänger erwischte ich dann doch noch eines Tages, mit seiner blassen Freundin lief er mir in die Arme: Rüschenkleid, Petticoat und Schuhe mit Pfennigabsätzen, auf denen jeder Schritt zum Problem wird.
Ich säh' von weitem sehr entfernt aus, sagte er, als er mich begrüßte, und seine Freundin setzte er ins Bild, daß ich der Kumpel sei, von dem er ihr schon so viel Gutes erzählt habe. Dann redete er mit ihr über Oberschenkelfrakturen, daß die nicht immer problemlos sind, weil sich da der Muskel Sowieso mit dem Muskel Sowieso kreuzt, und dann saßen wir in der Övelgönne unter Segelschiffsmodellen und Sägefischen, sahen auf die vorübergleitenden Schiffe und tranken Bier: »Laß die Blume nicht verwesen!« wurde wieder mal gesagt. Schnaps wurde mir spendiert, bei dem man sich schütteln muß, damit er sich gleichmäßig verteilt.
Wie's mir so geht? wollte der Kamerad vergangener Tage wissen, und: »Jupp, die Geige!« das sagte er. Und zu seiner Freundin: »Dies ist das arme Schwein, das sie hier zur Sau machen wollen!« Und sie kuschelte sich an ihn ran mit all ihren Rüschen: ein wenig zu blaß das Gesichtchen und ein wenig zu rot die Lippen und im Kopf ein bißchen zu wenig Grütze. – Und dann erzählte er ihr, was ich für ein Held gewesen sei, und was ich für Dinger gedreht hätte, im Gefängnis! Kopf und Kragen riskiert für die Kameraden, und wir wußten beide, daß das nicht stimmt.
Ob ich wüßte, wen er neulich auf der Straße getroffen hat? Zwitschi Wandschneider aus'm Zentralkeller! Das sei die

Nappsülze, sagte er zu seiner Freundin, die 21 Tage Karzer auf einer Arschbacke abgemacht hat. Und er erklärte ihr, was Karzer ist, und sie kuschelte sich wieder an ihn ran.
Dann schrak die Freundin zusammen und fragte, ob er das »Skript« hat? – Nein, das hat er nicht, sagte er und schrak auch zusammen. »Um Gottes willen, dann müssen wir ja sofort abzischen! Zu dumm, daß wir das Skript vergessen haben, das braucht der Professor doch so dringend ...«
»Ruf einfach bei uns an«, sagte stud. med. Sänger, der bereits mit Telefonanschluß versehen war, er räumte sein Feuerzeug vom Tisch und warf mir zehn Mark hin zum Zahlen und sagte: »Ruf einfach an, wenn was ist.« Den Rest des Geldes könnte ich behalten.
Ich blieb noch einen Augenblick sitzen und rollte den Geldschein zwischen den Fingern.

ZEHN DEUTSCHE MARK

Die Schiffsmodelle und die Sägefische unter der Decke: Große Freiheit Nr. 7, in dem Film hatte es auch so ein Lokal gegeben. Hans Albers und Ilse Werner. La paloma ohe! Warum nicht eine Kneipe aufmachen? In die Wände Aquarien einlassen und dahinter Licht, daß die Fischschatten dann so durch die Gegend huschen? Hinter der Theke stehen und den Leuten Bier einschenken und sich ihre Geschichten anhören und ihnen Ratschläge erteilen aus der Tiefe des eigenen Erlebens heraus.
Hinter der Theke ist ein kleines Zimmer, Fotos an der Wand und eine Pfauenfeder, und in dem Zimmer steht eine winzige Koje, und dann tritt so ein freundliches, warmes Wesen ins Lokal, in gestopftem Pullover und sagt: »Ich geh' schon mal nach hinten.«

Wenn ich mir auf dem Arbeitsamt die Arbeitslosenunterstützung holte, dann dachte ich mir aus, was mit dem großen Geld anzufangen sei, wenn es eines Tages eben doch kommt: Am besten gleich alles auf die Bank legen und verzinsen lassen. In einem verschlissenen Anzug auf dem Hauptbahnhof herumstehen, so daß die Leute schon denken, sie müssen mir was

geben und ganz im geheimen über ein klotziges Bankkonto verfügen.
Oder Postbeamter werden? Am Schalter sitzen und Briefmarken verkaufen, drei zu zwanzig, vier zu zehn, 1000 Jahre Lüneburg. Immer freundlich sein und ein fröhliches Wort auf den Lippen, so daß die Kunden sich immerfort nur am Schalter 8 anstellen.
»Dieser Mann soll Schreckliches erlebt haben ...«, raunen sie einander zu, und man selbst reicht den groben oder den gepflegten Händen Briefmarkenstreifen durch das Schalterfenster und bemerkt es nicht, daß eine wundervolle, reifere Frau fast jeden Tag kommt, immer um dieselbe Stunde.
Und eines Tages, als man nach Hause geht, lebenssatt, zum Sterben müde und den Schlüssel aus der Tasche zieht, da steht sie unter der großen Kastanie, und da ist es einem, als ob das alles schon einmal gewesen ist, und man fragt sich, ob es denn wahr ist, was man da erlebt.
Sowas dachte ich mir aus, wenn ich mir meine Unterstützung holte, wöchentlich, und ich mußte sie in der Abteilung für Schausteller und Sonstige holen, weil man mich nicht einzuordnen wußte.

Postbeamter werden. Oder: Warum nicht Buchhändler? Das fragte ich mich schließlich auch. Ja, Buchhändler werden, aber nicht bei Röwekamp in der St.-Lukas-Stube, dann schon lieber ein gediegenes Antiquariat eröffnen mit Regalen voll kostbarer Erstdrucke, mit winzigen Klassikerausgaben und größeren Folianten, in denen kolorierte Heilkräuter zu besichtigen sind. Thymian zum Beispiel, oder Rosmarin. Wozu die Kräuter jeweils gut sind, das steht daneben.
»Fräulein Härtel, würden Sie mir bitte mal die Rostocker Stiche bringen?«
Sich die Marienkirche ansehen, unter dem Vergrößerungsglas, von vorn und von hinten, dieses Ungetüm: »Bitte jetzt keine Störung ...« Stiche von Rostock und Stiche von Wismar: Das Haar ist weiß geworden in all den Jahren!
Das stille Fräulein Härtel, deren Vater Kunsthistoriker ist,

trägt das volle Haar aufgesteckt, ihr rostfarbener Rock ist unten ein wenig ausgefranst. *Sie* ist es, mit der man später dann zusammenlebt in einem Haus am Wald, voll Achtung füreinander. Und wenn es sich grade mal so macht, dann durch den verwilderten Garten streichen, deren Ranken über die Türschwelle wachsen, durch den uralten Garten, voll romantischer Winkel: Ehrenpreis fällt über die hohe Mauer, und die Drossel kündigt Regen an.

Durch die Straßen streichen. Zugucken, wie Ruinen umgerissen werden und: mal sehen, ob sie die Kirche in Eimsbüttel genau so wiederaufbauen, wie sie gewesen ist. Vielleicht verpassen sie der ja einen neuartigen Turm, wie der alten Jakobikirche, was für alle Hamburger ein Skandal größten Ausmaßes war.
Kinder mit Hulahoop-Reifen, und die neuen, gummibereiften Roller. Unerhört, daß die Kinder damit auf dem Gehsteig fuhren, soundsoviele alte Damen hatten dadurch schon Oberschenkelhalsbrüche davongetragen.
Gummibereifte Roller mit Gepäckträger und Fußbremse waren zu sehen und schnarrende Rennräder, deren Pedale sich genauso schnell rückwärtstreten ließen wie vorwärts, ohne daß man dadurch stehengeblieben oder rückwärts gefahren wäre.
Rote, blaue und grüne Tornister; das war auch neu. Warum nicht? Das war zu fragen. Bunte Tornister trugen die Kinder, und irgendwie schicker angezogen waren sie als wir damals.

Elbchaussee Nr. 133. Professor Hartlieb, graumeliert und versonnen. Vom Elbuferweg aus war das Haus zu betrachten, wie es da oben lag, still und stumm. ein zugewachsener Weg führte hinauf, von einer mit rostigem Stacheldraht umwobenen Pforte verschlossen.

Rapunzel, Rapunzel,
laß mir dein Haar herunter.

Eine Frau in Kittelschürze trat aus der Tür und schüttete

kaputte Flaschen in den Mülleimer. Weinflaschen waren es, die der Professor geleert, dem Flötenspiele seiner Tochter lauschend.

In der Zwischenzeit schoben die Beamten in all den herrlichen Büros meine Akte von einem Tisch auf den andern und dann ließen sie sie schmoren in irgendeinem Schrank. Das eine »Ja« im Fragebogen Nr. 23, links unten, das hatte sie irritiert.
Ich lief zu Menschen, die mir Rat samt Tat offeriert hatten. Bei den Heimkehrern im Hinterzimmer des Hinterhauses wurde gesagt: »Ja, sind Sie denn blöd, Kamerad? Wie konnten Sie denn sowas machen?« Daß einer allein so dämlich sein kann, das war ihnen neu. Die Kriegerwitwe hatte Tränen in den Augen, und der Mann lachte!
Auch der Rostocker Stammtisch hätte mir das vorher sagen können: Nußtorte plus Rostocker Doppelkümmel. Eine Thermosflasche hatte sich Fieden Lüng vom Herzen gerissen, zu Zeiten, als es nichts mehr gab, und der Wirt hatte den Vater persönlich gekannt, aber jetzt war es offenbar: Dieser junge Mensch aus Rostock hat ganz offensichtlich den Verstand verloren. Man rückte ab von mir und ließ mich meinen Kaffee selber zahlen.
Die Kameraden, mit denen ich auf West V anscheinend die tollsten Dinger gedreht hatte, sagten: So etwas hätten sie noch nie erlebt! Daß einem so armen Schwein hier im Westen solche Knüppel zwischen die Beine geworfen werden ... Da müßte man mal mit der MP dazwischenhalten! Einer schrieb sogar an den Bundespräsidenten. Und der Bundespräsident schrieb zurück! »Herrn/Frau/Fräulein«. Daß er die Sache weiterleiten will, gezeichnet Krause, das schrieb der Bundespräsident zurück.

8

Zu diesem Zeitpunkt geschah es, daß der blasse Studentenpfarrer der Universität Hamburg, dessen junge Frau nun schon des zweiten Knaben genas, zwei Einladungen an einem Tag in seinem Briefkasten fand. Inmitten seiner Post lagen sie, die er auf dem alten Ostzonen-Schreibtisch seines Vaters in drei Teile zu ordnen pflegte: einen Haufen nach links, einen nach rechts, und den Rest sofort wegschmeißen.
Es begab sich also, daß der Studentenpfarrer der Universität Hamburg *zwei* Einladungen an einem Tag erhielt: Die eine lautete auf Locarno – sechs Wochen alles frei, und zwar im Zwingli-Haus der Ökumene, köstlich am Hang gelegen, mit Blick über den Lago Maggiore. Die andere Einladung kam aus Kalifornien – auch alles frei – zu einem Verständigungskongreß amerikanischer und deutscher Studenten.
Nach Locarno fahren, wo irgendwann politisch mal was los war, und dort unter Palmen wandeln? Auf der Terrasse liegen am glatten See und den Blick hinüberschweifen lassen auf die von eruptiven Kräften aus der Erde gedrückten Berge, schwarz und drohend? Oder lieber nach Kalifornien *fliegen*?
Der junge Mann mit den gen Himmel gewellten Haaren entschied sich für Kalifornien, und es stellte sich heraus, daß sich in seinem Gedächtnis noch eine unerledigte Geschichte vorfand, von der er annahm, er wäre längst quitt mit ihr, die meldete sich nun zu Wort: Ein blasser, schlecht rasierter Heimkehrer sah ihn ernst an – vielleicht könne man *ihn* nach Locarno reisen lassen? Das fiel dem jungen Pfarrer ein in diesem Augenblick: Zur seelischen Gesundung? Und vielleicht könnte man mit einer solchen guten Tat auch noch die letzten Spuren dieses Schicksals tilgen im Gehirn? Gutes tun und gleichzeitig Nutzen davon haben fürs Gewissen?
Als sich mein Wagenpark auf zwei Märklin-Laster mit Anhänger vergrößert hatte, und die Summe meiner Barschaft

noch genau 12,50 DM betrug, kam jedenfalls ein Schreiben von der Universität, ob ich nicht Lust hätte, in die Schweiz zu fahren, nach Locarno, für volle sechs Wochen? Frieden zu machen mit der Welt in einer Stadt intensivster Friedensbemühungen? Die Fahrtkosten würden mir erstattet werden, und es gebe sogar ein Taschengeld?
»Mein Junge fährt in die Schweiz,« sagte meine Mutter zum Kaufmann an der Ecke, »der fährt nun nach Locarno.« Und ich packte meine Rasiersachen in die Aktentasche, den Herrenknirps und Unterwäsche zum Wechseln und fuhr sofort los. Locarno! Traum unter Palmen in südlicher Sonne, am Ufer eines silbernen Sees! Das hatte man nicht ahnen können, daß man eines Tages Ansichtskarten aus einer Stadt schreiben würde, in der im Jahre '28 eine internationale Konferenz von größter Bedeutung stattgefunden hatte!

Und dann saß ich in Locarno, in der »Casa Zwingli«, in der sich etwa dreißig Kirchenleute erholten von ihrem aufopferungsvollen Dienst: Gemeindehelferinnen, Diakonissen und Pastoren jeder Art, mit Bart und ohne, mit Kreuz vor der Brust oder mit Käppchen auf dem Kopf, mit Kapuze auf dem Rükken oder gar in kurzer Hose und Freizeithemd. Am Bergeshang lag das weiße Zwingli-Heim, bunte Maiskolben hingen an der Tür.
Ich wurde etwas unwirsch begrüßt, da ich meine Ankunftszeit nicht mitgeteilt hatte. Man hatte mich abholen wollen am Bahnhof, »ein«-holen, wie man es auch ausdrücken könnte, ein symbolischer Akt, dem man Gewicht beimaß.
Ich grüßte mit meinem Knirps wie mit einem Marschallstab und zeigte meine Aktentasche vor, zum Zeichen, daß es des Abholens hinsichtlich des Gepäcks nicht bedurft hätte.
»Omnia secum portans«, sagte ein dicker Herr, und damit war der Frieden erstmal wiederhergestellt.
Ob ich »lutterisch« oder »lutheerisch« sei, wurde ich sodann gefragt, und gesagt wurde, ich sollte die Wochen meines Aufenthalts zu ökumenischen Gesprächen nutzen, die Verständigung unter den Menschen fördern, damit die Spaltung

der Christenheit nun endlich überwunden werde: Eine solche Gelegenheit kehre nicht so bald wieder!

Das Essen stand auf dem Tisch, ich nahm Platz neben einem französischen Prediger – Oradour-sur-Glane! – der leider weder englisch noch deutsch sprach, obwohl doch in Frankreich, wie zu hören war, die perfekte Kenntnis zweier Fremdsprachen zu den Voraussetzungen des Baccalaureats gehörte? Ich konnte mit meinen wenigen Wörtern auch nichts ausrichten: »Je suis d'accord«, das war so ziemlich das einzige, was ich noch wußte.
Das Tischgebet in diesem Haus wurde jeden Tag in einer anderen Sprache gesprochen, denn alle hier anwesenden Mormonen, Altlutheraner und Baptisten kamen ja aus den verschiedensten Ländern. Ach, wie komisch war es, als der japanische Adventist in seiner kuriosen Sprache den lieben Gott um den Brotsegen bat. Da mußte man ja herzlich lachen! Da lachten auch die beiden polnischen Theologen – Maidanek, Auschwitz und Treblinka! – die mit ihrem deutschen Kollegen aus Bayern nicht redeten, weil der von der Oder-Neiße-Linie gesprochen hatte, daß die *so* nicht geht.
Wie wunderlich klang der Brotsegen auf japanisch! Das mußte gleich noch einmal wiederholt werden, und dann bitte Ruhe für unsern neuen Gast, der kommt aus dem Reich und ist nicht etwa Studentenpfarrer sondern, ja was? Was ist er eigentlich? Mit einer Aktentasche ist er angereist, und erlebt hat er irgend etwas Abseitiges, woran wir hier nicht weiter rühren wollen ... Der Gast aus Deutschland möge die Hand heben, damit wir ihn uns ansehen können: Dieser junge Mann dort, der vermutlich einmal Hitlerjunge war und alte Menschen »Friedhofsgemüse« genannt hat, kommt aus Deutschland, einem Land, das Juden vergast hat, und er erhält hier jetzt ein Taschengeld von acht Franken fünfzig pro Tag, und die Fahrtkosten werden ihm erstattet, obwohl, wie gesagt, sein Land Unheil über die Welt gebracht hat, wie man weiß, und obwohl er, strenggenommen, nicht zu der hier versammelten Gemeinde der im kirchlichen Dienst Stehenden gehört, selbst

wenn er im zweiten Tenor des Anstaltschores mal Beethoven gesungen hat.
Und das will man ihm gleich sagen: Es muß *pünktlich* zum Essen gekommen werden, das ist hier so Sitte. Und: Im Büro steht ein Koffer mit Kleidungsstücken, die wurden gestiftet für diesen jungen Mann – »bitte mal alle herhören« – von einer Familie, die in Deutschland zweiundzwanzig ihrer Glieder verloren hat. Und nun: »Guten Appetit.«
Über der Anrichte hing ein Wirkteppich, auf dem der Babylonische Turm dargestellt war mit Menschen davor, die die Hand hinter das Ohr hielten. Nach dem Essen der gemeinsame Choral in aller Welt Zungen – was da die Leute wohl gedacht haben, die draußen grade vorübergingen.

Ein erstes und letztes Gespräch war gleich nach dem Essen mit dem behaglichen Bayern zu führen, der als evangelischer Pastor in einem Flüchtlingslager Dienst tat, eine Art Verhör war das. Er fragte mich, ob ich denn auch anerkannt sei als politischer Häftling. Nein? Noch nicht? Schon ein halbes Jahr in der Bundesrepublik und *noch* nicht anerkannt? – Das kam ihm sonderbar vor.
Es war kein Pakt herzustellen mit diesem behaglichen Herrn, der Zigarren rauchte, einen Brillanten am kleinen Finger trug und immer sehr laut sprach. Von religiöser Demontage redete er gern und davon, daß das Gleichnis vom Senfkorn keine Gartenbauanleitung sei. Nach allen Seiten guckte er sich dabei um.
Die Qualität des Flüchtlingsmaterials aus der Ostzone werde immer schlechter, gab er der Runde bekannt, früher wären das Leutchen gewesen, die sich für ihre politischen Ansichten hätten einkerkern und totschlagen lassen: liebe, liebe Leutchen. Heute komme so allerhand Gesocks von drüben, das ihn das Schlimmste befürchten lassen müsse für unsern jungen demokratischen, noch ziemlich wackeligen Staat, der übrigens seines Wissens immerhin drei Milliarden Wiedergutmachung gezahlt habe an die Juden oder dreißig Milliarden, so genau wisse er das nicht, deren bedauerliches Schicksal damit

allerdings nicht rückgängig gemacht werden könne. Er wisse noch, oh! Er wisse es noch, wie sie zusammengetrieben worden seien, die jüdischen Mitbürger, alles sehr anständige Leute, am Fenster habe er gestanden und es *wohl* gesehen: Mütter mit kleinen Kindern und ältere würdige Herren. Und dann erzählte er, und er dämpfte die Stimme dabei, daß in der Nazizeit Geheim-Menschen in seiner Kirche gesessen hätten, die alles mitschrieben. Einmal sei er selbst, er persönlich! sogar abgeholt worden und streng verhört! Die Fürbitte um geistige Erleuchtung des Führers habe er nämlich immer extra laut gesprochen und um etliches verlängert. Er habe damit sagen wollen, falls Gott den Führer erleuchten würde, dann könne am Ende doch noch alles gut werden; dann würde sich dieser Mensch vermutlich an den Kopf fassen und würde sagen: O Gott! Was habe ich getan! – Extra lange Fürbittgebete für den Führer sprechen, das sei sein Trick gewesen: Gut, nicht? Hähähä.
Im übrigen, ob die verehrten Anwesenden eigentlich wüßten, wer die meisten Kriege in Europa geführt hat? Nein? – Hier habe er einen Zeitungsartikel, da stehe das drin, von einem amerikanischen Institut gezählt: ... die Franzosen seien es gewesen, Deutschland komme erst an achter Stelle.

Die Polen, einer kam aus Krakau, der andere aus Gelsenkirchen, waren gegen ihn aufgebracht: Daß die Oder-Neiße-Linie *so* nicht geht, hatte er gesagt, mit »Neiße« sei eine ganz andere Neiße gemeint, und außerdem müßten Gebietsabtretungen einem Friedensvertrag vorbehalten bleiben!
Dies brachte die Polen, die übrigens untereinander auch zerstritten waren, weil der eine den andern zur Rückkehr in das Heilige Vaterland bewegen wollte, sogar dazu, ihn quasi auszuätschen: Ätsch, die Ostgebiete kriegt ihr man nicht wieder!
Die andern Gäste nahmen den Bayern mehr exotisch, die glaubten vielleicht nicht, daß es tatsächlich erwachsene Menschen gibt, die eine Lederhose tragen.

Ein abgelegenes Dachzimmer wurde für mich freigemacht, eine Art Abstellkammer mit Feld-Klapp-Bett, per Notstiege zu erreichen. In diesem Zimmer stand auch die Nähmaschine des Hauses. Es war eine Kammer mit Pappwänden und schräger Decke, durch die es schon mal durchgeregnet hatte, wie an braunen, die Phantasie anregenden Flecken zu sehen war. Ein weißes Drahtgestell mit einer Waschschüssel stand in der Ecke, neben einem großen abgeschlossenen Schrank.
Ein kleines Zimmer war es, aber ich hatte es für mich, und ich konnte auf den See hinunterblicken, und das tat ich auch, Tag und Nacht. In der Nacht holte ich mir Briefpapier und schrieb es meiner Mutter, daß die Lichter da unten wie Perlen auf eine Schnur gereiht sind, sah zwischendurch hinunter, während ich es schrieb, und das Wort »Myriaden« verwendete ich. Als ich den Brief beendet hatte, schrieb ich das gleiche noch einmal in mein Tagebuch, und da verglich ich die vielen Lichter mit Menschenschicksalen und stellte fest, daß der liebe Gott diese Lichter ausknipsen kann, wann immer es ihm paßt, was manchmal schade ist, zuweilen aber auch erfreulich.
In der »Casa Zwingli« ließ der liebe Gott des Nachts die sonderbarsten Geräusche laut werden, das Schnarchen natürlich, international verständlich, aber auch das Zanken christlicher Eheleute.

Morgens nach dem Frühstück, das bei gutem Wetter auf der Terrasse eingenommen wurde, näherten sich mir die geistlichen Herren. Wenn ich mein Ei auslöffelte, dann fragten sie mich in gebrochenem Deutsch, ob mir bekannt sei, daß die SS-Männer Schäferhunde auf schwangere Jüdinnen gehetzt hätten? Standen neben mir, setzten sich nicht etwa hin, sondern standen mit ihrer unausgelüfteten Hose direkt neben mir und meinem Frühstücksei und fragten: Ob mir das bekannt sei, daß die Schäferhunde den Leib dieser Frauen aufgerissen hätten und daß die Leibesfrucht ausgetreten sei?
Was ich dazu sagte, wollten die Herren wissen, ob ich das bedauerte oder ob ich das vielleicht abstreiten will?
Einer sprach gut deutsch, ich freute mich schon, der lachte so

nett. Er hieß Säckle und kam aus dem Elsaß. Der setzte sich an meinen Tisch, und zwar rittlings auf den herumgedrehten Stuhl, die Arme auf der Lehne. Der wußte von Geiselerschießungen zu berichten, und er fragte mich lachend, ob ich schon mit der Diakonisse gesprochen hätte, die da drüben sitzt. Die komme aus Paris und könne mir saubere Geschichten von den Deutschen erzählen, die hätte sich nämlich volle vierzehn Tage und vierzehn Nächte in einem Gestapo-Keller befunden! Zu der sollte ich mal gehen und mir erzählen lassen, was das für Menschen sind, die Deutschen: Schumann spielten sie auf dem Klavier, und dann griffen sie sich eine Maschinenpistole und mähten Menschen um wie Gras! Und nun lachte er wirklich schallend, und er sah sich um, und die Umstehenden nickten, und die Diakonisse aus Paris, Sœur Claire sah zu den fernen Bergen hinüber, an deren Hängen ein Zug sich wie eine eiserne Wurst entlangwand.

Der Herr ist mein Hirte,
mir wird nichts mangeln...

Mein Unglück war, daß ich einem lächelnden Holländer anvertraute, ich vertrüge das Essen hier nicht. (Dauernd Mehlspeisen und gebackenen Käse, eine Art Diät für Kerngesunde). Dieser weißhaarige Seelsorger mit den freundlichen Augen stieg die Treppen hinunter in die Kellerküche und hinterbrachte das der rotgesichtigen Köchin, die eine Judenchristin war, und das schlug ja nun dem Faß den Boden aus! Diese Frau, die es als Judenchristin sowieso schon schwer empfand, unter anderem für einen Deutschen kochen zu müssen, der schon als Zehnjähriger das Braunhemd getragen und vermutlich alte Menschen als »Friedhofsgemüse« bezeichnet hatte, die beschwerte sich bei der Oberin, und die Oberin erzählte es nach und nach allen Anwesenden, daß dieser Deutsche, der da drüben sitzt, der bloß mit einer Aktentasche gekommen ist, mit nix drin als einem verwelkten Rasierpinsel, dem man überdies einen ganzen Koffer voll Kleidungsstücke geschenkt hat und täglich ein Handgeld von – sage und schreibe – acht Franken fünfzig zahlt, daß dieser junge Mensch sich flegelhaft über die Küche ausgesprochen

hat! Daß ihm das Essen nicht schmeckt, hat dieser junge Mensch gesagt, der aus einem Land kommt, unter dessen Ägide Millionen verhungert sind.
Und all die geistlichen Herren und Damen, der englische Reverend – Coventry! – wie die holländische Gemeindehelferin – Rotterdam! –, der dänische Bischof und die beiden Polen, sie alle mieden mich von Stund an, die drehten sich von mir weg; vor denen war ich stinkend geworden! Nur der Negerpastor aus Kamerun, der lachte mich auch weiterhin an, der hatte das wohl nicht richtig mitgekriegt.

Abends, nach dem Abendbrot, war es Sitte, daß man sich im Aufenthaltsraum versammelte: Hier kreischte eine ungarische Pfarrfrau Beethoven-Lieder:

> ... freudvoll und leidvoll, gedankenvoll sein ...

von dem britischen Reverend, der lange in Indien gewesen war, auf dem Klavier wie auf einer Schreibmaschine begleitet.
Hier erklärte der bayerische Theologe dem Plenum den Unterschied zwischen Nord- und Süddeutschland, daß da oben, nördlich des Mains, eine kulturelle Wüste existiert, von der man sich keine Vorstellung macht. Daß im Süden jedoch der Geist blüht, Schiller, Goethe und so weiter.
Hier wurden die verschiedensten Untaten der Deutschen erörtert, preußisch-nördlichen Ursprungs natürlich, so wie man einen Rosenkranz herunterbetet, und Bildbände wurden über den Tisch gereicht, in denen man mit Zetteln die Seiten markiert hatte, auf denen das alles zu sehen war.

> ... glücklich allein ist die Seele, die liebt ...

Zur Unterhaltung wurden zuweilen auch eigenartige Spiele gespielt. Ein Pfarrer aus Fredericia machte vor, wie man einen Elefanten wäscht, und wir mußten raten, was er da tut. – Ein andermal wurden wir aufgefordert, den eigenen Namen gestisch darzustellen. Wenn man mich gebeten hätte, was man nicht tat, dann hätte ich das »POW« in der Mitte meines Namens herausgestellt: Ein skifahrender P.O.W., der sich kämmt; Kämm – p.o.w. – Ski. Irgendwie so.
Aus sozialen Gründen wurde an solchen Abenden die Köchin

heraufgebeten, die durfte an den geselligen Stunden teilnehmen, und es fehlte nicht an Herren, die ihr einen Platz anboten. Alle Juden seien *Idealisten*, das wurde um ihretwillen gesagt, und alle Deutschen *Materialisten* und ähnliches, und streng wurde ich dabei gemustert.

Kein Abend, an dem diese Frau nicht einen endlosen Witz erzählte, in dem das Wort Ovomaltine vorkam. Ein Theologieprofessor, hier im Hause Zwingli, weltfremd aber nett, habe mal geglaubt, sein Nachbar heiße Ovomaltine...

Gern rief sie auch Debatten hervor über ihr Judenchristentum. Am liebsten hätte sie es wohl gehabt, daß alle Anwesenden zunächst zum mosaischen Glauben konvertiert wären und dann erst sich hätten taufen lassen, und sehr liebte sie es, wenn man ihr scherzend und ein wenig vertrackt widersprach. Oh, wie hatte sie das gern! Der Bischof von Sowieso habe mal das und das behauptet. Sie habe ihm das widerlegt, und da habe dann der Bischof sagen müssen: »Wirklich, da mögen Sie recht haben.«

Den Abschluß des abendlichen Beisammensitzens bildete immer das Vaterunser. Das war ein würdiger Abschluß des Tages und ein komischer zugleich. Jedesmal mußte ein anderer das Gebet des Herrn vorbeten. Wie war das lustig, wenn ein portugiesischer Altlutheraner, ein amerikanischer Mormone oder ein jugoslawischer Baptist das Gebet des Herrn in seiner Fassung und in seiner Sprache betete!

Our father in heaven...

Das konnte man sich nicht entgehen lassen. Allein schon all die Unterschiede im Deutschen: Ob es nun »Vater unser« oder »Unser Vater« heißt, oder ob der Himmel im Plural oder im Singular zu verwenden ist – was zwar nicht komisch war, aber immerhin doch höchst bedeutsam und Diskussionen entfachend, die sich Stunde um Stunde hinzogen.

Als ich an der Reihe war, trug ich das Vaterunser auf Platt vor, und zwar mit Rostocker Pathos:

Unse Vadder du, in'n hogen Hewen...

Da war aber schlagartig Ruhe im Aufenthaltsraum! Dieser

junge Mann, dieser lutterische oder lutheerische Mensch, der sprach da ja in einer Sprache, die irgendwie bemerkenswert war. Die babylonischen Bauleute auf dem Wirkteppich hielten die Hand hinters Ohr, und dasselbe taten die hier Anwesenden nun auch allesamt.
Der Holländer mit seinen freundlichen Quellaugen nahm gleich beide Hände hinter beide Ohren! Er hatte in der Casa Zwingli viel auszuhalten wegen seiner Sprache. »Jakob worstelt met dem Engel« zum Beispiel, das wurde ihm öfter mal vorgehalten, oder »de Rots van de Eies«, was »Der Fels der Ewigkeit« bedeutet. Nun hatte er einen, der so ähnlich sprach wie er, wenn auch nicht ganz so schlimm.
Am nächsten Morgen legte er mir Schriften in Flämisch neben den Teller, die ich dann allerdings frech mit einer Zeitung zudeckte.

»Wiederbewaffnung der Bundesrepublik
macht Fortschritte«,

stand in der Zürcher, und das war mir denn doch interessanter. Auch andere Schriften wurden mir hingelegt, und es fehlte nicht an Auflauerungen im Treppenhaus oder vor dem Klo. Ob ich wisse, daß es in der Bundesrepublik schon mehr als zehntausend Anhänger der »Kirche Jesu Christi der Heiligen der letzten Tage« gäb', fragte mich ein freundlicher Mann, der selbst in der heißesten Sonne mit Schlips zu sehen war; ein anderer, kleinerer Mensch mit Kugelbauch und Glatze flüsterte mir in einer unverfänglichen Situation ins Ohr, daß es in meinem Lande einhunderttausend Baptisten gäbe. Ob mich das nicht nachdenklich stimme?
Ich zwinkerte mal dem zu und mal dem, bei Tisch oder wenn es sich sonst grade mal so machte, und ab und zu wurde auch mal zurückgezwinkert.

In meinem grünen Notizbuch war ein anderes Konto aufzumachen: Von jedem Volk schrieb ich mir dunkle Kapitelchen auf, finstere Untaten. Am letzten Tag, vielleicht, würde ich den Franzosen was von Algerien, den Engländern von Indien, den Schweden von den an die Sowjetunion ausgelieferten

Esten erzählen; und das »J« im Paß der Juden, wer das eigentlich eingeführt hat. Das ans Licht der Sonne zu zerren nahm ich mir vor.

Nach dem Frühstück, das ich möglichst als erster oder als letzter einnahm, stieg ich die ausgewetzten Treppen hinunter in die Stadt, mit Herren-Knirps und Aktentasche. Ich setzte mich auf die Promenade, unten am See, wo alles, was hier promenierte, vorbeikommen mußte, dick und dünn, alt und jung. Entzückende Damen, mit Kulleraugen oder sogenannte Teenager auf dem Fahrrad, was auch nicht zu verachten war. Hier gab es Palmen zu bewundern, von Rosen berankt, elegante Hotels und weiße Schiffe. Rückwärts fuhren sie aus dem Hafen heraus, und das war sonderbar genug.
Ich saß auf der Bank und beguckte die Leute, die auf der Promenade auf und ab gingen, und wenn ich genug davon hatte, ging *ich* auf und ab und ließ *mich* begucken, nickte alten Menschen aufmunternd zu und half jungen Menschen beim Fotografieren. »Wenn die wüßten, wer sie da eben fotografiert hat«, sagte ich zu mir, ein Mann mit acht Jahren Zett! Und wenn ich wieder auf dem Zimmer saß, dann sah ich in den Spiegel, ob ich schon ein bißchen brauner wär, und ich sprach zu meinem Spiegelbild: »Prinz Walter von Aquitanien, wie hast du leiden müssen, aber nun wird bald alles gut.«
Auch an Kalle Hesterberg und stud. med. Sänger schrieb ich, die sich vermutlich gerade jetzt mit Wegerecht und Handwurzelknochen befaßten, und ich schrieb, daß Locarno am Lago Maggiore liegt, und daß am Fuße der Berge Myriaden von Lichtern den See umsäumen.

Einmal mietete ich mir ein Ruderboot. Als ich es abstieß vom Ufer, kam ein kleiner wolliger Köter gelaufen und sprang mit hinein. Da keiner nach ihm pfiff, fuhr ich ein Stück auf den See hinaus, und ich fuhr sehr vorsichtig, damit sich das Tier nicht erschrickt.

Auf einem Felsen, unterhalb der Casa Zwingli, lag die

»Madonna del Sasso«, eine Wallfahrtskirche mit Kloster, deren Glocken auf sonderbare Weise rasselten. Hier ergingen sich braungebrannte Mönche; ich sah ihnen zu, wie sie im Würzgärtlein arbeiteten und zwischendurch über die Mauer hinweg auf den See blickten. Als ich in der Kirche saß, kam ein Haufen Kinder hereingestürzt, südliche Geschöpfe, zierlich und schön, die »fielen ein wie der Wind, wenn er unter die Kirschblüten fährt« – so schrieb ich es meiner Mutter – und die Mönche breiteten die Arme aus.
Ab und zu ging einer dieser Mönche an der Casa Zwingli vorüber, ohne Arg, mit freundlichem, modern bebrilltem Gesicht. Dann fehlte es nicht an würdigen Herren, die an das Fenster traten und mit dem Kopfe schüttelten.

Als ich eines Tages wieder einmal mein Zimmer ansteuerte, war es besetzt! Ein blondes Mädchen saß an der Nähmaschine, blond in blauer Bluse. Sie nähte Flicken auf einen Kopfkissenbezug. Nadeln hatte sie im Mund, die nahm sie heraus, und sie fragte mich auf norddeutsch, ob sie das noch mal eben zuende machen darf?
»Lassen Sie sich nur nicht stören«, sagte ich und ging hinaus, damit sie weitermacht.
Ich stellte mich ins Treppenhaus und blickte wie Goethe in Rom aus dem Fenster und beobachtete den Nachbarn, der die Hecke schnitt. Nachdem ich das eine Weile getan hatte, ging ich wieder hinein in mein Zimmer, legte ein Buch richtig hin und räumte den neuen Märklin-Laster weg, den ich mir in der Stadt gekauft hatte. Ich guckte schnell mal rüber und stellte fest, daß sie gar nicht so übel war. Ein bißchen zu breites Becken, wie es schien, und in Nino-Flex-Hosen, die man in solchem Fall lieber nicht tragen soll.
Ich stellte mich wieder in das Treppenhaus, und dann kam sie schließlich heraus und sagte, sie dankt schön, und sie wär' nun fertig.
Es roch noch lange nach Nivea-Creme, und auf dem Stuhl verging nur sehr allmählich der Abdruck ihres Körpers.

Am Abend drauf fand ich Bonbons auf meinem Nachttisch liegen, die hatte mir das norddeutsche Mädchen hingelegt. Auch ihr hatte man erzählt, was ich für ein Mensch sei, ruchlos und frivol, und sie hatte sich einen Vers darauf gemacht. Doris hieß das Mädchen, blond, mit blauer Bluse, und sie kam aus Bremen, Vater Fabrikant. Sie arbeitete in der Küche aus Feriengründen und für Geld, und schon am Tage drauf trafen wir uns an einer kompliziert gelegenen Stelle, oberhalb des Sees. Da rührten wir uns nicht vom Fleck, damit uns nicht womöglich Pastor Säckle erwischte, wie wir da nebeneinander sitzen und uns was erzählen, fröhlich, obwohl sich die Deutschen doch schämen sollten wegen all der Juden! Wir saßen da oben in einer Felsnische, versuchten Eidechsen zu fangen und verglichen die kleinen Blätter vom Felsenfarn und stellten fest, daß die alle verschieden sind. Sie wunderte sich, daß ich so lange im Schneidersitz sitzen konnte, weswegen ich gezwungen war, es auch weiterhin zu tun.
Wir zeigten uns die Schiffe auf dem See und die Vögel am Himmel, und wir waren uns einig, daß wir auf dem andern Ufer des Sees nicht würden wohnen wollen: Immer im Schatten? Wer will denn da wohnen, wo immer Schatten ist?

Hin und wieder ging ich auf den Hof und hackte Holz, von einzelnen Gottes-Menschen durch die steinernen Säulen der Brüstung still betrachtet. Ich machte mich nützlich, wie man so sagt: Freiwillig Buße tun für die Verweigerung des Essens, das ich nicht vertragen konnte und für die Greueltaten, die ich nicht begangen hatte. »Metaphysische Schuld abtragen«, wie ich nach Hause schrieb. Und: vielleicht kriegt man ja doch noch'n paar Muskeln.
Doris, deren Zimmer zum Hof hin lag, legte dann eine Schallplatte von Chopin aufs Grammophon, und wir hörten uns das an, sie drinnen, den Busen auf der Fensterbank, und ich draußen, das Beil in der Hand, und oben die Herren, die da still auf mich heruntersahen, die hörten sich das ebenfalls an.
Wenn vor dem Haus das wöchentliche Gruppenfoto gemacht wurde, (zu dem ich nicht gebeten wurde), dann tippte ich mir

auch mal an die Stirn – das muß ich leider sagen – und zeigte dem ganzen Haus pauschal den Vogel, was Doris lustig fand: Sich ans Fenster zu setzen und zu sonnen, das konnte ihr niemand verbieten.

Im Aufenthaltsraum das Klavier: darauf spielen, das konnte *mir* niemand verbieten, zumal ich mir meistens das Choralbuch vornahm:

So gib denn nun, mein Jesu, gute Nacht...

Da konnten sie nichts sagen, obwohl es ihnen ziemlich auf den Wecker ging. Im Gästebuch knallend die Seiten umschlagen und so laut sprechen wie irgend möglich, das war noch das einzige, was ihnen blieb, ausländische Schimpfwörter hervorstoßen (die ich größtenteils verstand) und in den Noten herumwühlen, die direkt neben mir auf dem Ständer lagen, und sagen: »Ich hab' hier was liegenlassen, merkwürdig, nun ist das weg?« Das auch. Ich spielte dann getrost weiter, wenn es auch öfter mal danebenging.

In stillen Stunden nahm ich mir auch mal die »Kinderszenen« von Schumann vor: »Haschemann«, das konnte ich noch einigermaßen, dabei war ich damals stehengeblieben, vor vielen hundert Jahren.

Das »Glückes genug«, das meine Mutter immer gespielt hatte, abends, wenn ich im Bett verbotenerweise noch las, das tippte ich mir Ton für Ton zusammen: Mit Kölnisch Wasser waren mir die Ohren saubergerieben worden, und zum Geburtstag hatte ich Soldaten gekriegt: Marschierende mit Musik und ohne, aber auch Kämpfende. Eine Spielzeug-Pak hatte ich besessen, mit der sich Gummigranaten verschießen ließen.

»Glückes genug«: Die bewußte Stelle, die meine Mutter nie richtig hingekriegt hatte, ziemlich am Schluß, wenn man schon denkt: diesmal klappt's, die kriegte ich auch nicht hin – nun wußte ich, weshalb.

Wenig segensreich waren die Tage, an denen die ganze Gesellschaft Exkursionen unternahm. Altlutheraner, Mormonen, Reformierte und Baptisten, mit Fotoapparat und Fernglas, Spazierstock und Sonnenbrille. An solchen Tagen stand ich nämlich absolut unter Kontrolle. Aus dem Keller spähte die Judenchristin mit glühenden Augen, was ich da schon wieder auf dem Hof zu suchen habe, und aus dem Büro beobachtete mich die Oberin, hörte auf zu tippen und guckte aus dem Fenster raus: Dieser Mensch hackt doch wohl nicht die schönen Kisten kaputt? Die Kisten, die man allesamt noch braucht?

An solchen Tagen konnte ich es nicht riskieren, daß ich dem Haus einen Vogel zeigte oder gar dem Mädchen Doris zunickte.

Auch das Essen war an solchen Tagen ungemütlich. Schweigend saß ich vor den Teigtaschen, die mit einer strunkigen Gemüsedelikatesse gefüllt waren, die Oberin schwieg, und der exilierte russische Erzbischof mit dem großen goldenen Kreuz auf der Brust, der wegen seines Herzens nicht teilnahm an Wanderfahrten ins Maggia-Tal oder auf die Brissago-Inseln, der schwieg auch. Es hatte ihn zunächst interessiert, daß ich wußte, wie »Wasser« und »Brot« auf russisch heißt. Aber dann hatte er sich von mir abgewandt: »Zapp zarapp« hatte er vermutlich gedacht: »Dieser junge Mann hat Zapp zarapp* gemacht.« – Er hatte einen schönen Bart und wallendes Haupthaar, und nach dem Essen sah man ihn im nahen Ristorante sitzen und ein zweites Mal essen: Große Fleischbrocken mit Kartoffelhaufen, dazu trank er in vollen Zügen roten Wein.

Nein, an solchen Tagen war nichts zu machen. Da galt es dann, Tagebuch zu schreiben und Briefe an Rita und an Helga, daß man in Locarno sich befindet für einige Zeit, in einem Haus, das der christlichen Verbrüderung dient. Locarno, Palmen mit daran hochrankenden Rosen und nachts Myriaden von Lichtern. Und wie komisch es gewesen sei, daß man gedacht hat: »Camera libera«, was hier fast an

* gestohlen

jedem Haus dransteht, daß man dort eine Kamera leihen kann.

Eines Tages kam ein Schwung neuer Gäste in die »Casa Zwingli«: Gäste aus aller Welt, Neuapostolische, Uniierte, Anglikanische und einer aus der Pfingstbewegung in altertümlichem Gehrock. Auch sie mußten sich bei Fäden ziehender Käsespeise mit Gebeten in den sonderbarsten Sprachen vernehmen lassen, was mal wieder wahnsinnig komisch war.

Die Neuen waren freundlich zu mir, weil ich zu den Alten gehörte, die den Betrieb hier kannten, zu denen, die wußten, wo das Gästebuch liegt, in das so mancher Gast in Ermangelung von Farben mit Mokka eine Landschaft hineingemalt hatte, »Dank! Dank! Dank!«
Am nächsten Tag sah die Sache dann schon anders aus, da hatte man sie in aller Welt Zungen ein für allemal ins Bild gesetzt: Daß ich vermutlich ein Nazi sei, der die Naziverbrechen insgeheim gutheißt und auf die schweizerischen Lekkerli spuckt!
Einer der Neuankömmlinge war eine Frau aus Belgien; deren Mann war im KZ umgekommen. Diese Frau stieß zu mir, gleich nach dem Essen, als ich noch mit dem Erbrechen kämpfte wegen des gebackenen Hirns, das ich hatte essen müssen. Sie stieß zu mir und zwang mich, in sengender Sonne mit ihr die Chaussee auf und ab zugehen, schschsch-t! Autos, die hupend vorbeirasten, und in der Casa wirbelnde Gardinen, was das nun wieder ist? Sie redete französisch auf mich ein, und ich verstand kein Wort. Irgendwas von »Prüss« und »Rüss« redete sie, und sie meinte es gut, soviel war zu merken. Daß ich als Preuße keinen Haß auf die Russen haben dürfe, auch wenn die mir dies und jenes angetan hätten ...
»Prüss«? Mit den Preußen hatte ich doch gar nichts zu schaffen, und »Rüss«? die Russen? Wo waren die denn? Für meinen Haß brauchte ich die Russen nicht.
»Je suis d'accord«, sagte ich, um ihr eine Freude zu machen, und das funktionierte.

Die letzten fünf schönen Tage mit Doris. An unserm komplizierten Treffpunkt saßen wir, und mir fielen Witze ein, mit denen ich sie munter machen konnte: Was man hier alles anstellen müßte, bevor man abreist, eine Vase umschubsen oder »Scheiße« ins Gästebuch schreiben... Aber lieber nicht! Wenn man so etwas tut, dann fordern sie womöglich das Taschengeld zurück? Diese herrlichen Schweizer Geldstücke, die so aussehen, als seien sie extra für Touristen geprägt.
Sie wußte zu berichten, daß die Schweiz im Krieg jüdische Flüchtlinge zurückgeschickt hat und daß es hier nach dem Krieg vierhundert Millionäre mehr gegeben habe als vor dem Krieg. Und sie nannte mir die Namen der geistlichen Herren, die mich in der Küche verpetzten jeden Tag. Von den Nino-Flex-Hosen hatte sie gelassen, luftige Röcke trug sie nun, die sich ab und zu aufblähten und luftige Blusen, aus denen ihre bleichen Arme rotgebrannt herausstaken: Auch in der größten Hitze hatte sie dort »Gänsehaut«, jedes einzelne Härchen stand auf einem winzigen Pickel, Myriaden von Pickeln, wie man es hätte ausdrücken können.
Wir küßten uns natürlich, aber die Variationsbreite beim Küssen ist ja bekanntlich gering. Im wesentlichen legte sie mir ihre große schwere Zunge in den Mund, als ob sie sagen wollte: »So!« und dabei beließ sie es, und ich verhielt mich ganz still. Wenn man sich eine Zeitlang auf diese Weise miteinander befaßt hat, dann denkt man an das, was man gerne außerdem noch tun möchte, aber nicht tun kann, weil man an eine bremische Fabrikantentochter geraten ist, und dann läßt man schließlich auch das Küssen sein. Am schönsten war es noch, wenn wir beieinander lagen, sie den Kopf auf meiner Schulter. Der Seilbahn zusehen, wie sie von Ständer zu Ständer gleitet, und unten auf dem schwarzen See, lautlos ein winziges Ruderboot, mit einem Mann darin, der ganz allein von einem Ufer zum andern will und einen Wasserkeil hinter sich herzieht.
Es störte mich etwas, daß Doris eine Art Schwyzerdütsch sprach, obwohl sie doch aus Bremen stammte.

9

»Was sollst du bloß tun?« fragte ich mich morgens, wenn ich mich rasierte, und: »Es wird schon werden«, sagte meine Mutter. In meinem Zimmer hatte ich die Märklin-Autos aufgestellt, vier Laster waren es nun, und drei Anhänger. Schwer hatte ich an der Entscheidung zu tragen, ob ich nicht auf Siku-Modelle umsteigen sollte. Morgens, wenn ich allein und ungestört war, wenn die Mutter Bücher reparierte, mit Falzbein, Radiergummi und Uhu, dann stellte ich sie auf den Tisch, alle nebeneinander, und ich legte den Kopf auf die Tischplatte: Rückwärts fahren *mit* Anhänger, das ist gar nicht so einfach. Ich besorgte mir auch Halmasteine als Menschen, und ich bastelte aus Zigarettenschachteln Garagen und Häuser, die ich möglichst nahe zusammenrückte, Klein-Winzigerode, und dann fuhr ich mit den Lastern dazwischenhin und um die Ecke. Ich baute auch ein winziges Gefängnis mit einer kleinen Feuerzone und mit Zellen, in die man von oben hineinsehen konnte. Für jeden Halmastein eine Zelle mit Ausblick auf den Hof. Morgens um 10 Uhr ist »Rundgang«, da dürfen sie alle auf dem Hof rundherum gehen, und der Wachtmeister paßt auf, daß keiner spricht. Jetzt bringen sie einen frisch Verhafteten. Der kommt in eine besondere Zelle, damit er sich beruhigt.

Eines Tages fiel ein roter Ball ins geöffnete Fenster, das war der Ball der ansonsten Hinke-Pinke spielenden Mädchen von gegenüber, da mußten sie denn ja nun klingeln, und sie knicksten und es täte ihnen leid.
Ich sagte: »Das macht doch nichts«, und während ich den Ball unter der Schlafcouch hervorholte, linsten sie in mein Zimmer hinein, wo die kleine Stadt auf dem Tisch stand, mit großen und kleinen Häusern, Autos, Bäumen und sogar einem richtigen Gefängnis.

Ob ich das selbst gebaut hätte, fragten sie mich, und: mit der Hand? Und dann gingen sie in die Hocke, um das besser betrachten zu können, und sie stellten fest, daß die Menschen im Gefängnis ja gar nichts zu essen haben!
Ich holte also Brotkrumen aus der Küche und einen Fingerhut voll Wasser, und dann sah ich den Mädchen zu, wie sie mit meinen Autos herumfuhren, vertrocknete Blätter der Zimmerpflanzen damit transportierten und augenblicklich, sehr leise sprechend, ihre Fantasie ingangsetzten und sich eine ganze Welt zusammenredeten. Ich setzte mich bequem hin und sah ihre kleinen schmuddeligen Hände und die kleinen Popos, und sie beachteten mich nicht.

Am nächsten Tag kamen statt der zwei Mädchen drei und dann waren es fünf. Ich besorgte ein Brett, damit sie vom Tisch hinunterfahren konnten in die Teppichlandschaft. Unter die Couch fuhren sie mit den Autos, ich zog die Beine an, und es war wie in einem Affenkäfig.
Die Mädchen kamen jeden Tag, und ich überlegte, wie man mittels dieses Spiels die Jugend der ganzen Straße würde begeistern können, einen Kellerraum aktivieren hierfür, Geldscheine herstellen, kleine Geschäfte eröffnen mit Kartoffeln aus Knetgummi und sogar ein Rathaus bauen, mit Turm, und in dem Turm eine richtiggehende Uhr, wie damals beim dicken Krahl, in Rostock, als man noch kurze Hosen trug und Flaksplitter sammelte.
Ab und zu waren die Mädchen ganz still. Sie setzten sich neben mich, und ich erzählte ihnen selbsterdachte Geschichten, die meistens von einem kleinen Jungen handelten, der sich verirrt, aber schließlich doch noch nach Hause findet.
Und dann kam plötzlich niemand mehr. Ich guckte die Straße rauf und runter: nichts! Da hatten die Mütter wohl eingegriffen: was das für ein Mensch ist? Sitzt in seinem Zimmer und spielt da mit Autos? Der soll lieber arbeiten gehen!

Ins Tagebuch schreiben, daß man unglücklich ist, 27 Jahre alt, und was soll bloß werden? Träume notieren, meistens han-

delten sie davon, daß ich noch im Gefängnis sitze, und man hat vergessen, mich zu entlassen. Ich durchforstete die Menschenliste in meinem Notizbuch, ob da nicht doch noch einer umgebucht werden kann, vom Minus ins Plus und umgekehrt. Das Minus überwog zu dieser Zeit.
Briefe schreiben in jede Richtung, daß es einem gutgeht, und Briefe empfangen: Jonny ist in Augsburg und Opitz in Pyrmont: »Jeden Tag zwei Stunden Schopenhauer und abends eine Stunde Treitschke...« Die Telefon-Nummer von Eckstein hat sich geändert, »der ist jetzt Oberstudiendirektor«, und: »Weißt du schon, daß Pimmel sich verheiratet hat? Beknackt bleibt beknackt!« und: daß bald eine Novelle herauskommt, die Haftentschädigung betreffend, daß man also bald wieder mit Geld rechnen kann, das wird ja nun wirklich höchste Eisenbahn. Sowas steht in den Briefen, die man empfängt in so einer Zeit.

Melde mir die Nachtgeräusche, Muse,
die ans Ohr des Schlummerlosen fluten...

Bloß die Verbindung nicht abreißen lassen, um Gottes willen! Ein Adreßbuch anlegen, nach Städten geordnet, und wenn man mal irgendwo hinkommt, gleich antelefonieren. »Du schläfst natürlich bei uns!« heißt es dann, und man ist überall willkommen.
Briefe schreiben und Briefe empfangen. »Weißt du noch?... Wie lange ist das nun schon wieder alles her!«
Manche antworten nicht, das gab's auch. Manche hielten die Tür geschlossen. Totstellreflex aus unbekannter Ursache. Merkwürdig. Menschen waren das, die im Knast von einem zum andern gegangen waren und gesagt hatten: »Draußen helfen wir uns alle gegenseitig.«

Bücher konnte ich nicht lesen. Wenn ich doch mal eines zur Hand nahm, dann glitten die Augen zur Seite, nach drei Sätzen wußte ich schon nicht mehr, was da gestanden hatte. Meine Mutter brachte mir Remittenden mit, ein Kunstlexikon in fünf Bänden. Füssli: »Der Nachtmahr«. Die blätterte ich eben mal durch, und das war's dann.

Schließlich besorgte ich mir einen Skizzenblock und Buntstifte, und dann zeichnete ich Rostock in allen Variationen, die Kirchen von links nach rechts und oben drüber ein wehendes Spruchband.

ROSTOCHIUM URBS VANDALICA ET MEGAPOLITANA

Auch hohlwangige Menschen zeichnete ich, hinter Gitterfenstern oder einzelne Blumen auf einem Gefängnishof. Diese Bilder verbarg ich vor meiner Mutter, aber eines Tages fand sie sie doch.

»Das müßte man einschicken!« rief sie, und zu Kaufmann Gurtbüttel sagte sie: »Mein Sohn malt!«, und der suchte extra schöne Tomaten für sie heraus.

Als ich das Zeichnen satt hatte, setzte ich mich ans Telefon und rief Rita an, die Geigerin, ob Sie Zeit hat: Ja, Donnerstag hat sie Zeit von halb elf bis halb zwölf; eine Stunde dieses Tages kann sie mir offerieren, zwischen Ditters von Dittersdorf und Friseur, die Lücke, die da klafft, die will sie mir wohl opfern. – Auf so ein Angebot ließ sich verzichten, später, wenn man mal ganz groß was ist, dann würde man sie daran erinnern, daß Zeit verdammt kostbar ist.

Am nächsten Tag, als ich mit meinen Autos ein wenig herumfuhr, rumpelte es an der Tür, und es klingelte. Draußen stand sie dann, Rita, mit verwegenem Chiffon-Tuch um den Hals und verwegenem Haar: Romanze in Moll! Ob ich ihr das übelgenommen hätte, gestern, daß sie nur eine Stunde Zeit gehabt habe? Sie wär' heute früh zusammengeschreckt, urplötzlich, und sie hätte das Signal empfangen, daß ich mir jetzt in diesem Augenblick was antu'! Nein, du? Ob ich ihr verspräche, mir nichts anzutun, das sei ich meiner Mutter schuldig? Mit knapper Not konnte ich die Tür zu meinem Zimmer schließen, wo die kleinen Autos standen, und dann tranken wir Nescafé, der Spuren hinterließ auf unsern Lippen. So wie sie da saß, die Rita, war sie gar nicht unflott, aber drei Jahre älter als man selbst, das mußte man bedenken. Und ältere Menschen riechen ja auch irgendwie anders...

Dies und das war zu reden, schließlich hatte ich im zweiten

Tenor des Anstaltschores mal Beethoven gesungen, da war ein Gespräch über Musik kein Problem.
Ob sie die Hartlieb kennt? fragte ich, die Flötistin von der Matthäus-Passion, und wie die so ist?
»Die ist nett«, sagte Rita, und: Ich sollt' mal ganz ehrlich sein, ob ich so ungefähr um acht Uhr dreißig schlimme Gedanken gehabt hätte? Womöglich Schluß zu machen? Ja? – Sie habe manchmal so Ahnungen … Damals, als Jens-Peter, ihr Verlobter, zum ersten Mal auf seinem U-Boot im Atlantik operiert habe, da sei sie eines Tages plötzlich aufgeschreckt. Später habe sie nachgerechnet, und da sei sie genau auf die Stunde seines Todes gekommen.
Als ich dann hinausging, in den Spiegel zu sehen, ob das Haar noch richtig liegt, da schickte sie sich an, hinterherzukommen. Ob ich auch vernünftig sei, ja? – Ein Schlachtermesser lag in der Küche. Das war aber auch alles.
Nachdem ich mich noch einmal nach der Hartlieb erkundigt hatte, wie die so ist, und wiederum erfahren hatte, daß sie durchaus nett ist, aber ja natürlich sehr viel arbeiten muß mit ihrer Flöte, wer in dem Beruf nicht jede freie Minute nutzt, aus dem wird nie was – »kaufet die Zeit aus«, dieser schöne Spruch –, sagte Rita, jetzt müsse sie schnell wieder weg. Ditters von Dittersdorf verlangte seine Rechte, und in der Tür: »Tapfer sein, ja?«, und dann konnte ich mich wieder meinen Autos widmen. Vielleicht einen Abschleppwagen kaufen? Den würde man gebrauchen können.

Danach geschah es öfter, daß ich aufmunternde Postkarten erhielt, mit der Uta von Naumburg drauf oder mit Dürers Hasen. Auch Briefe kamen, mit Freikarten für Quartettabende: Kusine Rita war rege. Eines Tages schickte sie mir zwei ihrer Schüler ins Haus, männlichen Geschlechts, die wollten wissen, wie es im Zuchthaus gewesen sei, zum Kaffee kamen sie, und in der Nacht um drei waren sie noch immer da. Wie man das aushält im Zuchthaus, wollten sie wissen, und ob man da geprügelt wird? Und ich sprach elegant und volldramatisch: Strohsack, Gitter und Krug.

Auch von der Kirchengemeinde erhielt ich einen Anruf, daß sie bald mal auf mich zukämen, ich hörte noch von ihnen, solche Menschen wie mich könnten sie brauchen. Heutzutage! Die Jugend wär so hohl und oberflächlich!
Auch diese Initiative war auf Rita zurückzuführen. Um mich abzulenken, besorgte sie mir sogar eine Gelegenheit, Orgel zu spielen; eine Stunde pro Woche in der St.-Andreas-Kirche, jeden Freitag, von fünf bis sechs.
»Mein Sohn spielt jetzt Orgel«, sagte meine Mutter zum Kaufmann an der Ecke, und ich saß vor dem dreimanualigen Spieltisch in St. Andreas und probierte die Register aus: Gedackt 8 Fuß, plus Flöte 2 Fuß, klimperte ein wenig, mal ganz oben, mal ganz unten, wie's grade kam, und draußen quietschte die Straßenbahn. Beim dritten Mal ging es schon ganz gut: Unten, im Pedal, einen Ton liegenlassen und eine Klangsäule darauf aufbauen, dissonanzenreich, immer höher und höher! Dann plötzlich abbrechen und fragende Sequenzen einspielen, leise, fragend-klagend, und dann: Ja, ich bin noch da, von oben, vom Diskant aus perlt es silbern wieder herein.
Als die Stunde um war, sah ich, daß sich unten in der Kirche Menschen versammelt hatten, Erniedrigte und Beleidigte waren das, die zur Empore hinaufschauten, scheu, und ich war nun der große Künstler, der vielleicht schon nächstes Jahr in Philadelphia auftritt, und die Fachwelt schlägt sich vor den Kopf!

Durch Rita erhielt ich eine Einladung für ein Privatkonzert in Blankenese. Autos kamen knirschend vorgefahren, und drinnen wurde einem der Mantel abgenommen von zwei adamsapfeligen Oberschülern, und von oben waren Flötenläufe zu hören, und im Schlafzimmer übte jemand auf der Geige immer wieder dieselbe Stelle: Vermutlich war es Rita, die sich da noch letzten Schliff verpaßte, auf diese Stelle würde man nachher mal achten müssen beim Konzert, ob die nun endlich funktioniert.
Damen und Herren saßen in dem großen, mit flackernden

Kerzen dekorierten Aussichtswohnraum, Panoramablick auf die Elbe, die nun dunkler und immer dunkler wurde, wogegen die Kerzen heller und heller strahlten: Was das wohl für ein Blick gewesen war, damals, als Hamburg brannte.

Das Spiel der zuweilen drei, einmal sogar fünf Musiker, ging unter gymnastischem Gewiege vor sich, wohingegen das Publikum, schwarz die Herren, himmelblau, bordeauxrot und sogar silbern die Damen, unbeweglich dasaß, seid getrost: Zwei Stücke sind schon vorüber, nun kommt nur noch eins.

Die Flöte wurde von einer jungen Dame gespielt, die ich kannte, »Buß' und Reu'«, es war die Hartlieb. Ich atmete also dieselbe Luft wie diese junge Dame. Schön war sie, das stimmt, so ein bißchen wie ein Junge, Gustav Adolfs Page. Das Waschetikett stand ihr hinten aus dem Blusenkragen heraus, das störte doch ein wenig.

Als alles vorüber war, das prompte Klatschen und das Recken der Glieder, als sich die Gesellschaft bereits erlöst der Aalhappen und des Lachses angenommen hatte, die nebenan auf dem Eßtisch, dekoriert mit Blumen und mit zu Rosen geschnitzten Radieschen ausgelegt worden waren, und zwar in Art von Skatblättern, da hielt es die Kusine Rita für nötig, mich der Hartlieb zuzuführen, und es war offensichtlich, daß hier gequatscht worden war. Einen kräftigen Händedruck empfing ich und: Ach, *ich* sei das, wurde gesagt, der sich so für ihr Spiel interessiert habe, Matthäus-Passion, diese gräßliche Aufführung damals. Und dann hatte sie mit Rita zu sprechen über die Kulturbehörde, daß die sich Musiker von sonstwoher holt, aus Recklinghausen und Mainz, anstatt die eignen Künstler zu beschäftigen, aus Hamburg, die hier um ihre Existenz kämpfen.

Ich stand noch eine Weile herum, starrte in das breite Aussichtsfenster und sah mich selbst darin plus einpackende Musiker inmitten plaudernder Enthusiasten, und gleichzeitig fuhren draußen, auf der schwarzen Elbe, die Schiffe vorüber mit ihren Positionslampen, rot und grün.

Am nächsten Tag kam eine Postkarte von Helga, mit der ich als Kind mal »Kriegen« gespielt hatte.
Eine Postkarte von Helga? Damit hatte ich nun nicht gerechnet. Helga? Die mit ihrem breiten roten Gürtel? – Helga, das war ein anderer Schnack als Rita, die Geigerin!
Was ich so machte, wollte sie wissen, und ob wir uns nicht mal wiedersehen könnten? Es wurde hin- und hertelefoniert, und dann saßen wir im Café Rose in einer mit Mahagoni getäfelten und mit geschliffenen Spiegeln versehenen Nische bei Kaffee und Kuchen, und die Musik spielte das »Herbstlaub« von Fiebig.
Der Rostocker Wirt, der bei der Theke aufpaßte, daß auch auf jede Kaffeeportion akkurat zwei Stückchen Zucker kommen, der guckte, ob er nicht richtig guckt? Der Rostocker Heimattisch tagt doch dort drüben, unter den drei Rostocker Bildern? Wo der kreischende Lärm herkommt? Hatte meinen mittelblonden, mittelgroßen, irgendwie Brille tragenden Vater gekannt, einen Mann, der sich Bücher zu leihen pflegte und nicht zurückgab, und nun saß ich woanders?
Die Rostocker aus der Heimat-Ecke kamen einer nach dem andern an unserm Tisch vorüber, man wird ja wohl noch aufs Klo gehen dürfen! Die wollten wissen, ob ich das sei, der da sitzt und mit wem ich da sitze, und die Kusine ließ die Blicke im Caféhaus herumschweifen, als ob sie jemand sucht. Irgendwie hatte sie mich anders in Erinnerung: Ich säh' so neu aus, dies hatte sie zu bemängeln, alles wär' so neu an mir, sagte sie, als ob es ihr peinlich wär' mit mir hier zu sitzen – keine Ahnung, warum sie sich auf dies hier eingelassen hatte! – in die geschliffenen Spiegel sah sie hinein, ob das Haar auch richtig sitzt, und mit dem Teelöffel zwischen Tasse und Teller fuhr sie spazieren.
»Der Kuchen schmeckt ja scheußlich«, sagte sie dann und kratzte die Sahne ab und strich sie an den Tellerrand. Und warum ich denn einen Schirm mithätte und noch dazu einen Knirps? Bei diesem herrlichen Wetter?
So kam es denn, daß sie schließlich muksch davonging, mit ihren blonden Waden. Der breite rote Gürtel schnürte ihr die Taille ein, und der Rock wippte.

Der Kaffee kostete zusammen einszwanzig und der Kuchen eine Mark und fünfzig. Das war noch zu vertreten.

Am Donnerstag drauf traf ich mich dann aber doch nochmal mit Helga, und zwar an der Universität, Punkt zwölf. Ich fuhr mit der S-Bahn zum Dammtor und ging den Rest zu Fuß. Bei Helga durfte man nicht lockerlassen! Ich stand im Strom junger Schlips-Leute, die aus der Universität hervorquollen, alle tadellos mit weißem Nyltest-Hemd.

Der Forschung, der Lehre, der Bildung.

Sie musterten mich, der Reihe nach, wie ich da stand mit braunem Hut und Herren-Knirps, und dann sah ich Helga schon von weitem in ihrem wippenden Rock, lachend nach links und rechts redend. Zöpfchen hatte sie sich geflochten, ein rotes Schleifchen in jedem Zopf, und die Kollegmappe trug sie vor der Brust wie das Kasperle den Knüppel.

In der Mensa saßen wir dann und löffelten Suppe. Ich war ziemlich Luft für die jungen Leute, die sich um Helga scharten und damit zwangsläufig auch ein wenig um mich. Die ahnten wohl, daß ich ein Faß voll Erlebnisse mit mir herumtrug, und wenn man das ansticht, läuft's aus.

Man saß um den Tisch herum, etwas verächtlich, aber gut gelaunt, wie man das als Nonkonformist eben tut und ist, und Kusine Helga sprach lachend nach allen Seiten, daß der »Blubber«, ein Professor also, mal wieder unmöglich gewesen sei. Und plötzlich wurde es still, denn der Assistent des »Blubbers«, ein junger Mann, genannt »Shadow«, in Zweireiher und mit Pfeife, kam herein und suchte einen Stuhl, und er hatte im Nu sechs zur freien Wahl. – Wie das mit der Klausur ist, fragte man ihn jetzt besser nicht, das ließ sich nachher ja auch noch tun.

Danach wurde es dann noch interessanter. Es kam zu lebhafterem Gedankenaustausch zwischen der westdeutschen Kusine und ihrem mitteldeutschen Vetter, der irgendwie doch nicht so ganz ohne war, den man vielleicht doch noch mal würde brauchen können, eines Tages: »Der hat Wahnsinniges erlebt.« Wann läßt sich schon mal ein Mensch vorweisen, der acht Jahre im Gefängnis gesessen hat? Acht Jahre Nordpol oder acht Jahre Tropen wären besser gewesen, natürlich, aber immerhin?

Wir lösten uns von dem Studentenpulk und gingen die Außenalster entlang, ich als sehniger Häftling, der notfalls sogar mit Turnschuhen über die Blechdächer von Paris turnt und sie als junge Generation. Wir setzten uns ins Kleine Fährhaus und sprachen darüber, wie schlimm es für einen Menschen wie sie sei, keine richtigen Eltern zu haben. Vom Vater nur noch einen vagen Eindruck und von der Mutter nichts!

Danach konnte ich vorbringen, daß es über das Wegerecht unheimlich viele Paragraphen gibt, was sie wunderte: Woher ich bloß so klug bin und das weiß?

Auf der Alster, die verrückten Ruderer konnten beobachtet werden – »Galeerensträfling? Nee, danke ...« –, und: »Guck mal den«, Typen also, mit Hund und ohne. Die Spatzen dieses Lokals hüpften auf unserem Tisch herum und reckten den Hals. Ich hielt ihnen auf dem Zeigefinger einen Krümel entgegen, und einer pickte ihn weg, was Helga bewunderte: Daß ich so ein Geschick mit Tieren habe, das bewunderte sie aufrichtig. Es soll ja Häftlinge gegeben haben, die Spinnen dressierten. Und die Sache mit dem Wachhund in Sibirien? Jeden Tag einen kleinen Leckerbissen, und er wedelte schon mit dem Schwanz, aber dann als der Häftling fliehen will, tut er doch seine Pflicht und beißt ihn tot. Sowas erzählten wir uns. Schließlich kam es zu wechselseitigen Geständnissen, daß ich mal im Karzer gesessen hätte, und was das ist: »Karzer«, und sie sagte, daß sie verlobt ist, aber niemand darf das wissen.

Auch von früher wurde erzählt, vom »Kriegen«-Spiel, und Andeutungen fielen, ein Bretterzaun mit Fliedergebüsch, und daß man sich da ja wohl geküßt hatte? Kindliche Unschuld? Sie holte ihre Sonnenbrille heraus, drehte das Gesicht der Sonne zu und schloß die Augen. (Im Film hätte der junge Mann sich in diesem Augenblick dem Mädchen genähert und hätte es geküßt.)

Was man als Kind so alles macht? sagte sie dann, und – schade eigentlich, nicht? Schade, daß man das als Kind nicht besser ausnutzt.
Beim Auseinandergehen bekam ich einen trocknen, rissigen Kuß, und damit war die Sache fürs erste mal erledigt.

Ob es etwa zutreffe, fragte mich meine Mutter, als ich schon im Bett lag und an nichts Böses mehr dachte (und sie setzte sich auf den Bettrand, strich mir die Decke glatt, so wie früher als Kind wenn ich Zucker genascht hatte), ob es etwa zutreffe, daß ich mich mit Helga getroffen hätte, heimlich? Ich wüßte doch wohl, daß dieses junge Mädchen ein großes, weites Herz habe? Adoptivkinder seien immer etwas leicht ... Als Mann müsse man sich vorsehen, daß man nicht ein Feuer entfacht, das man dann nicht löschen kann. Sie selbst, zum Beispiel, sie sei als junges Mädchen ach, *so* verliebt gewesen, wenn sie daran noch denke ... Und dies müßte ich ihr in die Hand versprechen, daß ich Helga in Frieden ließe. Kuß auf die Stirn: »Wird schon werden, mein Jung'!«
Cornelli habe übrigens geschrieben, dieser wunderbare Mann, aus Freiburg, dieser entzückenden Stadt, daß er Sehnsucht habe nach dem grauen, eindrücklichen Norden. Nun, wo seine Kinder alle unter Dach und Fach wären, überlege er ernstlich, ob er dort unten nicht seine Zelte abbrechen sollte und in den grauen, eindrücklich-nachdrücklichen Norden ziehen.
Auch mich lasse er grüßen, er habe da unten einen ehemaligen Kameraden von mir getroffen, der nur Gutes über mich erzählt.

Ein Hausfest veranstaltete Helga, als ihre Mutter mal verreist war. Das von Gott geliebte Wutzelchen wurde zum Nachbarn gegeben, und Gartenstühle wurden herbeigeholt, daß auch jeder was zum Sitzen hat. Auf ein gemeinsames Kartoffelpufferessen, das ursprünglich geplant war, an der Ecke, wo sich ein Student selbständig gemacht hatte, wurde verzichtet. An sich ja wunderschön so ein gemeinsames Herumstehen, halb

auf der Straße, mit fettigen Fingern, das macht Laune, aber doch problematisch, weil es den Abend in zwei Teile hackt. »Um 8 Uhr geht's los«, hatte auf der Einladung gestanden, und das läßt man sich nicht zweimal sagen. Pferdeschwanz-Mädchen wogten mit Party-Schürze und Petticoatkleid durch das Zimmer, hübsche und weniger hübsche, die hübschen wegguckend, die weniger hübschen auch. Hier noch eine Messingkatze hinstellen, die mit dem hochgereckten Schwanz Salzbrezeln aufspießt, und aufs Klavier noch eine Kerze: »Gehn Sie man schon rein.« Ich war mit meinen 27 Jahren der absolute Senior des Ganzen. Die dachten irgendwie, ich hätte Kaiser Wilhelm noch erlebt.
Ob der »Schäddoh« wirklich kommt? wurde gefragt. Ja das sei ziemlich hundertprozentig, eingeladen hat man ihn, Helga hat ihn extra noch mal angerufen, und der soll gar nicht so übel sein. Daß »Orphé« wieder läuft, zehnmal gesehen, und in Othmarschen »Der Idiot«, das wurde berichtet, und nächste Woche gäb's den Mörikezyklus von Distler in der Musikhalle, den dürfe man sich nicht entgehen lassen.

In einer Sofa-Ecke, das sah ich dann, da saß das Fräulein Hartlieb, Gisela mit Vornamen. Ich hätte sofort auf sie zugehen müssen, »Buß' und Reu'«, daß mir das phantastisch gut gefallen hat, das hätte ich sagen sollen, oder: wie sie da gestanden hat, auf der Empore, so tapfer irgendwie, und neulich, das Konzert in Blankenese ... Ich tat es nicht, und ich war froh, daß einer dieser aufstrebenden Jünglinge aus der Freien *und* Hansestadt Hamburg sich neben sie setzte und sie fragte, ob sie nicht auch meint, daß Strawinsky ein Brechmittel ist. »Bloß nicht hingucken«, hätten die Musiker gesagt, neulich bei seinem Konzert, als er da selbst dirigierte, – »wie so'n Melker« – Hindemith dagegen, noch gut auf dem Damm. Aber eine Glatze! Eigentlich toll, daß die jetzt alle wieder auftauchten. Die Ratten kommen auf das Schiff zurück, so ungefähr. »Schönberg, lebt der eigentlich noch?«
Ausführlich wurde die Frage erörtert, ob man draußen eine Wache aufstellen soll, damit der »Schäddoh« das Haus auch

findet. Aber das sei doch wohl nicht nötig: Ziemlich schußlig sei er zwar, aber so schußlig nun auch wieder nicht.

Als dann die Tropfkerzen auf den Chiantiflaschen angezündet waren und Bill Haley seine Stimme auch in diesem Haus ertönen ließ, durfte ich zusehen, wie die hier versammelte, im Jahre 1939 geborene Jugend, hübsch oder nicht hübsch, sich austanzte in einer Weise, die »frei« genannt wurde (das sei anders als in der Nazizeit!), also mit Wegwerfen und Ranziehen und dann auch mal mit Ringelreihen, und dann das Ganze wieder von vorn.

Rock around the clock!

Ich gab mich als eine Art ledernen Fremdenlegionär, ich machte ein schwermütiges Gesicht – »was der alles hinter sich hat!« – damit ich irgendwie über die Runden komme. Schließlich fand sich ein knubbeliges Mädchen mit braunen Augen – ein wenig zu kurz gekommen mit der Körpergröße – die zog mich aus meinem Sessel, und es stellte sich heraus, daß sie auch nicht tanzen konnte. Es ist ja immer wieder interessant, sich an einen andersartigen Körper zu drücken, an das Negativ zum Positiv; bewahrend ist es und ergänzend, auch dann, wenn es nur mal probeweise geschieht.

In der Küche, wo es einen großen Kühlschrank zu besichtigen gab, in dem das Licht anging, wenn man ihn öffnete, zeigte mir das Mädchen, wie man Chipstüten ohne Schere öffnet, und dann stopfte sie mir Wurstscheiben in den Mund, die ich eigentlich gar nicht mochte, aber mir reinstopfen ließ, weil das irgendwie zünftig war.

Draußen, im Garten, war es dann noch einmal interessant, sich als Positiv ans Negativ zu drücken, mit all den sich zwangsläufig einstellenden, belebenden Folgen, warm, von kühlem Wind umfächelt. Im Garten hörte sich Bill Haley etwas gedämpfter an. Im Nachbarhaus bellte das von Gott geliebte Wutzelchen schluchzend: das verstand die Welt nicht mehr. So allein, so allein!

Eigentlich merkwürdig, daß der »Schäddoh« noch nicht da war. Er komme nach Maßgabe der Dinge, habe er gesagt, und

vielleicht hätte man doch lieber eine Wache aufstellen sollen, damit er das Haus nicht verfehlt. Aber es war erst halb elf, und das war noch keine Zeit.
»Vielleicht hat er die U-Bahn verpaßt?«

Das knubbelige Mädchen war besser als gar nichts. Auf tschechisch konnte sie sagen: Steck den Finger in den Hals!
»Strč prst skrz krk.«
Ich revanchierte mich auf russisch:

Schtschi da kascha
pischtscha nascha.

Zu deutsch:

Die Kohlsuppe und die Grütze,
das ist unsere Nahrung.

Und ich erklärte ihr, wie man Feuer machen kann, wenn man kein Streichholz hat, was ich im Knast gelernt hätte, beim Russen.
Bei dem, was wir »tanzen« nannten, legte ich ihr den Kopf auf die Schulter und betrachtete die Hartlieb. Schön, aber etwas wunderlich saß sie da, mal im Profil zu betrachten und mal von vorn, ein bißchen Barrikadenkampf und Gustav Adolfs Page. »Strč prst skrz krk.«
Die Petticoat-Mädchen, die da so herumwirbelten, hätten mir wohl gefallen. Die waren frisch und triumphierend, das konnte man sehen, so Typen, die krachend in Äpfel beißen. Um einen schwarzlockigen Jüngling wirbelten sie herum, Musikstudent und Vater Bankdirektor.
»Der war schon mal in der Toscana«, wurde gesagt.

Dem amerikanischen Herrn Haley wurde das Gas abgedreht, und der Jüngling setzte sich ans Klavier, der Schlips hing ihm herunter, und er zog die Hosen an den Bügelfalten hoch, nonkonformistisch durch und durch, und er spielte was von Bach ganz aus dem Kopf und so, wie man selbst das nie würde spielen können.
Auch die andern Menschen, die hier versammelt waren, konnten Klavier spielen, und sie taten das, einer nach dem

andern, und zwar mit fallender Tendenz: nach Bach kam der bewußte Satz aus der Mondscheinsonate an die Reihe und dann natürlich »In the Mood« und schließlich der Flohwalzer. Danach wurde das »Musikalische Opfer« aufgelegt, und gleichzeitig gab es ein Streitgespräch über die Frage: Ob Fotografie Kunst ist. »Chagall!« und »Picasso!« wurde gerufen, Salzstangen knackten zwischen prachtvollen Zähnen, und im Grammophon quakten die Oboen unter dem Tonabnehmer unentwegt, und Leute, die mit ihrer Ansicht nicht Recht bekommen konnten, standen auf und gestikulierten.
Eigentlich gut, daß der »Schäddoh« nicht gekommen war, der hätte dies Gespräch in seiner kühlen Art rasch unterbrochen. Andererseits aber auch schade, denn diese Diskussion hätte bestimmt Eindruck gemacht auf ihn. »Das ist doch einer von diesen engagierten Studenten?« hätte er unter der Prüfung gedacht, wenn's wacklig steht, und das würde vielleicht den Ausschlag geben; zum Positiven hin, das versteht sich.
Doch nun kein Trübsal mehr blasen, das »Musikalische Opfer« abdrehen, das im Grunde ja immer dasselbe ist und statt dessen den »Banana Boat Song« auflegen und das, was man »rocken« nennt, tun: Wegwerfen, Ranziehen und zwischendurch Ringelreihen.

Ich ging hinunter in den Garten, nun wieder ganz einsamer Häftling, und das Fräulein Hartlieb hatte zufällig denselben Weg. Wir gingen im Gleichschritt bis an das Ende des Gartens, wo ein kleiner Werkzeugschuppen stand. Jeder hatte einen Zweig in der Hand, an dem er zupfte, und der Mond kam hinter den Wolken hervor und vom Haus her das Gejuche.
Was ich jetzt machte, wollte sie von mir wissen. Und: »Ach, Sie haben noch nicht einmal das Abitur? ... Und *wie* alt sind Sie jetzt?« Da würde ich aber noch allerhand zu tun haben, um hier im Westen den Anschluß zu finden. Leute, die mit 43 endlich ihren Doktor machen, sind auch nicht grade das Wahre.

Zu vorgeschrittener Stunde, als die von der jungen Gastgeberin so sorgfältig austarierte Sitzordnung längst aufgegeben war, Aschenbecher mit Zivilisationsresten überall herumstanden und die berühmten halbleeren Flaschen, wurde ich von der Kusine, die ihre Rolle als Gastgeberin darin gipfeln ließ, daß sie so ziemlich mit jedem einmal kurz knutschte, in eine Ecke gedrängt. Ich dachte schon: aha, nun kommst du dran, und ich machte mich bereit, meine Hände um ihre Gürteltaille zu legen. Sie aber, fast verzweifelt: nein, nein, nein! Es geht hier um ernste Dinge! Warum ich zu Ole-Benns Klavierspiel gesagt hätte: »Sehr schön!« Ob ich das ironisch gemeint hätte? *»Sehr schön...?«* Ob das vielleicht nicht gut gewesen sei? Es würde ihr ewig wehe tun, sagte sie, wenn ich mich über Ole lustig machen würde, mit Ironie könne man alles kaputtmachen. Und, das wollt' sie mir noch sagen: Mit Lieschen – so hieß das knubbelige Mädchen, das inzwischen bereits in anderer Richtung tätig geworden war – sollt' ich vorsichtig sein. Mit so einem Mädchen spiele man nicht; ob ich wüßte, was ein Mann alles anrichten kann? Lieschen komme aus einfacheren Verhältnissen, und sie bemühte sich grade, sie etwas hochzuziehen.
Auf dem Grammophon lief zu dieser Zeit eine Platte, auf der aus Hundegebell kleiner und großer Hunde eine Melodie zusammengestellt war, einfach, aber unvergeßlich.
Was die Hartlieb anging, die war inzwischen hinweggeführt worden und auf ein Bett gelegt, die sei »fertig mit der Welt«, wurde gesagt; sie hatte wohl zu hastig und zu viel getrunken. Kakao mit Nuß, das ist ja auch nicht jedermanns Sache.
»Strč prst skrz krk.«

Mit dem kraushaarigen Ole-Benn kam ich dann noch näher ins Gespräch, gegen Morgen, als sich die ganze Gesellschaft in Petting-Pärchen aufgelöst hatte, sitzend, stehend, liegend: Er erinnere sich, wie er in der Nachkriegszeit als kleiner Junge Sirup habe essen müssen. Er habe mit dem Sirup immer Figuren auf das Margarine-Brot gekringelt ... und wie gut das geschmeckt habe, das erzählte er, ein wenig salzig! sonder-

barerweise ... Sein alter Herr sei ebenfalls, wie ich, in Gefangenschaft gewesen. Von dem habe er gelernt, daß man kein Brot wegwerfen darf.
Schließlich brachte er mich nach Haus auf seiner Lambretta, und ich mit meinem Herren-Knirps, ich schrie ihm von hinten ins Ohr, daß Händel 39 Opern geschrieben hat, das *könne* ja nichts sein, und er fuhr mit seinem Motorroller auch mal auf der linken Straßenseite und den Kreisverkehr falsch rum, und er rief: »Hammerklavier-Sonate!« daß er die schon mal probiert hat.
Auch in der Rothenbaumchaussee machten wir eine kurze Visite, Nummer 127, da wohnte der »Schäddoh«, dritte Etage links, und da war noch Licht. »Arschloch!« riefen wir. In so einer Straße könnten ja eine Menge Menschen damit gemeint sein, sagten wir uns, und 'ne Menge Menschen hätten das auch gerufen haben können.
»So, da wären wir!« sagte Ole-Benn sodann, und in der Dunkelheit hielt er unsere Baracke tatsächlich für eine Villa.
»Trend« und »Schnulze«, diese Wörter hatte ich gelernt an diesem Abend, und wie man eine Chipstüte ohne Schere öffnen kann. Für sowas muß man dankbar sein.

Der junge Mann besuchte mich dann eines Abends, in Teddymantel, mit Paketknebeln und Kapuze, und meine Mutter setzte sich extra nach draußen in die Küche, weil sie meinte, von dem geht ein guter Einfluß aus auf mich, der mit seinen krausen Haaren und die Augen so voll Seele.
Die Kerze entzündeten wir, und er legte beide Hände um sie, als ob es ihn friert, und die Flamme warf Schatten auf sein Gesicht: Die Hammerklavier-Sonate ... Daß er das Largo schon mal ein wenig angespielt hat ... ganz leise ...
Er wollt' meinen Rat, sagte er dann, und er redete von Sirup, den er in der Nachkriegszeit gegessen hatte, und von Holzschuhen, daß er auf Holzschuhen habe laufen müssen, und er erzählte, wie das gewesen sei, wenn die Mutter Buchenkloben in den bullernden Ofen geschoben habe, und sein Vater, mit seinem knasternden Eigenbau.

Er warf sich zurück im Sessel und legte die Beine übereinander, wobei er sehr schicke Socken sehen ließ, aus Kräuselkrepp: Meinen Rat wollte er, sagte er, denn Angst habe er zuweilen, unbeschreiblich! Die Angst, die er habe, säße hier. (Mit wehem Blick zeigte er auf seine Brust.) Daß ihm eine große künstlerische Aufgabe gestellt sei, der er vielleicht nicht gewachsen ist? Die Hammerklavier-Sonate, mit ihren wandernden Trillern ... Daß er den Fleiß nicht aufbringe, den ein Genie an den Tag legen muß, wenn es ein großes Werk zu vollbringen gilt.
Ich hätte ihm *sehr* geholfen, sagte er, als er sich einige Stunden später verabschiedete, durch bloßes Zuhören hätte ich ihm geholfen, daß er mal habe abladen dürfen, und, ob er mir mal zeigen soll, wie man den Windsorknoten macht? Auf die Dauer gehe das nicht, daß ich so labberig herumliefe. Und er knüpfte meine auf der Straße gekaufte Zwei-Mark-und-fünfzig-Krawatte regelgerecht, und dann holte er auch noch seinen Kamm aus der Gesäßtasche und zog mir den Scheitel nach. Ob ich ein Foto von mir hätte? Über ein Foto von mir würde er sich sehr, sehr freuen. Menschen wie mich gäb' es verdammt selten!
Als er dann mit seiner Lambretta davonfuhr, fragte meine Mutter, was wohl der Vater sei, von diesem jungen Menschen? So glutvolle Augen und so zerbrechlich!
Am nächsten Tag kam ein Anruf von Helga, Benni habe ihr von dem Besuch bei mir erzählt. Er glaube, er habe einen Freund gefunden, habe er gesagt.

Am folgenden Abend kam er dann schon wieder. Noch einmal legte er die Hände um die Kerze, als ob es ihn friert. Von Sirup sprach er und von Holzschuhen und von der Hammerklavier-Sonate – manchmal ein bißchen wie Chopin! Dann – ich sollt' ihn nicht falsch verstehen – kam er ziemlich sofort auf die doch vermutlich im Gefängnis ganz offen sich ergeben habende gleichgeschlechtliche Liebe. Ob ich da irgendwelche Beobachtungen gemacht hätte? Das würde ihn sehr interessieren? Per anum oder per os, wie man es lateinisch ausdrücken könnte? Was sei besser?
Eine Mischung aus Geilheit und Verlegenheit stand schwei-

ßig auf seiner Stirn und: So sehen uns die Mädchen, wenn wir auf sie losgehen, dachte ich.
Er ruhte nicht, bis ich begann, ihn aufzuklären über dies und das, über den Ausdruck »Kiste nageln«, und daß das Wort »Miezeln« schon bei Goethe vorkommt, wenn es da allerdings auch ganz etwas anderes bedeutet und ja auch mit »s« geschrieben wird.
Er leckte sich zu meinem Vortrag die Lippen und beim Verabschieden kam er mir für Augenblicke ganz außerordentlich nahe, und so hübsch er auch sein mochte, ich roch seinen männlichen Atem! Mit dem Unterleib näherte er sich mir breitseitig und ich fühlte, daß ihm das Positiv in Aufruhr geraten war.

Eine Woche später fand ich eine Ansichtspostkarte im Briefkasten, mit dem David von Michelangelo, »una corde?« stand da drunter.
Am selben Tag, nachmittags um halb fünf Uhr paßte mich Helga in der Andreaskirche ab, das blonde Haar streng zurückgenommen. Sie löste sich aus dem Schatten eines Pfeilers, wie ich später in mein Tagebuch schrieb, und Tränen strömten aus ihren Augen. Wir setzten uns in eine Bank, und sie schluchzte mir ins Ohr, daß alles aus sei, mit Ole-Benn, von Verlobung keine Rede. Laut rief sie das aus, so daß es von den dämmrigen Gewölben widerhallte, und die Märtyrer an den Säulen mit ihrem Marterwerkzeug sahen auf uns herab. Helga, das Weltkind, schluchzte in ihr kleines Taschentuch und fiel in meinen Arm, den ich hinter ihr auf der Bank deponiert hatte, und ich steckte meine Nase in ihr blondes Haar und empfing Tränen auf die Hand, und dann küßten wir uns naß und salzig.
Am nächsten Orgeltag konnte ich auf einmal nicht mehr fantasieren. Vielleicht steht sie wieder da unten? dachte ich und peilte über die Brüstung, vielleicht wartet sie da auf dich? Aber nein, sie war nicht da, und ich sah sie auch so bald nicht wieder. Statt ihrer kam der Küster mit klirrenden Schlüsseln und fragte, ob *ich* es gewesen sei, der letztes Mal den Motor nicht abgestellt hat?

II. Teil

10

Dann kam ein Brief von einem gewissen Pastor Steinbrecher. Er habe mich in Locarno beobachtet, in der Casa Zwingli, und irgendwie einsam sei ich ihm vorgekommen, verloren und blaß. Er habe mein Schicksal vernommen, habe hin- und hergesonnen, und nun hätt' er hier ein Angebot zu machen, und er wär' mal neugierig, was ich dazu sagte: Ob ich nicht Erzieher werden wollte auf Burg Hatzfeld im Weserbergland? Ich könnte dort sofort anfangen? – Sein Freund leite die Anstalt, herrlich gelegen, und: Erzieher, das wär' doch für einen jungen Mann wie mich, mit *den* Erfahrungen, leidvoll und schmerzlich, genau das Richtige? Meine, glaube, hoffe er?
Merkwürdig, ich erinnerte mich an diesen Mann überhaupt nicht. Mir war es, als hätte im Aufenthaltsraum der Casa Zwingli mal ein dicker schwarzer Herr gesessen, mit Schillerkragen und runder Nickelbrille, schwitzend ...
Zwei, drei Briefe hin und her, und dann saß ich im Zug, den Locarno-Koffer im Netz und den Knirps im Arm.
»Mein Sohn ist jetzt Erzieher«, sagte meine Mutter zum Kaufmann an der Ecke, und ich fuhr ins Weserbergland, wo es wunderschön sein sollte, wie Tante Thea sich noch erinnerte, aus ihrer Wandervogelzeit, singendes, blühendes Leben; besonders jetzt im Herbst, wo die bunten Kronen der Bäume »wild und majestätisch« raunten von alter Zeit.

Burg Hatzfeld bestand aus einem gewaltigen Turmklotz und einem Schloß im Stil der Weser-Renaissance. Von weitem sah man schon den Turmklotz, der wohl schon immer dagewesen war, und oben kreisten schwarze Vögel.
Eine schmale Straße führte steil und gewunden hinauf auf den mit »Katzenköpfen« gepflasterten Burghof und vor das Portal des Schlosses, das mit Säulen und mit einem zerbrökkelnden Wappen verziert war: einem rennenden Keiler mit

Pfeil im Rücken. – Links und rechts daneben, in zwei Nischen, standen allegorische Figuren weiblichen Geschlechts, die linke mit einem flammenden Herzen in der Hand, die rechte mit einer Sichel, »Fürsorge« darstellend und »Fleiß«.
»Dies hier ist ein richtiges Schloß, liebe Mutter, ein Schloß mit allen Schikanen!«
Der altertümliche Eindruck verflog, als ich das Schloß betrat. »Armselig«, dieses Wort lag in der Luft, und »kümmerlich«. Wo einstmals kostbare Schränke gestanden und Gobelins gehangen haben mochten, lagen jetzt kaputte Stühle. Einzig die breite Treppe mit ihrem grotesk geschnitzten Geländer, die weit ausgreifend nach oben führte, hatte noch etwas von der alten Herrlichkeit.
Es war ganz still in diesem Schloß, aber die Stille trog, hier wurde der Atem angehalten zu rohem Geschrei.

In diesem Erziehungsheim lebten Kinder, die nicht in die Gesellschaft paßten, verquer, überflüssig und störend. Von unverheirateten Müttern und geschiedenen Eltern waren sie hier abgesetzt worden als überflüssige Lebewesen oder sogenannte »Früchtchen«, die man am besten an die Wand klatscht. So manches Menschenkind war hier sogar von Amts wegen eingewiesen worden, zur Korrektur fehlerhaften Verhaltens.
In der Gründungszeit des Heims, zu Anfang des Jahrhunderts, hatte hier noch pädagogischer Elan geherrscht, mit Erziehern, die in kurzen Hosen, Kinder an der Hand und auf dem Buckel, durch Wald und Flur streiften.

Wer jetzig Zeiten leben will,
muß han ein tapferes Herze;
es hat der argen Feind so viel,
bereiten ihm groß Schmerze.

Auch Ernte einbringen hatte man sie sehen können, mit bloßer Brust, am Fluß Gänse hüten und den Dachstuhl selbst neu eindecken. Junge Erzieher und alte Kinder: Naive Malereien über den Türen, und Sprüche erinnerten noch an diese selige Zeit und die Einteilung der Kinderschar in sogenannte »Nester«.

Dann aber, 1933, gleich nach dem Ausbruch der nationalen Erhebung, hatten zackige Erzieher mit kurzgeschnittenem Haar auf Burg Hatzfeld Einzug gehalten. Die hier kasernierte Jugend war auf Vordermann gebracht worden, mit Flaggenappell des Morgens, nachmittags Boxen und abends Lagerfeuer: Flamme empor! Deutlich waren hier und da noch Spuren von sogenannten Hoheitsabzeichen auszumachen, grob herausgemeißelt aus der Wand. Unter den Suppentellern, wenn man sie umdrehte, stand noch das Hakenkreuz.

Nach dem Krieg dann hatten tüchtige Landesbeamte mit Frühstücksbrot und Thermosflasche die Sache in die Hand genommen: Die Türen wurden mit festen Schlössern versehen, für jedes Kind eine Akte, und Karteien sind auch nicht zu verachten. Unter der Ägide von A-13-Psychologen wurden die Kinder nun intensiver beobachtet als je zuvor, sie wurden mal nach links und mal nach rechts gebogen, je nachdem sich Wildwuchs zeigte.

Von einer weißhaarigen Frau mit lila Muttermal-Backe wurde ich empfangen. Sie führte mich durchs Haus. Im obersten Stock die wundervollste Aussicht über die von Tante Thea bereits prophezeiten bunten Herbstbaumkronen hinweg in deutsche Lande, und im Keller tatsächlich noch Gewölbe aus ältester Zeit, mit einem Tunnel zum Bergfried hinüber, der allerdings verschüttet war.

Den Zugang zum Südflügel hatte man mit Gittern versperrt: Dort drüben wohnten nämlich die Mädchen, auch sie verquer in der Welt, diebisch und zänkisch, von Magersucht oder Fettleibigkeit befallen, mit unbändigen Trieben, in jungen Jahren schon hin zum anderen Geschlecht, man sollt' es nicht für möglich halten.

Die Frau mit dem Muttermal erklärte mir die Sache mit den »Nestern«, von denen über den Türen zu lesen stand:

> Zaunkönige sind wir, sehr fidel,
> wir sungen gern aus voller Kehl'!

Oder:

Wir Adler ha'n mächt'ge Schwingen
und Krallen resch wie Messerklingen.

Im Zaunkönignest wohnten die Kleinen, im Adlernest hingegen die Großen. Von dort erscholl hin und wieder heiseres Gebrüll.

Die Frau ging vor mir her, bei jedem Schritt rieben sich ihre Seidenstrümpfe aneinander, so, als ob jemand hinter ihr herpfiffe. Das weiße Haar hatte sie sich über das Muttermal frisiert.

Die Zaunkönige und die Adler: Die Allerkleinsten saßen in gar keinem Nest, die lagen in einer hospitalähnlichen Halle, in der sogar noch ein Kamin vorhanden war. Hier wurden sie mit größter Geschwindigkeit gewindelt, eins nach dem andern, genährt und im übrigen ruhig gehalten, solange es irgend ging.

Ab und zu geschah es, daß ein blankes Auto vorfuhr, unten auf dem Hof. Schöne, gutgewachsene Menschen stiegen aus, in Leopardenmänteln oder Tweed, gingen einmal durch den Saal und guckten in die Betten. Dieses Kind da, das sah doch eigentlich ganz vernünftig aus. Und das da? Das ist ja wohl ein richtiges kleines Mohrle?

Was das Wappen über dem Kamin bedeute, das wurde von diesen Menschen erfragt, – ein Keiler mit Pfeil im Rücken? – und ob hier mal Ritter gewohnt hätten. Man würde sich die Sache noch einmal überlegen müssen, die Sache mit dem Adoptieren … Obwohl, so ein kleines Mohrle – das wär eigentlich süß.

Ich wurde den Buchfinken zugeteilt, einer Gruppe von zwölf Jungen.

Wir Buchfinken sein flink und nett,
man stopfet uns mit Nüssen fett.

Diese Jungen umzingelten mich, als ich da eintrat, mit eiserner Beinschiene der eine, Hasenscharte der andere, einer mit Jaktationen im Gesicht und einer irgendwie mongoloid. Sie

umschrien mich: Wo ich herkomm' und wie ich heiße, und sie stießen mich an und lachten einander zu, daß das geht, diesen Mann hier anstoßen und anschreien, und bei dieser Gelegenheit kann man ja auch schnell noch ein paar Stühle umschmeißen: Draußen vor dem Fenster der große Turm, das war die letzte Zuflucht gewesen in Zeiten größter Not.
Endlich kam die Erzieherin dieser Gruppe, ein junges blondes Fräulein in schwarzem Pullover, namens Kramer. Mit festem Schritt kam sie gegangen, schlug zweien eine runter, ohne sie dabei auch nur im geringsten zu verfehlen, und gab mir die Hand. Und dann kam auch schon das Mittagessen, und ich saß mit zwölf schmatzenden Kindern an einem Kindertisch auf einem Kinderstuhl und aß von einem Blechteller Erbsensuppe mit Speck. Das Fräulein Kramer aß auch von einem Blechteller. Blond war sie, und sie trug einen schwarzen Pullover, auf dem eine unsymmetrische Brosche befestigt war: »Schau an!«, das dachte ich.
Als das Fräulein dann hinausging, Griespudding holen, fiel sofort ein Kind mit seinem Stuhl um. Unanständige Geräusche wurden produziert und mit den Löffeln wurde der Takt dazu geschlagen. Da kam dann das Fräulein schnell wieder hereingeschritten und sagte: »Der Griespudding fällt heute flach«, und: »Husch, husch, die Waldfee! Marsch ins Bett!« Ins Bett mußten sie zwar sowieso, es war ja Mittagszeit, aber nun eben: »ziemlich plötzlich.« Ob sie sich nicht schämten? wurde noch zusätzlich gefragt, und: was soll der neue Herr Erzieher wohl von ihnen denken? Und, wenn sie noch *einen* Ton hört, dann könnten sie was erleben!

Wir gingen in ihr Zimmer, ein hohes mit Nachdruck modernisiertes Altbau-Zimmer, lang und schmal, Decke rot, weiße Rauhfasertapete und PVC-Fußboden. Überm Resopaltisch hing eine Ballonleuchte, und am Tisch standen zwei Schalensessel rot und blau. Linker Hand eine sogenannte Frisiertoilette vor einer Nebentür, deren Schlüsselloch mit Zeitungspapier verstopft war, und rechts das unförmige Bett.
Fräulein Kramer erzählte mir, daß sie früher mal in einem

Spielwarengeschäft gearbeitet habe, und dieser »Schopp« hier, in Hatzfeld, das sei auch kein Dauerzustand. Sie wollte Jugendleiterin werden, in der Stadt, oder Lehrerin: Beamtin auf Lebenszeit.

Wir tranken urinfarbenen Apfelsaft aus Gläsern, die mit Spielkartendekor versehen waren, mal sie einen Schluck, mal ich, und zwischendurch schrie sie »Ruhe!« in die halbgeöffnete Korridor-Tür. Daß die Kinder da immer noch quatschten, obwohl doch Mittagsruhe ist, das sei eigentlich ungeheuerlich.
Daß wir uns gut verstünden und Kameraden würden, da habe sie keinen Zweifel, sagte sie dann, am Karo-As-Glas nippend, ich sei allerdings schon der sechste Praktikant in diesem Jahr, die meisten zögen schon nach acht Tagen Leine. Mit denen hätte sie sich aber auch gut verstanden, »davon ab ...«
Daß sie selbst auch weggeht von hier, sagte sie dann, nächstes Jahr, und zwar im Frühjahr. Am liebsten wechsle sie im Frühjahr die Stellung, da habe man das Jahr noch vor sich.
Auf der Resopalplatte des Tisches stand kreuz und quer und in allen Sprachen »Prost!« zu lesen »A votre santé!« Das war ganz interessant. Wenn das Gespräch verebbte, ließ sich das studieren. »Skol«, das kannte ich schon und »nasdarowje« auch.

Am Abend saßen wir dann wieder in den beiden Schalensesseln, ziemlich nebeneinander, und wir gingen die Akten durch, Römisch III, Strich 204, die ich eigentlich gar nicht sehen durfte.

> Heinrich Schlöttke, stark schielend, leichter Sprachfehler.
> Herbert Laudrian, linkes Bein lahm, Bettnässer,
> Wolfgang Schlederbaum, jähzornig.

Ausdrücke wie »Webfehler« und »Schraube locker« lagen in der Luft. Auch wurde gesagt: der Schlöttke, »der hat nicht alle Tassen im Schrank«. Fräulein Kramer saß neben mir in ihrem schwarzen Pullover und ich schnupperte ein bißchen, was das für eine Seife ist, nach der sie riecht.
In diesem Heim wurden also Akten geführt, jegliche Auffäl-

ligkeit wurde vermerkt und jegliche Veränderung, damit sich später darauf verweisen ließe, wenn das betreffende Menschenkind irgendwann einmal straffällig wird, Diebstahl oder Totschlag im Affekt, daß dann, wenn dieses Kind eines Tages in erwachsenem Zustand vor den Schranken des Gerichts stünde, amtliche Unterlagen existierten über frühe Stadien gesellschaftlichen Fehlverhaltens:

...bestiehlt seine Stubenkameraden
und spuckt ihnen in die Milch...

was möglicherweise strafmildernd sich auswirken würde oder zumindest doch aufklärerisch in mancher Hinsicht.
In diesem Heim gab es weder Karzer noch Einzelhaft, aber ständig mußte einer in der Ecke stehen, das Gesicht zur Wand, und dem festen Fräulein Kramer rutschte ab und zu die Hand aus, und das war dann nicht von schlechten Eltern. Dreimal pro Stunde war es so, als ob die Milch überkocht, und da mußte irgendwie das Gas abgedreht werden, und das waren dann eben Ohrfeigen.

Einen Stock höher, bei den Goldammern, tat die Frau mit dem Muttermal Dienst.

Goldammern seind wir, tretet ein,
ihr werdet baß verwundert sein!

Die hatte einen Schaukelstuhl stehen im Spielzimmer, und an der Wand hingen Kinderzeichnungen.
Alle Jungen drückte sie abwechselnd an ihren Bauch, und der da hinten, der muß auch noch was abkriegen. Wenn's mal gar nicht anders ging, dann kam der Kasper, die Bühne war fest installiert. Bei Regen wurden Scherenschnitte fabriziert und bei Wind Fahnen gebastelt. Auf ihrem Bett lagen Kostüme aus Säcken und Nessel, goldene Kronen aus Pappe: bald wieder mal Theater spielen, das hatte man lange nicht mehr gemacht, die Geschichten vom Wassermann etwa, die vor drei Jahren allen so gut gefallen hatte.
Am schönsten war es für die Goldammern abends, da erzählte sie strickend sonderbare Geschichten, und sie tat es so lange, bis alle Kinder schliefen.

Geschichten erzählen und stricken – dies war dem festen Fräulein Kramer nicht gegeben.

Ich weiß nicht, was soll es bedeuten,
daß ich so traurig bin ...

In ihrem Zimmer, links am Fenster, die Frisiertoilette: dort kämmte sie ihr festes blondes Haar. Wenn ich sie abends besuchte, die restlichen Akten ansehen – »Wolfgang Schlederbaum, Schädelfraktur im dritten Lebensjahr« – durfte ich zusehen, wie sie sich kämmte, die Haarnadeln im Mund. Ich setzte mich in einen der beiden formschönen Schalensessel: rechts das Bett, über dem ein selbstgeknüpfter Hobby-Teppich mit dem Rattenfänger von Hameln hing, und links die Frisiertoilette mit zwei Klappspiegeln und braunen Flakons auf der Glasplatte mit und ohne Seidenquaste, das Fräulein Kramer davor und in den Spiegeln war sie nochmal zusätzlich zu sehen.

Wenn sie mit dem Kämmen fertig war, wurde das Rollo heruntergezogen und gemütlicheres Licht angeknipst. Es wurde eine Flasche Apfelsaft geöffnet und mit Untersetzer aus Messingblech auf den Resopaltisch gestellt, Karo- und Pik-As, und dann setzte sie sich zu mir, wobei sie sich noch einmal hob und den Rock straffte, damit er nicht so ausbeult.

Daß sie die Faxen dicke hat, sagte sie, das hält ja kein Mensch nicht aus in diesem Affenstall, und daß sie als Jugendleiterin in die Stadt will oder auf Lehrerin studieren, sobald es geht, am liebsten im Frühjahr, da hat man das Jahr noch vor sich: Sie sei mal neugierig, wie lang' ich durchhielte hier in dieser Bruchbude. Und: Ich sollte mal horchen ... »Sprechen die eigentlich immer noch?« und sie schrie: »Ruhe!« in Richtung Tür, und dann sagte sie zu mir: »Mister«, sie glaube, daß ich mich nächste Woche schon in Luft auflöse, was?

»Prost!«

Die Salzstangen lagen auf einem hochgebogenen Messingpfannkuchen, der mit einem bastumsponnenen Griff versehen war. Drei Beine hatte das Ding, und das Messing war mit einer Lackschicht überzogen, damit man es nie zu putzen braucht.

Wenn genug über die Kinder gesprochen war, – daß der Krüppel Laudrian hinterhältig ist und der kleine Ulli lieb, ach so lieb! – dann kniete sie sich, in der Hüfte knackend, vor ihr grünes, abwaschbares Kofferradio, Marke »Bajazzo«, ob da nicht vielleicht schöne Musik drin wär', wobei sie auf dem Boden hockend allerhand Figur zeigte, aber nichts, an was man sich hernach noch hätte erinnern können oder wollen.
»Merkwürdig«, sagte sie, »daß der Empfang so schlecht ist.« Aber das war ja auch kein Wunder, sie hatte die Antenne nicht herausgezogen.

Arrividerci, Roma!
Leb' wohl, auf Wiedersehn!

»Wie sieht sie man noch aus?« fragte ich mich danach im Bett, einen Leberfleck hatte sie irgendwo und am vierten Finger eine kleine Warze. Sonst war da nichts wie Apfelmost und blondes Haar. »Mister«, sagte sie zu mir, und ich gab wohl auch nicht grade sehr viel her.

Am nächsten Morgen wurde ich zum Chef beordert. Ein Mann mit runder Hornbrille. So ein bißchen wie das »Gerücht« von A. Paul Weber sah der aus.
Mit dem Händedruck rangierte er mich in einen Sessel, das war so als ob man ein Auto kuppelt, und dann warf er sich in seinen Drehstuhl, links das Telefon, und die Post konnte er bei dieser Gelegenheit auch noch eben durchsehen. Er sprach von seinem Freunde dem Pastor Steinbrecher, der mich ihm empfohlen hatte.
»Kempowski!« sagte er, im Briefsortieren innehaltend, »sehen Sie sich die Kinder an, jedes Kind einzeln! Das sind verwachsene Bäume! Da muß man mit Messer und Säge ran, das Dürre ausschneiden und die Krone freilegen! Stellen Sie sich vor, Sie wären ein Gärtner und müßten diese Bäume stutzen, damit sie sich zu schlankem, schönem Wuchse recken!«
Sich der Post wieder zuwendend, kam er auf mein Schicksal zu sprechen, wobei er es vermied, mich mit einem schiefgewachsenen Baum zu vergleichen, der nun hier in dieser Anstalt auch irgendwie beschnitten werden müßte.

An der Wand hing eine Holztafel mit geschnitztem, außerordentlich harmonisch ausladendem Ahnenbaum, in dem statt Äpfel kleine Schildchen angebracht waren: Menschenleben vorstellend, alle samt und sonders der einen Wurzel entsprossen, die ganz unten auf der Tafel makkaroniartig ausgeführt war. Jeder Mensch müsse sich selbst sehen als Keim eines solchen Baumes, das sagte der Mann, dessen Namensschildchen in dem Ahnenbaum im höchsten Wipfel hing, müsse als schlanke Gerte zunächst piel, dann knackend und krachend, Äste auswerfend und Zweige, ein ganzes Geschlecht tragen in Sturm und Sonnenschein.
Das Telefon klingelte, er nahm den Apparat ab und winkte mich mit der Hand hinaus.
»Was hat er gesagt?« fragte mich die Kramerin, und sie sah mich anders an als sonst, anscheinend hatte man ihr nun endlich erzählt, was für ein Mensch ich sei, unschuldig gesessen, mit Rückgrat, Zivilcourage und so weiter und so fort.
Reinen Wein, den hatte man ihr eingeschenkt.

Am selben Abend schon kam die Kramerin auf mein Schicksal zu sprechen. Das sei ja pechös, acht Jahre sitzen! »Wie hält man das bloß aus?« – Erstmal ein bißchen kuschelig machen die Sache, die kleine dreibeinige Lampe auf den Tisch stellen und das große Licht ausknipsen. So ist es doch viel gemütlicher! (Ein bißchen beau-coup müsse schließlich sein.) Und dann auf mein Schicksal zu sprechen kommen.
Sie bot mir Apfelsaft an und Salzstangen und fragte, ob es da drüben im Gefängnis auch »Kikisen« als Wachtposten gegeben habe und ob ich gefesselt gewesen sei, und sie errötete dabei. Sie drehte ihren Warenhaus-Ring mit dem Daumen immer rundherum – die kleine Warze wirkte wie eine Sicherung, daß er nicht herunterfällt –, und sie erzählte, sie habe einen Film gesehen von einer Ärztin, die in einem russischen Gefangenenlager den deutschen Landsern hilft. Ob bei uns ebenfalls eine Ärztin gewesen sei, und ob die mich in den Gitterverließen mal besucht habe.
Ich konnte es nicht lassen, ich berichtete von fauligem Stroh,

auf dem ich gelegen hätte und wimmernd um Brot gefleht, und die Posten beschrieb ich als kantige Untermenschen, die mich mit einer geflochtenen Lederpeitsche geschlagen hätten. Im Fieberwahn hätt' ich dann eine lichte Gestalt gesehen, das wäre eine weißgekleidete Ärztin gewesen, und die hätte sich über mich gebeugt und mir einen Branntwein – dieses Wort gebrauchte ich – einen Branntwein eingeflößt.
Unruhig rutschte das Fräulein in ihrem Schalensessel hin und her an diesem Abend, stand wohl auch mal auf und peilte in die Spiegel der Frisiertoilette, ob sie von links oder von rechts besser aussieht, und dann wollte sie von mir hören, ob man mir meine Suppe auch mal *absichtlich* verschüttet hat?

11

Ein kleiner Herr befand sich unter den hier zusammengefaßten Rüpeln. Der war ziemlich rothaarig und trug gern kleine rote Pantoffeln. Dieser Junge, Egbert hieß er, wusch sich mit Sorgfalt und gerne, kämmte und bürstete sich das rote Haar und schritt dann in das Zimmer, in dem das Essen stand. Löffel und Gabel, die ihm vom Tischdienst hingeschmissen wurden, legte er ordentlich hin, und sein manierliches Hantieren mit dem Besteck unter den schmatzenden, spuckenden Kerlen, war originell anzusehen.
Wir beide verstanden uns vom ersten Tage an: »Nun, Herr Graf«, sagte ich zu ihm, »wünsche wohl geruht zu haben!« Und immer dachte ich: »Das bist du selbst«, und ich hatte zu überlegen, welchen Ast an diesem Bäumchen man denn nun eigentlich absägen sollte.

Ein anderes Kind hieß Fritz, ein »richtiger Junge«, struppig, blond und natürlich sehr gerissen. Ein Filmregisseur hätte ihn vom Fleck weg engagiert. Ich offerierte ihm Hau-mi-blau, ob er das haben will, und: »Na, was hast du wieder vor, du Bandit«, sagte ich zu ihm, und dann lachte er.
Die Kramerin lag mit ihm in steter Fehde, weil sie seine Witze nicht verstand. Im Eßraum das einzige Bild – die Darstellung eines Hühnerhofs nach Ludwig Richter – schubste er jeden Tag kurz vor Mittag einmal kurz an, damit es schief hängt. Wenn die Kramerin sich eben zum Essen gesetzt hatte, dann sah sie das Bild schief hängen, und dann stand sie auf und schob es mit Nachdruck grade. Das war natürlich wieder Fritz gewesen, dieser richtige Junge, und der wurde dann fixiert, wobei man blind mit der Gabel nach dem Gulasch stocherte und sich wundern mußte, daß das Fixieren, je länger es dauerte, um so weniger Eindruck machte: im Gegenteil! Kaum, daß dieser Mensch sich das Lachen verbiß; und dann

platzte er eben doch heraus, einschließlich Gulasch und Spaghetti.
Der rothaarige, manierliche Egbert und der blonde Fritz, dieser richtige Junge, der aus einem Waisenhaus hierher überwiesen worden war, wie in den Akten zu lesen stand, das waren so die Kinder, mit denen ich am besten konnte. Aber, wer hätte mit denen nicht gekonnt...

Schwieriger war es schon mit Laudrian, dessen linkes Bein mit Eisen geschient war. Ein tückischer Bursche! In mittelalterlicher Bettlermanier hing er an mir und flehte mich an, um dies und jenes. Ob er auch artig sei? wollte er von mir wissen; und im nächsten Moment trat er mit der Eisenschiene um sich. Aber auch witzig konnte er sein: Das Fräulein Kramer pflegte nämlich »Majonäs'« statt Mayonnaise zu sagen, und »Soß'« statt Soße, weil sie die Kinder mit dieser Lebensart hinaufziehen wollte in lichtere Lebenshöhen.
»Nehmt ihr noch etwas Soß'?«
»Was für'n Kloß?« fragte dann Laudrian und lachte überlaut und rücksichtslos in die Gegend. Ein tückischer Bursche war das, vor dem mußte man sich in acht nehmen: Ausgerissen hätte man diese Art Baum am liebsten, ganz und gar, und auf einen Haufen geworfen zu anderem fauligen Geäst.
Man mußte sich vor all diesen Jungen in acht nehmen, besonders aber vor Laudrian. »Schon wieder eine Viertelstunde rum«, das dachte ich dauernd, und irgendwie kriegte ich jeden Tag die Kurve, wie die Kinder, die kriegten auch die Kurve, jeden Tag.

Die Briefmarken, die ich hier verteilte, rissen sie mir aus der Hand.

Internationale Polizeiausstellung,
20 Pfg., ziegelrot.

Egbert und Fritz bekamen von mir Briefmarken, weil sie so nett und freundlich waren, Laudrian und andere Unholde hingegen bekamen welche, damit ich für einige Minuten Ruhe hatte.

»Wenn Heuss tot ist, werden dann die Heuss-Marken wertvoll?«
Laudrian, der Bursche, beschäftigte sich damit, die Bilder auf den Briefmarken mit einem Kugelschreiber nachzuzeichnen. Das wurde ihm von der Erzieherin verboten. Ob er glaubt, daß das nett ist? wurde er gefragt, und die Marken wurden ihm aus der Hand gerissen und auf den Tisch geworfen. Entschuldigen solle er sich bei mir, wurde verlangt, und das zog sich über Tage hin.
Egbert besaß eine alte Ausweishülle für seine kleinen Schätze. Briefmarken also und Bilder aus der Zeitung. Er trug sie stets bei sich, weil er immer in Sorge war, die andern würden ihm das wegnehmen. Er besah sich diese Sachen auf dem Klo, dessen Innenwände immer wieder mit Kot beschmiert wurden, ohne daß man das hätte verhindern können.
»Den Burschen fassen wir noch!« sagte Fräulein Kramer, und sie knobelte sich Strafen aus für diesen Fall.

Nach dem Mittagsschlaf mußte ich die Schularbeiten beaufsichtigen. Zwei Kasten Rechnen, Diktat üben oder eine Talsperre zeichnen.

Wenn drei Zentner Äpfel 19,80 Mark kosten,
wieviel kostet dann *einer*?

so hießen die Aufgaben zu dieser Zeit, weil wir uns im Herbst befanden.
Da saß ich dann den ganzen Nachmittag: »Klaus, träum' nicht«, »Toni, halt' die Klappe!« – Was andere, gesunde Kinder draußen in freier Wildbahn in zehn Minuten schafften, dazu brauchten diese hier Stunden.
Manchmal ging ich von einem zum andern und half ihnen, damit sie schneller fertig wurden. »Tödlich« und »totsicher«, mit sowas hatten sie im Rechtschreibunterricht zu tun, da half auch das Helfen nicht.

Von Fünf bis Sechs war dann »Spielen«, da mußten sich die Kinder lila Schürzen umbinden, und das Spielen war furchtbar, denn es war nichts vorhanden. Kein Ball, kein Bauklotz, nichts. Ein Werkkreis christlicher Männer hatte sich einmal aufgerafft und Ritterburgen getischlert, pro Kind eine. Seit dieser Zeit standen im »Aufenthaltsraum« der Buchfinken zwölf Ritterburgen, eine wie die andere. Mit denen spielte niemand.

Das Fräulein mit dem Muttermal, einen Stock höher, bastelte mit den Kindern Ketten aus Muscheln oder was weiß ich, die trug ihr halbes Gehalt nach Hameln in den Spielzeugladen. Bei uns mußten die Kinder auf dem Schemel sitzen und im Lesebuch lesen. Höchstens Glitschen war erlaubt, auf dem gebohnerten Flur. Das aber auch nur dann, wenn das Essen aufgegessen und dies und das erledigt worden war.

Mit ihren Lieblingen spielte das Fräulein gelegentlich Mensch-ärger-dich-nicht, wenn die Lieblinge lieb gewesen waren, das versteht sich, und nicht etwa vorige Woche Montag mal geschummelt hatten.

Buntstifte sind was Schönes, nach Farben sortiert in flacher Blechschachtel, einer neben dem andern, »Faber Castell«, wie das schon klingt! Und wie es riecht, wenn man die Blechschachtel öffnet, nach Holz oder nach Farben irgendwie, viel zu schade, um damit zu malen!

Solche Buntstifte suchte man bei den Buchfinken vergebens. Es gab da einen Schuhkartondeckel, in dem lagen ein paar abgebrochene Stümpfe, zusammen mit einer leeren Kugelschreibermine, einer Garnrolle und einem Stück Lineal. Mit dem braunen Stift hätte man vielleicht noch malen können, aber da rutschte die Mine immer zurück.

Buntstifte gab es nicht, und Papier war auch nicht vorhanden, Zeitungspapier gab es, und das auch nur in Grenzen, man holte es sich vom Klo.

> Westungarn in der Hand
> der Freiheitskämpfer!

Ich gab ihnen also meine Buntstifte, zwölf Farben, wobei der weiße Stift auch hätte fehlen können, und das war ein großer Akt. Was ich für ein netter Mann sei, sagte Fräulein Kramer: Nun aber schön vorsichtig sein mit den Stiften und nicht zu oft

anspitzen. Die Kinder nahmen sich die Buntstifte und kreisten mit ihnen auf dem Zeitungspapier herum, und dann in die Gegend gepfeffert die Dinger, was zu Ohrfeigen führte und zu Eckenstehen.
Mein Freund Egbert, mit dem ich zeitweilig »Kammerdiener« spielte, und zwar tagelang, wobei ich immer der Diener war, malte ein hübsches Haus, mit Zaun und mit Blumen, die über den Zaun wachsen. Dieses Bild wurde von der Kramerin zerrissen, weil die Sonne eine sogenannte Schema-Sonne war: Ein Kreis mit Strichen. Zerrissen wurde das Bild, und dann wurde gefragt, ob er ein »Klein-Doofi mit Plüschohren« sei? – Schema-Sonnen? Sowas konnte nicht geduldet werden, die kindliche Seele muß sich schließlich frei entfalten.

Wenn das Mensch-ärger-dich-nicht mal frei war, dann spielte ich mit den Kindern, so wie wir es im Knast gemacht hatten, mit Vorwärts- und Rückwärts-Schlagen, Brücken bauen und so weiter. Lauter Tricks, mit denen das Spiel verlängert werden konnte.

Das Möwchen hat hinten ein Öfchen.
Der Zeisig ist hinten eisig.

Ich wackelte ihnen was mit den Ohren vor, links und rechts verschieden, tanzte Krakowiak und zeitweilig schnippelte ich ihnen aus Zeitungspapier Häuser und Schiffe, und zwar »aus freier Hand«, wie man so sagt, was ich plötzlich entdeckte, daß ich das kann. Die klebten sie mit Wasser an die Fensterscheiben: »Wir brauchen noch einen Leuchtturm.« Damit ging so manche Stunde hin.
Fräulein Kramer, die anscheinend angehalten worden war, über mich zu berichten, stand ab und zu in der Tür und beobachtete mich. Als sie mitkriegte, daß ich mit den Ohren wackeln kann, Mensch-ärger-dich-nicht spielen auf spezielle Weise, und Scherenschnitte verfertigen, holte sie ihren Schreibblock heraus und schrieb was Plus-Punkt-artiges auf: »Hat Ideen«. Und sie tat das so, als ob sie mich abzeichnen muß, und: daß ich das auch mitkriegte, daß sie was Positives über mich notiert.

In Fräulein Kramers Zimmer lag nun stets mein Ordner auf dem Resopaltisch. Erscheinungsbild des zu Beurteilenden: straff, sauber oder liederlich? Sprachliches Vermögen: blumig oder knapp? Die Kramerin legte den Ordner immer so hin, daß ich es sehen mußte: sie hat grade darin geschrieben. Wenn sie ihr goldenes Haar kämmte, dann saß ich neben dem grünen Ordner, und sie schielte in den zurechtgestellten Spiegel, ob ich wohl mal nachschnüffelte, was sie da wieder aufgeschrieben hat. Daß ich das nicht tat, ärgerte sie ein wenig, das imponierte ihr aber auch.

»Na, Mister, wollen wir mal sündigen?« fragte sie mich eines Abends, vor der Frisiertoilette sitzend, als sie sich gerade neue, zu ihrem Warenhaus-Ring passende Ohrgehänge anknipste, und dann ging sie an den Schreibtisch und holte ein rosa Likör-»Serwi« hervor: Bestellserie »Gloria« mit Etikett »Echt Kristall«. Erstmal das große Licht aus, und dann ins rosa Gläschen grünen Pfefferminzlikör gießen.

»Ein klein bißchen bo-kuh, nicht?« Da wär ich doch nicht abgeneigt? Ein bißchen »bo-kuh« müsse sein.

Daß sie sich über meine Ausdauer wundert, sagte sie, ich sei nun schon einen ganzen Monat hier, andere an meiner Stelle wären längst abgehauen. Wie das wohl kommt, daß ich hiergeblieben bin, das frage sie sich dauernd, und: was mich hier bloß hält?

Sie hockte sich knackend vor das Bajazzo-Radio und stellte »Musik zum Träumen« ein, wobei sie mit dem Einsteller über sehr abendländischen Orchesterklang hinweghuschte. Ich bekam noch einen »Gluck-Gluck« in mein rosa Gläschen, und wir sahen uns irgendwie an.

12

Mein Zimmer im zweiten Stock war groß. So groß und leer war es, daß es hallte, wenn ich auf und ab ging. Das Waschbecken hatte einen Sprung, und vor den beiden Fenstern hingen zerfetzte Rollos; aber die Aussicht war schön. Ich sah hinaus wie Junker Jörg: Über das Dorf und über ansteigende Felder hinweg zu waldbedeckten, sanft geschwungenen Höh'n. Bei gutem Wetter war sogar die Weser zu erkennen, wie sie breit dahinfloß, in weit ausschwingender Kurve.
»Hier warst du schon mal«, mußte ich denken: da unten, der verwilderte Park mit der von Baumwurzeln umgeworfenen Mauer, umgestürzte Putten und ein achteckiger morscher Pavillon: »Dort hast du schon mal gesessen, irgendwann, in einem früheren Leben.« – Die Wege aber waren geharkt gewesen, damals, Klavierspiel war vom Schloß herübergeklungen, und auf dem Tisch des Pavillons hatte das zierlichste Kaffeegeschirr gestanden.

Alle drei Tage kriegte ich einen Brief von meiner Mutter.

NOTOPFER BERLIN

Ob es mir gutgeht, und Robert hat geschrieben, der gute Junge, daß er hofft, bald herauszukommen aus dem Gefängnis. Schrecklich, wenn man bedenkt: Hier draußen trinkt man seinen Kaffee, ißt Kuchen dazu, sieht sich Blumen an und liest ein gutes Buch, und drinnen die Gefangenen, die sitzen immer noch. Und die Politiker? Daß da nun mal einer auf die Idee kommt und was unternimmt? Sie könnte diese Leute mit den Köpfen zusammenschlagen! Ob es wohl Zweck habe, daß man sich an Bonn wendet?
Daß sie sich freue über meinen frohen Mut, schrieb meine Mutter, und Herr Cornelli lasse schön grüßen, der sei jetzt öfter mal in Hamburg.

Hin und wieder kriegte ich besondere Post von der Freien und Hansestadt Hamburg: Mein Antrag betreffs Haftentschädigung nach HHG habe noch keine Erledigung finden können, Nachfragen seien zwecklos.
Rita hielt mich mit Ansichtspostkarten auf dem laufenden, wo sie grade geigt, in Lüneburg oder in Hildesheim. Sie nannte das »strippen«, weil das vertragsmäßig geschah, zwanzigmal die »Fledermaus« oder die Fünfte von Tschaikowski, diese Symphonie mit dem »unseligen« Hornthema.
Daß sie ein Trio aufmachen will, als Gegengewicht zum »Strippen«, mit Gisela Hartlieb, die mich übrigens schön grüßen läßt und einem jungen Pianisten, der unheimlich nett ist. – Die Hartlieb habe ihre Technik wesentlich verbessert, sie fahre öfter nach Berlin zu einem Professor, und der habe gesagt: »Sie müssen ganz von vorn anfangen.«
Eines Tages bekam ich auch mal eine Postkarte von der Hartlieb selber, und das war eine Ansichtskarte, auf der mittelalterliche Figuren die Zunge herausstreckten: teuflische Wasserspeier mit Drachenflügeln. Daß sie sich so fühlt wie diese Teufelsdinger da auf dem Dach, schrieb sie und: Ich sollt' mal was von mir hören lassen.

Morgens hatte ich es gut. Nach der täglichen Wasch- und Frühstückskatastrophe, mit Naschschüssel-Umschmeißen, In-der-Ecke-Stehn und Maulschelle, nach der Exekution der Bettnässer, denen erzählt wurde, sie sollten das bloß lassen, das Bettnässen zieht nämlich den Blitz an – wenn die Jungen endlich in der Schule waren, dann hatte ich frei, dann lag ich auf dem Bett und sah an die Zimmerdecke, unter der verschiedene Rohre entlangliefen, in denen es ab und zu rauschte.

O Mister Tallyman
tally me bananas!

Einfach so daliegen, den schönsten Märklin-Laster über die Hand rollen lassen und an die Decke starren, das war genau das Richtige für mich.
Vor dem Fenster sah ich die bunten Baumwipfel sich bewe-

gen, und die Wolken gab es noch gratis dazu. »Erde und Himmel als ein sich Ergänzendes verstehen!« hatte Cornelli an den Rand eines Briefes geschrieben und das Gedicht von Hölderlin, von den »Linien des Lebens« hatte er mir eingelegt, daß die verschieden sind.
Mein Freiheitsindex hatte sich inzwischen ziemlich drastisch verändert: 135 Mark bekam ich pro Monat, das machte 270 in zwei Monaten, dazu frei Kost und Logis. Bei Übernahme eines ständigen Erzieherpostens würde sich das verdoppeln, so wurde mir gesagt.

Cornelli schickte mir regelmäßig die mecklenburgische Heimatzeitung, mit »Plau im Winter« und »Blick auf Röbel« und mit Betrachtungen, weshalb das Platt immer weiter zurückgeht und hinten, auf der letzten Seite, die Mecklenburger Totentafel.
Ein Blick zurück sei immer auch ein Blick in die Zukunft, das hatte er mit Kopierstift an den Rand geschrieben, und alles, was speziell auf Rostock sich bezog, das hatte er rot angestrichen.

An schönen windigen Herbsttagen stellte ich mich an die umgefallene Mauer und schaute ins weite Land, über die quer daliegenden Felder, zu den leichtgewellten, bewaldeten Höhen hinüber. Auch der Hauswart war zu beobachten, der in den Trümmern der Orangerie Tomaten zog. Aus Ostpreußen stammte dieser Mann, also wußte er, wo Pilze zu finden sind, und schöne Holzmeiler konnte er bauen. Seine Frau war da auch zu sehen, jeden Tag, mit Kopftuch, auf spezielle Weise gebunden, und den Hintern streckte sie in die Luft.
»Gesegnetes Land«, dachte ich dann. »Dies ist ein gesegnetes Land.«

Die beiden Flüchtlinge wohnten im schiefergedeckten Gärtnerhaus, das auch das Torhaus war. Von hier aus wurde der elektrische Schnarrer für die Pforte bedient. Nach Obst duf-

tete es intensiv bei ihnen, denn jetzt im Herbst schnitten sie Äpfel in Scheiben und fädelten sie zum Trocknen auf.
Pilze suchen, Äpfel auffädeln, Holzmeiler bauen, das konnte ich hier lernen, wofür ich den guten Leuten auch mal zuhörte, wenn sie von der Flucht übers Eis erzählten. Die Flieger der Roten Armee hatten mit Leuchtspurmunition auf sie geschossen. Auch wenn sie das mehrmals erzählten, hörte ich ihnen zu: irgendeiner mußte das ja mal tun.
Einen niedlichen Hund hatten diese Leute, weiß mit einem schwarzen Ohr, mit dem spielte ich ab und zu. Aber das war ein Rüde und der begeilte sich gleich immer so ...

An der Rückseite des Schlosses, da, wo der alte Park mit seinen Taxus-Bäumen und den abgestorbenen Rhododendron-Büschen verrottete, jenseits der hohen Mauer, durch einen Torbogen mit schiefhängender, rostiger Gittertür zu erreichen, begann der Wald, in dem die Herrschaften früher hinter so manchem Keiler hergeritten waren. Einen »Eichenhain« gab es dort, einen Wald also, wie ihn heute niemand mehr zu sehen kriegt, Moritz von Schwind, licht und geräumig, in dem eine Menge Vögel von Ast zu Ast hüpften.
Hatte man den Eichenhain mit freier Brust und pfeifend durchschritten, dann kam man in einen sogenannten Stangenwald, eine schwarze Holzfabrik, Stamm an Stamm zum Himmel sich reckend, Sträflingsbäume mit abgestorbenen Ästen und nur ganz oben mit ein wenig Grün. An diesen Stangenwald schloß sich eine Wiese an. Sie bedeckte den Hang und endete unten in sanftem Schwung an einer Straße.
Manchmal legte ich mich am Waldrand ins Gebüsch und sah die Wiese hinunter: ab und zu kam ein Radfahrer vorbei oder ein Trecker mit einer Walze hintendran. Wenn ich da so lag, am Waldrand, dann mußte ich lachen und denken: »Hier können sie dich lange suchen.«

Manchmal nahm ich mir einen Skizzenblock mit, und dann

zeichnete ich Gräser, die traute ich mir grade noch zu: Mäusegerste oder Zittergras.
Millionen Gräser stehn auf der Wiese, und eins, ein einziges wird abgezeichnet. Das Blatt liegt in einem Buch, aber das Buch wird nie gelesen.
Spätherbst in Hatzfeld. »Hier fährst du später mal wieder hin«, mußte ich immer denken, »später, wenn alles vorbei ist.«

Den Wald durchstreifte ich jeden Tag, dauernd auf die Uhr blickend, damit ich rechtzeitig zurück bin, wenn die Kinder aus der Schule kommen und den Tornister abgenommen kriegen müssen, und: »Hände waschen«. Erstmal mußten alle ihre Hände waschen, und das mußte ich beaufsichtigen, damit nicht dummes Zeug gemacht wird dabei, mit Seife schmeißen oder unanständige Wörter sagen, was ja wirklich unerhört ist.
Die Kramerin sah dann um die Ecke, mit ihrem Schreibblock in der Hand; die wollte sehen, ob ich das auch richtig mache, das Beaufsichtigen, und dann schrieb sie auf ihren Block: Ja, der macht das richtig.
Die gröberen Kerle – »verwarnt wegen Tierquälerei« – mußten ständig im Auge behalten werden, »denen darf man nie den Rücken zukehren«, so hieß es. Die klatschten auch mal eine Waschschüssel gegen die Wand, mit Inhalt, was natürlich schärfstens geahndet wurde: »Ihr kriegt heut' euer Essen kalt.« Manche waren wasserscheu, die taten nur so, als ob sie sich waschen, das mußte dann entlarvt werden. Andere gab es, die wie gelähmt ins Wasser starrten und sich nicht rührten, die mußte man anstoßen und fragen, ob sie hier träumen oder was?
Zu essen gab es meistens Rollmops mit Kartoffelsalat oder Gulasch auf Spaghetti, in der modernen Großküchenanlage mit ihren blanken Überdruckkesseln von 1953 hygienisch einwandfrei bereitet. Der Rollmops wurde mit beiden Fäusten durch den Mund gezogen, und die Gulaschbrocken konnte man mit dem Löffel durch die Gegend katapultieren.

Das Hinausgehen war den Kindern ohne Begleitung verboten. Sie hätten ja in den Bärengraben stürzen können, oder weglaufen, irgendwohin, wo man sie dann aufgreifen muß und wieder zurückschaffen, all solch Theater. An schönen Tagen nahm ich mir daher zwei oder drei aus der Gruppe und ging mit ihnen in den Wald. Vorwiegend Rüpel nahm ich mit, dazu gab mir die Kramerin gern die Erlaubnis, dann war sie sie los, so Typen wie den dicken Addi oder Laudrian, mit seiner Beinschiene.
»... eff-eff!« rief sie, wenn wir loszogen, was »Viel Vergnügen« bedeuten sollte.
Beim ersten Mal faßten sie nicht nur meine Hand, sie klebten geradezu an mir. Ob es in diesem Wald Mörder gibt, wollten sie von mir wissen, und ob ich den Weg nach Hause finde.
Wir übten »loslassen«, und als sie das konnten, übten wir »wiederkommen«, denn sie hauten sofort ab, was bedenklich war wegen der Verantwortung, die ich hatte, und daran trug ich schwer. »Nicht wieder mitnehmen«, das zog, das war aber auch das einzige.
Dem Knaben Laudrian, das muß ich leider sagen, flüsterte ich Schauergeschichten von zerhackten Menschenleibern ins Ohr, die er sich anhörte mit flackerndem Gesicht, *gern* anhörte, wie festzustellen war, aber das nächste Mal wollte er dann doch nicht wieder mit.

Zunächst nahm ich nur die Rüpel mit, dann auch mal einen meiner Freunde, dann schließlich entweder die oder die. Mit den Rüpeln war schwere Arbeit zu leisten. Käfer betrachten, ohne ihnen die Beine auszureißen, oder Blätter sammeln, die dann zuhaus getrocknet und mit einer Schuhbürste bis auf das Skelett ausgeklopft wurden. Wer den schönsten Stein findet, oder Zielwerfen mit Tannenzapfen. Einzeln waren sie zu ertragen, die Rüpel, aber neu anfangen mußte man mit ihnen jeden Tag.
Mit meinen Freunden war das anders. Ich sehe mich mit dem rothaarigen Egbert und mit dem struppigen Fritz, dem »richtigen Jungen« durch die lange Schneise gehen oder am Wie-

senhang liegen. Was wer wie wo tut. Ich »sehe« mich reden, weiß der Himmel, was. Manchmal war ich »Luft« für die beiden, dann sprachen sie über ihre Angelegenheiten, von denen ich nichts verstand. Manchmal aber hörten sie mir zu, wenn ich meine Geschichten erzählte, »atemlos«, wie man sagt, drängten sich an mich und hörten zu, und in diesen Geschichten kamen keine Blutkummen mit zerhackten Menschenleibern vor. Das Gefängnis kam ab und zu darin vor, damit konnte ich Eindruck schinden, und ich tat es, bis mir klar wurde, daß Fritz schon ein Jahr länger saß, als ich gesessen hatte und noch sehr viel länger sitzen würde.
Astknorren sammelten wir, in denen mit Fantasie Kobolde und Geister zu erkennen waren, wenn man sie mal so und mal so hindrehte und mit dem Taschenmesser ein wenig korrigierte. Wir dachten uns Namen aus für sie und erfanden Geschichten, wozu sie da sind auf der Welt. Alte Bäume mit Hohlräumen suchten wir, und wir legten die Kobolde hinein, denn oben im Schloß wären sie von Fräulein Kramer weggeworfen worden: »Was soll das?«

Viel Spaß machte meinen beiden Freunden das Gesichtsalphabet, Ohr = O, Nase = N... und so weiter. Daß man sich damit unterhalten kann, ohne zu sprechen, das kam ihnen wunderbar vor. Wir kletterten in Bäume, ließen die Beine baumeln und morsten uns mit dem Gesichtsalphabet die Frage zu: »Wie geht's?«
Manchmal saßen wir auch zu dritt in einem Baum, und wenn dann unten einer vorbeiging, dann war es spannend, ob der uns bemerkt. Einmal sahen wir eine sehr schöne Frau des Weges kommen, mit wildem schwarzen Haar, ihren Arm hatte sie um ein kleines Mädchen gelegt, das auch wildes schwarzes Haar hatte, von einem silbernen Reif gehalten.

Das Gesichtsalphabet, das ist noch nachzutragen, gereichte meinen beiden Freunden nicht zum Heil.
Als sie sich in der Spielstunde damit ihre Namen zumorsten, dachte die Kramerin, ihr wird der Vogel gezeigt! Sie drehte

den beiden wechselseitig die Ohren um, so wie sie es mit Laudrian gemacht hatte, als der zu ihr »Leck mich am Arsch« gesagt hatte und das nicht hatte widerrufen wollen.
Ich erklärte ihr die Sache mit dem Gesichtsalphabet ausführlich – die herausgestreckte Zunge bedeutete schließlich »Z« – worauf sie sagte, das sei trotzdem unerhört. Ob wir heute abend mal wieder einen Gluck-Gluck nehmen wollten, fragte sie dann, und sie sah mich an wie einer, der mal wieder so richtig sündigen will.

Einmal war ich ganz allein mit Egbert unterwegs. Wir gingen unsern Lieblingsweg entlang, und dann legten wir uns in ein von Brombeersträuchern überranktes Geröll. »Hier kann uns niemand finden«, sagte ich zu ihm, und wir lachten beide. Da drüben lag das Schloß, man sah es so, wie ein Maler es gemalt hätte. Oben auf dem unförmigen Turm eine Fahnenstange, ohne Fahne, aber mit schwarzen Vögeln, die darum herumflogen.
Vielleicht sitzt die Kramerin jetzt im Fenster und peilt durch das Fernglas, ob sie was Positives an dir bemerken kann, dachte ich, etwas, das sie auf ihren Schreibblock schreibt und dann irgendwann in ihren grünen Ordner überträgt. Und: Warum fängst du mit ihr nichts an?
Wir untersuchten das Geröll, das da lag, etwas näher, und es stellte sich heraus, daß dies die Überreste eines mittelalterlichen »Zingels« waren, eines Beobachtungsturms. Das Fundament war kreisrund, und einzelne Steine ließen sich in die Bruchstellen einpassen. Den ostpreußischen Hausmeister konnte ich dazu bewegen, mit etwas Mörtel die herausgefallenen Steine wieder einzusetzen. Etwa drei Meter hoch war der Turm schließlich, drinnen räumten wir ihn leer, und das war dann »unser« Turm, in dem wir im Kreise hockten und einen Zweig als Friedenspfeife herumgehen ließen.

Der Anstaltsleiter erfuhr von diesem Turm. Er besichtigte ihn und sprach zu den ihn begleitenden Beamten und Beamtinnen von einem positiven Beispiel.

Das örtliche Heimatblatt entsandte einen Fotografen, und die Herren und die Damen sahen sich um, ob es da nicht vielleicht irgendwo noch so einen Zingel gibt, mit dessen Wiederherstellung man in die gleiche Kerbe hauen kann? Und sie verfielen auf den Bergfried des Schlosses und auf den verschütteten Tunnel. »Landesmittel«, dieses Wort fiel ziemlich bald und »Zuschüsse«, davon wurde auch gesprochen. Es müsse doch mit dem Deibel zugehen, wenn man den Bergfried nicht wieder flottkriegt.

Am Abend saß ich bei der Kramerin. Im Radio erklang »Musik zum Träumen«. Schummriges Licht und jede Menge beau-coup. Sie nahm ein Bein unter sich und erzählte mir den Inhalt des Films, den sie in Hameln grad' gesehen hatte an ihrem freien Tag: »Der Glockengießer von Tirol«, daß der so wahnsinnig wundervoll gewesen sei, ein richtiges Kunstwerk durch und durch.
Ob ich auch so gern ins Kino ginge? fragte sie mich sodann und: schade, daß wir beide nicht mal zusammen nach Hameln fahren könnten, aber das fiele wohl auf, nicht? – Und sie wurde ein bißchen rot dabei.
Bei Fräulein Kramer erfuhr ich sodann – sie war im Beschäftigungsbuch gerade beim Buchstaben K angelangt –, was sich mit Kartoffeln alles Schönes machen ließe. Stoffdruck zum Beispiel, wozu die Farben nicht vorhanden waren, und Stoff fehlte auch. Wenn Farben und Stoff vorhanden wären, so sagte sie, dann hätte die Gruppe *selbst* Gardinen bedrucken können! Und sie überlegte, ob sie das nicht beantragte, Stoff für Gardinen. Aber nein, das denke sie eben, lieber keine Gardinen, die würden dann heruntergerissen; lieber gar nicht erst anfangen mit sowas. Die Jungen nützten das dann aus, die Gutmütigkeit. Die könnten sowas nicht vertragen.

> Wenn der Frühling kommt, dann schick' ich dir
> Tulpen aus Amsterdam,
> Wenn der Frühling kommt, dann pflück' ich dir
> Tulpen aus Amsterdam . . .

Sie stellte die kleine Lampe mal hierhin und mal dorthin, und dann schenkte sie mir einen grünen Gluck-Gluck ins rosa Gläschen, fragte mich dies und das und landete beim Zuchthaus, und ich tat ihr den Gefallen und erzählte von Handschellen, wie die funktionieren, und von Auspeitschungen jeder Art.

13

Die Schloßkapelle war winzig zu nennen, schwarze Buntglasfenster waren dort vorhanden, goldgerahmte Bilder der verschiedenen Schloßherren und ein sehr großer bunter Holzengel mit abgebrochener Fanfare, der an einer Kette herunterhing und sich im Luftzug bewegte. Wenn ich Zeit hatte, erbat ich mir den Schlüssel, und dann spielte ich auf dem Harmonium.

Wie sie so sanft ruhn
alle, die Toten.

Aus Hamburg ließ ich mir Noten schicken; Cornelli, der jetzt anscheinend öfter in Hamburg war, übernahm das: »Musik ist eine Trösterin!«, das schrieb er auf eine Karte, »Der Sänger« von Ernst Barlach war darauf abgebildet, und eine Quittung des Musikhauses Steinway über 12,30 fügte er bei.

»Herzliebster Jesu, was hast du verbrochen ...« Das war mein schönster Choral.

Wie wunderbarlich ist doch diese Strafe,
der gute Hirte leidet für die Schafe ...

Das spielte ich immer wieder, das verlor nie seinen Reiz.

»Woffgang«, der jähzornige Unhold, war damit zahm zu kriegen. Der stand dann neben mir und seufzte ab und zu tief auf.

Einmal, als ich grade so schön die Bälge trat, kam die Kramerin hereingeschossen mit wehendem Haar: Ich sei wohl des Wahnsinns kesse Beute? »Wo stecken Sie denn, wir suchen Sie schon überall ...«

Das Lied da, das könnt' ich natürlich noch zuende spielen ... Was denn das sei? Ach ... Und dann stellte sie sich wie eine Opernsängerin neben mich und sang mit Tremolo eine Strophe nach der anderen. Ich zitterte, daß sie womöglich noch laut zu beten anfangen würde, die Stimmung war ganz danach.

In der Kapelle lauschte ich an manchem Sonntag meinem Gönner, dem Pastor Steinbrecher. Seine Predigten waren ganz interessant, gern ging er von konkreten Gegebenheiten aus. So erklärte er, behaglich die Hände hebend, die Glasfenster eines nach dem andern, und da es vier waren, hatte er für vier Sonntage Stoff. Dann kam der Engel an die Reihe, den er sich anschaute, als ob er ihn noch nie gesehen hätte, und schließlich das Harmonium, an dem das Fräulein mit dem Muttermal saß, das weiße Haar an der bewußten Seite herabgelassen und darauf wartend, daß es endlich weitergeht.
Daß jeder Mensch ein Instrument sei, sagte Pastor Steinbrecher, Mundharmonika, Harmonium oder Orgel, und daß Gott auf uns spiele, mal laut und mal leise und daß *alles* schön sei, was er auf uns spiele – vorausgesetzt allerdings, das Instrument sei rein gestimmt, wofür wir stets und ständig sorgen müßten.
Die Kinder, die in den Bänken saßen, kasperten natürlich herum. Dies brachte den Pastor Steinbrecher jedoch nicht aus dem Konzept. Ruhig weitersprechend machte er sich auf den Weg zwischen die Bänke und faßte mal diesen und mal jenen am Ohr, und zwar durchaus im Sinn der Kommasetzung seiner Predigt.

Liebster Jesu, wir sind hier,
dich und dein Wort anzuhören …

»Ein erstes, ein zweites und nun noch ein letztes …« das wissen auch schon kleine Kinder, daß es dem Ende zugeht, wenn gesagt wird: »Und nun noch ein letztes …«
Wer das nicht mitkriegte, der konnte das am Fräulein feststellen, die zu diesem Zeitpunkt den Deckel ihres Instrumentes sacht aufzuklappen pflegte und schon mal die Stöpsel zog.

Hinterher durfte ich dem Pastor die Hand geben, und dann nahm er mich eines Tages auch mal mit, die schmale, abschüssige Straße hinunter ins Dorf. Links und rechts Gehöfte mit Bauern, die ihm entweder wohlgesonnen waren oder nicht, was mir sehr laut zur Kenntnis gegeben wurde von meinem breit dahinterschreitenden Gönner. Wie ein Jünger zu Emmaus begleitete ich ihn, dorthin, wo neben der spitztürmigen Dorfkirche das von Bäumen verdeckte Pfarrhaus stand. »1726« war über der weißverschnörkelten Tür des Pastorats zu lesen, und eine Schneppglocke machte »bimm!«, als sie sich öffnete.

Eine Frau stand im Dämmerlicht der Diele, es war die schöne Frau, die wir im Wald gesehen hatten, schwarzhaarig und mit schönen Augen, still. Das Töchterchen stand daneben, zart und artig: einen silbernen Reif im dunklen Haar: Das waren Frau und Tochter des Pastors, und das war nicht zu erwarten gewesen.

Das Mittagessen stand schon auf dem Tisch, altes Porzellan und silberne Bestecke, und die Tischdecke war gestärkt.

Vater, segne diese Speise
uns zur Kraft und *dir* zum Preise...

Die Suppe wurde geschlürft, Braten geschnitten und Soße über die Kartoffeln gegossen. Die Frau mit ihren schönen Augen betrachtete mich, wenn's grade ging, und ich sah dem kleinen Mädchen zu, wie es zunächst die Kartoffeln, dann das Gemüse und erst zum Schluß das Fleisch aß. Ulrike war ihr Name.

»Darf ich aufstehen?« fragte sie nach dem Vanillepudding, und dann schaukelte sie draußen auf der Baumschaukel von einem Fenster zum andern, mit wehendem Haar und wehendem Rock, und es war klar, daß sie es meinetwegen tat.

Nach dem Essen blieben wir noch etwas sitzen am Tisch. Der Pastor zündete sich schwer atmend eine Zigarre an. Er holte seine Brieftasche hervor und zeigte mir körperwarme Fotos von Locarno, und wir erinnerten uns an den und an den, und wir sagten, daß der und der besonders nett gewesen sei, und draußen das Töchterchen war immer noch da. Gelegentlich, sagte er, würde er mir die Dias von Locarno zeigen, von den Brissago-Inseln und vom Maggia-Tal. Er glaube, ich sei da auch mal mit drauf.

Von seinem Freund, dem Anstaltsleiter, habe er nur Gutes

gehört über mich, sagte er sodann, die Sache mit dem Zingel: Das freue ihn. Dieser übrigens famose Mann habe noch allerhand vor mit mir, ich stäche irgendwie heraus aus dem allgemeinen Kroppzeug dort.

Die Frau mit ihrem schwarzen Haar warf einen stillen Blick auf mich, wenn's grade ging. Christine hieß sie, und sie spielte mit den silbernen Serviettenringen und, wie ich es ausgehalten hätte im Zuchthaus, das dachte sie. Die Tochter kam herein und schmiegte sich an sie an: ein Bild, das man hätte rahmen müssen.

Er halte seine Hand über mich, sagte der Pastor, darauf könnt' ich mich verlassen ... Dann bat er um Kaffee, und es war klar, daß dies der Rausschmißkaffee war.

Die Tochter wurde gefragt, ob sie Lust hätte, mich aufs Schloß zu bringen? Ja, sie hat Lust, sagte sie, und sie tat es dann, und zwar hüpfend. Die krumme steile Kopfsteinstraße gingen wir hinauf, sie hüpfend, und ich immer langsamer werdend, links und rechts die hohe Mauer mit den fließenden Ranken, und eine schwarze Katze sprang uns über den Weg. – Oben angekommen gab sie mir mit einem Knicks die Hand.

Die ostpreußischen Leutchen saßen am Fenster des Torhauses, sie ließen die Pforte aufschnarren. Ich hätte mit dem Mädchen gern noch etwas gesprochen oder – was weiß ich – aber die beiden Leutchen drückten auf den Schnarrer: wie lange das noch dauern soll. Der Hund stemmte die Pfoten auf das Fensterbrett, der wollte auch wissen, wie lange das noch dauert.

Ich sah das Mädchen hinunterhüpfen, den schmalen Fahrweg, und ich dachte: »Schade.«

Die Locarno-Dias kriegte ich bald zu sehen, und zwar fast alle. Obwohl ich das doch kannte, Locarno, wurde es mir lang und breit erklärt: »Myriaden von Lichtern des Nachts«, wurde gesagt, der rückwärts fahrende Dampfer wurde erwähnt und das jenseitige schattige Ufer, auf dem kein Vogel singt. Die Oberin – leider nur halb zu sehen, etwas verwischt, weil sie sich abgewendet hatte im Moment des Knipsens – und die

Köchin mit ihrem roten Gesicht: Gebackene Lunge mit Fenchelsoße und Quark, daran dachte sie gewiß in diesem Augenblick.
Auch der Felsen war zu erkennen, auf dem ich mit Doris mein Versteck gehabt hatte, das war nun schon so lange her: Einzelheiten waren nicht mehr auszumachen.
Das kleine Mädchen saß zwischen mir und ihrer Mutter, von den hellen Dias da vorn mal so und mal so beleuchtet. Jeder kriegte eine Hand, und sie ließ es zu, daß ich damit ein wenig spielte, wobei ich mir vorstellte, daß Ströme von mir ausgingen und durch die Glieder der Kleinen hindurchflossen hin zu der schönen schwarzen Frau.
Vierhundertzwanzig Dias, das ist 'ne ganze Menge. Als der Pastor eine neue Kiste holen wollte mit weiteren unvergänglichen Erinnerungen, stand die Frau dann doch auf und reckte sich.
»Ach, wir möchten doch so *gerne* noch mehr Dias sehen!« sagte sie und zog die Gardinen auf. Das Töchterchen sprang zu ihrem Vater und schnippte ihm den Schlips aus der Weste und boxte ihn ein wenig in den Bauch. Dies war ihm zwar nicht so ganz recht, aber er mußte lachen, und dann war's ihm doch recht. Das Fenster wurde geöffnet und frische Regenluft drang ein.

Ein paar Tage später bekam ich einen gelben Brief in ungewöhnlichem Format. »Christine Steinbrecher« stand hinten drauf, mit grüner Tinte. Ob ich an meinem freien Nachmittag eine Tasse Kaffee trinken wollte bei ihnen? das stand darin, und ich ließ mir das nicht zweimal sagen.
Der Mann wunderte sich, daß es Bäckerkuchen gab, an diesem Tag, er langte tüchtig zu und goß drei Tassen Kaffee nach. Ulrike stellte sich hinter ihn und rührte mit dem Zeigefinger in seinen allerletzten Locken, und dann schob sie ihm die Brille an den Bügeln nach vorn. Er wurde lachend ärgerlich, küßte das Kind, griff sich die schwarze Aktentasche und ging hinaus.
Ob ich seinen neuen Export-VW mal sehen will, fragte er

noch, aber das war ihm gleich klar, daß ich das nicht wollte, und er fuhr per Kavaliersstart davon.
Ich war dann allein mit den beiden. Die Tochter im verwilderten Garten, und ich mit der Frau im schiefen Zimmer unter den schwarzernsten Ölporträts von vermutlich adeligen Vorfahren; die Frau holte ihre silberne Flöte, und ich setzte mich ans Cembalo und versuchte sie zu begleiten.

Willst du dein Herz mir schenken,
so fang' es heimlich an ...

Dieses Stück suchten wir uns aus, und da gibt es ein paar sehr schöne Stellen drin.
Sie stand in der Rundung des Instruments und spielte so gut es ging, und ich nahm zunächst nur die linke Hand – »heben, senken und weg!« –, dann mutig auch die rechte, und das war auch »so gut es ging«.
Draußen saß das Mädchen auf dem Apfelbaum und spuckte Kerngehäuse in die Gegend, und wir spielten immer wieder dasselbe Lied. Und als das Auto des Hausherrn draußen wieder vorfuhr, der himmelblaue Export-VW, konnten wir es endlich.

Weil ich sehr deutlich gesagt hatte, daß ich gewöhnlich jeden Mittwoch, gleich nach Tisch, im Wald spazierengehe, links, da wo der Zingel steht, da säße ich gern und ließe meinen Blick schweifen die Wiese hinunter – weil ich dies gesagt hatte, saßen wir dann bald zu dritt am Waldrand, auf der Wiese, und unten auf der Straße fuhr ein schwerer Ackerwagen vorüber mit zwei nickenden Pferden, und ein Mann saß auf der Deichsel.
Ulrike suchte Kastanien und Eicheln, und ihre Mutter zog sich den Rock über die behaarten Beine. Wir griffen auf Bekanntes zurück in unserm Gespräch, mit dem Zingel ging's los, daß das ja sogar in der Zeitung gestanden hat, und dann das Schloß, Weser-Renaissance, nicht wahr, dieser riesige Bergfried, und aus Sandstein, also sehr weich, aber doch hart genug, um feindlichen Angriffen zu trotzen.
Auch über Musik sprachen wir, daß ich immer Klaviermusik

höre, wenn ich von meinem Fenster aus in den alten Park hinunterblicke, Chopin oder Debussy... Der Pavillon, die umgestürzten Putten.
Dann kam Händel mit seinen 39 Opern an die Reihe, und daß romanische Kirchen irgendwie großartiger sind als gotische, erdhafter und hiesiger als dies ekstatische Himmelsgestürme. Die Leidensode wurde natürlich auch gesungen: acht Jahre Zuchthaus. Diesmal mehr im Sinne, wie weise doch der liebe Gott ist, letztlich und endlich, und wie herrlich er regieret.

Das Mädchen kam zurück und zeigte uns die Kastanien, blank wie poliertes Mahagoni. Es wurden Erinnerungen ausgetauscht, vom Körbchenschnitzen und Männlein basteln, und daß die Kastanienmänner ein paar Tage danach schon ganz verschrumpelt sind.

Aurikelchen, Aurikelchen
stehn in unserm Garten...

Ich winkte der Tochter und legte den Finger auf die Lippen, daß sie jetzt mal ganz leise sein soll, ich möchte ihr was Schönes zeigen, und quasi auf Zehenspitzen gingen wir zu einer hohlen Eiche. Hier lagen die Astknorrenkobolde, die holte ich heraus, einen nach dem andern, und ich erklärte den beiden, wer der Vater, wer die Mutter, wer das Kind ist.
»Und dies hier ist noch einer...«

Hier sahen wir uns nun öfter. Schon wenn ich durch den Eichenwald ging, dachte ich, na, werden sie heute wohl dasein?
Manchmal saß die Frau an einen Stamm gelehnt am Wege und winkte mir zu, ohne die Hand groß vom Knie zu nehmen, manchmal saß sie auf der Wiese, wo sie *keinen* Grashalm abpflückte, um womöglich darauf zu kauen oder ihn auseinanderzuzupfen. Sie saß nur so da.
Einmal wurde ich von Ulrike mit Kienäpfeln beworfen. Sie hockte auf einem Baum, und ich mußte sie herunterheben, was hinausgezögert wurde, erst von mir, dann von ihr.
Jedesmal dachten sie sich eine Überraschung aus: besonders

mit den Haaren hatten sie es! Entweder, sie hatten sich beide einen Dutt gemacht, die Tochter einen sehr kleinen, die Mutter einen großen, oder sie erschienen mit volksdeutschen Zöpfen, so als wollten sie mir Brot und Salz reichen, damit ich mich wohl fühlte in der Fremde. Sie gingen dann so ähnlich mit mir um wie ich mit Egbert: »Ist es dem hohen Herrn so recht?« Und daß sie mich bedienen müßten, weil ich so ein hoher Herr sei.

Wenn wir durch den Eichenhain gingen, dann schlang die Kleine ihren Arm um mich, die Große hielt sich zwei Schritt abseits. Ich sprach dann mit dem Mädchen in Parabeln und die Große hörte zu, und die Parabeln, die ich da zum besten gab, verstand sie allesamt.

Per Gesichtsalphabet konnte man sich Geständnisse machen, das hatte die Kleine sofort raus: Lippe, Zeigefinger, Ellenbogen und Backe, das war ziemlich weitgehend. »Du bist...«, und dann Lippe für l, Zeigefinger für i, Ellenbogen für e und Backe für b signalisieren? Sowas regt zum Hüpfen an.

Mein Skizzenbuch fand auch Verwendung. Zuerst Gräser zeichnen, und dann den Zingel mit drei Brennesseln garniert. Ein Feldstein liegt ein wenig abseits, den hat man damals nicht gebraucht. Ich zeichnete dann auch die Frau, nicht von vorn, sondern im Profil, weil das leichter geht. Bei den Ohren kam mir zustatten, daß ihr der Wind das schwarze Haar um den Kopf warf. Es fröstelt sie, wenn ich sie zeichne, das sagte diese Frau, die Christine hieß und einen Pastor zum Mann hatte.

Das kleine Mädchen sah mir zu, wenn ich ihre Mutter zeichnete. »Du bist ein sehr freches Mädchen«, sagte ich, und das gefiel ihr sehr.

Nicht sehr angenehm war es, daß die beiden auch zwischendurch mal in den Wald gingen. Wenn ich mit meinen Jungen wie ein Junge durch die Tannen kroch, dann dachte ich immer: »Jetzt beobachten sie dich.« Und ich benahm mich entweder jungenhafter oder pädagogischer als sonst. Den Jungen machte das nichts aus, aber sie sahen mich doch an, dann und wann, was denn mit mir los sei heute.

Die Dorfkirche war im Fachwerkstil erbaut. Drinnen war sie weiß gestrichen, hellgrün und mit goldenen Leisten. Gedrehte Säulen hielten allerhand Emporen, und vorn, das Altarbild, zeigte Christi Himmelfahrt, die er gemeinsam mit einer Wolke von Engeln antrat, in ziemlicher Geschwindigkeit.

Mir wurde gestattet, auf der Orgel zu spielen, und das tat ich dann in jeder freien Minute. Ein Pachelbel-Präludium machte sich hier sehr eindrucksvoll. Zu »Herzliebster Jesu« fielen mir immer neue Versionen ein, mal auf dem unteren, mal auf dem oberen Manual, zuweilen auch auf beiden zu gleicher Zeit. Manchmal war es mir, als ob unten einer steht und lauscht: Ulrike war es, das war schließlich auszumachen. Von Mal zu Mal wurde sie dreister, bumste die Tür, rief: »bö!!« und »ba!!« und lief fort.

»Na warte!« mußte ich ihr nachrufen, das gehörte sich so.

Einmal lauerte ich ihr auf, stellte mich unter die Emporentreppe, und als sie wieder »ba!!« und »bö!!« rief und hinauslaufen wollte, fing ich sie ab. Einen Augenblick hielt ich sie in meinen Armen, und da merkte ich plötzlich, daß das ja nur ein Kind ist.

Dort an der Kirchhofsmauer,
da sitz' ich auf der Lauer...

Im Garten saßen wir dann dicht beieinander, sie spuckte Apfelschlumen in die Gegend, und ich sah ihr Haar, wie es ihr vom Wind um den Kopf geschlagen wurde. Dann dachte ich an die Pastorenfrau, und wie schön es gewesen wäre, man säße mit ihr hier auf der Mauer, aber als Kind.

Schließlich kam die Kleine auch mal zu mir herauf, ganz ohne »ba« und »bö«. Sie setzte sich neben mich auf die Orgelbank. Nachdem ich sie vom Flohwalzer abgebracht hatte, spielten wir vierhändig: Ich hielt Quinten, unten, in der Tiefe, und sie drückte nachdenklich, ziemlich weit oben, die Vox Humana.

Wir waren auch mal ganz still und lauschten den Schwalben, die um die Kirche herumflitzten.

Es regt sich im Holunder,
es regnet mir herunter
Rosin und Mandelkern.

An ihren dünnen Fingern, die meistens etwas schmutzig waren, rote Narbenstriche von Brombeerratschern.

Wenn Ulrike unten in die Kirche trat, das merkte ich immer sofort. Aber einmal war da ein tieferes Atmen. Der kleine Missionsmohr, der nicken muß, wenn man unten Münzen reinsteckt, der nickte, tick-tack, und dann war da nur noch das tiefere Atmen: Christine war es, die Pastorenfrau.

Ich spielte weiter, ratlos, was ich tun soll. Dies eine Register da, Salizional, ist das nicht irgendwie verstimmt? und sie kam herauf, Stufe um Stufe, das mußte so sein, und sie trat auf die Empore, ruhig und sicher, und dann lagen wir uns in den Armen.

Vater, segne diese Speise
uns zur Kraft und dir zum Preise.

Preise, Preise, Preise ...

Am Tage darauf fand ich drei Äpfel auf den Platten unter dem Portal. Und das war dann das Ende der Geschichte.

14

Als die Blätter abgefallen waren, zogen sich sämtliche Wolken des Weserberglandes über Hatzfeld zusammen und regneten sich wochenlang aus, nicht in einem einzigen starken Regen, bei dem man schon hört, daß es nicht mehr lange dauern wird, nein, als hinterhältiger Nebelregen, unablässig, ohne Saft und Kraft. Es mußte im Spielzimmer gesessen werden: »Ich zähl' jetzt bis drei...« und mit Tricks und Fatalismus wurde alles erduldet, was sich da ereignete.

Ich seh', ich seh', was du nicht siehst...

Ich schnitt ganze Städte aus, spielte Mensch-ärger-dich-nicht bis zum Geht-nicht-mehr. Das Gesichtsalphabet kam zu Ehren, und ab und zu ließ ich mir wohl auch mal in meinen Handteller kneifen, was nicht geht, wenn man ihn stramm macht.

Wer am längsten die Luft anhalten kann, dies war beliebt, und »Dro Chonoson mot dom Kontroboß«, auch das bewahrte seinen Reiz. »Was soll der tun, dem dies Pfand gehört...« und »Mäuschen, sag' mal piep«: Scherze, die draußen in der Welt bei Kindergesellschaften gespielt werden, Topfschlagen und Vier-Ecken-Raten, die da ganz lustig sind, weil sie zu Kindergesellschaften gehören wie Wackelpeter und Kakao. Aber jeden Tag kann man das nicht machen – da ist es schon interessanter, wenn man sich prügelt, wofür man dann allerdings geprügelt wird.

Zeitweilig hauchten wir an die Scheiben und malten mit dem Finger allerlei Skurriles, was verboten wurde, denn: »Wer soll die ganzen Scheiben wieder saubermachen?«

Irgendwann kam ich auf die Idee, mit den zwölf Ritterburgen, den Halmasteinen vom Mensch-ärger-dich-nicht und meinen Märklin-Lastern ein Spiel anzufangen, eine Art gespieltes Märchen, das sich über Tage hinzog und die Kramerin veran-

laßte, lange Seiten in ihrem Ordner vollzuschreiben. Alle Kinder waren beteiligt, und rote Backen hatten sie.
Der Anstaltsleiter erschien mit all seinen Mitarbeitern, um sich das anzusehen. Zwischen Ritterburgen und auf Halmasteinen drauf standen sie, und ich wurde gefragt, wie alt ich sei, und das wär' ja außerordentlich... Die Rekonstruktion des Zingels und dies Spiel hier, da wär'n sie mal neugierig, was mir als drittes einfallen würde.
»Halten Sie die Ohren steif«, sagte der Anstaltsleiter, und er trat auf meinen schönsten Laster, »...und machen Sie so weiter. – Sie hören noch von mir.«
Zu diesem Zeitpunkt war der Höhepunkt des Spiels schon überschritten. Es kam dann gänzlich zum Erliegen, als es von der Kramerin zu Bestrafungszwecken genutzt wurde.

In der Adventszeit kamen sogenannte Erziehungsberechtigte zu Besuch, die Männer grimmig und die Frauen aufgedonnert in Sonntagsstaat mit Hut, an jedem Finger einen Ring. Menschen waren das, die die Erziehungszügel ermattet aus der Hand gelegt hatten. Egberts Großmutter zum Beispiel, eine absolut rothaarige Frau, mit schillernder Brille an goldener Kette; sie stellte ihrem Enkel drei Pralinenkästen aufs Bett, und er klammerte sich an sie an. Das sei kein gutes Zeichen, daß sich ihr Enkel so an sie anklammert, sagte diese Frau zu mir, wir kümmerten uns wohl überhaupt nicht um ihn?
Manchmal kamen Väter mit finsterem Blick, die sagten, man soll ihr Kind ruhig hart anfassen, das kann nicht schaden. Kinder seien wie junge Pferde, vorn Karren spannen und immer feste druff!
Wir mußten den Erziehungsberechtigten heitere, freundliche Pädagogik vorspielen, mit süßen Reden, locker und doch fest und unerschütterlich. Daß sich ihre Sprößlinge schon erheblich gebessert hätten, vermittels neuester an exakten Wissenschaften ausgerichteter Methoden, das erklärten wir ihnen, und die Akten wurden vorgezeigt, wie dick die schon sind.
An die blankgeputzten Tische setzten wir die frischgewaschenen Erziehungsobjekte, und dort arrangierten wir unter bren-

nendem Adventskranz spannende Halmaspiele. Wie wundervoll ist das: Halma! Leichtfüßig über das ganze Brett hüpfen, und wie schlau, die Schlauheit der anderen schlau auszunutzen. Wie im Leben, da hangelt man sich ja auch so durch. Die Erziehungsberechtigten sahen uns zu oder zur Uhr, und daß es schon verdammt spät ist, das stellten sie fest.
Fritz, der »richtige Junge«, kriegte keinen Besuch. Der tat so, als ob ihm das egal ist. Einmal sagte er zu mir: »Ich hab' von deiner Mutter geträumt, daß die uns zu sich nimmt.«

»Woffgang« kriegte von seinem Vater Besuch, einem Mann, den die Kramerin als »den Erzeuger« betitelte. Aus den Akten wußten wir, daß er seinen Sohn wegen Bettnässerei monatelang in einem Kellerverschlag gefangengehalten hatte. Dieser Mann öffnete die Schränke, ob das hier auch ordentlich und sauber zugeht. Und dann wiegelte er seinen Sohn auf, er sollte uns soviel Schwierigkeiten machen, wie nur irgend möglich. Und das tat der dann auch.
Kaum war der vierschrötige Erzeuger fort, da stand der Junge schon mitten im Spielzimmer, bleich und zitternd. Die große Vorstellung war fällig. Alle Kinder flohen auf den Flur und beobachteten von dort aus durch die Tür, was er wohl anstellen wird. Die Ritterburgen nahm er, eine nach der anderen, und warf sie in Richtung Flur, dann stürzte er die Stühle und Tische um. Je länger er das tat, desto wütender wurde er. Ganz außer sich stand er im Zimmer, und er überlegte, was er noch alles umschmeißen könnte.
»Ablenken«, das funktionierte nicht in diesem Fall. Fräulein Kramer ging hinein und ließ sich von ihm anspringen. Ohrfeigen kriegte er, eine nach der anderen, gut gezielt, links und rechts. Das zornige Fräulein Kramer: Auch im Zorn war sie sonderbar, sah sich den zappelnden, boxenden Jungen ruhig an und landete, immer im richtigen Moment die Ohrfeigen, und zwar mit voller Wucht und genau an der richtigen Stelle. Dann packte sie ihn, legte ihn übers Knie und schlug ihn, bis er ruhig wurde. Und als er ganz ruhig war, kriegte er erst recht welche.

Ich stand an der Tür mit den anderen Kindern – wann kriegt man sowas schon mal zu sehen –, und wir sahen, wie der Junge allmählich aufhörte zu zappeln und sich in sein Schicksal ergab.
»Mister«, sagte die Kramerin nach getaner Arbeit zu mir, noch heftig atmend, an der Frisiertoilette sitzend und sich das Haar striegelnd: Ich sollte mal sehen, wie der Junge nachher angekrochen käme! Darauf könnten wir warten!
Ich weiß auch nicht, wie es kam. Als sie da so saß und sich kämmte, trat ich hinter sie und faßte ihre Schultern und massierte sie sacht mit beiden Daumen. Sie ließ das zu und besah sich dabei im Spiegel. Und dann reichte sie mir die Bürste, und ich durfte ihr langes, sich knisternd aufrichtendes Haar bürsten.

Am Weihnachtsfest wurden alle Kinder unter schärfster Bewachung – »Sie gehen vorn, ich hinten!« – in die Eingangshalle geführt. Draußen tobte ein Wintersturm, und hier drinnen stand ein ziemlich lichterheiliger Weihnachtsbaum, und die Kinder sahen sich den auch ganz fromm an. Das Singen ging flott: »O du fröhlige, o du seliche«, von den Blockflöten der Erzieher jubelnd übertrillert, sowas können auch gestrauchelte Kinder singen, verquer in der Welt und »nicht so ganz bei Groschen«.
Als dies erledigt war, erhob »der liebe Herr Anstaltsleiter, dem wir alle so viel verdanken«, seine Stimme. Zunächst machte er Ausführungen über die SBZ, unsere Brüder und Schwestern drüben, zu deren Gedächtnis am heutigen Tage Kerzen in den Fenstern stünden, die wir übrigens nicht vergessen sollten auch wieder zu löschen. Dann sagte er den Erzieherinnen und Erziehern, daß sie die Kinder, die ihnen anvertraut sind, verbiestert und ausgerutscht, die Kinder also, die hier vor ihnen stehen, daß sie die in die menschliche Gesellschaft zurückführen sollten.
Es gibt Menschen, die sehr laut rülpsen können, und das fand auch statt an diesem Abend, je länger die Rede dauerte, desto häufiger, und jedes Meckern und Rülpsen war von an- und

abschwellendem Gelächter gefolgt. Als dann ein blasses Kind ganz regulär umfiel, aus Luftmangel oder andern Gründen, da wurde von allen Seiten zugepackt und gerüttelt und geschüttelt, weil »an die Schnauze hauen« unter den, wenn auch kurzsichtigen Augen des Anstaltsleiters keineswegs angängig gewesen wäre.
Dr. Fischer versuchte, dieser Situation Herr zu werden mittels der Devise: »*Ich* hab' Zeit.« Sah gelangweilt über die Masse der Zöglinge hinweg, die wie Schnee im Wind sich strudelte, und über den Weihnachtsbaum: daß er wahnsinnig viel Zeit hat und wahnsinnig lange warten kann. Und wie erbärmlich das sei, sich hier so zu benehmen, wo drüben in der sogenannten »DDR« die Menschen litten und froh wären, wenn sie's so gut hätten wir wir. Er schwieg sich aus, damit die Kinder ihre Dummheit selbst einsehen. – Das taten sie aber nicht, sie lärmten fröhlich weiter, und den Erfindungsreichtum bei dieser Angelegenheit hätte man ihnen gar nicht zugetraut.
Nach ausgiebiger Inspektion seiner Fingernägel sagte er schließlich, er habe keine Lust, sich hier zum Kasper machen zu lassen, und er hätte schließlich noch was anderes zu tun. Die Gruppen sollten abrücken, wenn sie am Fest des Friedens nicht in Frieden beisammen sein könnten. Schade! Er hätte noch sowas Schönes in der Hinterhand gehabt: Das finde nun nicht statt, und das hätten sich die Kinder selbst zuzuschreiben!

Das Schöne, was Dr. Fischer noch in der Hinterhand hatte, war Frau Simon, die Frau mit dem Muttermal, die mit ihren in Bettlaken gehüllten Kindern einen Schneeflockentanz aufführen wollte, der zuerst ganz durcheinandergeht, dann vom Weihnachtsmann (den sie selbst darstellen wollte) in geordnete Bahnen gelenkt wird. Das konnte sie sich nun an den Hut stecken. Mit Wattebart, in rotem Morgenrock, die Mütze in der Hand, den Sack schlaff an der Seite, verhandelte sie noch eine ganze Weile mit dem im Abtreten begriffenen Chef; vergebens. Das allgemeine Abrücken hatte schon eingesetzt, in geöffnete Türen hinein, von den Erziehern mit lautem Geschrei und kleinen Knuffen beschleunigt.

Oben in den Nestern bekam jedes Kind fünf Walnüsse und zehn Haselnüsse auf die Hand, dazu drei harte Pfefferkuchen nach Nürnberger Art. Es gab Würstchen mit Kartoffelsalat, und dann las Fräulein Kramer das Märchen von Hänsel und Gretel, weil sie gedacht hatte, da käme Weihnachten drin vor. Danach wurde ein Wettbewerb veranstaltet, wer als erster im Bett liegt, und dann verschwand das Fräulein Kramer schnellstens, denn auf dem Schloßhof wartete bereits ihr Bruder auf sie, in einem »Schlaglochsuchgerät«, also einem Kabinenroller mit laufendem Motor.

Die Jungen lagen ziemlich ratlos in ihren Betten, und ich wußte absolut nicht, was ich tun sollte, und da fiel es mir ein, mein Bettzeug zu holen und mich für diese Nacht zu ihnen in ein leeres Bett zu legen.

Von meiner Mutter hatte ich ein Päckchen geschickt bekommen mit Pfeffernüssen alter Art, dazu das Buch »Der Kulturfahrplan«. Sie sei so froh, schrieb sie, daß ich es nun geschafft hätte, und das andere käm' gewiß auch bald alles. Sie hätte eigentlich gedacht, schrieb sie noch, daß wir das erste Weihnachtsfest in der Freiheit *zusammen* verbringen würden. Schade! Na, sie fahre nun zu Cornelli nach Freiburg. Auf den Weihnachtsgottesdienst im Münster freue sie sich schon.

Eine frankierte Postkarte legte sie bei, auf der ich ankreuzen sollte, ob es mir gutgeht oder nicht.

Cornelli hatte mir einen schmalen Tuschkasten geschickt, mit einigen wenigen Farben: Wenn mir etwas *nicht* gefalle, in meiner jetzigen Umgebung, schrieb er, dann sollte ich das abmalen.

Aus dem Dorf kam ein mit grüner Tinte adressierter kleiner Karton. Zwei Strohsterne lagen darin, ein großer und ein kleiner. Dazu eine Bienenwachskerze und eine bunte Karte mit musizierenden Engeln. Ich zündete die Kerze an und hielt die beiden Strohsterne in die Flamme. – Stunden gibt es, die man nie vergißt, drei oder vier sind es im Leben, und: Das ist es dann, das Leben.

Am ersten Weihnachtstag kam der Singkreis Hameln und sang, von Korridor zu Korridor ziehend, die schönsten Weihnachtslieder des deutschen Volkes. Dann gab es eine Scheibe kalten Braten plus Petersilienkartoffeln und Rotkohl. Danach ließ sich die Blockflötengruppe der nahen Dorfschule vernehmen, die mit einem Triangel verstärkt worden war zur Feier des Tages.

Nach dem Kaffee zog der Männerchor der ostdeutschen Landsmannschaften durch die Korridore, die wollten das Weihnachtsvolksgut ihrer Heimat bei dieser Gelegenheit am Leben erhalten.

Du lieb' Maria kimm
in disses Hus herinne nin...

Den Jungen war grade das Glitschen freigegeben worden auf dem Flur, und nun konnte man sie schwer stoppen. »Erlaubt ist erlaubt«, sagten sie. Der ostdeutsche Männerchor brach also seine Darbietung ab, der Leiter sagte allerhand Unhöfliches, sprach von hart Durchgreifen und sogar von »Vergasen«, und Fräulein Kramer stellte die Ecken mit Kindern voll.

Zum Abend wurden dann wieder die Brüder Grimm eingesetzt in ihre Rechte. Während draußen ein Posaunenchor die vom Wind verwehten Weisen dieser Jahreszeit blies, las das Fräulein Kramer die Sterntaler vor, ein Märchen, in dem zumindestens Schnee vorkommt, das überdies den Vorteil hat, kurz zu sein.

Danach saßen wir in ihrem Zimmer mit Kerze und Teekanne auf dem elektrischen Stövchen. Eine neue Vase war zu besichtigen, eine Vase mit zwei Öffnungen, für eine große Blume also und für eine kleine, und daß ihr Bruder auf Ingenieur studiert, und schon jetzt sind soundso viele Betriebe an ihn herangetreten, ob er da nicht hinkommen will, auf siebzehn Stellen kommt ein Bewerber. – Sie rückte ihren Schalensessel

neben meinen Schalensessel, und sie zeigte mir ihr Fotoalbum, mit »Hilfe ich falle gleich!« und »Mein erster Schultag«. Ein dünnes, allmählich größer werdendes Mädchen war auf den Fotos zu sehen mit Puppenwagen, beim Laubharken, auf dem Fahrrad, und ab und zu auch mit dem Bruder, der sie Huckepack nimmt.
Ich sah mir die Bilder ganz genau an, und die Kramerin wurde in diesem kleinen Mädchen sichtbar und in der Kramerin das kleine Mädchen.

Zu Silvester kämmte sich die Kramerin das Haar nach links. Die Erzieherinnen und Erzieher trafen sich in einer mit Papiergirlanden hergerichteten, irgendwie gotischen Räumlichkeit. Diese Menschen, die allesamt anderen Berufen entsprungen waren, Kraftfahrzeugschlosser, Angestellte und Friseusen, waren in Schlips und Kragen gekommen und in Samt und Seide – so ist das ja nun nicht, daß man zum Lumpenpack gehört – und sie saßen an den Wänden entlang und nahmen den Punsch in Empfang, den man ihnen hier spendierte.

Ein Mann, der sich Columbus nannt',
widde widde witt bumbum!

Lieder wurden gesungen, die ich allesamt vor längerer Zeit mal hatte singen *müssen*, die mich erinnerten an links- und rechtsum und an sogenannte »Heimabende«. Damals war allerdings mit der Faust dirigiert worden.
Dann trat ein stark behaarter Mann in Aktion, eine sogenannte Stimmungskanone. Der hatte den Bogen raus! Er holte seine Quetschkommode hervor und ließ uns eine Polonaise veranstalten, bei der man sich plötzlich, auf ein Zeichen hin, nach einen Stuhl umsehen mußte. Dies führte dazu, daß Erzieher beiderlei Geschlechts sich einander auf den Schoß warfen, was das Fräulein Simon dazu brachte, mich kopfschüttelnd anzusehen.

Hänschen klein, ging allein
in St. Pauli Turnverein…

Einem der Erzieher verband man die Augen; unter irgendeinem Vorwand wurde ihm Mehl ins Gesicht gepustet.

Silvester? – Bis Mitternacht, das ist 'ne ziemlich lange Zeit, und danach wird's dann rasch langweilig.

Als endlich Schluß war mit Augenverbinden und Pfänderauslosen, brachte ich das Fräulein Kramer in ihrem schwarzen Samtkleid »nach Haus«, die Gänge entlang und Treppen rauf und runter. Daß wieder ein Jahr herum ist, sagte sie, und wie schnell die Zeit vergeht! Eigenartig war es, daß sie, insbesondere in den dunkleren Gängen, immer langsamer und langsamer wurde, ja kaum von der Stelle kam! Als wir dann vor ihrer Tür standen, sagte sie: Silvester habe sie immer so gern, weil man da so gute Vorsätze faßt, da fühle man sich so brav ... und dann ziemlich unvermittelt, daß sie mir heute unbedingt einen Kuß geben muß. Wir wären richtig Freunde geworden, nicht? Ob mir das auch schon aufgefallen wär'?
Ich nahm den Kuß in Empfang, und der war hart wie ein Mantelknopfloch. – Daß sie das gleich gewußt hat, sagte die Kramerin, am ersten Tag schon, als ich da so in der Tür gestanden hätt', klein, zierlich und blaß, daß wir Freunde werden würden, daß ihr das sofort klar gewesen sei.
Ob ich noch auf'n Sprung hineinkommen wollte, zu ihr? Ja? Drinnen – einen Augenblick warten! Erst die Kerze anzünden, gar nicht erst dies kalte elektrische Licht? – drinnen, neben dem mit einer Kräuseldecke versehenen Bett empfing ich dann weitere Freundschaftsküsse. Das Haar wurde aus seiner unsymmetrischen Lage befreit und mit Kopfgeschüttel zurechtgeschüttelt, und dann wurden die rosa Gläschen wieder und wieder gefüllt zu grünen und braunen Gluck-Glucks, und dann tat sie schwipsig und warf sich quer über meinen Schoß, sagte »Mister« zu mir, ein ums andere Mal und ihre körnigen Küsse schmeckten nach Pfefferminzlikör. Schließlich lagen wir auf dem PVC-Fußboden, so als ob wir uns unschuldig balgten, und das war gar nicht ohne. Einen Hüfthalter trug sie, mit seitlichem Hakenverschluß.
Was mich hierbei störte, war das Schlüsselloch hinter der Frisiertoilette. Da fehlte der Papierstopfen jetzt irgendwie.

Am nächsten Tag wurde viel Aufklärungsarbeit geleistet, das »Du-Sie« dauerte den ganzen Vormittag an. Daß man ruhig mal über die Stränge schlagen kann, wenn das kein Dauerzustand wird, wurde gesagt, und der Unterschied zwischen Kameradschaft, Freundschaft und Verknalltsein wurde definiert. Verknalltsein, daß das mal vorkommen kann und noch lange keine Liebe ist!
Ich übte mit den Kindern »Glück wünschen«, besonders mit Fritz und Egbert. Wie man einen Hofknicks macht und solche Sachen, Handkuß, daß man da den eigenen Daumen küßt.

Mit dem Hute in der Hand
kommt man durch das ganze Land.

Egbert war nicht ganz bei der Sache, der hatte Zahnschmerzen. Das gehe ja nun nicht, daß man sich einfach zwischendurch zum Zahnarzt meldet, sagte die Kramerin, da müßten erst mehrere zusammengefaßt werden zu einem Schub. Der Mensch muß sich auch beherrschen können. Sie zeigte den Kindern eine Zahnlücke, rechts oben, und sie erzählte, daß man ihr das Ding *ohne Betäubung* herausgerissen hat, damals, gleich nach dem Krieg.

15

Im Januar wurde es sehr kalt. Eisblumen verfächerten die Fenster, und jeder einzelne Zweig der Bäume war wie mit Glas überzogen: Wenn es wehte, knisterte es.

Am Fenster saß ich, am freigehauchten Fenster, und von dort aus sah ich das Unglück von Anfang bis Ende mit an: Fräulein Simon sah ich, wie sie mit drei, vier Zahn-Kindern die schmale, vereiste Straße heraufgestiegen kam, ein Märchen erzählend oder irgendwas, den schweren Wagen mit den schweren Gäulen, der Koks auf das Schloß gebracht hatte, den sah ich auch. Die Räder des Wagens knirschten die vereiste Zufahrtsstraße hinunter, und trotz ständigen Bremsens rutschte er den Gäulen auf die Hinterbeine: Die Deichsel stand hoch.

Dieser schwere Wagen war es dann, der über den rothaarigen Egbert hinwegfuhr und ihm die Brust zermalmte. Seine Beine zogen noch einmal an, und dann streckten sie sich.

Als ich auf den Hof gelaufen kam, war schon nichts mehr zu sehen. Der ostpreußische Hausmeister hatte Säcke über den kleinen Körper gedeckt, und seine Frau hielt das schluchzende Fräulein Simon in ihren Armen. Ein Auto kam gefahren mit Männern, die sammelten das ein, was da lag, und fuhren damit weg.

Der weiße Flüchtlingshund mit dem schwarzen Ohr mußte dann noch weggejagt werden, der leckte sich ein paar Blutstropfen zusammen. Der kam immer wieder zurück zu dieser Stelle.

Die Kramerin zog sich noch am selbigen Tag ihr schwarzes Samtkleid an und verlangte von den Kindern, daß sie ganz leise seien: Noch sei Egbert nicht unter der Erde!

Sie stellte sich ans Fenster wie ein Mensch am Fenster steht, der schweres Leid zu tragen hat. Dann drehte sie sich um und

legte mir den Kopf auf die Schulter: daß wir beide nun ganz allein sind, sollte das bedeuten.
Unsere Andacht wurde unterbrochen durch einen Abgesandten des Anstaltsleiters: Wer die Genehmigung erteilt habe zum Zahnarzt-Gang, ob die schriftlich oder mündlich eingeholt worden sei? Fräulein Kramer wurde zum Chef beordert, und als sie wiederkam, hatte sie einen roten Kopf und verweinte Augen. Sie war angeschrien worden, und daß da noch was nachkommt, hatte man zu ihr gesagt.

Pastor Steinbrecher stellte in seiner Predigt die Frage, ob ein früher Tod nicht vielleicht sogar als Gnade aufzufassen wär? Wer früh stirbt, kann in der Welt nicht so viel anstellen wie einer, der sehr alt wird? – Andererseits, einer der früh stirbt, habe nicht wie jene Menschen, die alt und immer älter werden, die Möglichkeit, Gutes zu tun, Werte zu schaffen, wo doch jetzt jede Hand gebraucht wird beim Wiederaufbau unseres Vaterlandes. – So gesehen hebe sich die Sache auf, ob früh sterben oder spät, was nicht heißen solle, daß ein früher Tod nicht besonders schlimm wär'. Die Kinder sollten mal denken, wieviel Schönes dem Bernward dadurch nun entgangen sei, sie sollten nur mal an die Weihnachtsgeschenke denken! »Bernward«, sagte er statt »Egbert«.

Schnee fiel, der deckte alles zu. Die Nächte waren schwarz und die Tage blendend hell. Die Kinderschlitten des Heims, vom Hauswart im Sommer repariert, wurden nacheinander in gerechtem Turnus den einzelnen Nestern ausgeliehen. Mitte Februar waren wir dran.
Das Runterfahren vom Hang ist bekanntlich lustig, das Hinaufziehen weniger. Zwischendurch sich prügelnde Rowdies auseinanderzerren, Schnürsenkel zubinden, Kletten-Kinder loswerden und Wegläufer einholen und hart bedrohen: »Du kommst nie wieder mit!« – Zum Schluß dann am Zingel eine Schneeballschlacht, und dann die Idee der Kramerin, mich aus Spaß in diesen Zingel einzusperren.
Wie ein Winterfoto sah sie aus, die Kramerin: »Lachende

Jugend«, Einseifen und all' solche Sachen: und am liebsten hätte sie wohl noch Ketten gehabt, in die sie mich hätte schlagen können, um dann als lichter Engel zu erscheinen und mir Branntwein einzutrichtern.
Am Abend vor der Frisiertoilette sitzend, sagte sie »Mister«, ob ich meinte, daß das gegangen wär'!? Dies Lustig-sein? Wo der kleine Egbert man grade eben unter der Erde ist? Ob ich nicht auch meinte, das Leben geht weiter?
Ich kämmte sie und sah in ihre Augen, die in den Spiegel gerichtet waren. Sie sei plötzlich so beträni, sagte sie dann, heut' nachmittag so ausgelassen und plötzlich so beträni?
Als wir auf dem Bett lagen (als das dann an der Reihe war), nach den Proportionen unseres Körpers ein wenig ineinander verkeilt – wandernde Triller austauschend, zwischen Büsten- und Hüfthalter, und ihre kleine Zunge flirrend wie das Bein einer Heuschrecke an meiner ruhigen, gelassenen Männerzunge – mußte ich plötzlich daran denken, daß das ja nun ganz umsonst gewesen war, das Hofknicks-Üben und Diener-Spielen. Das hätten wir uns auch sparen können.

Ich träumte von dem Mädchentrakt, drüben, daß die Mädchen dort übereinanderkröchen wie wimmelndes blutiges Gewürm. Ich mußte meinen Finger hineinstecken in das Gewürm, und dann die ganze Hand.
Am nächsten Morgen hatte ich Fieber. Mein Kopf tat mir weh, es war, als ob das Gehirn locker im Schädel säß.
Gleich am ersten Tag kam Dr. Fischer. Der warf nur einen kurzen Blick auf mich. Dann fesselte ihn der Anblick des gesprungenen Waschbeckens. Die zerfetzten Rollos, kein Tisch, kein Stuhl, nicht mal Gardinen! Das alles brachte er mit meiner Krankheit in Verbindung. Das sei ja auch kein Wunder und so in diesem Stil. Wie kann man einen solchen Mann *so* wohnen lassen... Ein Skandal wär' das!
Noch am selben Tag kamen irgendwelche Handwerker mit Trittleitern, brachten Gardinen an und eine neue Lampe, ein Tisch wurde mir ins Zimmer gestellt und ein bequemer Sessel. Dann stand auch mal die Kramerin neben mir, irgendwie

licht, mit Blumen in der Hand, und ich dachte an mein Haar, daß das jetzt vermutlich schwitzig ist, und hoffentlich geht sie bald wieder weg.

Kranksein ist nicht mit Erholung zu verwechseln, man liegt schlecht, schwitzt, und der Schlaf ist anders als sonst, ein Wachschlaf ist das, und der Tag ist ein Schlaf-Wachen.
Als Kind hatte man das gern gehabt, im Bett liegen, nicht zur Schule müssen, die Mutter hatte Geschichten vorgelesen, und der Vater hatte sich abends an der Tür gezeigt.

Fließe, Fluß, das Tal hinab
ohne Rast und Ruh'...

Scharlach hatte ich mal gehabt, das war eine schöne Zeit gewesen.
Ein Versager sein, es zu nichts gebracht zu haben. Das waren so die Gedanken, mit denen das fiebrige Gehirn zu tun hatte. Schule abgebrochen, Lehre abgebrochen und die ganze Familie »ins Unglück gestürzt«, wie es die Tanten ausdrückten, und dann nicht einmal einen Fragebogen richtig ausfüllen können... Das schöne Geld! Und man hätte es ja gar nicht für sich verwendet, man hätte es doch todsicher der Mutter in den Schoß gelegt... vermutlich doch. Oder?

Frau Simon brachte mir einen Strauß Papierblumen, von ihren Kindern verfertigt, und die ostpreußischen Gärtnersleute schenkten mir einen Rettich, den sie durchgeschnitten und ausgehöhlt hatten. In der Höhlung lag brauner Kandiszucker, der zog Saft, und das schmeckte sehr gut.
Ab und zu kam auch die Kramerin und »sah nach dem Rechten«, wie sie das nannte. Waschbecken saubermachen und Zahnputzglas richtig hinstellen und bei der Gelegenheit auch kurz mal in den Spiegel schauen und nach mir schielen, ob ich sie vielleicht betrachte.
Sie setzte sich auf die Bettkante, lehnte sich über mich und sah mich an mit den Augen einer Frau. »Nun fließt mein goldenes Haar an mir herunter«, so dachte sie gewiß. Aber, als ich die Arme nach ihr ausstreckte, sagte sie: »O, no, Sir!« und drohte

mir wie einem kleinen Kind, ich wär' doch krank, da ginge sowas nicht!

Als ich wieder gesund war – drei Wochen Herumbrüllen gespart –, freuten sich die Kinder. Sie freuten sich etwa fünf Minuten lang und gingen dann zur Tagesordnung über.
Am Abend rief mich die Kramerin in ihr Zimmer, nach alter Sitte. Sie machte mir Tee, wozu sie ihr »Serwi« aus dem »Bühfett« holte.
Sie sagte zu mir »Mister« und teilte mir mit, daß die Arbeiten am Bergfried begonnen hätten, man räume bereits den Tunnel frei, und dann sagte sie, daß ich morgen zu den großen Jungen versetzt würde: Ich sollt' mich man schon darauf freuen.
Als wir den Tee ausgetrunken und auch die Gluck-Gluck-Zeremonie beendet hatten und wieder beieinander lagen, weil das dann dran war, ein wenig ineinander verkeilt, mit wandernden Trillern, mal oben und mal unten und mit Dauerbrennern, bei denen man denkt, wie lange halten wir es diesmal aus? Da stand sie noch einmal auf, knipste das Licht aus und sagte: »Aber schön artig sein, Sir«, und dann wurde es doch noch ganz angenehm.

Zu den großen Jungen war ich versetzt worden, deren rohes Gebrüll von Zeit zu Zeit zu hören war, die sich gegenseitig blutig schlugen und ihren Erzieher mit einem Messer bedrohten! In derselben Nacht noch packte ich meinen Koffer und stahl mich aus dem Haus.
Weil alle Türen abgeschlossen waren, mußte ich ein Fenster öffnen und hinausklettern. Der Eber in dem Wappen über dem Portal hatte als Zielscheibe für Schneebälle gedient und die beiden allegorischen Figuren trugen weiße Kappen.
Durch den Wald ging ich, in dem ein Rehbock bellte, an unserm Zingel vorbei, die Wiese hinunter und über den Bach. An der Straße wartete ich, daß ein Auto kommt, und ich sah noch einmal zurück, der schwarze Turmklotz und das vom durchbrechenden Mond beleuchtete Schloß.

»Alles in Brand stecken«, dachte ich, »unbedingt und sofort.« Bald kam ein Auto mit einem freundlichen Polizeibeamten, der nahm mich mit nach Hameln. Ich erzählte ihm, was das für eine Schweinerei ist, acht Jahre politisch im Zuchthaus sitzen und immer noch keine Entschädigung, und er sagte, ja, daß sie einem seiner Kollegen was anhängen wollen, das wär' auch 'ne große Schweinerei.
In Hameln blieb ich die Nacht über im Wartesaal. Am nächsten Morgen fuhr ich nach Hamburg zurück.
Ein bißchen ausgebreitet hatte sich die Krone meines Lebensbaumes, so kam es mir vor, und allerhand Wildwüchsiges hatte abgeschlagen werden können.

Als ich diesmal nach Hause kam, nach Hamburg in die Bärenstraße – 578 Mark in der Tasche – hatten sich dort die Verhältnisse geändert. Wo der Schreibschrank gestanden hatte, stand jetzt ein schöner alter Nußbaum-Sekretär, und Cornelli, der Gute, der saß in einem grünbezogenen Barock-Sessel unter der »Alten Liebe« und las meiner Mutter beim Schein von fünf Kerzen, die in einem Silberleuchter steckten, »Hermann und Dorothea« vor aus einem sehr kleinen Buch.
»Mein Junge, wo kommst du her?«
Dies war rasch erklärt, und man nickte dazu und verstand das. Und als man es gänzlich verstanden hatte, wurde *mir* allerhand erklärt, wie gut das sei, daß Cornelli nun erstmal in dem dritten Zimmer wohnt mit seiner schönen Bibliothek, wurde gesagt, und ich nickte auch und verstand auch alles.
»Klare Sache und damit hopp!« war zu denken, als ich den Herrn Cornelli mit dem Besteck meines Vaters essen sah. Und im Wolkonski-Park in Moskau, das kam mir in den Sinn, da sitzt er jetzt, jener Militär-Veteran, der die Fliegerbombe geworfen hat, damals im April 1945, die meinen Vater zerfetzte, der füttert dort jetzt die Tauben.

Am nächsten Morgen, beim Aufklopfen des Frühstückseies, bei Brötchen mit hauchdünn Leberwurst, fragte mich Cornelli, wie lange ich dort gewesen sei, in Hatzfeld, dieser Burg,

die aus dem 13. Jahrhundert stammt und deren Schloßgebäude 1621 im Stil der Weser-Renaissance aufgeführt ein Gegenstück in Sangershausen hat, dort allerdings mit *zwei* Treppentürmen (das hatte er inzwischen nachgeschlagen). Baron von Haderlaß und die Markgräfin Elisabeth, von denen wußte er zu erzählen, und wie lange ich dort tätig gewesen sei, wollte er wissen, und er schrieb sich das mit seinem feinen silbernen Stift ins goldschnittene Notizbuch.
Auch über meine Behördensachen fragte er mich aus, dies und das, und obwohl ich ihm nur unwillig antwortete, kriegte er doch alles mit.
»Mein lieber Junge«, sagte er, »wir wollen sehen, was sich da noch machen läßt ...« Und dann verbreitete er sich über den heilsamen Schock, den Unglück für denjenigen bedeute, der sich davon anrühren lasse.

Drei Tage später – und wiederum beim Eiaufklopfen – sagte er, betreffs dieser Behördensache sollte ich mir keine unnötigen Gedanken machen. Er werde sich dieser verfahrenen Geschichte annehmen. Und in beruflicher Hinsicht, da habe er mir ein Angebot zu machen: ich könnte nach Göttingen gehen und Pädagogik studieren, ob ich das wohl wollte? Es gebe in Göttingen an der Pädagogischen Hochschule einen gewissen Professor Wunderlich, den kenne er noch vom Hohen Meißner her, den habe er antelefoniert, und der habe gesagt: »Solche Leute können wir brauchen.« Mit meiner Haftzeit, daß ich da Musik gemacht hätte, und mit der Tätigkeit auf Burg Hatzfeld ginge das auch ohne Abitur.
Cornelli, »der Gute«, wie meine Mutter ihn nannte, wußte genau Bescheid, der hatte sich nach allem erkundigt. Das dritte Zimmer hatte er bezogen in unserer Baracke mit all seinen Büchern, und mit meiner Mutter lebte er still und ernst dahin.
Pädagogik studieren und Lehrer werden auf dem Lande? Die Sonne als Kletterspecht? Ziegen, Stachelbeeren und Rhabarber? Warum eigentlich nicht? Ich ging also nach Göttingen. Im März tat ich das, und da hat man das Jahr noch vor sich.

III. Teil

16

In Göttingen schien die Sonne. Mein Zimmer lag in einer stillen Straße, am Hang des Hainbergs, und die Straße hieß Am Bachgraben, weil hier einmal ein reißender Bach zutal geflossen war, in früheren Zeiten, und er floß noch heute, allerdings nicht mehr reißend, mehr rinnsalartig, aber immerhin. Über bemooste Steine hüpfte er hinunter in die Stadt, von gewaltigen Buchen überragt.

Am Bachgraben standen sogenannte Professorenburgen, Zweifamilienhäuser, mit kleinen Türmen und Erkern versehen, hinter deren Butzenscheiben die mehr oder minder hübschen Professorentöchter Klavier übten oder Rilke lasen, manchmal sogar Benn.

O dieses Lichts! Die Insel kränzt
sternblaues Wasser um sich her...

Zu jedem Haus gehörte ein prachtvoller Vorgarten, zum Teil älterem Geschmack folgend, mit Brezelwegen oder auch entschlossener modern mit Rasenflächen, in die regelmäßig Schieferplatten eingelegt waren, damit man trockenen Fußes über das betaute Gras zur Laube gelangen konnte, die sich entweder unter Goldregen duckte oder unter Jasmin.

In diesem vornehmen Stadtteil, der sich den Hang hinauf in weitläufigen Parkanlagen verlor, Anlagen in englischem Stil mit kunstvoll komponierten Baumgruppen, über die hin das Schmettern von Tennisbällen hallte, in diesem schönen Stadtteil durfte ich einen neuen Anfang machen mit meinem Leben, und ich traf es damit gut.

Das sonnige Zimmer war geräumig, die beiden Fenster, vor denen die Zweige einer Birke wippten, lagen zur Straße hin. Die Fensterbank war breit, mit einem Kissen unter dem Bauch ließ sich von hier aus alles unter Kontrolle halten, was die Straße hinaufschritt, sonntags, ganze Familien mit dickeren Müttern und mit Vätern, die den Kindern mit dem Spazier-

stock zeigten, wer hier wohnt oder gewohnt hat: An vielen Häusern befand sich eine Marmortafel mit dem Namen eines berühmten Wissenschaftlers.
Am Abend kamen diese Familien dann wieder zurück von ihrem Ausflug; schönere Aspekte boten sich dem geschärften Blick ein zweites Mal dar, und man konnte überprüfen, ob man sich vielleicht vorhin geirrt hatte oder ob man recht behielt, was meistens der Fall war, denn, was hier an Töchtern über die Bürgersteige schritt, hinter oder vor den Eltern, das war fast immer ansehnlich, häufig edel, seltener mißgestalten, fettleibig etwa oder mit struwem Haar.
Von meinem Ausguck aus, über den Vorgarten hin auf die Straße mit dem hurtigen Rinnsal, konnte ich weit in der Ferne, über den Wipfeln des Hainbergs den Bismarckturm sehen, der meist eine Fahne zeigte, nicht die bundesdeutsche, sondern eine Studentenfahne, schwarz-gelb-grün etwa, ungewohnt und nie gesehen, Zeichen absondernden Verhaltens und von Verharren in geheimnisvollen Traditionen.
Etliche der betürmten und begiebelten Bürgerburgen dieses Stadtteils waren von Studentenverbindungen angemietet, von Blauen Sängern oder Wingolfiten, Verdensen oder den Brunsvigen; am Tage war's zu sehen und nachts war's zu hören.
Auch am Bachgraben war so ein Verbindungshaus, die Obotriten hausten da, frische junge Leute mit forschem Auftreten und mit weißgekleideten Freundinnen, denen sie die Tür aufhielten.

Auch mit meinen Wirtsleuten hatte ich es gut getroffen, unbestimmbaren Alters waren sie, Frohnaturen trotz zweier Weltkriege, vom Hohen Meißner immer noch durchdrungen, nun mit Kamelhaarhausschuhen versehen, alle beide.
Hinter der vom Sofa verstellten Schiebetür konnte ich ihn, der Gottlieb hieß und »Göttle« von seiner Frau genannt wurde, herumwursteln hören. Mit halblauten Rufen des Erstaunens und der Befriedigung begleitete er seine Tätigkeiten, die allesamt Freizeitcharakter hatten, denn Göttle war Justizrat

gewesen und pensioniert. Im wesentlichen beschäftigte er sich mit Ahnenforschung, die er, weil er Nebelung hieß, bei den Nibelungen ansetzte. Er schritt in seinem Zimmer auf und ab, raschelte mit Papier, sagte laut: »Wieso?« und: »Na!« und rief halb singend:

Da isses ja,
da isses ja,
da isses, isses, isses ja!

Dann trat er an das Stehpult, auf dem die Arbeit seines Lebensabends lag, die Familienchronik, die er aus den Ergebnissen fünfzigjähriger Ahnenforschung zusammenschrieb: ein dickes Buch voll kunstvoll gemalter Initialen, in deren Rundungen Zwerge mit Zipfelmützen jungen Mädchen Blumen zum Kranzwinden reichten, sowie einen Text, dessen Ausgestaltung von einem Mönch hätte herrühren können, jedenfalls auf den ersten Seiten. Später nahm die Schönheit der Schrift leider ab, die Tusche wurde aufgegeben zugunsten von Tinte und schließlich – moderne Zeiten verlangen modernere Gestaltung – herrschte der Kugelschreiber vor, der als Reklamegabe von der Wäscherei Schneeweiß bezogen worden war.

Diese Familienchronik hatte das Göttle gleich nach seiner Pensionierung begonnen, und noch immer schrieb er daran, und seine Arbeit begleitete er mit halblauten Rufen des Erstaunens und der Befriedigung. Manchmal pfiff er auch Militärmärsche, von gelegentlichem Niesen unterbrochen. Ich rief dann »prost!«, was er mit »danke!« quittierte.

Seine Frau, der man immer noch ansah, daß sie als junges Mädchen voll Freude und Hoffnung zum Hohen Meißner geschritten war, hieß eigentlich Auguste, sie wurde »Gustel« genannt von Göttle, ihrem Gatten. Von der Küche her, hinter der sie eine Art Kemenate hatte, wo sie Blumen pflegte und an einer Strickmaschine »rrrrt!« »rrrrt!« »rrrrt!« Pullover für all ihre Enkelkinder herstellte, scholl es gelegentlich durch den Korridor: »Göttle!« und umgekehrt, vom Studierzimmer des Mannes scholl es »Gustel!«, wenn sich die Ehegatten die Ergebnisse ihrer Arbeit zeigen wollten. Wenn das geschah,

dann eilten sie einander zunächst in die Arme und steckten sodann die Köpfe zusammen über dem, was es zu besehen galt, klatschten in die Hände und riefen: »Nein, sowas!«
Ich repräsentierte in ihren Augen das bessere Deutschland, die eigentlich deutsche Jugend, in dem der gute Kern unseres Volkes sich behauptet. Gegenüber, im Haus der Obotriten, behauptete sich auch Gutes, das wurde durchaus anerkannt, Jugend, die keineswegs zu Ostern, wenn die Natur aus dem gefrorenen Erdreich sich erhebt, mit schrecklichen roten Spruchbändern durch die Straßen marschiert, zerlumpt, zerfahren, östlichen Parolen anhängend, sondern die lediglich ab und zu etwas über die Stränge schlägt, den Humpen schwingt nach Vorväterart und laut singt oder meinetwegen grölt, im übrigen aber Verbindung zur deutschen Geschichte hält, für Kontinuierlichkeit sorgt, in einer Zeit, in der alle Brücken abgebrochen werden, nach und nach.
Ich war in den Augen meiner Wirtsleute etwas ganz Besonderes. Vierzig Mark zahlte ich deshalb auch nur für dieses Zimmer, und ich sagte »Herr Justizrat« zu Göttle, und zu seiner Frau sagte ich »Frau Justizrat« oder »gnädige Frau«, was sie zwar nicht gewohnt war, doch um meinetwillen akzeptierte.
Im Keller wurde mir eine Ecke für meine Briketts angewiesen, Göttle tat das, und das war ein Unternehmen, als ob es den Hort der Nibelungen im Drachenfels vorzuweisen gälte. Ich pfiff Grieg dazu: »In der Halle des Bergkönigs«, das paßte.
In der Küche wurde mir ein Teekessel vorgeführt, mit dem ich mir warmes Wasser fürs Rasieren machen konnte, und das wiederum tat Gustel, und sie war es auch, die mir das Handtuch wegnahm aus dem Badezimmer und es waschen ließ bei der Firma Schneeweiß, wenn ich es nun eben doch zu lange schon in Benutzung hatte.

Daß ich zum besseren Deutschland gehörte, das wurde Professor Wunderlich berichtet, der mich in der Pädagogischen Hochschule mit rotem, gleichwohl ernstem Gesicht empfing. Die Welt ist ein Dorf! Die Nebelungs kannten ihn vom Hohen

Meißner, und mit Cornelli zusammen hatte er etliche Jahre seiner Kindheit in einem dieser wunderbaren Landerziehungsheime zugebracht – ach, wie lange war das her! Cornelli hatte ihm bereits signalisiert, daß ich etwas Besonderes sei, was Wunderlich den beiden Nebelungs also nun bestätigen konnte, ohne freilich auf eigne Erfahrung sich zu stützen.

Wunderlich hatte es mit der Würde und Bürde des Geistes zu tun. Sein Kummer war, daß der Quell der deutschen Jugend nicht klar dahinrauschte, wie das in früheren Zeiten der Fall gewesen war, sondern allerhand Trübungen aufwies, Destruktives, das dem deutschen Vaterland schadete, indem es Altvertrautes einriß, mal hier, mal dort, mit zunehmendem Erfolg. Die Hochschule, deren zweiter Direktor er war, verglich er mit einem Klärbecken, in dem sich das zunächst trübe Wasser sammelt, um sodann einem inneren Reinigungsprozeß ausgesetzt zu werden. Die Abschlußprüfungen am Ende des dreijährigen Studiums hätten, seiner Meinung nach, nur darzulegen, daß dieser Reinigungsprozeß gelungen sei, die Schleusen könnten geöffnet werden, und die jungen, dann doch wohl begeisterten Erzieher sprängen ins Tal hinunter, und die Sonne würde sich zitternd brechen über der kristallklaren Flut.

Ich saß ihm gegenüber auf einem Wiener-Stuhl und konnte sehen, daß er seine Schreibtischgeographie unter Kontrolle hatte. Neben allerhand Büchern, aus denen zum Teil sogar mehrere Zettel heraushingen, standen oder lagen auch Erinnerungsstücke, seltsame Steine, ein Mädchenkopf aus Bronze und ein zum Brieföffner umgearbeiteter Granatsplitter. Hinter ihm hing das Bild eines älteren Mannes, eines Pädagogen, und irgendwie, so meinte man, müsse man jetzt schon Vorsorge treffen, daß man einst ein ähnliches Foto von Professor Wunderlich besäße, das dann seinerseits über dem eignen Schreibtisch hängen würde: »Göttingen, den ...«, von den klaren Fluten der Erziehung zeugend, die von Generation zu Generation über Steine hüpft, nicht etwa gradlinig, das alte nur immer stur nachbetend, sondern sanft und kontinuierlich mit Prall- und Gleithang mal nach rechts und mal nach links schweifend, je nach den Erfordernissen der Zeit.

Es war ein langes Gespräch, das ich mit Wunderlich führte. Auf meinem Stuhl saß ich, vor seinem Schreibtisch, und er holte sehr weit aus. Die Zeit schien stillzustehen, die Vögel, draußen, blieben stehen in der Luft und die Müllmänner an ihrer nagelneuen Mülleimerhydraulik auch.

Vom Landerziehungsheim sprach er zunächst, wo die Zöglinge mit freier Brust Heu auf die Wagen gestakt hatten, dann vom Weltkrieg, in dem die Jugend immer wieder vorgestürmt war, die herrlichsten jungen Menschen! Von Glaube war zu reden und von Hoffnung.

Hier klingelte das Telefon, seine Frau war am Apparat, Lieselotte mit Namen. Laut sprach sie, sehr laut. Daß er Sellerie mitbringen soll, schrie sie in die Muschel, und Wunderlich notierte sich das.

Wo war man stehengeblieben! Ach ja, der Krieg... Im ersten Krieg war er vorgestürmt und im zweiten Krieg hatte er Einblicke gehabt, das deutete er an, über die zu sprechen er sich noch versagen müsse. Vielleicht in kleinerem Kreis, da würde er sich möglicherweise vernehmen lassen. Aber die Anregung hierzu müsse von außen an ihn herangetragen werden.

Dann sprach er von den wunderbaren Menschen, die gleich nach dem Krieg aus Not, Tod und Gefangenschaft kommend, hier in der PH, gleich mir, einen neuen Anfang zu machen versucht hatten. Arm an Wissen, aber edelstes Material! Nicht mit Sporen klirrend in Wichs, Glanz und Gloria, auch nicht in Lodenmantelfrömmigkeit mit Baskenmütze auf dem Kopf, sondern ernst in je und je individueller, auf Volk und Staat bezogener Vertiefung. Dies sei nun neuerdings leider nicht mehr der Fall, Sorglosigkeit mache sich unter den jungen Semestern breit, hemmungsloses Genußstreben, mit einem Worte: Leichtmetall.

Immerhin, es war zu hoffen, daß auch diese Menschen zu läutern wären und sich eines Tages als prickelnder Springquell über die ausgedörrten Schulen des Landes ergössen.

Auf den Korridoren der Hochschule, die provisorisch untergebracht war in einer Professorenburg mit Fachwerk und efeubewachsenem Turm, über knarrende Dielen hinweg schritten junge Menschen, hochgewachsen, mit freiem Blick, meist weiblichen Geschlechts, den Busen miederartig geschnürt. Aber auch kleineres Gehutsch war zu sehen, das sich in Ecken herumdrückte und draußen am Fahrradstand wiehernden Unsinn trieb.

Die Professoren, meist männlichen Geschlechts, ruderten durch diese jungen Menschen hin, gefolgt von solchen, die irgendwie Sorgen hatten: Ob die Semesterarbeit tatsächlich dreißig Seiten Umfang haben muß, und die Bücher sind nicht zu kriegen, die dazu nötig sind.

Professor Semmel war hier zu sehen, ein Soziologe, dessen Vorlesungen von den meisten Studenten nur zu An- und Abtestat besucht wurden, und Frau Holzammer, eine Psychologin, die sonderbarerweise weder ihren Doktor noch den Professor hatte, »Holzhammer« wurde sie genannt, was ganz ungerecht war, denn sie war sanft.

»Suchen Sie etwas?« fragte sie mich, und sie wartete, bis sich die Fluten der Studenten verlaufen hatten in die Kellerräume, wo alsbald Klavier-Etüden zu hören waren, oder in den ehemaligen Speisesaal der Villa zu einer Vorlesung über das Thema: »Ist Demokratie überhaupt noch möglich«, und nach draußen auf den Rasen, wo die zukünftigen Pädagogen per Schifferklavier im Volkstanz unterwiesen wurden, was den Herrn Professor Enkelsohn veranlaßte, die Fenster zu schließen.

Frau Holzammer, die sich im Stil der zwanziger Jahre kleidete, mit Baskenmütze auf dem schwarzen Bubikopf, einer dunkelblauen Herrenjacke und einem Hosenrock aus weißem Flanell, fragte mich also freundlich, ob ich was suchte, und als sie erfuhr, daß ich neu sei, zeigte sie mir das Haus von oben bis unten, die Klavierkabinen im Keller, den Zeichensaal auf dem Dachboden und die Bibliothek, in der wir von einer kleinen schwarzgekleideten Frau empfangen wurden mit dem Ruf: »Hier ist zu!« Obwohl die Bibliothek winzig zu

nennen war, kämpfte diese Frau, die man wohl wegen ihres Pädagogennamens – sie hieß Ratke – hier eingestellt hatte, ständig um Übersicht, die sie nur sporadisch sich verschaffen konnte, weil man nämlich das Ausleihen ziemlich lax betrieb: das segelte unter »Vertrauen«.
Ich wurde von Frau Holzammer an das Schwarze Brett geführt, wo die Veranstaltungen ausgehängt waren, so ähnlich wie Suchanzeigen nach dem Krieg, und sie erklärte mir, was ich alles belegen muß, um nichts zu verpassen. Dann ging sie mit mir ins Sekretariat, wo eine einzige Sekretärin vor einer einzigen Schreibmaschine saß, die das Ganze hier managte: Vierhundert Studenten, Antestat, Abtestat und Führungszeugnis, und nebenbei hatte sie sogar noch Zeit, ihr Frühstücksbrot zu essen.
Nachdem die Sekretärin einen Zettel von mir in Empfang genommen hatte, auf dem stand: »Wird aufgenommen, Wunderlich«, mußte ich mich in ein Buch eintragen und war somit »stud. päd.«.

Am Abend dieses Tages ging ich zum Audi-Max, wo der Landesbischof, der Erfinder der silbernen Krawatte (zum dunklen Anzug), zur Feier des Semesterbeginns eine Ansprache halten wollte. Ich brauchte nicht zu fragen: Wo ist denn hier das Audi-Max? Ich brauchte nur dem Strom junger Menschen nachzuströmen. Aus allen Seitenstraßen kamen sie geschritten, aus der Oberen und Unteren Karspüle, der Jüdenstraße und dem Rosdorfer Weg, zu zweit oder zu dritt, aber auch allein wie ich, mit federndem Schritt oder mehr bedächtig: Das wollte sich kein Student nehmen lassen: immatrikuliert, Kollegmappe gekauft, die erste Vorlesung gehört (und nichts verstanden): Nun noch irgendwie ein starkes Wörtlein, irgendwie Segen dazu.
Es zeigte sich, daß das Audi-Max nicht ausreichte, all die schweren Ostfriesen, schönen Hannoveraner und klugen Oldenburger zu fassen, das Ganze kehrt! hieß es, und man marschierte in breitem Strom in die Stadt, mit dem etwas kleinwüchsigen Bischof an der Spitze, dem zwei beflissene,

hochgewachsene Studenten nicht von der Seite wichen, sich herabbückend zu dem Würdenträger, der, die Hand am Brustkreuz, wacker ausschritt und sich nicht beirren ließ: Auch mal studiert, vor vielen Jahren, jung gewesen, ach, so jung! Dann die Bürde auf sich genommen in schwierigsten Zeiten, widerstanden und den Glauben bekannt... Und nun hier in Göttingen an der Spitze eines Menschenkeils, in die mittelalterliche Stadt hineinströmend, deren Bürger, in zähen Handwerks- und Gewerbesbanden verhaftet, die Fenster öffneten und sich fragten, was das wohl für ein Auflauf ist.
Die beiden beflissenen Studenten, unausgesetzt und gleichzeitig auf den nach Kölnisch Wasser riechenden Bischof einredend – nun sogar noch von einem rückwärts taumelnden Menschen ganz regulär mit Blitzlicht fotografiert –, führten den Bischof in die Jakobikirche, die wegen ihres charakteristischen Turms von den Studenten »Penis« genannt wurde. Der unwirsche Küster, der soeben die Kirche aufgeschlossen hatte, wurde zur Seite geschwemmt von Jugend, die in hellen Kleidern und dunklen Anzügen ins finstere Kirchenschiff eindrang und in die Bänke polterte.
Einen Augenblick dachte ich, man würde mich vielleicht zurückweisen, weil ich irgendwie kein richtiger Student wär', »Peha«, was ist das schon, »Klerus minor«, wie man's nennen könnte, aber dann saß ich ganz regulär auf der Empore und konnte beobachten, wie Hochwürden auf der Kanzel nach dem Lichtschalter suchte.

Erhalt uns Herr bei deinem Wort

sangen sodann die pickligen, schlecht rasierten Jünglinge und die Mädchen, mit Brille und ohne, laut und frohgemut, und ich ärgerte mich über eine Rührungsaufwallung, die mich beinahe aufschluchzen ließ. Dies Land kann doch so schlecht nicht sein, dachte ich so ungefähr, und ich dachte dabei an das fleißige deutsche Vaterland, an die schönen vollen Geschäfte mit Sauerstoffpumpen für Aquarien, Skikleidungsstücken und Tausenden von Eheringen, und irgendwie hatte mein Aufschluchzen auch mit Vater und Mutter zu tun, zuhaus, am Frühstückstisch, wenn die Sonne schien. Und daß der Vater

nicht wiedergekommen war und daß, so wie diese Menschen jetzt hier, vor zwanzig Jahren andere zusammengeströmt waren, die dann »auszogen« und nicht wiederkehrten.
Der Bischof, dessen Vater noch Diakon gewesen war, hatte die Sache im Griff, nüchtern begann er, gleichsam beiläufig, als ob das nichts Besonderes wär', »frei« natürlich und ganz ohne »häm's«.
Wer nicht mehr regelmäßig bete, der bete auch bald nicht mehr unregelmäßig, sagte er, und man solle ruhig sonntags in eine Kirche gehen und nicht etwa seinen Gottesdienst »höchst individualiter« im Wald abhalten. Knapp sprach er und verständlich. »Höchst individualiter«, das Wort, das merkte ich mir.

Zeuch an die Macht, du Arm des Herrn,
wohlauf und hilf uns streiten.
Noch hilfst du deinem Volke gern,
wie du getan vor Zeiten...

so sangen die jungen Leute aus der Oberen und Unteren Karspüle, und mir versagte wieder mal die Stimme wegen des »noch«, das erschütterte mich: »*Noch* hilfst du deinem Volke gern«, ja noch! das dachte ich.

Einführung in die Pädagogik, Einführung in die Psychologie, Einführung in die praktische Unterrichtsgestaltung.
Das erste, was ich lernte, war: wie man das Wort »Pädagogik« trennt. Das wurde uns Erstsemestrigen im Einführungsseminar für Pädagogik erklärt und auch begründet: Päd-agogik, dieses Wort leite sich von griechisch »Pais, paidos« = Knabe und »agein« = führen her, weshalb es auch ganz unsinnig sei, von »Erwachsenen-Pädagogik« zu reden, da könne man ja nur den Kopf schütteln! »Erwachsenen-*Bildung*« müsse es natürlich heißen.
Sodann wurde uns der Unterschied zwischen Didaktik und Methodik definiert, das müßten wir unbedingt wissen, hieß es, sonst verstünden wir überhaupt nichts. Methodik sei das Wie, Didaktik das Was, so ungefähr, und an die Wandtafel wurde das »didaktische Dreieck« gezeichnet: Sache – Kind –

Lehrer, beziehungsweise Lehrer – Sache – Kind, oder Kind – Lehrer – Sache. Wenn wir uns das vor Augen hielten, könne uns überhaupt nichts passieren.
Daß Erziehung nötig und möglich sei, wurde am Beispiel des Wolfsmenschen exemplifiziert und an Kaspar Hauser. Das Gehirn als tabula rasa, in das man eingravieren kann, was man will. Die Zwillingsforschung stand dem entgegen. Aus der ging hervor, daß das nicht so einfach ist, mit dem Eingravieren, daß man doch schon so einiges vorfindet in den Ganglien: »Lernen heißt sich erinnern.« Fünfzig Prozent sei Anlage, wer das nicht wahrhaben will, beißt auf Granit.
Im übrigen bekamen wir von jedem Dozenten eine Liste mit Literaturangaben ausgehändigt, alles in allem zweihundertunddreißig meist umfangreichere Werke – also las man keines, obwohl das Wort »diagonal lesen« auch von amtlicher Seite mehrmals fiel.

Wunderlich stellte uns die Wechselwirkung von Methodik und Didaktik mittels eines Trichters dar, oben schütte man den Wissensstoff hinein wie eine Suppe, dick und zäh. Im Trichterhals sei diese Masse mittels didaktischer Erkenntnisse und methodischer Maßnahmen zu verdichten und zu sieben, um sodann unterwärts klar und lauter in edle Gefäße abzufließen.
Nach dieser plastischen Belehrung wurde er leider sehr abstrakt. Seine Ausführungen wurden zum Rösselsprung, von hier nach da. Langbehn und Makarenko, Mussolini und Thomas von Aquin kamen bei ihm in einem Satz vor. Und dabei sprach er immer so bedeutungsvoll, daß einem angst und bange wurde: »begreifen« komme von »be«-greifen, sagte er, und weil das unwidersprochen blieb, redete er ohne weiteres auch von »nach«-denken und von »vor«-lesen, und das tat er sehr ausgiebig. Vorwurfsvoll sprach er, so als ob wir alles das längst wissen müßten. Weil er selbst sich mittlerweile gut auskannte in der Pädagogik, setzte er deren Kenntnis auch bei uns voraus.

Manch einer schrieb alles mit – vielleicht hilft's! – die anderen saßen mit offenem Mund da.

Als ich die erste Stunde bei Wunderlich abgesessen hatte, dachte ich: Oha! Das kapierst du nie!

Ein Schneider fing 'ne Maus
ein Schneider fing 'ne Miamiamausemaus ...

Von diesem Lied wurden seine Ausführungen untermalt, das kam aus dem ersten Stock, wo die Studenten auf die musikalische Praxis der Landschule vorbereitet wurden.

Da war das mit dem dicken Herrn Enkelsohn schon anders, dick mit runder goldener Brille, der war für die praktische Pädagogik zuständig. Von »der Ohrfeige zur rechten Zeit« war bei dem die Rede, und daß man immer forsch in die Klasse treten soll, nicht lasch oder zögernd. Bei Enkelsohn erfuhren wir, was die »So-geht's-auch«-Pädagogik ist, und entweder *nie* loben oder *immer* loben, da müsse man sich entscheiden: beides geht. Die »Bonschen-Pädagogik« bezeichnete er als wirkungsvoll, aber fragwürdig, ein ganzes System von Belohnungen ausklügeln? Bildchen oder auch mal einen Groschen? Das sei nur zu vertreten, wenn's gar nicht anders geht.

Was man bei Wunderlich hörte, durfte man keinesfalls bei Enkelsohn zitieren und umgekehrt. Dann guckten die ziemlich sonderbar in die Gegend. Was die beiden gemeinsam hatten, das war das Wort »be«-greifen. Und was die Studenten hier wie da gefahrlos tun konnten und auch ausgiebig taten, das war, jeden Satz anfangen mit: »Ich würde sagen ...« Wer so begann, der konnte sicher sein, daß er nicht fehl ging.
Enkelsohn erzählte gern Stories aus seiner Junglehrerzeit. Bevor er überhaupt anfangen konnte mit Schulehalten, war er sieben Jahre arbeitslos gewesen: nach dem Krieg, all die Heimkehrer. Und dann, im Dorf, jeden Mittag bei einer andern Familie essen ... Er riet uns, wenn wir einen Lehrerposten anträten, dann möglichst sofort Antrittsbesuche beim

Bürgermeister und beim Pfarrer machen. Und wenn da ein älterer Kollege sei, nicht gleich alles besser machen wollen, sondern sich einfügen in dessen Stil. Öfter mal um Rat fragen diese Leute. Die alten Schulmeister wären meistens ganz umgänglich, man müsse da nur etwas diplomatisch sein.
Zu seinem Lehrpensum gehörte auch, daß er uns sagte, wie man einen Brief an den Schulrat adressiert, mit »bez.« und »betr.« und um Gottes willen nicht »Lieber Herr Schulrat« schreiben. Jeder Schulrat habe irgendeinen Spleen. Wenn man den kenne, dann stelle man sich eben drauf ein.
Ob es eigentlich statthaft sei, Käsebrote mit in die Schule zu bringen, wurde gefragt, worauf Enkelsohn sehr ernsthaft einging, und zwar mit »...ich würde sagen«.
Mit Enkelsohn besichtigten wir auch die Universitätsbibliothek, die wir als PH-Studenten durchaus benutzen durften. Wie eine Herde Kühe trampelten wir durch die Lesesäle, von den schmalköpfigen ernsten Juristen, den bebrillten Theologen und den edlen Medizinern mißbilligend beäugt. Das sind wohl diese zukünftigen Steißtrommler, dachten die, widerwärtig und ekelhaft.

Der Theologe hieß Klatt und hatte den Vornamen »Dietrich«, was sich für ihn als Theologen in der Abkürzung ganz angenehm ausnahm: »Prof. Dr. D. Klatt«. Er legte Wert darauf, nicht für fromm gehalten zu werden und kleidete sich wie ein Gentleman: Die Entmythologisierung war sein Rettungsanker, Bultmann und Gogarten seine Kronzeugen. Daß die Evangelien erst hundert Jahre nach Christus entstanden seien, das sagte er, und wir sollten uns mal vorstellen, was in hundert Jahren von Hitler erzählt werden würde, wenn's keine Bücher, kein Kino und kein Radio gäb'. Ob der Nazarener überhaupt gelebt habe, sei fraglich – er für sein Teil meine allerdings, von der ungeheuren Wirkung auf eine Ursache schließen zu können.
(»Nach Chri*stus*« heiße es oder: »Nach Chri*sti* Geburt.«)
Dann zerrte er Stellen hervor, die einander widersprachen:

und: »Auf daß erfüllet werde die Schrift«, das sei verdächtig, das röche geradezu nach Zurichtung für den Hausgebrauch. Seine Vorlesungen waren gut besucht, und nicht nur von Mädchen mit »Bekenntniszwiebel«. Diese unsagbare Wehmut in seinem Blick bei äußerster Eleganz des Auftretens, sicherte ihm stets ein volles Auditorium. Manchmal predigte er sogar in der Universitätskirche, und da kamen dann sogar richtige Studenten von der Universität, und das wollte schon was heißen.

Die rotbäckige Biologin – Joghurt, Obstsäfte und Salat, von allerwelt *die* Cusius genannt, begann ihre Belehrungen damit, daß sie die Studentinnen beruhigte: Der Mann habe genau so viele Rippen wie die Frau. Sie sprach von »Kindchenschema« und verteilte Referate: »Pflanzen am Rain«, so hieß meines, und es war ganz unnötig, daß sie das so aussprach, wie's geschrieben wird, den Ra-in, den kannte ich noch aus Kindertagen.

WAS BLÜHT DENN DA?

das war in Mecklenburg gewesen, dreihundert Kilometer nordöstlich.

Daß das Altern bereits mit der Geburt beginnt, sagte sie, und was die Didaktik angeht, da sollten wir uns einfach vorstellen, was ein Schäferhund wohl wollen würde, daß wir von ihm wissen sollten. Jeden Montag stellte sie drei Pflanzen in einem Weckglas aus. Wenn wir nur jede Woche drei Pflanzen lernten, dann wären wir zu Ende des Studiums perfekte Biologen! In einem ausgebauten Wintergarten der Hochschulvilla war ihr Standquartier, dort hatte sie einen künstlichen Ameisenhaufen installiert, mit Glasplatte zum Reinschauen. Wo die Ameisen ihren Friedhof haben war da zu sehen, die Vorratskammern und die Kinderzimmer. Von nebenan rieselte Wunderlichs Konsum-Askese durch die Tür. Irgendwann würde man mal einfließen lassen, daß die Blutkörperchen des Menschen aneinandergereiht, dreimal um den Erdball sich herumlegen ließen oder zwölfmal, irgendwie, und die Sache mit der Verdauung, daß die im Mund bereits beginnt und der

Magen ist wie ein hölzerner Ofen, in dem man Holz verbrennt... Das würde seinen Eindruck nicht verfehlen!

Beim Einschreiben ins Historische Seminar wurde mein Vordermann von dem schon ziemlich alten, sehr hageren Professor Großkurth mit auf- und abhüpfendem Adamsapfel gefragt, woher sein Name komme. »Keine Ahnung!« sagte dieser frech, worauf ihn der Professor mit seinen milchigen Augen bös-milde musterte: »Sie wissen nicht, woher Ihr Name kommt? Und Sie wollen *Geschichte* studieren?« Und alle Studenten, die da so ums Pult herumstanden, wunderten sich über soviel Unverfrorenheit.
Von mir wollte der Dozent, dessen großadrige Hände Altersflecken aufwiesen, leider nicht wissen, woher mein Name kommt, ich hätte verschiedene Theorien anzubieten gehabt. Statt dessen wurde ich gefragt, ob ich nicht weiß, wer seinen fabrikneuen elektrischen Heizofen kaufen will, der geht nicht an sein Stromnetz anzuschließen, die Drähte seien irgendwie zu dick oder zu dünn, da knallten dauernd die Sicherungen durch.
Die Darbietungen dieses Mannes, für den alle Studenten männlichen Geschlechts Luft waren, der in der Hochschule gern seine Vorkriegsknickerbocker auftrug, die er im Krieg wegen des Uniformtragens geschont hatte, waren äußerst langweilig, sie kamen auch irgendwie nicht recht vom Fleck. »Das Familienleben sämtlicher Zeiten«, das war sein Steckenpferd: Wie sich die Eheleute vor tausend Jahren morgens »Guten Tag« gesagt haben, das interessierte ihn, und das stand auch in dem Buch, das er uns auf der engbedruckten Literaturliste anempfahl, Großkurth, Adam: »Die Familie«, Braunschweig 1951, ein Buch, von dem bei der Buchhandlung Peppmüller in unaufgebundenem Zustand ein kompakter Haufen existierte. Das Familienleben war sein Thema. Was die jungen Frauen bei der Bleiche gesungen hatten, und daß Schillers Lied von der Glocke gar nicht so verkehrt gewesen sei.
Ein anderes Lieblingsthema war die »Zeitleiste«, eine prakti-

sche Einrichtung für den Unterricht. Was die Zeitleiste anging, so brachte er alte Lesering-Hefte in Stößen mit. Das Semester ging damit hin, daß wir Bilder ausschnitten und in eine solche Zeitleiste zusammenfügten. »Klosterfrau Melissengeist« zum Beispiel, warum nicht diese Reklame ausschneiden und an die Zeitleiste heften unter »Mittelalter«? Warum nicht? Vom steinzeitlichen »Idol«, dieser dicken Frau, fand sich auch ein Foto. Zwei junge Leute, die hämisch darüber lachten, wurden aufgefordert, nach der Stunde mal zu ihm zu kommen.

Im übrigen ziepschte er durch die Zähne, haßte das Wort »indem« und griff sich gern frei dreinschauende Ostfriesenmädchen, um mit ihnen über die *Bleiche* zu sprechen, wie schön das wohl gewesen sei.

In den Vorlesungen von Professor Wunderlich spielte der Name »Pasternak« zeitweilig eine Rolle, er wollte wissen, »Dr. Schiwago«, wer dieses Buch »ge«-lesen habe: »Hand hoch!« Sich melden war in diesem Fall gefährlich, dann fragte er einen womöglich, was da drin steht, sich *nicht* melden, war auch gefährlich, weil man sich damit unter die Ignoranten gestellt hätte, die sich um gar nichts kümmern in heutiger Zeit.

»Die ganze Welt zittert um diesen Mann!« rief Wunderlich mit umglippender Stimme, und die hier versammelten jungen Menschen, denen das Schicksal der deutschen Jugend »an«-vertraut sein würde eines Tages, die kümmerten sich einen Dreck darum.

Ob es hier regnet, fragte er sodann, oder warum der Student da vorn einen Regenschirm mit hat? Einen Schirm zu tragen, wär' für den Mann eine Niederlage. – Dieses beides, Regenschirm mitbringen und Pasternak nicht gelesen haben, das brachte uns allesamt ziemlich in Verschiß. Als dann aber einer irgendwann bei irgendeiner Gelegenheit anbrachte – ganz regulär mit: »Ich würde sagen« und schräg an die Decke schielendem Blick –, der Ball sei deshalb das vollkommenste Spielzeug, weil das »All« in dem Worte »Ball« enthalten sei, ging Professor Wunderlich mit ausgreifendem Schritt ans Fenster, öffnete es und sah eine Weile still hinaus. Draußen die Glocke des Milchmannes, und dann der Professor: Was wir hier »ge«-hört hätten soeben, sagte er mit kämpfenden Gesichtszügen, also das sei... Und er verzieh uns alles. Es gab wieder Hoffnung, noch nicht war Hopfen verloren und Malz an der deutschen Jugend, das war offensichtlich.

Ab und zu ließ er sich von jemanden nach Hause begleiten. Ernsthafte Menschen waren das, großgewachsene Jünglinge oder reine Mädchen, blond mit blauen Augen. Auch mich ereilte das Schicksal, obwohl ich das durch Zurückbleiben zu verhindern suchte. Zu groß war die Gefahr, durch ein falsches Wort in ewige Abgründe zu stürzen.
Mir blieb nichts weiter übrig, als neben ihm herzutrotten, wie er da im »Hermann-Nohl-Gedächtnisschritt« durch die Straßen stürmte und Umwege machte. Den Hainberg hinauf, hinunter, an Tennisplätzen vorüber und um die Landwirtschaftliche Versuchsstation herum. Die Menschen, die uns unterwegs begegneten, merkten gleich: Hier ist was im Busch! Hier geht ein Wissender mit einem Unwissenden spazieren, wir brauchen uns keine Sorgen machen, für die deutsche Zukunft ist gesorgt!
Manches war in der Tat zu erfahren von diesem Mann. Daß Rousseau im Grunde ein unguter Mensch gewesen sei, zum Beispiel, und daß Pestalozzi selbst sehr schlecht unterrichtet habe, geschrien und getobt! Und voll der wunderlichsten Ansichten. Die Zöglinge, so habe Pestalozzi gesagt, dürfe man nicht in den Wald lassen, weil die Bäume darin so unsystematisch durcheinanderstünden.
Die Kinder auf dem mit Rutsche und Katzenklo ordnungsgemäß versehenen städtischen Spielplatz bezeichnete er als »Spielbeamte« – ein Klettergerüst in Form eines Elefanten! –, und sehr ärgerte er sich über einen jungen Mann, der auf dem Fahrrad freihändig vorüberfuhr und eine Bachsche Fuge pfiff.
»Herr Sanders öffnet seinen Schallplattenschrank, nicht?«

Als der Name »Fröbel« fiel, konnte ich einhaken. Fröbelscher Geist war mir schon in frühesten Kindertagen eingehaucht worden, denn meine Mutter hatte einen Fröbelkittel angehabt, als sie mich wickelte. Davon erzählte ich ihm nun und von dem Spielzeug, den Walzen und Kegeln aus Buchenholz, mit denen sie uns dann und wann gekommen war. Das interessierte Wunderlich, und er fragte mich, ob ich meinte, daß in meinem heutigen Denken noch Spuren jener frühen Beschäftigung mit Kugel, Kegel und Walze zu finden seien? Er meine, bei der Bewältigung geistiger Probleme?

17

Göttingen, das war eine Stadt, als wenn nichts gewesen wäre, eine Stadt, so wie man sie in älteren Fotobänden abgebildet sieht, in Brauntönen, Fachwerkgassen im Gegenlicht. »Aus deutschen Landen«, so etwa heißen Fotobände, in denen solche Städte abgebildet sind, mit Rollwagen auf der Straße, einem Eisverkäufer und Kindern, die im Rinnstein sitzen.
Sogenannte »Alte Herren«, wenn die nach Jahrzehnten mit ihrer Familie anreisten, um der Ehefrau und den Kindern eigne Erinnerungen aus der Zeit des Studiums zugänglich zu machen, die wiesen meistens zuerst auf das Gänseliesel, eine reizende, kunsthistorisch freilich bedeutungslose Brunnenfigur auf dem Marktplatz: diese Figur hatten die Familienväter, so dick sie jetzt auch sein mochten, in jungen Jahren geküßt, nach Erreichung des Doktorgrades, zum Dank, daß alles gut geklappt hat.
Das Gänseliesel wurde immer wieder fotografiert, sowie das alte Rathaus mit der zweitürmigen Johanniskirche dahinter, der eine Turm der Kirchengemeinde gehörend mit Glocken, der andere Eigentum der Stadt. Früher war dieser zweite Turm als Beobachtungsturm verwendet worden, nahende Feinde auszumachen oder Feuersbrünste, heute enthielt er eine Studentenbude, deren Bewohner es sich sehr überlegen mußten, ob sie noch Zigaretten brauchten, bevor sie wieder in ihr Domizil hinaufstiegen.
Nein, die Alten Herren wurden nicht enttäuscht, wenn sie nach Jahrzehnten zum Schauplatz früherer Lustbarkeiten und Erfolge zurückkehrten, und die liebe Familie hatte auch was davon, wo sah man denn sonst noch eine Stadt, die so unversehrt ihr altertümliches Aussehen bewahrt hatte? Der stille Hof der Commende, »verträumt« zu nennen, die uralten, sich vorbauchenden Fachwerkhäuser mit allerlei Schnitzereien, das weiße Treppenhaus im kunsthistorischen Seminar?

Dies mußte anders werden, das sahen die Stadtväter ein. Pro Jahr rückten sie deshalb mit ihrer zurückgebliebenen Stadt zehn Jahre vor. Die Straßen fraßen sich den Hainberg hinauf, was ja noch ging, weil es einigermaßen ansehnliche Häuser mit großzügigen Gärten waren, die hier gebaut wurden.

Aber daß sie das Gänseliesel mal auf die linke und mal auf die rechte Marktseite rückten, das war schon bedenklicher. Auch sonst hatten sie zwischendurch immer irgendetwas auf dem Kieker: Dieses Haus da, ist das denn wirklich so schön? Können wir das probeweise nicht mal eben kurz abreißen? Wo soll denn die neue Coca-Cola-Fabrik hin? Ob ihnen das mal einer erklären kann? Da muß man leider ein bißchen frische Luft schaffen, es wird aber auch eine *schöne* Fabrik, mit Glaswänden zur Straße hin, damit die Passanten all' die vielen Flaschen anruckeln sehen können, wie sie gefüllt werden, eine nach der andern zugekorkt, umgeworfen und etikettiert. Einblicke lassen sich dadurch gewinnen in Produktionsprozesse: einleuchtend und auch an Schulprobleme erinnernd, wo die Dinge der Bildung leider nicht so leicht zu lösen sind wie beim Füllen von Flaschen.

Vor solchen städtebaulichen Eingriffen, mutwillig und unberechenbar, war man Am Bachgraben sicher. Da blühten die Tränenden Herzen wie eh und je, da kam der Milchmann mit Glocke morgens gegen halb neun, und die hinter Büschen und halbhohem Gehölz verborgenen Baracken, die im I. und II. Weltkrieg Kriegsgefangene beherbergt hatten, und jetzt Menschen der geringeren Einkommensklassen, die konnten getrost so bleiben, die störten niemanden, im Gegenteil. Die Leute, die da jetzt wohnten, Flüchtlinge und von der Ungunst des Schicksals arg Gebeutelte, hielten wenigstens auf Sauberkeit, die putzten ihre Mopeds und verhielten sich still, denen konnte niemand was nachsagen. Aber der Baum, viertes Haus von rechts, dieses Riesending, hatte der sich nicht schon wieder zwei Zentimeter weiter über die Straße geneigt? – Das konnte nicht geduldet werden. Da mußten städtische Arbeiter kommen, mit Overall und Helm und absägen das Ding, erst die Zweige, dann die Äste, und schließlich hörte man es krachen. So ist es ja nicht, daß wir die Dinge treiben lassen: Was sein muß, muß sein. Auch dem Bach, der so unschuldig dahinstrudelte, ging's an den Kragen, dem gab man ein neues Bett aus wundervollen Betonplatten, und auf dem unteren Ende der Straße wurde er sogar zugedeckt, damit keine Kinder hineintreten oder Betrunkene und nasse Füße bekommen, eventuell.

In meinem Zimmer stand ein großer Eßtisch mit ewiger, brokatähnlicher Decke. Auf dem Tisch ein Bild meines Vaters, die Bleistiftschale und der Aschenbecher. Mal rückte ich den Tisch ans Fenster, dann wieder in die Mitte des Zimmers oder anderswohin, und jedesmal war es besser so. Hier, auf dem Tisch, lag auch das kleine Notizbuch mit der Menschenbilanz: Abzulehnende, hassenswerte oder freundliche Charaktere, die es zu pflegen galt, weil Aussicht bestand, daß mit ihnen noch etwas zu erleben sei, die Geigerin Rita, die blonde Helga und: Buß' und Reu', das Fräulein Hartlieb, der würde man bald mal wieder schreiben müssen.
Morgens wurde ich von pfeifenden Vögeln geweckt. Ich stand fröhlich auf und rasierte mich singend. Dann zum Bäcker gehen, links um die Ecke, und Brötchen holen, nicht rechts um die Ecke, wie mir die Nebelungs eingeschärft hatten, weil der Bäcker dort Katholik war, und die Katholiken machten das doch genauso! Die kauften doch nur bei ihren Leuten!
Beim evangelischen Kaufmann zwei Tuben Nescafé kaufen, Butter, wenn nötig, und Johannisbeergelee: Die Straßen unter den Linden noch naßkühl und das Gekreische vom nahen Lyzeum. Frauen, die im Morgenrock ihren Mopp aus dem Fenster beutelten.
Wenn ich zurückkam – frische Brötchen mit Johannisbeergelee: Das ist schon acht Jahre Zuchthaus wert –, war bereits der Briefträger dagewesen. »Mein guter Junge! Ob du mir wohl mal deine Akten schickst? Herr Cornelli will sich darum kümmern...« Briefe von zuhause und Briefe von Ehemaligen: »... Fritze Günzelmann ist jetzt in Bonn, der will da mal

aufräumen, daß die aufwachen da, die Schlafmützen...« Einmal pro Monat auch ein Brief von Robert aus dem Gefängnis. Daß es ihm gutgeht, und ich soll das Leben schön genießen: »Wi hollet ut!«

Der Ruhrbergbau hat endlich eingesehen,
daß dem Heizöl eine ständig wachsende
Bedeutung im Brennstoffgeschäft zukommt.

Auch die Zeitung der Nebelungs fand sich auf dem Tisch nebst dem Mietenbuch »plus 3.54 DM an Strom«. Die Miete robbte sich jeden Monat mit Wäsche-, Strom- und Wassergeld an fünfzig Mark heran, aber das war ganz in Ordnung so.

Wenn ich in Ruhe gefrühstückt hatte, kam die Zeitung an die Reihe. In der Zeitung las ich am liebsten »Buntes aus aller Welt« und natürlich die Kino-Anzeigen: »Die Fischerin vom Bodensee«. Vorn die Politik war nicht so interessant. Daß die da drüben wieder ihren Plan nicht erfüllten und mehr Strom sparen sollen: »Wattfraß«, was für ein Wort! Da war »Kohlenklau« bei den Nazis doch origineller gewesen.
Erbitternd war es, daß die bundesdeutsche Fregatte Sowieso in La Rochelle mit Pfiffen begrüßt worden war und daß man zum Treffen der Résistancen aus aller Welt *deutsche* Widerstandskämpfer nicht zugelassen hatte. Das war erbitternd.
Falls sich die Deutschen in der Zone wieder mal erheben würden, so stand da auch zu lesen, das war auf einer Graphik erläutert, erheben gegen das ihnen aufgezwungene Regime, dann würden lediglich die Engländer helfen: die andern Nationen nicht.
Die Erschleichung von Wiedergutmachungsgeldern durch Juden war auch ganz interessant. Weniger, daß die das taten, hin und wieder sich Geld erschleichen: das war menschlich verständlich. Eher, daß der Schlendrian in den deutschen Amtsstuben zunahm, daß die gar nicht richtig hinguckten, wenn ein Antrag kommt: das war erbitternd. Bei diesen Menschen so großzügig und bei einem selbst, wegen eines einzigen winzigen »ja« gleich eine derartige Genauigkeit?

Nach dem Frühstück schwang ich mich auf mein Fahrrad, für zehn Mark alt gekauft, ziemlich verrostet, ohne Licht und ohne Klingel, dafür mit Dorn zum Hintenaufsteigen. Ich fuhr zur Hochschule den Friedländer Weg entlang, an einem alten verwitterten Gartentor vorüber, das zur Göttinger Sternwarte gehörte, einst die modernste der Welt, und auch an einem Weg vorbei, von dem es hieß, Hölty sei ihn oft gegangen. Immer rechtzeitig fuhr ich los, damit ich die Pause im Lyzeum noch mitkriegte. Vorher schon, auf der Straße, da waren sie zu sehen, die jungen Menschen weiblichen Geschlechts, in bunten Glockenröcken, vom Sommerwind gebauscht, zu zweit und zu dritt oder auf dem Rad mich überholend, und auf dem Schulhof dann in Grüppchen... Mit sowas würde man es später mal zu tun kriegen, als Lehrer. Eigentlich nicht übel.

Bei Professor Wunderlich mußte man pünktlich kommen, damit man sich weit nach hinten setzen konnte: da brauchte man dann nicht dauernd zu nicken, und beim Referateverteilen konnte man sich ducken.
In der vordersten Reihe saßen Studenten, die irgendwie weiter waren als man selbst. Ältere Semester, die immer noch zu Wunderlich gingen aus Anhänglichkeit oder im Hinblick auf das sich nähernde Examen, junge Menschen, die das Höhlengleichnis von Platon kannten und inzwischen auch über die Sprachlehrmethode des Ratichius, die Rekreationsübungen Franckes und das Rauhe Haus von Wichern hinlänglich im Bilde waren. Junge aufstrebende Leute waren das, die aus der Geschichte der Pädagogik den Faden herauszufingern wußten, den es in Zukunft wiederaufzunehmen gälte, Tradition mit Fortschritt zu verbinden, Menschen, die alles besser machen wollten als die Generation der Väter und gleichzeitig doch irgendwie genauso.
Ihnen zur Seite saßen drei Herren von der Waffen-SS, mit Glasauge und eisernem Arm, ewig lange in Gefangenschaft gewesen, nicht weniger voll guter Absichten, solange es sich mit dem deckte, was sie aus ihrer Erfahrung belegen konnten, und: Freiheiten sind für Menschen, die an Disziplin gewohnt

sind, auch mal ganz schön. In der zweiten Reihe saßen blonde Mädchen mit zum Knoten gewundenen schweren Flechten und mit Augen klar wie lauteres Wasser. Sie gehörten zu den Auserwählten, die einmal pro Jahr zu fortgeschrittener Jahreszeit mit Wunderlich nach Sylt aufbrachen, um dort ihren herrlichen Körper dem Sand, der Sonne und den Wellen auszusetzen. Wellen, Sand und Sonne freuten sich schon das ganze Jahr darauf.

Die Leutchen in den ersten Reihen meldeten sich ab und an zu Wort. Sie sprachen von der schlechthinnigen Alssolchheit – »ich würde sagen!« – und von der Ehrfurcht als oberster Leitidee der Erziehung.
Wunderlich ging dann ans Fenster und sah eine Weile hinaus mit kämpfenden Gesichtszügen: Hier hatte wieder einmal ein junger Mensch »ge«-zeigt, daß er der ehernen Vergangenheit des Geistes würdig ist, ein Mensch, der sich Rechenschaft abgelegt hat von dreitausend Jahren Geschichte! Der würde den Faden aufnehmen, den von Ratichius herrührenden oder von Pestalozzi, diesem trotz mancher Eigentümlichkeit doch so wunderbaren Menschen, und hineinwirken in das lebendige Gespinst erziehlicher Bemühungen. Wer weiß, vielleicht säße gar ein neuer Kerschensteiner hier zu seinen Füßen?
Sachlichkeit sei dasselbe wie Sittlichkeit, das war die Ansicht von Wunderlich, und das sagte er ab und zu, und mit den Worten »Verwirklichung« und »Verwerklichung« spielte er gern. Menschen könnten sich am besten verwirklichen, wenn sie sich verwerklichten, und dies wär' am ehesten möglich durch Sachlichkeit, womit sittlich einwandfreies Verhalten automatisch »ge«-geben wär'. Ein Segen, daß dann und wann auch mal die Wörter »Ganzheit« und »Selbsttätigkeit« vorkamen in seiner Rede. »Ganzheit«? Sowas konnte man verstehn, da hatte man doch wenigstens was zum Orientieren.
Gelegentlich, aber nur selten, streute er Anekdoten ein in seinen Vortrag, so wußte er zu erzählen, daß Gustav Adolf mit seinen Offizieren gern »Blindekuh« gespielt habe.

Einmal sagte Wunderlich, seitdem die Menschen nicht mehr badeten, um sauber zu werden, sondern um sich zu aalen, gehe es mit der Welt bergab. Das war auch zu kapieren, wenn auch nicht in letzter Konsequenz.

Bei Wunderlich hatte man am allerersten Tag schon Angst vor dem Examen; besonders dann, wenn er viel von einem hielt. Als Nieselpriem rutschte man so mit durch. Da war man abgeschrieben, was »drei« bedeutete und unter »Vertrauen« segelte: Wem man so human entgegenträte, so dachte Wunderlich vielleicht, der würde dadurch möglicherweise zum Stutzen zu bringen sein und das Vertrauen in sich wirkmächtig werden lassen, das man ihm hier entgegenbringt, der würde Fertigkeiten und Fähigkeiten erwerben, die der deutschen Jugend dann bei ihrer »Sittigung« zugute kämen.
In den hinteren Reihen das kleinere Gehutsch, ohne Schlips die Jungen, mit Pferdeschwanz statt Dutt die Mädchen, das ließ sich nicht einschüchtern, das tauschte sogar bei Wunderlich Zettel aus und tuschelte.
Die Mädchen trugen nach der neuesten Mode ihren Pulli verkehrtrum, mit den Knöpfen nach hinten also, dazu Holzlatschen statt normaler Schuhe. Und eine von ihnen besaß sogar ein Moped!

In Psychologie belegte ich bei Fräulein Holzammer das Einführungsseminar.
»Ich studiere jetzt Psychologie, liebe Mutter.«
Zu Fräulein Holzammer gingen die meisten, weil sie so freundlich aussah mit ihrem schwarzen Bubikopf, die Schläfenlocke zu einer Sechs gekämmt. Ihr Kollege, der Professor Plaaten war nicht so beliebt, der sei »scharf«, hieß es, scharf und gleichzeitig chaotisch.
Fräulein Holzammer war in der Tat freundlich. Ich sei ja schon ein alter Bekannter, sagte sie zu mir, weil sie mir damals das Haus gezeigt hatte. Ob wir alle gut säßen, fragte sie uns, und hier sei noch ein Stuhl frei, hier vorn, und das Protokoll ließen wir heute einfach mal weg. Nun die Literaturangaben:

»Bitte mitschreiben!« Remplein, Hansen und Spranger, »Die Mutter als Schicksal« und »Bubis erste Kindheit«, Erscheinungsort und Jahr. Dann den alten Psychologenwitz schnell erzählen, »wie geht's mir? – Ihnen geht's gut« – die Stimmung etwas auflockern also.
Die Wörter »psychisch« und »physisch« kamen häufiger vor in ihren Ausführungen, und zwar meistens unmittelbar hintereinander, daß *beides* gesund sein müsse, und: Kinder seien gutartig, wenn man gutartig ist zu ihnen, und: Niemals lügen in ihrer Gegenwart! »Wenn Oma anruft, dann sag', daß ich nicht da bin«, solche Sachen. Um Gottes willen. Da muß man sich nicht wundern, wenn diese Kinder später völlig entarten. Schließlich hieß es: »Zettel raus! Jeder beschreibt ein Kind von acht Jahren.«
Kinder von acht Jahren sind entweder nett oder nicht nett, nicht wahr? Stotternde Achtjährige gibt es, und in Wuppertal hat mal einer seine kleine Schwester erwürgt. Kann sein, daß der aber schon neun war oder erst sieben, als er das tat. So ungefähr.
Unser Versagen bei dieser Aufgabe wurde geradezu erwartet: Der Test mit dem Beschreiben von Achtjährigen diente lediglich dazu, daß wir lernten: nescimus, wir wissen nichts. Damit wir ein für allemal Grund in die Sache bekämen, stellten wir sodann unter Anleitung des Fräuleins lange Listen zusammen, in die wir alles ganz genau eintrugen: Kognitive Regungen, Gefühlsregungen und praktische Regungen der Kinder in ihren verschiedenen Lebensaltern, und zwar in den jeweiligen vitalseelischen, endothymen und personellen Schichten. Äußerst praktisch sei das, wurde uns gesagt: Wenn wir künftig mal einem Kinde begegneten, dann brauchten wir bloß in der Liste nachzuschlagen, dann wüßten wir genau Bescheid.

Frohgemut gingen die Studenten nach Haus: Jetzt war man endlich mal auf einem Gebiet vollständig orientalisiert! Mit: »Ich würde sagen« und dieser schönen Liste würde man die Kurve kriegen. Nun schwamm man nicht mehr so, nun hatte man was zum »be«-greifen, wie auch Fräulein Holzammer es sehr richtig ausgedrückt hatte und zwar psychisch und physisch.

Auch die verschiedensten Tests lernten wir kennen. Rohrschach, sehr hübsch, die Sache mit den Klecksen, der Welttest, bei dem man mit kleinen Häusern, Zäunen und Bäumen ein Dorf bauen kann und den Baumtest, ob ein Kind Äpfel in den Baum malt oder ob in der Zeichnung abgesägte Äste vorkommen, was natürlich gut, beziehungsweise sehr bedenklich ist.
Was den Rohrschach-Test betraf, das war ganz praktisch: Wenn man mal wieder im Gefängnis landet und da getestet wird, dann weiß man wenigstens, wie man sich verhalten muß: »Oh! Die schönen Farben!« sagen, wenn man für besonders intelligent gehalten werden will, und: Die Zwischenräume zwischen den Klecksen als Bild ausdeuten, wenn das Gegenteil anzustreben ist. Wenn man das tut, die Zwischenräume der Kleckse ausdeutet, dann stecken sie einen gleich ins Irrenhaus.

Ich ging dann doch mal zur Konkurrenz, in eine Vorlesung von Professor Klaasen also – die drei Herren von der Waffen-SS hatten mir das empfohlen – einem äußerst schlampigen Menschen, verrutschte Krawatte, und über seinem Gürtel war der Bund der langen Unterhose sichtbar. Ständig schleppte er große Büchertaschen mit sich herum, und fettige Haarsträhnen hingen ihm ins Gesicht: Dazu ein Weiberfeind. Wenn für Professor Großkurth die männlichen Studenten Luft waren, so waren es für ihn die weiblichen.
Jede seiner Vorlesungen war monographisch einem Teilaspekt der Psychologie gewidmet, der Langeweile beispielshalber, die er definierte als »ziellose Strebung«, man *wolle* was tun, wisse aber nicht *was*. Wir hätten sie den Benediktinern zu verdanken, mit ihrem ora et labora, immer was zu tun haben, unsere Mütter, dies blödsinnige Stricken und Häkeln, hier 'n Deckchen, da 'n Deckchen.
»Des Menschen Grille ist sein Himmelreich ...«

Im Morgenland kenne man das nicht, Langeweile: Da wisse man noch, was Muße sei.
Interessant war es, was er über die Pedanterie sagte; mit Behagen verbreitete er sich über die geschlechtsspezifischen Varianten der Pedanterie, obwohl sie doch – hähä – angeblich beim Weibe nicht vorkomme: Der Hausfrauenkoller zum Beispiel, auch »Putzwut« oder »Scheuerteufel« genannt, der sich nicht nur im Saubermachen erschöpfe, sondern auch im Umstellen von Möbeln, Umräumen von Schubladen usw., so daß am Schlusse nicht mehr die Ordnung der Dinge wegen, sondern die Dinge (einschließlich Ehemann und Kinder) der Ordnung wegen da seien.
Dann kam er schnell und mit noch größerem Behagen auf völkercharakterologische Varianten der Pedanterie zu sprechen, was den Herren von der Waffen-SS Freude bereitete. Die Deutschen – hähä – denen sage man ja sehr pauschalisierend Pedanterie nach, alle Deutschen sind Pedanten, nicht wahr? Wie aber verhalte es sich denn mit dem schon ans Lächerliche grenzenden Sauberkeitsbedürfnis der Holländer? (»Sehr wahr!«) Die wüschen ja sogar ihre Häuser von außen ab? Oder die Franzosen, bei denen jedes Überschreiten der »Regel«, der »Mitte« und des »Maßes« degoutiert würde, man denke nur an die Reglementierung ihrer Sprache! (»Eben!«) Oder die puritanische Pedanterie der Angelsachsen? Wie verhalte es sich damit? – Und ehe man sich's versah, war er wieder beim Putzteufel angelangt und hinterher war zu erfahren, daß ihm seine Frau schon in jungen Jahren fortgelaufen war.
»Pistazien und nicht weiter«, so sagte er zum Schluß, packte seine Büchertaschen zusammen und schwamm im Strom der aufgeräumten Jugend hinaus.

Angenehm waren die Stunden beim Kunstprofessor Schmidtchen. Der trug Tennisschuhe und einen Rollkragenpullover: So'n bißchen hier fummeln, so'n bißchen da fummeln und: das kriegen wir schon. »Schema-Sonnen? Warum nicht?«
Von Schmidtchen ging die Rede, daß er früher ein passabler Maler gewesen sei, in der Kunstgeschichte von Sixtus Gräwe

sei sogar eines seiner Bilder abgedruckt: Große Kunstausstellung in Liegnitz 1931: Niemand hatte es je gesehen. »Bescheuert«, dieses Wort kam öfter vor in seinen Vorlesungen. Und der schöne Spruch:

Der Lehrer in der Schule,
der Richter auf dem Stuhle,
der Maler vor der Leinwand –
vertragen keinen Einwand.

Von der beschleunigten Perspektive der Renaissance sprach er, und Raffael, das sei ein süßer Typ gewesen. Daß der Mailänder Dom ein »Nadelkissen«, sei, und die Gotik? Gotik, das sei: Pinkelpötte aus dem Fenster gießen, jawoll!

Zwischendurch beschimpfte er Koryphäen, von denen wir noch nie was gehört hatten, »Verlust der Mitte«, dieses Buch, auf das hatte er es abgesehen, und dann haute er Definitionen heraus, die das Auditorium von seiner Autorität überzeugten: »Kunst ist Stil.« Solche Sachen. Und daß das Wort Barock von »Barucca« kommt, was »schiefrunde Perle« bedeutet.

Zwei Holzpferdchen hielt er in die Höhe, eins aus Oberammergau, mit wilder Mähne und Schweif, und ein armseliges, das aus einem Stück Besenstiel bestand, mit vier Stöckchen als Beine. Welches besser sei, fragte er, worauf ein Fortgeschrittener mit »ich würde sagen« und ziemlich ohne weiteres auf das primitive zeigte, das sei *natürlich* besser, was die Mitstudentinnen zu Kopfschütteln veranlaßte, den Kunstprofessor jedoch zum Nicken. Das Pferdhafte komme bei dem Besenstiel besser heraus, es sei doch absolut bescheuert, die Natur nachahmen zu wollen bis hin zur quasi Verdoppelung! Wir sollten das Besenstiel-Pferdchen mal in die Hand nehmen, dann würden wir es schon »be«-greifen...

Hinfort, das wurde klar, würde jener kundige Student dort drüben, der so ohne weiteres auf das Besenstielpferd gewiesen hatte, daß das *natürlich* besser sei, bei Schmidtchen einen Stein im Brett haben.

Manchmal begann Schmidtchen seine Vorlesungen mit einem Lichtbild, und das blieb die ganze Stunde über angeschaltet, und er sprach dann wie ein Katarakt, kam vom

Hundertsten ins Tausendste: Ideenflucht. Und wenn die Leute lachten, dann zog er aus allen Ecken noch mehr abstruses Zeug hervor, daß die immer noch mehr lachten.
Schließlich warf das Lichtbild, über das er hatte sprechen wollen, Blasen und verschmorte unter dem Beifall der Studenten. Die Serie, der es entnommen worden war, die war für immer hin.

Wenn man bei ihm ein Seminar belegt hatte, dann hatte man es gut. An sich brauchte man da gar nicht zu erscheinen: »Noch jemand 'n Testat?« Erst wurde ordentlich Kaffee gekocht, und dann wurde Packpapier an die Wände gepinnt. Mit Quasten voll Farbe durfte man sich »freimalen«, blau, grün, rot, alles durcheinander, ganz egal wie, einfach ranklatschen, das wurde hoch bewertet: rhythmisch sei das einwandfrei und von der Komposition her überzeugend.
An der Kaffeemaschine kam es manchmal zu Diskussionen. Ob Fotografie Kunst sei, beispielsweise, doch wohl nicht, nicht? Fotografieren, das könnte ja jeder, und das Seelenlose an der Sache wurde hervorgehoben. Andererseits: Baumstämme im Wasser fotografiert oder Zäune unterm Schnee? Direkt graphisch, diese harten Strukturen ...
Vom Pädagogen Wunderlich wurde Schmidtchen wegen dessen falsch verstandener Partnerschaft verachtet. Die Studenten zu duzen!? Eine solche Anbiederung hieße ja die Dinge auf den Kopf stellen! Das mußte sich rächen eines Tages! – Das Duzen kam jedoch nicht sehr oft vor, denn Schmidtchen erschien recht selten. Wenn er sich wirklich mal sehen ließ, dann saß er in seinem Käfterchen und brummelte so vor sich hin. Nur gelegentlich mischte er sich unters Volk, und dann zählte er auf, was wir alles Schönes machen könnten in seinem Seminar, wenn wir nur ein bißchen mehr Zeit hätten. Zu bescheuert wär' das! Gern würde er uns zum Beispiel eine Literaturliste zusammenstellen, damit wir uns selbst ein Bild machen könnten, aber ihm helfe ja keiner! Und dann ging die Stunde damit hin, daß er Colloquien plante, die nie zustande kamen.

Das Fach »Musik« wurde von zwei Dozenten erteilt, Jadebusch und Jäckel, die stets gemeinsam anwesend waren, der eine mehr im Vordergrund, der andere weiter hinten. Daß man Rhythmus mit zwei »h« schreibt, wurde uns mitgeteilt, und daß die beiden noch nie was von Adorno gelesen hatten, war rasch zu merken.
Fröhlichkeit auf Deubel komm raus war bei diesen Herren gefordert, beim Volkstanz zum Beispiel, draußen auf dem Rasen: aufstampfen mit dem Fuß und mit dem Finger drohen.

Gah von mi,
gah von mi,
ick mag di nich sehn!

Komm tau mi,
komm tau mi,
ick bin so alleen.

Manchmal mußte man sich in einen spannenlangen Hansel verwandeln und manchmal in eine nudeldicke Dirn, je nachdem. Ab und zu wurde einem jedoch auch gestattet, als wilder Schwan durch die Gegend zu segeln, während oben, aus dem Dachfenster heraus, Schmidtchen uns zulächelte mit mildem Gesicht. Leider passierte es immer wieder, daß gewissenlose Menschen sich schubsten oder gar übereinander hinfielen, was mit sofortigem Abbruch der Schifferklaviermusik geahndet wurde und mit stierem Anblicken. Das war nicht die Fröhlichkeit, die hier gefordert war! Wenn es die Herrschaften nicht vertragen können, daß man hier mit ihnen locker umgeht, dann wird man eben andere Seiten aufziehen, und zwar ziemlich plötzlich!

Bei Regen wurde das fröhliche Tun nach drinnen verlagert. Hier wurden Literaturlisten ausgegeben – Grete Hahn, »Lied und Spiel« – und dann herrschte das Musikantische vor.

Freunde, laßt uns fröhlich loben,
uns're schöne helle Welt...

Die Saftströme des Ursprungs wurden abgehört in frischem, fröhlichem Volksliedgut, im Kreis sitzend natürlich, von Jadebusch oder Jäckel je nach Tonhöhe mit flacher Hand in die Luft gestanzt, und leicht und locker vor- und nachgesungen. Ich hätte nie gedacht, daß Menschen so schnell singen können. Jäckel nahm jedes Alla breve alla breve! Halbierte das schon Halbierte und schlug nur noch die Eins. Lustig sein! bedeutete das, frisch und lebensfroh! Der ganze Kreis geriet dabei in schwankende, ruckende Bewegungen, das war derartig locker, daß man sich nur wundern konnte.
Ob ich ein rechter Sauertopf sei, ein Griesgram oder Ofenhokker? Gar nicht 'n bißchen locker? wurde ich gefragt, weil ich nicht mitmachte bei diesem Hin- und Hergewiege.

Irgendwie eine zweite Stimme zu Volksliedern improvisieren, aus dem Hut, das lernten wir für den Fall, daß mal kein Liederbuch zur Hand sei, auf einem Ausflug oder in der Jugendherberge, wenn die uns anvertraute braungebrannte Schar erlebnishungrig um ein flackerndes Feuer sich schart.

> ... mag's im Finstern noch so toben,
> wir sind treu dem Tag gesellt.

Als wir ein Lied von Hans Baumann singen mußten, sang ich extra falsch, und zwar so, daß die mich nicht erwischen konnten, obwohl beide Dozenten wie wild um sich guckten.
Alles, was irgendwie »romantisch« war, also aus dem vorigen Jahrhundert kam, das wurde verulkt. Septimen! Ogottogott. Brahms! Zum Lachen. Und Schumann mit seinen Männerchören. Hier, schnell mal Noten von anno dunnemals ausgeben, die Herren der Schöpfung bitte vortreten und einen original Männergesangverein »Halbe Lunge« nachmachen mit allem drum und dran:

> O Thäler weit, o Höhen,
> du schöner grüner Wald ...

Zum Totlachen! Wie bei Turnvater Jahn! Frisch, fromm, fröhlich, frei!
Nein, da war es eine andere Sache, wenn Jadebusch Notenblätter verteilte, mit Musikstücken, die noch nie veröffentlicht

worden waren, aus dem 15. Jahrhundert womöglich. Die hatte er in irgendeinem Archiv gefunden und angeblich heimlich abgeschrieben. So sangen wir mal einen »Churfürstlich Sächsischen Witwen Mummerey Tantz« und ein Stück, das sich nannte: »Der Mohren Aufzugkh«. Wenn man diese Sachen gesungen hatte, dann wußte man, weshalb sie so lange im Schoße des Vergessens geruht hatten.

Immerhin, Jadebusch hatte eine glückliche Idee. Zu seinen Seminaren lud er Volksschullehrer ein, von denen es hieß, sie seien »gestandene« Volksschullehrer, oder forsche Lehrerinnen, »dreißig Jahre jung«, die ausnahmslos mit Doppelnamen versehen waren.

Da gab es einen gutartigen Mann mit Zickenbart und Wildlederjacke, der einen Apfel auf den Zeigestock spießte und ihn zum Notenlernen über die Notenlinien an der Tafel hielt, mal hier, mal da.

Ein anderer hatte es mit Kanons: »Trara, das klingt wie Jagdgesang«: Erst ganz von fern, dann immer näher, also lauter und lauter werdend, und dann allmählich wieder in der Ferne verebbend, wobei der gute Mann zunächst wie der Geist aus der Flasche zu imponierender Größe wuchs und sich sodann wieder ganz klein machte.

Bei einer Frau Doris-Eleonore Tänzer-Wahn, einem Menschenkind mit mimischer Veranlagung, lernten wir ein Regenkonzert veranstalten, ganz ohne Singen, mit den Fingern trappeln und dazu Windgeräusche nachahmen.

Jadebusch und Jäckel, die standen bei sowas gern im Hintergrund, die mimten mit, und zwar den Überraschten: Das hätten wir wohl nicht gedacht, was? So viele tolle Einfälle?

Jadebusch und Jäckel, immer beide zusammen, wobei Jadebusch vielleicht doch als der bedeutendere zu gelten hatte, von dem war nämlich schon eine Platte gepreßt worden: »In Hellen Tagen«, Markus Jadebusch und die Westfälische Singvereinigung Lippstadt.

Jeden Sonnabend, zum Wochenschluß war Offenes Singen. Da feierte das Musikantische Triumphe. »Sur le pont d'Avignon« – ohne dieses Lied ging es nicht und immer wurde dazu gelacht! Was die Franzosen doch für lustige Leutchen sind! Man lachte, um fröhlich zu sein, und wenn man eine Weile gelacht hatte, dann war man es schließlich auch.
Auch Kanons wurden bei dem Wochen-Schluß-Singen gesungen, jeder gegen jeden, wobei auch die Zuhörer mittun durften:

Was müssen das für Bäume sein,
wo die großen E-lé-fanten spazierengehen,
ohne sich zu stoßen.

Auch Wunderlich tat da mit, der mit seiner Frau in der ersten Reihe saß. Der ließ sich das nicht nehmen. Dies Lied, das kannte er doch noch! »Erinnerst du dich, Lieselotte?«

In Bayern wächst der Sauerkohl,
die Welt ist kugelrund.
Es sah ein Knab' ein Rößlein steh'n
von hundertachtzig Pfund.

Und wenn du denkst, du hast ihn schon,
den gold'nen Abendstern,
dann haut er dir mit der Pfanne vorn Bauch.
Das ist der Tag des Herrn.

Das allerdings war ein Lied ... also nein, das ging nun doch zu weit. Sah ein Knab' ein Rößlein stehn' von hundertachtzig Pfund? Das war Verunglimpfung deutschen Kulturgutes.

An den Offenen Singabenden wurde sogar Kunst geboten. So spielte eine Studentin jenes Stück auf dem Klavier, in dem Mozart zum Spaß nur inhaltsleeres Zeug zusammengeschrieben hat. Alles lauschte ergriffen, obwohl die Klavierspielerin durch lebhafte Mimik anzeigte, daß diese Art Musik nicht ganz geheuer sei! – Da war es schon zündender, daß Jadebusch das Lied: »Mein Hut, der hat drei Ecken« in der Manier von zehn verschiedenen Komponisten spielte. »Bach!« riefen die Leute, »Beethoven!« und schließlich sogar »Mendelssohn«, wobei hinterher in den Gängen diskutiert wurde, ob das wohl gegangen sei, sich über Mendelssohn lustig machen? Wo der doch Jude war?

18

In den Freistunden ging ich höchst individualiter zum Merkelpark, von dem ich nie genau wußte, ob er nicht »Schillerwiese« heißt. Hier standen an sorgfältig ausgewählter Stelle Bänke, von denen aus sich das bewundern ließ, was Gärtner vor langer Zeit unter Gartenbaukunst verstanden hatten: Interessante Baumgruppen – mal so und mal so – Blutbuchen in Trauerform, mit ehernen Eichen komponiert: Bedeutsamen Menschen vergleichbar, die Zeugnis ablegen von der Harmonie des Geistes. Unter den großartigen Bäumen die leicht ausschwingende Wiese mit einzelnen Studentinnen besetzt als bunte Farbtupfer, Lehrbücher lesend: *richtige* Studentinnen, nicht solche Spaziergänger wie unsereiner. »Ach, Sie studieren auf der Pädagogischen Hochschule ...«, das war nicht so doll, das roch nach Schwamm und Kreide, das ließ man besser im Dunkeln. »Ich studiere Pädagogik«, mußte man sagen, das war besser, denn Pädagogik konnte man auch auf der Universität studieren. Wer auf der Universität Pädagogik studierte, der brauchte sich nicht um frisches, fröhliches Tun zu mühen, der studierte ernsthafte Statistiken und landete irgendwann auf einem Ministerium und sah dann mit einem Fernglas auf die kleinen Schulmeister hinunter, ganz unten und ganz weit, was die da so machen an natürlich wieder dummem Zeug.

Im Merkelpark saßen ab und zu auch ganz normale Göttinger Bürger. Die wollten das auch mal tun, hier auf der Schillerwiese sitzen. Pensionierte Studienrätinnen, zu zweit oder zu dritt, oder Rentner, die sich erregten über Studenten, die auf dem Rasen Fußball spielten.

Ja, im Merkelpark saß ich gern, und wenn's irgend ging. Ein weißer Pudel mit rotem Ball in der Schnauze: die Baumgruppen dort drüben, die Türme der Johanniskirche, exakt zwi-

schen Buche und Eiche, und die knallenden Tennisbälle vom nahen Tennisplatz, von unbeschwerten, braungebrannten jungen Damen geschlagen, in kurzen weißen Röckchen, mit weißen Höschen darunter.
Die stillen, ernsten Häuser in der Hainbergstraße: Eines Tages in einem dieser Häuser wohnen, still im Dämmer der Studierstube, schweinslederne Folianten herausnehmen aus dem Regal und mit einem Vergrößerungsglas studieren: Die Augen sind schwach geworden von so viel Leben...

Mit den sogenannten Kommilitonen und Kommilitoninnen kam ich schwer in Kontakt. Die drei Herren von der Waffen-SS waren es, die als erste auf mich zutraten. Sie sagten, sie hätten erst jetzt erfahren, daß ich quasi auch ein »Kamerad« sei, und sie drückten mir gewaltig die Hand. Jeden Dienstag träfen sie sich im »Schwarzen Bären«, konstruktiv werden, daß das nie wiederkommt, das nazistische Verbrechen, daß das aber auch nicht so wird, wie sich manche Leute das ausgedacht haben! diese Aushöhlerei!
Danach traten die blonden Mädchen auf mich zu. In einer Ecke hatten sie gestanden und sich angestoßen: *Du* gehst zu ihm, nein *du*, und dann alle gleichzeitig. Mit strahlenden Augen umstanden sie mich, und sie strahlten mich an, damit in mir auch dies Feuer ausbricht und aus meinen Augen zurückstrahlt.
Sie hätten gehört, sagten sie, daß ich bei denen da drüben, in Mitteldeutschland, in der sogenannten »DDR« also, unschuldig gesessen hätte? Ob ich nicht Mittwoch abend um acht zur Studentengemeinde kommen wollte? – Von Brüsten war ich eingekesselt, und der Geruch von Milch und Honig drang zu mir herauf.
Das Gehutsch zeigte keine Neigung, sich mit mir zu befassen. Die gingen ins »Centre«, was »Zenter« ausgesprochen wurde, einem Kellergang mit Jazz.

Dem nachdrücklichen Werben der drei Herren von der Waffen-SS gab ich schließlich nach.

»Gestatten, von Latten ... Damals!«
Im »Schwarzen Bären« saßen wir an einem Altdeutschen Tisch, am Hinausgucken aus dem Fenster durch nachgemachte Butzenscheiben gehindert.
»Laß die Blume nicht verwesen«, über diesen Spruch verfügte ich, den brachte ich an, als das Bier kam. Die drei Herren konterten mit: »Auch ein blindes Huhn findet mal einen Doppelkorn.« Und wir schüttelten uns fachgerecht, damit sich der Schnaps gleichmäßig verteilt.
Der Kamerad, der hier das Sagen hatte, kam sodann zur Sache. Mit den KZ-Geschichten hätten sie nichts zu tun gehabt; die SS wäre eine Fronttruppe wie jede andere gewesen, im Gegenteil, immer wo's brenzlig gewesen sei, da hätte man sie hingeschickt. Im übrigen: *in* den KZs hätte es mehr Deutsche gegeben als deutsche KZ-Bewacher. Und: in der Waffen-SS mehr Ausländer als Deutsche.
Schauerliche Gefangenschaftserlebnisse wurden mir erzählt, Workuta und so weiter, und ich kam mir mit meinen acht Jahren Zuchthaus ziemlich kümmerlich vor. Sonderbarerweise waren *sie* dankbar, daß sie nicht in einem Gefängnis gesessen hatten. Sie in Rußland hätten jedenfalls frische Luft gehabt. Vom Westen waren sie enttäuscht, Friedland, nun ja ... Aber dann? Man sei richtig in die Freiheit hineingeplumpst. Sieh zu, wie du fertig wirst! So in dem Stil. An das Denkmal vor der Jakobikirche:

Wir warten auf euch!

hatten sie damals ein Schild gestellt:

Wo? Wir sind da.

Das hatte sogar im »Spiegel« gestanden. Was im übrigen Workuta anginge ... Und es kamen neue haarsträubende Geschichten. Da mußte man den Daumen drücken, daß die jemand aufschrieb, irgendwo. Ich nahm alles zur Kenntnis, und ich konnt' es auch nicht ändern. Märchen tischten sie mir nicht auf, das war klar, aber auf die Schulter mochte ich ihnen auch nicht klopfen.
Von Hitler war weniger die Rede. Mit Südtirol die Sache, die sei nicht recht gewesen und: »Gebt mir die Kolonien wieder,

dann schenke ich euch die Oberpfalz?« Das wär doch auch keine Art. Im übrigen wurden Gespräche über Parteigrößen geführt – Gauleiter Mutschmann: Vom Büstenhalter zum Reichsstatthalter – und über Kettenkrad und Schwimmkübel, zu denen ich als Jahrgang 1929 nicht viel beitragen konnte, weshalb ich mich denn auch nicht wieder sehen ließ bei diesen Leuten, was vielleicht nicht recht war.

Auch mit den klaren Damen verabredete ich mich: Brille, Knoten, Geigenkasten. Sie eskortierten mich zur Studentengemeinde, wo Blockflötengotik und Bibelarbeit geleistet wurde von Erstsemestrigen. In kleinerem Kreis wurde ich mit Tee und Keksen versorgt, auf eine Art Anklagebank gesetzt und gefragt, Spätheimkehrer? ob ich nicht auch ein Hitlerjunge gewesen sei? Und das wär' doch nicht recht gewesen, hinter der Fahne herzumarschieren und »Juda verrecke!« zu schreien? Ob mir das jetzt leid tut?
Kekse gab's, und daß der Heiland denen verzeiht, die umkehren, das wurde mir zugesichert.

Auch in der PH gab es einen Ehemaligen, wie sich bald herausstellte, einen Kameraden: Joseph Fröhlich, genannt Seppel, Ost IV, zwei Jahre später eingesperrt als ich und zwei Jahre früher entlassen, der hatte eine verwegene Tolle und besaß eine schwarze Vespa mit heiserer Hupe.
Seppel Fröhlich hatte eine Irrfahrt durch so ziemlich alle Fakultäten der Universität hinter sich und war dann in der PH gelandet. Lächelnd stand er eines Tages vor mir, und im Merkelpark saßen wir dann stets auf einer ganz bestimmten Bank, das linke Bein über das rechte gelegt und gleichzeitig wechselnd, und dann erklärte er mir, wie schön das aussähe, die Blutbuche dort unten, wie ein Wasserfall und daneben die Eiche, »windgeregt«, wie der Dichter sagt. Und weiß der Teufel, wie die das hingekriegt haben, direkt dazwischen, auf Lücke, die beiden Türme der Johanniskirche. – Er zeigte mir auch, daß da Mädchen sitzen, auf der Wiese, in bunten Kleidern, wie bei Monet oder Manet, wie der man noch heißt,

und von ihm, dem Motorisierten, wurde ich eingewiesen in die Geheimnisse der neuen Nummernschilder: »GÖ«, daß das »Göttingen« heißt und »HI« »Hildesheim«. Wenn man in Salzburg eine andere Vespa trifft mit »GÖ«, dann stoppt man natürlich und unterhält sich mit dem, wie's dem Vergaser geht, und ob er schon die neuen Rückspiegel gesehen hat? Und wenn einem zufällig das Geld ausgegangen ist, dann leiht der einem was.

Auch mit dem andern Geschlecht hatte er Erfahrung. »Brust raus, soweit der kleine Vorrat reicht.« Was Mädchen angehe, da sei wichtig, daß man sie nicht von der Seite ansieht, grad' ins Auge müsse man ihnen schauen, nicht hintenrum. Ein gutes Mittel sei: mit den Vespa-Schlüsseln klingeln, dann kämen die sofort gelaufen!

Als er noch keine Vespa besaß, hatte er sich zwei Sicherheitsschlüssel besorgt und mit denen geklingelt, und das hatte ebenfalls gewirkt (Kofferschlüssel gingen notfalls auch).

Auf den Rücksitz seines Motorrollers durfte ich mich schwingen und mit ihm durch die Stadt fahren – obwohl ich eigentlich bei Herrn Semmel die Geschichte des Händedrucks mir hätte anhören sollen – den Hainberg fuhren wir mit Schwung hinauf, dann konnten wir ihn wieder hinunterfahren, ohne Sprit zu verbrauchen.

Besonders gern fuhren wir die Weender Straße hinauf und hinunter – »da hinten geht der alte Wynneken!« – manchmal auch um den Block herum, die Kleine Jüdenstraße oder die Obere Karspüle, um einem Mädchen noch einmal zu begegnen, das wir da eben entdeckt hatten, und um sie *grad'* anzusehen von vorn, was seinen Eindruck nicht verfehlen würde.

In die Schaufenster eines Sportgeschäfts zu gucken, wenn da Mädchen stehn, das wär' auch ein gutes Mittel, sagte Sepp, da könnte man sie ganz ungezwungen ansprechen. Bei Sport denkt doch niemand an irgendetwas anderes. Ab und zu stellten wir uns deshalb vor ein Sportgeschäft und warteten auf Mädchen, den Motorroller in Sichtweite, mit den Schlüsseln klingelnd, auf eine blonde klare Schwimmerin oder eine kräftige Handballerin. Doch diese Art junger Menschen ging meist ohne weiteres hinein in das Geschäft und kaufte sich, was sie eben brauchte. Vor dem Schaufenster standen eher Miesepetrige, »Kleiderbügel mit zwei Druckknöpfen« zum Beispiel, die scheel auf die Werkzeuge der Gesundheit blickten, auf Speere, Schleuderbälle oder Taucherbrillen, so wie wir, die ja auch nicht grad' die Tüchtigsten waren.

Mit seiner schwarzen Vespa – schwarz, weil er grad Theologie studierte, als er sie kaufte – fuhren wir auch mal über Land, zur Plesse etwa, dieser von den Studenten heißgeliebten Burgruine, die oberhalb des Dorfes Bovenden lag, ein Name, den man französisch aussprach, um witzig zu sein. Von der unteren zur oberen Burganlage sahen wir hinauf und von der oberen auf die untere hinunter, ob da Mädchen stehen. Und dann von oben mit kleinen Steinen schmeißen oder mit sonst was, daß die sich wundern, wo das herkommt, und ihnen zuwinken irgendwie. – Wenn wir denen dann unten begegneten nach solchen Wagestücken, dann beachtete Sepp sie überhaupt nicht, sondern er redete laut von der ADORATIO und von der LAUDATIO, daß es verschiedene Arten von Gebeten gibt. Und dann stiegen wir auf seine Vespa und fuhren ernst und theologisch davon.
Grad' angucken die Mädchen, das war sein Rezept, und sie ohne Umschweife fragen, ob sie Zeit haben. Umschweife liebten die Mädchen nicht.
Im übrigen brauchte ich vor den Mädchen keine Angst zu haben, sagte er, die Mädchen wollten das selbst ja auch, Geschlechtsverkehr, die erleichterten einem vieles. Es sei erwiesen, daß sie, rein physiologisch, das Sperma brauchten! – Eiserne Regel: wenn sie eine Einladung zum Essen annehmen, dann müssen sie sich hinterher auch küssen lassen. Mindestens.
Mit Verkäuferinnen was anzufangen, das habe keinen Zweck, das sollte ich gar nicht erst probieren, dann schon besser MTAs. Das wären zwar Lyzeumstanten, die das Abitur nicht

geschafft haben, seien aber meist ganz nett. Es gäbe übrigens auch Landwirtschaftlich-Technische-Assistentinnen. Bei denen sei Vorsicht geboten, die wollten immer gleich heiraten.

Sepp wohnte im Geographischen Colloquium, einem dünnwandigen Studentenheim, mit Normaluhr dran und einer Litfaßsäule davor. Seit seinem Geographie-Semester wohnte er hier, und er hatte die Beobachtung gemacht, daß linke Ostzonenleute in das Heim eingesickert waren, die sämtliche Schlüsselpositionen an sich gebracht hatten: Telefondienst, Hausverwaltung, Bibliothek. Und so wie hier, im Geographischen Colloquium, so gingen sie natürlich in allen Studentenwohnheimen der Stadt vor, planmäßig. Wer nicht mitmacht, kriegt kein Zimmer! Schlau, was?
Wenn er wußte, daß ich ihn besuchen würde, baute er ein Schachspiel auf und tat so, als spielte er gegen sich selbst. Oder er stapelte Bücher um sich herum und sagte nur mit Verzögerung: »Herein!«
Ein Spiel hatte er sich gekauft, das hieß »Regierung«, und einen ganzen Nachmittag lang erklärte er mir die Regeln dieses Spiels, entnahm kleine bunte Figuren und allerlei Symbole den Zellophantüten und verteilte sie auf dem Brett. Eingesickerte Ostzonenleute gab es bei diesem Regierungsspiel nicht, daß sowas existiert, das war dem Hersteller dieses, mit der Anerkennungsmarke SPIEL GUT versehenen Spiels offensichtlich noch gar nicht aufgefallen. Einen ganzen Nachmittag lang erklärte mir Sepp die Regeln, zum Spielen selbst drangen wir dann nicht mehr vor. Irgendwie landeten wir wieder bei den Mädchen. Wenn sie Widerstand leisten, sofort aufhören! Einen Augenblick warten, dann vortasten und wieder von vorn beginnen, sowas könne Stunden dauern! Irgendwann gäben sie dann nach. Beim eigentlichen Verkehr müsse man sich etwas zurückhalten, damit man mit dem Mädchen gemeinsam durch das Ziel rast.
»Keine Angst, Sie kommen unbefruchtet nach Hause«, das sei ein Scherz, den man sich bei einer Studentin schon mal

erlauben könne. Mir als Anfänger empfahl er, zunächst mit einer MTA zu beginnen oder mit der Dolmetscherschule, und erst dann zu den Studentinnen vorzustoßen. So hätte er es auch gemacht. Studentinnen, das sei dann die hohe Schule. Und: Von Verkäuferinnen die Finger lassen. Absolut. Er habe mal eine Verkäuferin von der Firma Hettlage angequatscht, das bereue er noch heute. Im übrigen: Vorsicht vor Pastorentöchtern, die sind anspruchsvoll.

Ich versuchte es dann aber doch mal. In der Stadtteilfiliale der Firma Schneeweiß, einem an einer Gartenmauer sitzenden Pavillon, in dem ich einmal die Woche meine Schmutzwäsche abgab, stand ein kleines dickes Mädchen, das zu Scherzen aufgelegt war. Jedesmal blieb ich ein wenig länger stehen bei ihr, und schließlich fragte ich sie, ob sie mit ins Kino will, »Das Wirtshaus im Spessart«, das soll so wahnsinnig lustig sein?
»Das kann ich nicht ablehnen«, sagte sie da, und wir gingen ohne weiteres ins Kino und sahen diesen Operettenquatsch mit Lieselotte Pulver, die auf dem Tisch tanzt, damit die Leute denken sollen, das ist ein doller Film.
Während des Films gestattete mir das Mädchen, ihre Hand zu kneten. Als ich die kleine Schweinshaxe dann aber küssen wollte, entzog sie sie mir: »Das ist nachher immer so schlimm«, sagte sie. Wenn's auseinandergeht, meinte sie damit.

In der evangelischen Drogerie, an der Ecke, wo es evangelische Rasierklingen zu kaufen gab, war ein Picasso-Pferdeschwanz-Mädchen angestellt, ein sogenannter »Teenager«. Die war ein bißchen zu schön, an die traute sich niemand heran. Als ich sie zum ersten Mal sah, war sie grade neu eingestellt worden, als Lehrling. Rasierklingen, ein Stück Seife und Zahnpasta: »Das macht so ungefähr drei Mark fünfundsiebzig«, sagte sie. Da schlug der Chef den Perlenvorhang seines Hinterstübchens zur Seite: »Also, das müssen wir nun schon genauer wissen...«, sagte er und lachte, und

ich lachte auch, und das Mädchen wurde rot. Da war mit Scherzen dann nichts mehr zu machen, die Sache war verkorkst.
Immerhin, ich organisierte meine Einkäufe ab sofort planmäßig, heute Rasierklingen, morgen Hansaplast und für übermorgen würde sich auch noch etwas finden.
Ab und zu war sie auf der Straße zu sehen, mit Mopedjünglingen, die den Motor laufen ließen, sogenannten »Halbstarken«. Was die sich wohl immer erzählten?

Bei der Firma Nöthel hatte Sepp sich eine Schreibmaschine gekauft, – »wo fehlt eine?« – Marke Torpedo, und zwar mit der zierlichen Perlschrift, weil damit mehr auf eine Seite draufgeht, was zwar Papier spart, beim Schreiben von Semesterarbeiten jedoch nicht gerade ein Vorteil ist. Lange Reihen von Soldaten tippte er auf dieser Maschine, das O war der Kopf, der Paragraph der Leib, und der Schrägstrich das Gewehr. Ganze Heere tippte er sich damit zusammen, stundenlang: die Generäle rot.
Die Vespa und die Schreibmaschine, das war für ihn bei der »Entschädigung« herausgesprungen.
Auch mir schickte er den Vertreter der Firma Nöthel ins Haus: »Herr Kempowski, da ist jemand für Sie«, einen schwer atmenden Menschen mit einem Musterkoffer. Dieser Mann kam irgendwie aus dem Osten, und schwierig war es, ihn wieder loszuwerden. Immer noch was drauf legte er, als ich keine Neigung zeigte, die Maschine zu kaufen, eine Filzunterlage, ein Reinigungsbesteck und einen Spezialradiergummi. Ich dachte, wenn du dem die Maschine jetzt nicht abkaufst, dann muß er womöglich verhungern? Aber ich mit meinen jämmerlichen 180 Mark pro Monat, ich konnte das ja gar nicht, eine Schreibmaschine kaufen, dann hätte *ich* ja verhungern müssen.

Und dann der Brockhausmann. Der kam auch ziemlich zielsicher aus Richtung Geographisches Colloquium. Auf Klapptafeln zeigte er mir Musterseiten seines Nachschlagewerks

unter Zellophan, wunderbare Kristalle und die Hagia Sophia. Pro Monat fünf Mark zahlen, und dann kommt ein Band nach dem andern angerauscht. Abends, bei gemütlichem Licht, die Füße hochgelegt, in diesen Bänden schmökern? Was eine Untiefe ist oder eine Binsenwahrheit? Und ob Den Haag oder Amsterdam die Hauptstadt der Niederlande ist? Oder schnell mal was nachschlagen, wenn morgen ein Referat fällig wird? Erst den Brockhaus erwerben, nach und nach, und dann die Propyläen-Weltgeschichte. Wenn ich diese beiden Werke hätte, wär' ich ausgerüstet für mein Amt als Lehrer auf dem Dorf. Um die Finanzierung sollte ich mir man keine Sorge machen, lumpige fünf Mark im Monat! Und wenn mal kein Geld da sei – die Firma Brockhaus reiße niemandem den Kopf ab.
Ich stellte fest, daß unter dem Stichwort »Bautzen« der Hinweis auf das Zuchthaus fehlte. Zunächst sachlich, dann mehr und mehr erregt hielt ich dem sich allmählich entfernenden Vertreter einen lauter und lauter werdenden Vortrag über den »humanen demokratischen Strafvollzug«: Ob er sich nicht schämt? – Und: er solle das weitergeben, diese Unterlassungssünde: jene Stätte nicht aufzuführen, in der Tausende elend verreckt sind!

Eines Tages kamen sogar *zwei* Herren, ebenfalls ziemlich im Bilde über mich. Einer links, einer rechts, mit grauer Flanelljacke und blauem Schlips, dazu Brille mit Goldgestell. (Ich dachte schon, die wären von der Geheimpolizei.) Die warfen sich die Bälle zu: Eine Überbrückungspension hatten sie mir anzubieten. Im Falle einer allenfallsigen Verunfallung könnte ich, wenn ich *heute* schon unterschriebe (so sagte der eine), *morgen* bereits eine monatliche Zuschußrente von 50 Mark bekommen (fügte der andere hinzu), und zwar ein ganzes Jahr! Und wenn ich voll eingezahlt hätte, dann werde das verzinst, und in zwanzig Jahren kriegte ich plötzlich 10 000 Mark. Oder in dreißig Jahren eine Weltreise für zwei Personen, alles inklusive, wie meine Frau sich dann wohl freut! Die Formulare, auf denen die Stelle wo ich unterschreiben sollte

angekreuzt war, hielten sie mir schräg hin, und einen Kugelschreiber ließen sie hinunterrollen, damit ich den auffange, und dann ist es bis zum Unterschreiben ja nicht mehr weit. Unangenehm war ein sogenannter Ungarnflüchtling, der mir eine Rundfunkzeitung anschnackte, obwohl ich doch gar kein Radio besaß! So halb weinend sagte er, er brauche nur noch drei Abonnenten nachzuweisen, dann könne er weiterstudieren.
All diese Abgesandten kamen von Sepp, der machte sich einen Spaß daraus. Als dann mal Bibelforscher auf mich eindrangen, revanchierte ich mich, denen sagte ich, daß im Geographischen Colloquium einer sitzt, der nur auf sie wartet, sie müßten aber schnell machen, sonst überlegt der sich das noch.

Seppel Fröhlich wurde bald mein ständiger Begleiter oder ich seiner, wie man's nimmt. Es ging etwas Keckes aus von ihm – »Wir werden dem Schwein schon schlachten, wenn ihm auch quiekt« – und etwas Unbegreifliches: so intensiv wie er sich auf der Schreibmaschine eine Armee zusammengetippt hatte, so beharrlich war er hinter anderen Dingen her, einem Goldhamster zum Beispiel, den er sich kaufte und in seinem Zimmer herumlaufen ließ. Dazu führte er Tagebuch:

9.30 Uhr: läuft auf dem Bücherregal entlang
in Richtung Fenster
9.31 Uhr: läuft auf dem Bücherregal entlang
in Richtung Tür.

Dieses Tagebuch zeigte er mir, als wir bei der Cusius im Biologie-Seminar saßen, und er redete laut und immer lauter, bis sie schließlich sagte: »Gott, was reden Sie da bloß immerzu?« Da gab er es ihr zögernd, und sie war recht angetan davon. Danach wurde der Goldhamster verschenkt, und das Tagebuch verschwand auch irgendwie.

Einmal ließ er sich tagelang nicht blicken. Ich ging zu ihm, weil ich schon dachte: Was ist los? Ist er vielleicht krank? Liegt mit Schaum vorm Mund auf dem Bettvorleger, grün im Gesicht? Da saß er dann in seiner Bude mit Falzbein und

Kleister und band ein Märchen ein, das er selbst ersonnen und mit Gänsekiel auf Butterbrotpapier geschrieben hatte:

Das Pergament, ist das der heil'ge Bronnen,
Woraus ein Trunk den Durst auf ewig stillt?

Pergamentpapier sei dasselbe wie das »Pergament« der Mönche, das hatte er wohl gedacht. Er hatte es selbst geschrieben, selbst illustriert, und nun band er es auch selbst ein.

Er wisse noch nicht, ob das Mädchen, für das er dieses Geschenk bestimmt habe, das Richtige sei für ihn, sagte er, die wollte vielleicht lieber einen Theologen oder einen Mediziner haben, aber durch dieses Geschenk würde er sie stutzig machen, das sei hundertprozentig sicher.

Da war das mit Geschenken für das Schneeweiß-Mädchen schon einfacher. Eine Tüte Pfirsiche kaufte ich, und die aßen wir gemeinsam.

Vespa, Schreibmaschine und die Minox: die Minox war sein drittes Standbein, dieser metallisch glänzende winzige Fotoapparat, zu Zeiten seines Biologie-Semesters vom Entschädigungsgeld gekauft, der Belichtungsmesser größer als die ganze Kamera. Klein, dauernd kaputt, doch im Hinblick auf Mädchenerwerbungen äußerst wirksam. In der Milchbar, zum Beispiel, bei einem Bananen-Milch-Shake: Die beiden Schülerinnen am Nebentisch? So tun, als ob man sie fotografiert, und wenn sie anfangen zu kichern, dann ihnen das Dings erklären und ihnen sagen, sie dürfen auch mal, aber nur, wenn sie brav sind.

Wenn das nicht funktionierte, dann holte er zusätzlich noch die Vespa-Schlüssel heraus. In der Linken die klingelnden Vespa-Schlüssel und mit der Rechten die Minox vorm unbestechlichen Auge.

Die Minox hatte sowas Geheimdiensthaftes an sich: Was ist das denn für einer, dachten die Leute, knipst hier mit so einem winzigen Ding? Und ist außerdem noch motorisiert? Herrlich wäre es gewesen, wenn diese Leute, die vielleicht im Osten alles verloren hatten, der Polizei Bescheid gesagt hätten: »Da knipst einer, der ist nicht ganz astrein.« Sich ruhig verhaften lassen und dann eiskalt die Häftlingsbescheinigung herausholen, daß man drüben unschuldig gesessen hat, weil man den Amerikanern wertvolle Informationen hat zukommen lassen, und die entschuldigen sich dann und bieten einem Kaffee an. So einfach sei das ja nun nicht, sagte man dann, so einfach läßt sich das nicht aus der Welt schaffen, die Habeas-corpus-Akte und so weiter, und man würde sie fragen, wie sie das wiedergutmachen wollten? Eine Entschädigung verlangen, knallhart. Fünfhundert Mark wären da bestimmt drin, und wenn man dann später mal falsch in eine Einbahnstraße hineinfährt oder sowas und dann einem dieser Polizisten in die Quere kommt, dann dreht der sich weg, guckt zur Seite, zwinkert mal kurz und wendet sich ab.

Schöne Sonntagsausflüge machten wir mit Vespa, Minox und drei Mark fünfzig in der Tasche (den Herrenknirps steuerte ich dazu bei). Zur Burg Berlepsch fuhren wir, wo wir Kaffeegäste durch lautes Knattern stören konnten, und nach Duderstadt, wo wir eine vollständig erhaltene Wallanlage besichtigten. Eine solche Wallanlage gab es zwar in Göttingen auch, aber da kannten wir sie ja schon. Unerhört fand Sepp es, daß die verschiedenen Fabriken, die an dem Wall lagen, nicht durch Sichtblenden verdeckt waren. Sowas sieht man sich schließlich nicht so gerne an.
Auf dem Weg nach Duderstadt simulierte Sepp eine Panne (was ich sehr wohl mitkriegte): Er wisse auch nicht, was die Karre hat, sagte er zu mir, und sonntags sei alles dicht! Er wollte mich wohl in Angst und Schrecken versetzen oder: was er für ein Held ist, irgendwie.
Ich machte ein bekümmertes Gesicht und setzte mich auf den Grabenrand. Nach zehn Minuten ging sie wieder: »*Doch* noch heilgekriegt das Ding, wunderbar, wie robust die Vespa ist.«
Manchmal fuhren wir auch nur zur Autobahn: Auf einem Hang liegen, unter Ginster und Wacholder und unten die saubere Autobahn mit ihrem emsigen Geflitze.
Einmal hatten wir Glück bei einer solchen Expedition, da

lagen wir im Gras, die Vespa im Gebüsch, und lachten über irgendeine tolle Sache, die Sepp bald wieder mit einem Mädchen erleben würde. Wir lachten also, eine Kornblume hinter dem Ohr, und schlugen auf den Boden vor Spaß, da kam Wunderlich dahergeschritten, eine Baskenmütze auf der roten Halbglatze (links und rechts standen die Haare naturschützerisch ab). Er kam den sandigen Weg daher, auch mal einen Blick werfen auf die wundervolle Autobahn, die so ähnlich wie Lists Eisenbahnen, der Einigung und Zusammenschmelzung unseres zerrissenen Volkes ein für allemal zum Durchbruch verhelfen würde. Ein technisches Wunderwerk und außerdem noch schön! Elegant! Er sah uns und war denn nun doch erstaunt, daß es so etwas noch gibt: Deutsche Jugend, die sonntags in die Natur hinausstrebt und angesichts einer gigantischen Ingenieursleistung vor Lebensfreude jauchzt!

»Weißt du, Lieselotte, ich glaub', wir haben der deutschen Jugend unrecht getan.« Das würde er gewiß zu seiner Frau sagen.

Gut war es, sehr gut, daß wir die Vespa ins Gebüsch geschoben hatten. Da hätte uns ja sonstwas draus entstehen können!

Nach Kassel war es nicht sehr weit. Warum also nicht nach Kassel fahren? fragte sich Sepp, und ich war derselben Meinung: Warum nicht mal nach Kassel fahren, da war man ja noch nie gewesen. Die Sache mit den Soldaten, die der Landgraf verkauft hatte nach Amerika, an die erinnerte man sich noch.

In Kassel gab es ein Kino mit einer Wasserspielorgel. Zu einem Wiener Walzer tanzten da unten vor der Bühne die Fontänen, drehten sich sogar und wurden bunt angestrahlt! Ein bißchen kitschig, aber eindrucksvoll!

Dieser Kinobesuch – »Ritt in die Hölle« – zog sich dann noch sehr in die Länge, weil Sepp mit seiner Nachbarin ins Schmusen kam, was sich nach der Vorstellung noch fortsetzte. Vor dem Kino die Schaukästen: Was da für wunderbare Filme angezeigt sind, welcher ihr wohl besser gefällt, der oder der? Das fragte er das Mädchen, und immer, wenn sie grade nicht hinsah, machte er Bewegungen, ich soll abhauen. Und ich tat das dann auch, ging langsam zum Motorroller und wartete dort auf ihn. Weggehen traute ich mich nicht, wie sollte ich denn ohne ihn nach Hause kommen?

Nach Kassel fahren – »merkwürdiges Gefühl: *Hessen*, nicht?« – und nach »Hann. Münden«, wo wir das Haus von Dr. Eisenbart nicht finden konnten, dafür aber die Briten beobachteten. Die hatten grade Tag der Offenen Tür und schlugen eine Brücke über die Werra, was unter Knallerei erfolgte, weil drüben, von der Tilly-Schanze aus, fiktive Russen das Brükkenschlagen zu verhindern suchten. Dies wurde fotografiert, wobei die Minox nicht ganz das richtige war. Da hätten die Engländer vielleicht tatsächlich auf dumme Gedanken kommen können; deshalb mußte beim Fotografieren behutsam vorgegangen werden, was sich womöglich *noch* konspirativer ausnahm: Wegen sowas ähnlichem hatte man schon mal 25 Jahre gekriegt! Wer weiß, vielleicht gab es im Strafgesetzbuch irgendwelche geheimen Paragraphen, man würde womöglich der englischen Justiz überstellt, wo es bekanntlich noch die Todesstrafe gab? Kriegsrecht oder wie? Könnte doch sein?
Zum Schluß wurde die ganze Stadt fotografiert – wenn die nun zufällig abbrennt, kurz nachdem man sie fotografiert hat, was das dann für wertvolle Fotos sind! – und dann natürlich der Baum auf dem Landzipfel, wo Werra sich und Fulda »küssen«, was sie bekanntlich »büßen müssen«.
Sepp setzte sich auf die Bank, die da stand, und ich durfte ihn knipsen. Danach kam ich an die Reihe, auch ich mußte mich setzen, und er fotografierte mich. Später, auf dem Film war ich dann allerdings nicht mit drauf.

Der Besitz der Vespa wurde damit motiviert, daß das Geld, was die gekostet hat, jetzt sowieso weg wär'. Und was die Minox betreffe: Wenn man mal Zeuge eines Unfalls wird, zufällig, und zufällig die Minox dabei hat und das dann knipst, und der Unfall ist zufälligerweise strittig, und die Sache geht vor Gericht, dann meldet man sich und sagt: bitte schön! Hat Dias von den Fotos machen lassen und klärt die Lage per Bildwerfer.

Wenn ich meine Entschädigung bekäme, dann sollte ich mir unbedingt eine Vespa kaufen und eine Minox. Die Anschaffung der Minox könne man nämlich auch kommerziell nutzen: Am besten bei jeder Aufnahme, die man macht, – »Litfaßsäule im Nebel« – Blende und Belichtungszeit notieren und all diese Angaben in einer Kartei zusammenfassen und dem Minox-Werk einschicken: Wie großartig diese Kamera funktioniert (abgesehen vom Filmtransport, da noch mal nachfassen irgendwie ...). Die schicken einem dann womöglich ein Auto als Dank! Oder ein Zelt!

Wenn man einen neuen Film eingelegt habe, dann müsse man bei der ersten Aufnahme das Objekt möglichst in die rechte untere Ecke setzen, für den Fall, daß Licht auf den Film gefallen sei, das empfahl er mir.

Unangenehm war es, daß er meine Adresse der Firma Porst genannt hatte. Die kamen zwar nicht ins Haus, aber die schickten jede Woche Prospekte und Angebote über sogenannte »Porst-Pakete«. Als ich mich nach einem halben Jahr noch immer nicht gerührt hatte, kam ein persönlich gehaltener Brief von Herrn Porst junior. Er wäre bei seinem Vater gewesen und hätte mit ihm über mich gesprochen. Sie wären beide ganz traurig, und sie könnten sich das nicht erklären, wieso ich noch immer nichts bestellt hätte. Ob ihnen vielleicht ein Fehler unterlaufen wär'? Hätten mich irgendwie verletzt?

Nun machten sie mir hier ein letztes Angebot, ein *aller*letztes, und wenn ich da nicht zugriffe, dann fräßen sie'n Besen.

Mit Geschick war Sepp dahin zu bringen, daß er auch mal nach Hatzfeld fuhr mit mir. Der Turmkoloß von weitem, mit der Fahnenstange und den schwarzen Vögeln und das Schloß mit Treppenturm und Giebeln, in dem vermutlich grade jetzt

Gulasch mit Spaghetti verzehrt wurde, von Blechtellern. Ein Kind steht in der Ecke und weint.
Im Dorf das Pastorat: 1726. Hier war es still. Die Haustür stand offen und auf den Dielen lag Papier. Der Pastor sei nach Afrika gegangen, »zu die Neger«, das war im Gasthof zu erfahren, Pastor Steinbrecher mit seiner merkwürdigen Frau, die er – und auch das erfuhr ich bei der Gelegenheit – im Straßengraben aufgelesen hatte, 1945, samt neugeborenem Kind, und dann nicht mehr fortgelassen.
Mit Hatzfeld ging es aufwärts. Eine neue Kreisstraße würde gebaut werden, wurde erzählt, unten, da, wo die große Wiese ist, und ein Schwimmbad sei auch geplant.
Wir saßen noch eine Weile an der Weser, Sepp warf flache Steine übers glatte Wasser, und er kapierte irgendwie, weshalb ich traurig war.

19

Im Mai kam dann die Ablehnung des Entschädigungsantrages. Ein Brief im Querformat mit Zustellungsurkunde, damit ich nicht sagen konnte: »Ich hab' den ja gar nicht gekriegt.« Daß ich die Sache da in Bautzen selbst zu vertreten hätte, – »selber schuld!« – sie könnten's auch nicht ändern, Gott sei's geklagt, ich hätte die Gefahr ja billigend in Kauf genommen. Für so einen Leichtsinn könne die Freie *und* Hansestadt Hamburg keine Steuergelder herausrücken. Man habe schließlich eine Verantwortung vor der Allgemeinheit.
Entschädigung also nix. (Da sieh' du zu.)
Ich las den Brief nur ein einziges Mal, und dann sah ich lange aus dem Fenster. »Die Felle wegschwimmen«, dieser Spruch fiel mir ein. Sechstausendfünfhundert Mark, abzüglich dem und zuzüglich dem. Nun leb' wohl du stille Gasse...
Ich klopfte bei meinen Wirtsleuten an die Tür, und die setzten sich die Plusbrillen auf und lasen den »Bescheid« mehrmals durch. Kaffee wurde gekocht und eignes Leid wurde mitgeteilt, von dem man bisher nicht gesprochen hatte, düstere Geschichten aus der Tschechoslowakei 1945 – »strč prst skrz krk!« – wo das Göttle an einer Mauer hatte stehen müssen, stundenlang, mit andern Männern, von denen ab und zu einer erschossen worden war, und ihm hatten sie die Baskenmütze vom Kopf geschlagen. Für diese Dinge hatte man auch keine Entschädigung erhalten. So sei das nun mal, man lebe in einem Rechtsstaat, und wenn man nun immer noch im Osten wohnte, das wär' ja noch viel schlimmer.

Cornelli hatte sich auch geäußert zu dem Casus, immer mit der Ruhe, und »wir legen natürlich sofort Einspruch ein«, soweit kommt das noch.
Schon nach wenigen Tagen schickte er umfangreiche

Schriftsätze, nach erstens, zweitens, drittens aufgegliedert, die mußte ich unterzeichnen: »Das kriegen wir schon.«
Leider kamen dann noch weitere schlimme Nachrichten, den abklingenden Mangelschaden, den ich nun auch selbst zu vertreten und das Stipendium wurde mir gesperrt. Ob ich das bisher Erhaltene zurückzahlen müsse, das werde noch geklärt.
Ich irrte eine ganze Nacht lang in der Stadt umher, die von Neon-Licht angestrahlten Kastanienbäume – es regnete, und ich fühlte mich wie Friedemann Bach in dem Film »Friedemann Bach«.
»Armer Junge«, hatte meine Mutter an den Rand der schlimmen Nachricht geschrieben. Und: »Da müssen wir nun durch.«

Glücklicherweise wurde ich dann wenig später von einem andern Amt mit meinen 28 Jahren als Halbwaise eingestuft, irgendein Amt bequemte sich rasselnd dazu, und nach ein paar Wochen bekam ich dann wieder ein Stipendium in Höhe von 150 Mark. Nach Abzug der Miete blieben mir noch 100 Mark. Das war sehr knapp. Das Mittagessen kostete eine Mark, und mit den restlichen »Eiern« mußte dann ziemlich jongliert werden.
Die Anschaffung einer Unterhose brachte mich erheblich ins Minus. Ein Bettelbrief an den Flüchtlingsbischof in München mit entsprechenden Hinweisen auf christliche Erziehung und auf meine Tätigkeit im zweiten Tenor des Zuchthaus-Chores brachte keine Erleichterung. Ob ich mich auch tüchtig am Gemeindeleben beteiligte, wollte der Bischof wissen, und Erkundigungen stellte er an in jede Richtung.
Ich ging zum Pfarrer an der Ecke, einem Menschen, der nicht nur die Sprache, sondern auch den Dialekt Kanaans sprach, der gab mir fünf Mark aus seiner Landstreicherkasse, nachdem er mich zuvor eindringlich befragt hatte, ob das auch wirklich stimmt, die Sache mit der Unterhose, ob ich die auch wirklich brauchte. Beim Rausgehen, auf dem

Flur, wo sich grade seine Kinder prügelten, stellte er mir eine baldige Einladung zum Mittagessen in Aussicht.

Von meiner Mutter hatte ich Adressen bekommen, für alle Fälle: »Wenn mal was ist, mein Junge, das sind rührende Menschen...«, Adressen von Rostockern, Menschen also, die sämtliche Gespräche mit den Worten anfingen: »Damals in Ihrem Alter...«

Als sich meine finanzielle Lage wegen der Anschaffung eines Mantels noch weiter verschlechterte, reaktivierte ich die Rostocker Liste. Lembke hießen die Leute, zu denen ich ging, die hatten mal in der Badstüberstraße gewohnt.

In ihrer Neubauwohnung waren die verschiedensten Möbel »eine glückliche Ehe« eingegangen: Wilhelminische Möbel mit abgesägten Verzierungen und moderne Stringwände, an denen Holzaffen sich mit einer Hand festhielten. Auf den Borden der Stringwände, die eine ein bißchen höher, die andere ein bißchen tiefer, standen zwölf bis dreizehn goldene Buchklubbücher, ein Kaktus mit gelbem Namensschild, sowie hochgestellte Zinnteller, im Kunstgewerbegeschäft gekauft.

Wer nicht liebt Wein, Weib und Gesang,
der bleibt ein Tropf sein Leben lang.

Auch ein Blumenfenster war zu bewundern, mit Gardinen à la Mondrian, vollgestellt mit gekaufter Flora: den Garten in die Wohnung mit-einbeziehend, wie es im »Das neue Heim«-Buch vorgeschlagen wurde, mit Gummibäumen und Weihnachtssternen also. Draußen im Garten stand eine Hollywood-Schaukel.

Ich saß auf einem modernen Sofa, links höher als rechts (so als ob man eine Augenbraue hochzieht) und die Rostocker spendierten mir Kaffee und Kekse und gaben mir bekannt, was mein Vater für ein sonderbarer Mensch gewesen sei. Herr Lembke erzählte mir stehend, daß er mit ihm zur Schule gegangen sei, jawoll. Mein Vater wär' ihm immer so ein bißchen arrogant vorgekommen.

Auch auf meine Mutter kam er hin- und hergehend zu sprechen: »Daß die nun *auch* gesessen hat? ... Hätt' sich das nicht vermeiden lassen?« Sodann wurden eigne Schwiegersöhne und Schwiegertöchter aufgezählt, daß die bei Opel sind oder beim Gewerbeaufsichtsamt. Der eine Schwiegersohn könne so wunderbar malen; ein richtiger Künstler – »dies Bild hier hat er gemalt! Und zwar mit der Hand« – und daß die älteste Tochter noch drüben ist, in Rostock, »der Mann ist Rektor an der Marx-Engels-Schule, denen geht's nicht schlecht«, muß allerdings dauernd auf Kurse und müßt' ziemlich jonglieren da.

Über dem blau gestrichenen, seiner Verzierungen beraubten Klavier, hing ein in Gold gerahmtes Bild von der Rostocker Petrikirche. Der Maler hatte sich mit dem hohen Turm verkalkuliert, der paßte nicht ganz auf das Bild drauf, deshalb hatte er ihn zusammengestaucht. Wenn er ihn umgebogen hätte, das hätte mich weniger gestört.

Im Entrée, das sah ich dann noch, hing der Wehrpaß unter Glas, fleckig und angesengt: das war eine werte Erinnerung.

Um ein wenig Luft zu kriegen, finanziell, bemühte ich mich um einen Freitisch, und den kriegte ich auch, und zwar bei einem Fräulein Lehmann, das vor dem Krieg Missionarin in Afrika gewesen war: Dienstags und freitags spendierte sie einigen bedürftigen Studenten in ihrem, mit einem Schrank von der Schlafstelle abgeteilten Wohnzimmer Paprikagemüse mit Reis.

Ein überfälliger Theologe, ein Kunstgeschichtler mit Nyltest-Hemd und geflochtenen Schuhen und ein schmaler, pickliger Mensch, der aus der Ostzone kam und sich noch nicht entschieden hatte, gehörten zu der Runde.

Es ging immer sehr lebhaft zu bei Fräulein Lehmann. Daß Françoise Sagan gern barfuß im Auto fährt, wurde erzählt, und das »Buch der Etikette« von der Pappritz wurde ausgiebig diskutiert. Daß sich diese Frau nicht entblöde, von den Männern zu erwarten, sie müßten sich alle drei Tage eine neues Pyjama anziehen! Wo es doch so manchen Flüchtling gibt, der überhaupt kein Pyjama besitzt!

Auch Politisches wurde erörtert. Der liebe Gott habe den

Kommunismus damit gestraft, daß er ihm lauter Schafsköpfe in die Führung gegeben hat, wurde gesagt, und das war erfrischend genug.
Wie schön, daß die KPD verboten ist, und »*diesmal* SPD«, was das für ein rührend blöder Wahlslogan ist. Die braunen CDU-Gesichter auf den weißen Plakaten, das war schon ein anderer Schnack.
»Die können das eben nicht.«
Immerfort »nein« sagen, *das* könnten sie, und das kann ja kein Mensch aushalten, Ollenhauer, dieser Lockenheini, da wär' Erler schon überzeugender.
Unterm Tisch gingen Aktfotos herum, und wenn Fräulein Lehmann fragte: »Was haben Sie denn da?« dann wurde gesagt: »Wir wollen uns einen neuen Rasierapparat kaufen.«
Paprikagemüse gab es bei Fräulein Lehmann oder auch mal Spinat: Pfennige in unsern Taschen und Rabattmarken mußten wir abliefern, das kam in ihre Reisekasse: WALTER BAKER BREAKFAST COCOA stand auf der Blechschachtel. Die Akropolis war ihr nächstes Reiseziel. Athen hatte sie noch nie gesehen, und das war unverzeihlich.

Fräulein Lehmann wohnte in einer steil ansteigenden Straße, die wurde von allen Fahrschulen der Stadt zum Üben von »Anfahren am Berg« benutzt. Sie sei weder Frau noch Mutter, sagte sie, und was die Vergangenheit anbetraf, so war sie in Rhodesien keinesfalls Missionarin gewesen, sondern Lehrerin an einer englischen Missionsschule, mit »böt« und »öpp« und in diesem Stil. Nach 1945 hatte sie hier in Göttingen Anschluß gefunden an die englischen Besatzungstruppen, was die herrlichsten Pakete zeitigte. Fotos existierten, auf denen sie mit englischen Offizieren zu sehen war, im Hainberg, picknickenderweise.
Auch jetzt noch regte sie das an, Picknick zu machen, und einmal taten wir ihr auch den Gefallen. Mit sonderbaren Mützen auf dem Kopf, Spazierstöcken und allerlei Körben, das Fräulein Lehmann in der Mitte, zogen wir den Hainberg hinauf, und dort lagerten wir malerisch gruppiert, und so, als

sollten wir fotografiert werden. Spaziergänger, die zufällig des Weges kamen, blieben stehen.
Mich mochte sie nicht. Die andern konnten herumalbern, so viel sie wollten – der alte Witz von der »Repunsation« war beliebt – da saß sie nur bekümmert und stumm dabei, aber, wenn *ich* mal was von mir gab von der Entschädigung, daß ich die nicht gekriegt hätte, zum Beispiel, und was das für eine große Ungerechtigkeit ist, fuhr sie gleich auf. *Sie* hätte *auch* keine Entschädigung bekommen für ihre Internierungszeit in Rhodesien, den ganzen Krieg über habe sie sich dauernd melden müssen!
Als ich mal sagte, der Nike-Tempel, daß der so schön locker wär', wie aus dem Barock, so ähnlich, da lag ich deutlich quer: Ob ich nicht ganz klug bin, und eigentlich ist das ja eine Zumutung, sich so einen Blödsinn anhören zu müssen.
Etwas Terrain konnte ich gutmachen, wenn ich die Engländer irgendwie lobte. Daß das doch alles ganz wunderbare Menschen sind, und die englischen Autofahrer erst, halten vor jeder Fußgängerin an – davon könnten wir plumpen dämlichen Deutschen uns eine Scheibe abschneiden...
Dann richtete sie sich auf. So ganz von der Hand zu weisen, wäre das nicht, was ich da sage, aber sie, nach dem ersten Krieg in London? Sie habe mal einen Bobby nach dem Weg gefragt, und da habe der nur gesagt: »Ah, you are German...« und habe in die andere Richtung geblickt.

Der Kunstgeschichtler hatte gelegentlich abweichende Ansichten: Er verstand überhaupt nicht, was die CDU mit der Entlassung der Kriegsgefangenen zu tun gehabt habe: »Die wären doch sowieso nach Hause gekommen.« Als er dann aber mal was sagte vom Sozialismus, daß der auch ganz in Ordnung ist, da wurde gerufen: »Ach, du kriegst die Motten!« Er sei ja ziemlich ahnunglos, da merke man eben, daß er Westdeutscher sei! Er solle mal rübergehen in die Zone und sich das ansehen! Sozialismus, da lachen ja die Hühner!
Und hinterher, auf der Straße, als er schon abgezischt war,

wurde erzählt, daß er Sartre liest und eine französische Freundin hat, die immer gleich so scharf rangeht.

Daß Ernst Jünger auf die Frage nach der Wiedervereinigung geantwortet habe, für diese Frage habe er sich Schweigen auferlegt, das fanden wir beschämend. Und daß der Bundespräsident in Göttingen, bei der Einweihung des Historischen Seminars, von ganzen fünf Passanten, und zwar mit nur zaghaftem Klatschen begrüßt worden war, das auch. Heuss, mit seinem fundamentalen Baß! Das wär doch was anderes als das sächsische Gekeife von Ulbricht!

Beliebt war das Diskussionsthema »Sicherheit in der Eisenbahn«, wo man im Zug sitzen sollte, an welchem Platz und wie, damit einem bei einem Unglück nichts passiert: Rückwärts zur Fahrrichtung, damit einem kein Koffer auf den Kopf fällt, und in den drittletzten Wagen einsteigen, hierauf einigten wir uns. Im letzten Wagen zu sitzen, das wäre auch nicht empfehlenswert.

Die Repunsation wurde immer wieder erörtert, daß man dringend mal wieder repunsieren müsse, zum Beispiel, oder daß der Repunsator am Fotoapparat kaputt sei, und die Mimosenpflanze, die auf dem Fensterbrett stand, wurde dauernd am Ohr gezwickt, die brauchte Stunden, bis sie sich wieder erholte von uns.

Der Theologe brachte mich mal radschiebenderweise nach Hause. Einzelne, vom Rasierer nicht erfaßte längere Barthaare hatte er an seiner Kehle, und das Fahrrad war recht altertümlich.

Die Sache mit meiner Entschädigung, daß ich also überhaupt nichts dafür kriegte, daß ich mich drüben eingesetzt hätte für Recht und Gerechtigkeit und die schönsten Jahre meines Lebens unschuldig hinter Gittern – das gehe ihm noch nach. Ob ich ihm mal meine Akten geben könnte? Sein Onkel sei bei der CDU in Einbeck, der würde vielleicht was machen können. Das wär heut' nicht mehr so, daß die Beamten tun und lassen können, was sie wollen.

Mit dem Kunstgeschichtler saß ich mal in einer Konditorei. Wegen meiner nicht gekriegten Entschädigung lud er mich dazu ein, mit »Zusammenhalten« hatte das was zu tun. Er bestellte sich ein Glas Wasser zum Kaffee, was die Bedienung ganz durcheinanderbrachte.
»Die kennen das hier nicht – in Wien ist das selbstverständlich.«
»Momentan«, so drückte er sich aus, arbeite er grade über Doppelbegabungen. Mörike, E. T. A. Hoffmann, Gottfried Keller ... Über die Anerkennung Goethes als Maler sei das letzte Wort noch nicht gesprochen; Fritz Reuter, ein Porträtist, der seine Bilder immer mit den Augenbrauen begonnen habe, und Wilhelm Busch, der ebenfalls mit größtem Behagen »die Doppelflöte« gespielt habe. Der Fleißigste sei Stifter gewesen. Die Pedanterie seines sonderbaren Mal-Tagebuchs stehe in merkwürdigem Gegensatz zu der Beseeltheit seiner Bilder.
Wenn ich mal was sagte, dann schnaufte er ein wenig durch seine enge Nasenwurzel und sah durch mich hindurch.
Ich saß gern mit ihm in dieser Konditorei, weil alle möglichen Leute sich nach ihm umdrehten, was das für ein aristokratischer Mensch ist, der hier im Caféhaus sitzt.

Die Lösung meiner finanziellen Probleme kam unverhofft. Eines Tages klingelte es und einer der Moped-Jünglinge stand vor der Tür. Ob ich ihm nicht Nachhilfestunden in Physik geben könnte, sein Vater sei Arzt, der bezahle das.
Physik! Kraft mal Kraftarm gleich Last mal Lastarm? Das Gesetz von der Erhaltung der Energie? Und daß da, wo *ein* Körper ist, kein *zweiter* sein kann? – Mit Physik konnte ich nicht dienen, auch beim besten Willen nicht.
Am nächsten Tag kam er wieder. Ein Besinnungsaufsatz über die allgemeine Wehrpflicht war fällig, daß die sehr nötig ist, ein Berufsheer tut es eben doch nicht, wo die da drüben all die Betriebskampfgruppen haben. Na, da saßen wir ein paar Stunden zusammen. »Von Kuchenbacken auf Popobacken« kamen wir, wie man so sagt, und was dabei herauskam, waren eine Drei für ihn und zwanzig Mark für mich. Sehr angenehm.

Diese Besuche wiederholten sich, und es war klar, daß dieser Jüngling, der Rainer hieß und ein angenehmer Mensch war, meine Freundschaft suchte.
Daß sein Vater sich dauernd die Schuhe putzt, erzählte er mir, und ob die Deutschen wirklich Juden vergast haben, wollte er wissen. Das kann doch eigentlich gar nicht sein?
Bald brachte er seine Freunde mit, denen sollte ich auch bei den Hausaufgaben helfen, Heinrich Böll, »Der Zug war pünktlich«, und die Gespräche zogen sich bis in die Nacht hin, und das Geld, das floß.
Die Wirtsleute fanden das fabelhaft. Endlich mal einer, der sich um die Jugend kümmert! Daß die nicht zu Halbstarken entarten! – Am liebsten hätten die Nebelungs es gesehen, wenn ich mit den Jungen hinausgezogen wär' in die freie Natur, mit selbstgeschneidertem Wimpel, Zelt und Kochtopf.

Böll hatte abgemeldet, als die Jünglinge erfuhren, daß ich selbst gesessen hatte, also *richtig* gesessen hinter Gittern bei Wasser und Brot. Es war nicht loszukommen von diesem Thema, alles wollten sie ganz genau wissen, und ich tat ihnen den Gefallen und erzählte ihnen von der Einzelhaft, vom Hungern und von guten Freunden, die man hatte sterben sehen.
Sie »hingen an meinen Lippen«, so sagt man wohl, saßen um mich herum, mit runden Augen, und als sie dann noch erfuhren, daß ich hier im Westen nicht einmal von Konrad Adenauer empfangen worden war, geschweige denn ein Jahr Erholungsurlaub in Kalifornien, da sprangen sie auf. Am liebsten hätten sie sich den Pastor geschnappt, der mir fünf Mark aus der Landstreicherkasse gegeben hatte – dem am besten in den Briefkasten scheißen! – oder mal ins Rathaus stürmen und alle Schreibtische umstürzen!
Daß ich keine »Entschädigung« erhalten hatte, erzählte ich ihnen lieber gar nicht erst. Wer weiß, was daraus entstanden wäre.

Mein Schicksal regte sie dazu an, einen Roman zu schreiben,

tagelang ließen sie sich nicht blicken, ich dachte schon, die Sache mit dem Nachhilfestundengeld ist aus und vorbei.
Dann kamen sie eines Abends und drückten mir ihr Manuskript in die Hand: Die Geschichte eines Häftlings, der an einem Winterabend nach Hause kommt. Die Mutter sitzt auf dem Sofa und stopft Strümpfe, und als er in die Stube tritt sagt sie: »Ich wußte, daß du kommst...« – So in dieser Art lief das ab, und ich hatte Mühe es ganz durchzulesen.

Eine schöne Idee war es, mit ihnen Marionetten zu basteln. Ich brachte sie in einer schummrigen Stunde darauf. Mein Bademantel hing in der Tür, und ich hatte vorher einen Zwirnsfaden am Ärmel befestigt und so an Nägeln entlanggeleitet, daß der Bademantel den Arm hob, wenn ich an dem Faden zog. Das tat er denn auch, und zwar im richtigen Moment, und der Erfolg war verblüffend. Wir ließen dann unsere Taschentücher durchs Zimmer hüpfen und die Pantoffeln im Gleichschritt marschieren. Aus Kartons wurde eine Bühne gebastelt, mit Taschenlampen beleuchtet, und dann spielten wir ein Stück, das sich »Ennuie« nannte. Die Hauptpersonen waren Gebilde aus Draht und Korken, und die Musik bestand aus Kammzinkenratschern untermalt von Orff-Xylophon-Tönen.
Wenn ich mal nicht da war, dann winkten meine lieben Wirtsleute ihre Bekannten in mein Zimmer und führten ihnen das vor.
Das war doch außerordentlich, daß hier ein junger Mensch sich um die Jugend kümmert. Darüber kamen sie gar nicht hinweg.

Wenn mir grade mal so war, dann ging ich zur -Filiale und holte das Pummelchen ab. Wer ihr Paßbild gesehen hätte, der hätte gesagt: »Niedlich« oder sowas, aber in natura war da eben doch so manches zu bemängeln. Die kleinen Ohrringe, zum Beispiel, und die Schweißtropfen, die ganz regulär aus ihren Achseln fielen, pink! wie aus einem Wasserhahn.

Leute, die uns begegneten, schauten belustigt drein, und es war ein Segen, daß sie nie Hosen trug, das wäre nicht gegangen. In der Stadt, bei Dunkelheit, ja. Aber eben nicht am hellichten Tag, wo einem wer weiß wer begegnen konnte, beispielsweise meine Jünglinge. Nein, das hätte mich sehr in Bedrängnis gebracht.

Eine kleine Tüte, weiß mit blauen Sternchen zog sie in regelmäßigen Abständen aus der Tasche, mit »Bonzen« drin, wie sie sagte, und dann redete sie und redete, und das war lustig mitanzuhören. Ich brauchte nicht von Händels 39 Opern zu sprechen, ich brauchte auch nicht mit meinen Leiden aufzuwarten, mit »Vater, Mutter, Bruder, Schwester« einschließlich nicht bewilligter Entschädigung, und daß das 'ne große Ungerechtigkeit wär', wo man sich so für's Vaterland eingesetzt hat.

Sie redete und redete, das ging ganz von selbst, so wie der Bach in unserer Straße, den brauchte man auch nicht anzuschubsen.

Die Wäsche wurde mir umsonst gewaschen, das deichselte sie irgendwie, und das war sehr erfreulich. Küssen ließ sie sich übrigens nicht, und das war im Grunde auch ganz angenehm. Im Grunde ist sowas ja auch absolut nicht nötig.

Gelegentlich sah ich Kameraden aus der Zuchthauszeit. »Jupp, die Geige!« und »Jede Menge Barcelona!«, riefen die. Was so ein richtiger Zuchthauskamerad war, der hatte jedoch meistens was anderes zu tun. Das Physikum ist schließlich auch kein Pappenstiel. Das war nicht so wie mit Sepp, der manchmal sogar des Nachts unter meinem Fenster hupte, ob wir nicht mal eben schnell den Hainberg hinauf- und wieder hinunterfahren wollten.

Wenn Ehemalige auf der Straße standen, und man stellte sich dazu, dann war das wie eine Birne unter lauter Äpfeln: »Was, du bist auch in Bautzen gewesen?« wurde gefragt, und dann wurde vermutet, daß man irgendwie nicht richtig in dem richtigen Bautzen gewesen sei, nicht zünftig! Auf Saal VII, das waren noch Zeiten gewesen, mit Knalli und Balli und die Sache mit der Mundharmonika. Wie diese bescheuerten Volkspolizisten nicht mitgekriegt hatten, daß da eine Mundharmonika auf dem Saal existierte, und wie sie das dann doch mitkriegten und die wegnahmen und dann den Knalli oder Balli in den Karzer steckten.

Das richtige Bautzen habe einzig und allein auf Saal VII stattgefunden mit bunten Abenden, Fragekasten, Kulturstunde und Volksliedchor. Punkt. Im Grunde eine schöne Zeit, wenn man das auch nicht laut sagen dürfe hier draußen, das verstehen die Leute falsch. Schön, aber beschissen. Das *bewußte* Leben hatte man gelernt.

Was die Entschädigung angehe, die mir verweigert worden sei, so habe das vielleicht seinen Grund gehabt, was? Im allgemeinen gehe das doch schmerzlos über die Bühne? – Immerhin, man könne ja ein paar Unterschriften sammeln. »Hast du mal was zum Schreiben da?« Nächste Woche ein paar Unterschriften sammeln und nach Bonn schicken oder irgendwohin.

Die Ehemaligen mit ihren Ledermänteln und schwarzen Armbanduhren, waren alle schon beweibt. Der eine hatte sich die jüngste Tochter von Professor Claudius geschnappt, der andere fuhr dauernd nach Hildesheim, wo schon eine Wohnung existierte mit Wohnbereich und Eßbereich und formschöner Lampe am Metallgalgen über einem äußerst niedrigen Teakholztisch. So war das ja nun nicht, daß man die Dinge hätte treiben lassen. PH? Anderer Leuts Kinder erziehen? Also nee. Unterm Chirurgen machen wir's nicht. Dafür haben wir uns nicht in den Knast gesetzt, daß wir womöglich Dorfschulmeister werden.

Bloß kein Kind kriegen vor der Zeit! Das war die Devise.

Einen alten Mann gab es in der Calsowstraße, den kannte ich von Saal IV. Von dem hieß es, der kommt irgendwie nicht recht zu Potte, die Frau sei ihm weggelaufen, und die Kinder antworteten auf seine Briefe nicht. Wenn ich morgens zur Hochschule fuhr, sah ich ihn manchmal an der Bushaltestelle stehen, dann streckte er die Hände nach mir aus, aber ich fuhr

weiter: Im Lyzeum, das Gewimmel, das konnte ich mir nicht entgehen lassen.
Ich ging dann aber doch mal zu ihm, eines Tages, stellte mein Fahrrad an den Zaun und stieg die Treppen hinauf. Eine Dachkammer bewohnte er, und zuerst öffnete er gar nicht! Stand laut atmend hinter der Glastür und fummelte mit dem großen, braunen Zeigefinger die Scheibengardine zur Seite. Auf seinem ungemachten Bett saß er dann mit verlegenen Haaren, stellte mir ein benutztes Bierglas hin, von dem er mit dem Daumennagel Krümel abspringen ließ. Auf dem Fensterbrett stand ein Teller mit Salzheringen.
Gelb-lederig sah er aus, und seine Brille hatte er schon lange nicht mehr geputzt. Er sprach von den Ungerechtigkeiten dieser Welt, daß er keine Rente kriegt, obwohl ihm in Rußland ein Käfer ins Ohr gekrochen ist, der ihm das Gehirn angeknabbert hat. Hier die Aktenordner voll Bitten und Beschwerden, und daß er leider auf dem Gericht laut geworden sei, als er grade habe Recht kriegen sollen, woraufhin der Richter gesagt habe: Also gut, dann eben nicht. Seine Frau säße in Remscheid, die habe den Kindern verboten, ihren Vater zu besuchen.
Immer länger wurde die Geschichte seines Kummers, es war unmöglich, den Fuß dazwischen zu kriegen. In Rußland einen Käfer ins Ohr gekriegt, und vom sowjetischen Militärtribunal wegen Kriegsgefangenensachen, »lebenslänglich« erhalten, obwohl er immer gut gewesen wär zu diesen Leuten. Und hier nicht anerkannt.
Ich sei *auch* nicht anerkannt, sagte ich, und das brachte ihn ziemlich auf! Da stellte er Vergleiche an zwischen einem jungen Dachs und einem alten Hasen, und hier seien seine Akten und so weiter und so fort. Draußen wurde es schon dunkel, als mir endlich einfiel, wie man sowas stoppen kann: Eine Frage stellen, dann kommen diese Leute aus dem Tritt: Wie alt seine Kinder sind, fragte ich also, und das funktionierte. Er überlegte, grabbelte nach den Geburtsurkunden, und das war die Gelegenheit, sich schnellstens zu entfernen.

Sepp nahm Anteil an dem Schicksal dieses Mannes, und er zog sich einen schwarzen Pullover an und fuhr mit seiner schwarzen Vespa hin. Drei Tage lang ging er dem verworrenen Leben dieses Mannes nach, fuhr mit ihm von Amt zu Amt, las die Akten durch, telefonierte und schrieb. Sogar mit der Natur versuchte er es, lud den Mann ein, mit ihm im Hainberg spazierenzugehen, die Buchen, was für wundervolle Stämme die haben und, wenn man richtig hinsieht: leicht gedreht. Aber, anstatt sich zu freuen über diese Wohltat, sah der Mann nur mißgünstig hinter sich und fing nochmal von vorne an, von dem Käfer, der ihm ins Ohr gekrochen ist, wofür er nun keine Rente kriegt, weil er das nicht beweisen kann.
Weil er sich nicht abbringen ließ von seinen Sachen und immer wieder von vorne anfing und noch dazu äußerst vierschrötig auftrat, stieß sich Sepp nach drei Tagen von ihm ab. Der alte Mann einschließlich Aktenbündel wurde sich selbst überlassen wie eine abtreibende Eisscholle, auf der ein Hündchen steht und bellt. Nun irgendwie wieder für sich selbst sorgen, so wurde argumentiert, so sei das ja nun nicht, daß man nicht für seine eigene Zukunft sorgen muß.

Wenn die Jünglinge mal ein paar Tage nicht kamen, dann fehlte mir direkt was. Das Geld – alles schön und gut – was wichtiger war, das war die Gesellschaft.
Als das Marionetten-Theater seinen Reiz verloren hatte, besorgte ich das Buch »Draußen vor der Tür« von Wolfgang Borchert, und das war genau das richtige. Wir saßen um den Tisch herum und lasen das Stück mit verteilten Rollen und wurden immer lauter dabei. Sogar Geräusche wurden erzeugt, die schwappende Elbe zum Beispiel, und zwar mittels einer Schale Wasser.
Das liebe Göttle und die gute Gustel liefen vor dem Zimmer auf und ab, mal sie, mal er, was das nun wieder ist, und sie erzählten es auch Wunderlich, und der regte an, daß wir dieses Stück irgendwann einmal, bei irgendeiner Gelegenheit darbieten sollten, als »Hörstück« könne er sich das vorstellen, als szenische Lesung. Vielleicht komme er mal und höre sich

das an. Und diese Marionettensache, die könne er sich bei der Gelegenheit ja auch mal ansehen. Er wisse noch, daß sie im Landschulheim einmal den »Faust« aufgeführt hätten, auf einer regulären Bühne, mit einer Roll-Kulisse. Wir sollten doch mal den Faust probieren, da gäbe es ein spezielles Puppenstück. Oder den Don Juan, »Alte deutsche Puppenspiele«, dieses Buch könne er mir leihen...

Was die schwappende Elbe bei Wolfgang Borchert anging, so fehlte uns ein Mädchen, das diese Rolle sprechen konnte. Und so kam es, daß eines Abends das Pferdeschwanzmädchen aus der evangelischen Drogerie, intensiv nach Tosca riechend, in meinem Zimmer saß.

Unter den Dozenten an der PH gab es auch jemanden aus Rostock. Es war eine »Sie«, und sie war Professorin, Schlünz-Keilberg war ihr Name. »Ich habe Ihren Herrn Vater gekannt«, sagte sie mit rollendem r, »und Ihrer Schwester hab' ich das Lesen und Schrrreiben beigebrracht.« Meine Schwester sei ein »blitzgescheites Mädel« gewesen.

Ich durfte sie besuchen in ihrer sonnigen, mit heiteren Möbeln vollgestellten Neubauwohnung, ein schafwollener Teppich auf dem versiegelten Stäbchenparkett und genau drei goldgerahmte Motive aus der Manessischen Bilderhandschrift an der Wand, unbedingt gleich groß und akkurat auf gleicher Höhe, 22 mm voneinander entfernt. Der linke König nach rechts gewendet, der rechte nach links, und in der Mitte der König, der sah gradeaus.

Ich mußte mich auf die leinenfarbene Couch setzen, auf der bunte Kissenberge lagen, sowie eine Laute, deren blaue Bänder in kunstvolle Unordnung versetzt worden waren.

Wir tranken Tee aus irdenen Tassen und die Sonne schien durch den in Bastkörben vor dem Fenster hängenden Asparagus. »Ach ja, Rostock!« sagten wir, und der schöne Spruch:

> Überall dringt Bildung durch,
> bloß nicht bis nach Mecklenburg

wurde repetiert und, wie es sich gehört, belacht. Von Bismarck dieser andere Spruch war ja auch ziemlich lustig, wenn die Welt untergeht, dann soll man nach Mecklenburg gehen, weil sie da drei Tage später untergeht, aber der war nun doch zu bekannt, da wehrte man denn nun doch lieber ab.

Frau Schlünz-Keilberg erzählte mir, daß ihr Mann, der Schulrat Keilberg, 1933 aus dem Dienst geworfen, kurz vor 1945 noch im Keller des Lyzeums von den Nazis erschossen worden sei. Sie ging an ihren winzigen Schreibtisch und holte eine Fotografie, auf der sie, im Skiurlaub, mit ihm zu sehen war: lachend!

»Das war in Schreiberhau 1932«.

Die ganze Nazizeit über habe ihr Mann so halb im Verborgenen dahinvegetiert, ab und zu sei er mal mit Gesinnungsfreunden zusammengekommen, in einer Dachkammer: »Um Gottes willen ganz leise!« Wie das später, nach dem Krieg, alles mal werden soll, hätten sie da diskutiert. – Und dann im April 1945 aus dem Haus geholt und erschossen!

Was ich da im Osten unternommen hätte, sagte diese Frau, die ihren Mann verloren hatte, weil er ein aufrechter Demokrat gewesen war, was ich da in Rostock *kindischerweise* unternommen hätte, das sei ja unverantwortlich gewesen! Irgendwelche Flugblätter verteilen oder was, gegen den Sozialismus, zu einer Zeit, in der die Arbeiter bereits die Ärmel aufgekrempelt hätten, Deutschland wiederaufzubauen, planmäßig, und nach exakten wissenschaftlichen Grundsätzen? Anstatt den Werft-Arbeitern beizuspringen, die ein Schiff nach dem andern gebaut hätten als Sühne für das tapfere Sowjetvolk, denen Nieten zuzureichen auf den Helligen oder wie das heißt oder ihnen den Schweißbrenner zu halten – statt dessen kindischerweise irgendwelche Bubenstreiche begangen? Ich hätte doch auch aufs Land gehen können und den Bauern helfen, das unter der faschistischen Gewaltherrschaft ruinierte Land zu bestellen.

»Noch eine Tasse Tee?«

Anstatt also Hand mit anzulegen an den Wiederaufbau, hätte ich das Sowjetvolk herausgefordert durch kleinliche

Nörgelei, mir also selbst zuzuschreiben, was dann auf mich zugekommen wär. Aber, nun Schwamm drüber.
Daß ich Pädagogik studierte, das freute sie. Das Erlebnis meines Lebens sollte ich als Erfahrung fruchtbar machen und den Kindern in Form von stillem, festem Wesen zurückgeben. So wie ihr Mann das bestimmt getan hätte, wenn er überlebt hätte. *Der* sei Antifaschist gewesen . . . Das könne man von mir wohl nicht gerade behaupten, was? Gegen das tapfere Sowjetvolk konspiriert – aus der Pimpfenzeit nichts gelernt, einfach so weitergemacht, als wenn nichts wär'?
Aber nun Schwamm drüber, sie wolle mir helfen, auf dem Weg zur Umkehr. Dafür sei es nie zu spät. Auf allen Ebenen rege sich bereits die Erkenntnis, daß das Lager des Friedens das einzig Wahre sei.
Aus dem Schlafzimmer holte sie einen Karton mit Papieren: Der Nachlaß ihres Mannes, treu bewahrt. Entwürfe über die Erziehung der Jugend nach dem Krieg, daß alles besser wird mit unserm Volk.
»Etwas naiv, manchmal«, sagte Frau Schlünz-Keilberg, »aber rührend.«
Das wär' doch was für mich? Sie gäbe mir das jetzt alles mit, und ich könnte es behalten, solange ich wollte. Sie käm' im Moment doch nicht dazu, wär' auch etwas abgerückt von diesen Dingen. Der Mensch entwickelte sich eben weiter.

Am Abend fuhr ich zu Sepp. In seinem Zimmer sah es aus, als sei da ein Biber am Werk gewesen. Für irgendein Mädchen hatte er sich hingesetzt und eine Holzschale zu schnitzen begonnen, absolut zünftig mit tadellosem Schnitzzeug. Der Fußboden war bedeckt mit Spänen, und grade überlegte er, ob er es nicht machen sollte wie die Steinzeitmenschen mit ihren Einbäumen: Feuer legen und die Höhlung der Schale ausbrennen!
Als ich ihm von der Schlünz erzählte, legte er sein Schnitzzeug beiseite.
»Die Schlünz?« Bei *der* sei ich gewesen? Ob ich denn nicht

wüßte, daß die bei der Friedens-Union mitmischt? Fahre dauernd nach Moskau und treffe sich mit obskuren Ostermarsch-Leuten? Im letzten Jahr, bei der Ungarn-Demonstration, hätten sich diese Leute unter den Schweigemarsch gemischt und hätten plötzlich Plakate gegen die Suez-Sache in die Höhe gehalten!

Wir fuhren in die Stadt und setzten uns in eine Eisdiele, Pistazieneis gab's da, das kannten wir noch nicht, und: ihm kommt es hoch, sagte Sepp, wenn er diese Ostermarschtypen sieht. Alles unterwandert, und ein Segen, daß die KPD verboten ist. Wollten hier die Dinge auf den Kopf stellen! Als ob das nicht schön sei, daß man hier in der Eisdiele sitzen kann und Pistazieneis essen. An all die Toten in Bautzen müsse er denken, und er muß jetzt unbedingt auf andere Gedanken kommen, sonst kann er die ganze Nacht nicht schlafen.

Wir fuhren ins »Studio« zur Spätvorstellung, was lag näher. »Schock« hieß der Film, den es zu sehen gab, und uns standen denn auch die Haare zu Berge. Ein Astronaut wird in ein Ungeheuer verwandelt: höchst widerlich und Angst erregend, aber ablenkend, und das war ja der Sinn der Sache.

Danach saßen wir draußen noch ein wenig auf den Treppenstufen des Kinos, es war eine wundervolle Nacht, und wir beobachteten die Nachtfalter, die um die Neon-Laternen herumtaumelten. Es war zu sehen, daß da hinten ein annehmbares Mädchen saß, und nicht sah man, daß man selbst betrachtet wurde, von irgendwoher.

Ob er sie nicht kennt? fragte Sepp das annehmbare Mädchen, und als sie »nein« sagte, *»Gott sei Dank* nicht« oder sowas, redete er irgendwelches Blech, das sich wie eine physikalische Fachsprache anhören sollte. Daß er mit Elementarteilchen zu tun hat, sagte er, mit den Vespa-Schlüsseln klingelnd, und die Minox zog er aus der Tasche, weil die sich vertüdelt hatte oder was, und als das Mädchen endlich mitkriegte, daß er ein ganz hübscher Junge ist, machte er sich weg, kam zu mir und sagte laut, er muß nochmal eben schnell ins Institut, weil er dort den Durchbrenner nicht eingefiltert hat für Professor Glotz, den

bekannten Nobelpreisträger. Morgen soll ja die Repunsation erfolgen, und das sei 'ne ziemlich ernste Sache.
Dann fuhren wir quäkend durch die stillen Straßen: Auf dem Marktplatz Studenten, die das Gänseliesel küßten, und vor dem Theater das sich verlaufende Shakespeare-Publikum in einer Wolke von Mief.
Auch vor das Haus der Frau Professor Schlünz-Keilberg fuhren wir. Wir stellten uns unter das Fenster mit laufendem Motor: brumm-brumm! Das kann einem keiner verbieten, hier im freien Westen, den Motor laufen zu lassen, ab und zu mal Gas geben und laut lachen? – Als dann das Licht anging bei dieser Frau: brumm-brumm!, setzte Sepp sein Ding wieder in Marsch. Einmal um den Block herumfahren, und wenn sie denkt: Gott sei Dank, endlich Ruhe, und das Licht wieder ausknipst, sich in die Kissen zurückgleiten läßt, um von Werktätigen zu träumen, die unter einem Fahnenwald an Ulbricht vorbeimarschieren, dann schnell noch einmal hinfahren und unter ihrem Fenster den Motor hochdrehen. Um den Block herumfahren, das kann einem auch niemand verbieten, hier im freien Westen.

Ins Kino gingen wir mehrmals die Woche. Im Studio sahen wir den Film »Jonas«, in dem Robert Graf mit leerem Gesicht durch die Straßen irrt, und »Das Dach«:

> Obdachlose Neuvermählte machen sich in
> Rom den Brauch zunutze, daß jeder,
> dem es gelingt, auf Stadtland unbemerkt
> ein Haus zu bauen, nicht mehr vertrieben
> werden kann...

so stand es im Filmdienst. Und das war schon eine spannende, ans Herz greifende Geschichte, wie die Freunde des Bräutigams den Schuppen da hochmauern in Null Komma nichts. Als die Polizisten um die Ecke kommen, setzen sie grade den letzten Stein ein! Drinnen die junge Frau mit einem geliehenen Baby, wie eine Madonna...
Auch »Das Wunder von Mailand« sahen wir im Studio. Einem brüllenden Polizeioffizier wurde eine Arie von Puccini

in den Mund gelegt. Drei Reihen vor uns saß Wunderlich mit seiner Frau. Und als ich über diesen Einfall laut lachte, drehte er sich um. Daß das nicht komisch wär', sollte das bedeuten, sondern tragisch.

Jeden Freitag gingen wir zur Nachtvorstellung in die »Krone«,

TAL OHNE GESETZ

Die letzte Vorstellung freitags nacht wurde von den Studenten traditionell zum Jux-Machen benutzt. Da ging ein Kringel Fleischwurst herum und: »Oha?« und »Ah!« wurde gerufen, und: »Knall ihn ab!« Das war noch das mindeste. Leute gab es, denen spontan die treffendsten Bemerkungen einfielen. Da war man denn doch stolz, in einer Universitätsstadt zu leben und dazuzugehören, Göttingen, eine Stadt, in der es junge Menschen gab, die so klug dämliche Bemerkungen machen konnten.

Nicht ganz so sicher war man, ob der faule Zauber der Studenten oder der Gegenprotest regulärer Kinobesucher komischer war, Leute vom Lande oder Büroangestellte, die den Film in Ruhe ansehen wollten, und die nicht wußten, daß man hier freitags in der Nachtvorstellung mit Knallerbsen schmeißt und Wecker klingeln läßt. Auch die vergeblichen Versuche des Kinobesitzers, Disziplin zu halten, auf dem Seitengang hin- und herzulaufen, die Hand über den Augen, ob er die Störenfriede nicht ausfindig machen kann:

»Sie da!«

»Ich?«

»Nein, Sie!«

Auch das gehörte dazu.

Ins Studio gingen wir wegen der Kunst, in die Krone wegen dem Jux. Auch die andern Kinos klapperten wir ab, Romy Schneider, die hatte irgendwas an sich, »Robinson soll nicht sterben«, da gingen wir hin und natürlich zu den »Sissi«-Filmen. Die fanden wir zwar schlecht, aber die Tränen rollten manchmal doch.

Das Sommersemester ging schnell vorüber. In leichten Klei-

dern, mit wehenden Röcken, schritt die pädagogische Jugend durch den parkartigen Garten der Hochschule, die jungen Männer im Freizeithemd, Professoren auch mal ohne Jacke und die Professorinnen in weißen Schuhen.
Die jungen Menschen saßen als Deutschlands Jugend zu Füßen großer alter Männer, die aus der Weimarer Zeit so oder so herüberragten, entweder mit Widerstandsverdiensten versehen oder mit Nazi-Berührungen, oder sie wirbelten als in die Zukunft gerichtete Generation in fröhlichem Spiel auf der Wiese durcheinander.

Ob er aber über Oberammergau
oder aber über Unterammergau
oder aber überhaupt nicht kommt,
ist nicht gewiß!

Abends musizierten diese jungen Menschen mit übergroßen Blockflöten und zirpendem Cembalo bei geöffneten Fenstern fröhlich-emsig vor sich hin. So mancher Passant, der an der Hochschule vorüberging, dachte vermutlich, was für eine zauberhafte Welt das ist, die sich hier entfaltet.

Zum Semesterschluß gab es ein zweiteiliges Fest. Der erste Teil ward »Sportfest« genannt und fand an einem Donnerstag statt. Es mußte gelaufen, gesprungen und geworfen werden, was als »Dreikampf« bezeichnet wurde. In sogenannten »Riegen«, bestehend aus Studenten beiderlei Geschlechts, standen die jungen Menschen hintereinander mit gegrätschten Beinen: durch diesen Tunnel mußte man hindurchkriechen, einen Ball vor sich herschubsend. Wenn dies nicht schnell genug geschah, wurde einem zugerufen, daß man nicht einschlafen soll.
Anderswo wurde gelaufen – »Auf die Plätze, fertig, los!« – und gesprungen, wobei lange zu diskutieren war, ob das Bandmaß mit der Null zum Absprungbalken hin zu halten sei oder umgekehrt.
Das Werfen wurde von Professor Enkelsohn beaufsichtigt. »Vierundvierzig Meter!« schrie er. – »Wie?« wurde zurückgerufen und so in diesem Stil.

In einer Ecke des Sportplatzes, den man für diesen Vormittag von der Universität hatte mieten können, versuchte sich unterdessen einer am Stabhochsprung. Stand da und wog den Stab in der Hand, mit dem irgendwas nicht richtig war. Und die Sprunglatte, hängt die nicht schief? Daß er es mit diesem Unternehmen ernst nahm, das war ihm anzusehen. Zuhause, auf seiner Studentenbude, rechnete er vermutlich sämtliche Anlaufgeschwindigkeiten aus, plus Sprungwinkel und Hochhangelei. Ernste Zuschauer hatten sich bei ihm eingefunden: das ist eben das Großartige an unserm Volk, daß es nicht lockerläßt!

Unterdessen spielten die Dozenten Prellball, da schloß sich niemand aus! Der gründliche Wunderlich, der dicke Enkelsohn, Frau Holzammer und die Schlünz-Keilberg. Eine Fahne flatterte über dem allen, schwarz-rot-gold, und hinten in der Ecke brauste Beifall auf: da hatte der Stabhochmensch zum ersten Mal die Latte gerissen.

»Mens sana in corpore sano sit«, wurde ein ums andere Mal gesagt und es stellte sich heraus, daß das ungenaue Gehutsch über die feschesten Trainingsanzüge verfügte und braungebrannt mit Spannkraft versehen war, was sich in spezieller Gestik ausdrückte und federnder Bewegung, wogegen das strahlende Gemieder Schweiß absonderte, ohne daß etwas dabei herausgekommen wäre! Turnhosen trugen diese Mädchen, die pluderhosenartig mit Gummizug versehen waren, und die dazugehörigen Männer hatten sogenannte »Käsebeine«, blaß vom vielen Lange-Unterhosen-Tragen.

Stoppuhr und Bandmaß wurden zwar verwendet bei diesem Sportfest, waren aber eigentlich verpönt, es ging nur ums Teilnehmen. Eine freie Gemeinschaft bilden, um fröhliches Tun herum. Bevor man überhaupt einen einzigen Laufer getan hatte, bekam man schon einen Punkt: Für bloßes Beteiligen.

Ich versuchte mich zu drücken. Das Werfen focht mich nicht an, das hatte was Wissenschaftliches an sich. Man tat's, studierte Tabellen und tat's nochmal. Auch das Springen war mitzumachen: die Schwerkraft zu erfahren. Dies heißblütige

Anlaufen und Landen im kühlen sauberen Sand. Selbst wenn es hieß: »Übergetreten« – das Springen war lange nicht so widerwärtig wie das Laufen, bei dem es sofort offenbar war, daß man zu den sogenannten »Flaschen« gehörte. Als ich zum Laufen dran war, sah ich es wohl, daß man mich suchte. Aber »austreten« müssen, das kann ja jedem mal passieren. Laufen – das stellte ich mir vor als Lustwandeln in schnellerer Gangart: Waldlauf etwa, zu zweit, und sich dabei unterhalten. Und wenn man über einen Graben setzt, dann dem andern helfen.

Am Sonntagabend sollte dann in Bremke auf der Freilichtbühne »Die versunkene Glocke« aufgeführt werden, mit Orffscher Musikuntermalung. Dies war der zweite Teil des Festes. Schon wochenlang hatten die entsprechenden Übungen durch das Haus getönt, ob nun vom »Mut zur Lücke« oder von »Lörning bei duing« die Rede war.

Busse waren angemietet worden, damit man schon auf der Hinfahrt zu einem gewinnbringenden Gemeinschaftserlebnis kommt, mit Lachen und mit Schabernack und mit gemeinsamen Liedern, bei denen sich keiner ausschließt!

> Die Lampe brennt so trübe,
> es fehlt sie an das Fett,
> der Jüngling, wo ich liebe,
> der liegt schon lang' im Bett.

Leider blieben die Busse zur Hälfte leer. Als man sich im Kaffeegarten von Bremke die Sache recht besah, da war das 'ne ziemliche Bescherung! Es wurde gezählt und wieder gezählt, mit Block und ohne, aber es wurden und wurden nicht mehr. Da nützte auch nichts der eine Student, der noch mit dem Fahrrad nachkam, in lustiger Schulmeisterverkleidung à la Lehrer Lempel, der machte den Kohl auch nicht fett.

Besonders betroffen war die Bibliothekarin. Die hatte recht gedacht, sie könnte sich bei dieser Gelegenheit die schwarzen Schafe heraussuchen, die sich stapelweise Bücher liehen und abolut nicht zurückbrachten. Diese Frau war ziemlich ratlos.

Das war aber noch gar nichts, gemessen an Wunderlichs Ratlosigkeit, die rasch in äußerste Erregung umschlug.

Die Busse nur halb besetzt? Wunderlich scheuchte den Lehrer-Lempel-Akteur fort, der ihm aus einer Schriftrolle mit Siegel ein Knittel-Gedicht vortragen wollte. Die Studentenvertreter ließ er an seinen Tisch treten, und laut wurde er! Ob sie vielleicht nur die Sprache der Knute verstünden, wurden sie gefragt, und ob sie meinten, daß Freiheit dasselbe wie Schlendrian sei? Was? Er wolle jetzt eine Antwort haben? Auf der Stelle!
Die Studentenvertreter, drei Jünglinge, ein älterer Mann und ein Mädchen, zuckten die Achseln. Am besten so tun, als ob nichts wär, das schlugen sie vor. »Ga nich um kümmern«, so nach dieser Devise. Hinterher eine Briefaktion starten, und allen Kommilitonen, die hier durch Abwesenheit glänzten, schreiben, wie ungeheuer großartig das Sommerfest gewesen sei, damit sie sich tüchtig ärgerten!
So tun, als ob nichts gewesen wär? »Ga nich um kümmern?« schrie Wunderlich, räumte seine Jackentaschen leer und räumte sie wieder ein: O nein! Ein solcher Mangel an Gemeinschaftsgeist müsse offengelegt werden: dies sei ein Copei'scher Moment, den könne man nicht ungenutzt verstreichen lassen.

Durch Feld und Buchenhallen
Bald singend, bald fröhlich still . . .

Das Eingangslied war kaum verhallt, von allen trotz einer gewissen Belämmerung wiegend und mit glucksender Musikalität herausgebracht – vom Professorentisch hallten laute Worte dazwischen – da stieg Wunderlich auf einen umgedrehten Eimer. Er stieß wie Lenin die Faust in die Luft und rief, er überlege sich, ob dies Semester überhaupt angerechnet wird, denen, die nicht da sind, denn Schluß wär' erst morgen! Stieg runter und wieder rauf auf den Eimer: Er lasse eine Liste herumgehen, da trägt sich jeder ein, eigenhändig und nicht etwa in Druckschrift! – Die Hühner des Kaffeegartenbesitzers, die um ihn herumstanden, legten den Kopf auf die Seite und hielten ein Bein hoch, und die Studenten prüften mit der Hand den Scheitel, ob sie sich auch ordentlich gekämmt haben: Dies war wieder mal ein Ding!

Selbst das rasch angestimmte zweite Lied:

Mich brennt's in meinen Reiseschuhn...

konnte den Wüterich nicht bremsen. Man sah ihn am halbbesetzten Professorentisch die Faust auf den Tisch schlagen und vom »Aderlaß des Pflichtbewußtseins« sprechen, »in Rußland ausgeblutet«, hier, er selbst, schwer verwundet, die ganze Seite aufgerissen!

Als es ans Suppefassen ging, stellte sich heraus, daß kaum einer etwas wollte. Die aßen lieber eine Stulle und tranken kühlen Saft dazu, anstatt die von einer Großküche angelieferte Erbsensuppe zu essen, dick und in dieser Sommerhitze. Die Ausgeber warteten mit der Kelle in der Hand und wurden sie nicht los. Nichts zu machen! Wunderlich fuchtelte mit seinem leeren Teller in der Luft herum und schrie: »Rußland!« Daß er verlangt, daß jeder sofort einen Teller Suppe holt! Damals wären sie froh gewesen, wenn sie eine so schöne Suppe gehabt hätten!

Ich ging gleich zweimal hin und deutlich am Professoren-Tisch vorüber – an dem der Rektor übrigens durch Abwesenheit glänzte – und ein erbittertes Gesicht machte ich dazu, daß ich das auch für eine Schweinerei halte: Sich auszuschließen aus der Gemeinschaft... Und die drei Herren von der Waffen-SS und die blonden Kantoreitypen vom Sylt-Verein, die sich beim Sportfest immer einen verknacksten Fuß nach dem anderen geholt hatten, taten das ebenso:

Wir lieben die Stürme, die brausenden Wogen...

Wir werden dafür sorgen, daß die pädagogische Fackel weithin leuchtet!

Das ungenaue Gehutsch war nur in einigen wenigen Exemplaren vertreten, und die saßen Zigarette paffend und Bier trinkend irgendwo im Hintergrund. Diese Existenzen waren es vermutlich auch gewesen, die bei Wunderlichs letztem Wutausbruch dorfmäßig gekräht hatten.

Als es dann dämmerte und alles in der Freilichtbühne saß, und als die ersten Orffschen Glockentöne mit Triangel, Bek-

ken und musikantischen Flöten ertönten, da beruhigten sich die Gemüter. »Die versunkene Glocke« von Hauptmann wurde gespielt, ein Stück, in dem auch ein Schulmeister vorkam. Das Rautendelein sah reizend aus. Da nickte der Herr Wunderlich seiner Frau denn doch zu: ganz erstaunlich, diese Begabung! Und eine so große Rolle im Examenssemester auswendig zu lernen?
Ein lauer Wind wehte die Mückenschwärme fort und verteilte den würzigen Geruch von Herrn Enkelsohns Zigarre. Der silberne Mond war im Zunehmen begriffen und einzelne, kräftigere Sterne funkelten beachtlich.

Hinterher, als der Applaus verrauscht war und sich alles aufgeräumt zerstreute, als schon das Pärchenbilden angefangen hatte und sich eine Art Sommernachtstraum-Stimmung über den Wald legte, mit der armen Frau Ratke als huschendem Phantom, ratlos, eine Taschenlampe in der linken Hand und Karteikarten in der rechten, da sah man einzelne Dozenten von Gruppe zu Gruppe schreiten und agitieren: Die Studenten sollten doch mal selbst sagen: Den Herrn Wunderlich, der sich so gefreut hat auf dies Gemeinschaftserlebnis, so zu enttäuschen! Wo das doch seine Idee gewesen wär'! Harmonie, Frieden und Eindrücke schaffen fürs Leben! Wir würden das später noch selbst erleben, wenn *wir* mal in einer Abschlußklasse sowas inszenierten. Ob wir uns nicht bei Wunderlich entschuldigen wollten? – Die Cusius setzte sich zu mir und redete auf mich ein: ich als vernünftiger Mensch, ich müßte die andern beeinflussen!
Ja, ich war auch fürs Entschuldigen; saß da am Tisch und rauchte Pfeife und gab ihr recht. Als dann aber Frau Ratke mit ihren Karteikarten auf mich zuschoß und mich fragte, ob ich Oldewurtel hieße, und ob *ich* das nicht wär', der den Dewey noch immer nicht zurückgegeben hat: »Demokratie und Erziehung«? Ich sollt' da mal eben sitzen bleiben, sie kommt gleich wieder, das wär' ja nun wirklich noch schöner! Als das geschah, drückte ich mich denn doch lieber in das Dunkel, obwohl ich keineswegs Oldewurtel hieß. Da drüben war Sepp

zu beobachten, der wegen des Rautendeleins zu einer strategischen Zangenbewegung ansetzte. Mit Holunderkügelchen beschoß er sie, was sie gar nicht wußte, wo's herkommt.
Extra für die »Versunkene Glocke« hatte er sich ein automatisches Blitzgerät angeschafft, und alle hatten es in Ordnung gefunden, daß er während der Vorstellung so halb auf die Bühne gekrochen war und in peinlichster Genauigkeit Bild auf Bild schoß. Sogar hinter die Felsenbühne hatte er sich geschlichen, und als eben der Waldschrat per Strick den Felsen hinaufhangelte, glotzte ihn der Sepp von oben an und blitzte. Ein Album mit den schönsten Fotos wurde vom AStA zusammengestellt und nach den Ferien Professor Wunderlich übergeben, zur endgültigen Stillung des Sturms. Der zeigte es dem Rektor nicht ohne Stolz und übergab es versöhnt der Bibliothekarin, die nun wieder völlig ratlos war, wie sie das katalogisieren sollte.
»Ich glaube, Lieselotte, ich habe mich hinreißen lassen.«

IV. Teil

20

Der Sommer 1957 war heiß. In der Zeitung stand, daß man Wasser sparen soll, die Leine weist den tiefsten Stand seit soundsoviel Jahren auf.
Die Göttinger Teenager lagen in den Freibädern, und die Straßen waren dementsprechend leer. Außer ein paar blassen Examenssemestern, die wie Axolotl durch die Gassen schlichen, waren alle Studenten nach Hause gefahren, eine veränderte Stadt, ganz ohne die erotischen Spannungen, die sonst in den Straßen quer lagen wie magnetische Ströme.
In die »Krone« konnte man gehen so oft man wollte, da wurde kein Fleischkringel herumgereicht, und im »Studio« die Spätvorstellung fiel aus.
Ich ölte die Fahrradkette und schnallte die Aktentasche mit Tabak, Pfeife und belegten Broten an die Stange. Den Hainberg fuhr ich hinauf, zur »Kehr«, wo es Reiterinnen zu besichtigen gab – anregend für den, der sich in das Pferd hineinversetzt – und einen eingesperrten Hirsch, mit dem man nicht so gern getauscht hätte. Von der Mackenröder Spitze aus hatte ich einen Hans-Thoma-Blick ins Land, und am Seeburger See, das Lokal, das war geschlossen. Wenn ich eine schöne Stelle fand, dann legte ich mich ins Gras und betrachtete die Wolken.

Auch zur Plesse fuhr ich, um von der unteren zur oberen Burganlage hinauf- und von der oberen auf die untere hinunterzugucken, ob da Mädchen stehen, die man mit kleinen Steinen bewerfen könnte oder mit sonstwas, daß die sich wundern, wo das herkommt. Aber zu dieser Zeit waren da keine Mädchen, jedenfalls keine Studentinnen. Auf der Plesse stöberten allenfalls schwitzende Eltern herum, mit Spazierstock und Dackel, ob man nicht *noch* was kaputtmachen kann – hier, diesen Stein, der hier auf der Mauer liegt,

der müßte doch losgepurrt werden können? Wie der dann wohl den Berg hinunterkollert.
Irgendwie machte es sich so, daß ich das Pferdeschwanzmädchen aus der evangelischen Drogerie dazu bringen konnte, mit mir zur Plesse zu fahren. (Ob sie wisse, woraus Lakritze fabriziert wird, fragte ich sie in einem günstigen Moment. – Nein, das wisse sie nicht.) Sie fuhr vor mir her, den Rock mit der Linken niederhaltend, und die Leute, die uns begegneten, drehten sich um.
Der Ausflug endete damit, daß sie Jünglinge traf, die sie aus der Berufsschule kannte. Ich stand eine Weile daneben, und ihr war es recht, daß ich: »Na denn ...« sagte und alleine weiterfuhr, wesentlich gemächlicher als zuvor: sie hatte ein ziemliches Tempo vorgelegt.

Abends mußte ich den Wirtsleuten Bericht erstatten von meinen Unternehmungen, und die stellten dann durch Querfragen fest, daß ich so gut wie nichts gesehen hatte, und sie ergänzten meine Eindrücke mit Ansichtskarten und Bildbänden. Roswitha von Gandersheim wurde erwähnt oder die Pfalz in Grohne, ein historischer Ort, von dem allerdings nur noch ein Hügel existierte, weswegen sie auch nicht zu finden gewesen war.
Einmal hatte ich einen Buchenzweig mitgebracht, von rohen Menschen abgerissen und weggeworfen. Daß ich ihn *gefunden* hatte, klang nicht sehr glaubhaft, und das glaubten sie mir auch nicht, die beiden guten Alten. Einen Buchenzweig abzureißen! Hand an die Natur gelegt! Waldfrevel!

Meine Jünglinge schickten Postkarten aus dem Teutoburger Wald. »Wir sitzen hier im Waldcafé und schlürfen Limonade ...«
Die langen Diskussionen, ob Fotografie Kunst ist und warum Eltern immer so verkalkt sind, hatten mich zwar oft recht mitgenommen, aber nun entbehrte ich sie doch. Eine der Mütter sprach mich an auf der Straße, sie freue sich so, daß ich mich um ihren Jungen kümmerte. Seitdem ich da sei, wär' er

so nachdenklich geworden, und er käme mit Problemen, die *ihr* im Leben nicht eingefallen wären.
Ob ich nicht mal zum Kaffee kommen wollte, sagte diese 36jährige braungebrannte Frau. Auch ihr Mann würd' sich freuen, mich mal kennenzulernen. Der sei im Augenblick verreist.

Der erste Damenbesuch, den ich ganz unerwartet empfing, erhielt nicht den Beifall meiner Wirtsleute: Ich hatte mich grade etwas hingelegt, nach Tisch, Siesta machen, mit einem Deutschen »Büfstök« des »Ammerländer Hofs« im Magen, da klingelte es dreimal, und das Göttle, Gustel und ich prallten an der Tür mit der Kramerin zusammen. Die Kramerin aus Hatzfeld mit Hut auf dem Kopf! Einen sommerlichen Strohhut, die Krempe überall runter: so als ob sie ganz reich ist und irgendwie zum Pferderennen will.
Das Hütchen stand ihr im Prinzip nicht schlecht und auch das weiße Kleid war in Ordnung – aber doch nicht in Göttingen! In einem Modejournal, da hätte man sich dieses Menschenkind vielleicht sogar etwas genauer angesehen, aber in natura ging das nicht.
In meinem Zimmer konnten wir nicht bleiben, das war klar, da war zuviel Türenklappen um uns herum und Husten: Was das bedeuten soll, hier Damenbesuch zu empfangen? Und Gustel klopfte und fragte, ob sie eben mal was aus der Kommode holen kann, und es tut ihr leid, sie hat noch was vergessen. Also: das ging nicht. So zeigte ich denn der Kramerin die Stadt, die Professorenburgen, »hier hat Max Planck gewohnt«, den Weg, den Hölty so oft, so oft gegangen, das Gänseliesel, das von den Doktoranden geküßt und von der Stadtverwaltung hin und wieder ein paar Meter nach rechts oder links verschoben wird.

Der *kleine* Laden,
der sich *große* Mühe gibt.

Daß mich dieser Werbespruch ärgerte, verstand die Kramerin nicht.
Das Rathaus, mit der Johanniskirche dahinter, der rechte

Turm der Stadt gehörend, der linke der Kirche. Auch auf die Marmortäfelchen der Prominenten wies ich hin – »die Brüder Grimm, nicht wahr, die kennen Sie doch: Von einem, der auszog, das Fürchten zu lernen?« – und auf die abgesägte Platane vor der Universität, was das für eine Schweinerei ist, diesen wunderschönen Baum abzusägen, in der Zeitung hat's auch gestanden.
In der Konditorei Cron & Lanz saßen wir dann und aßen Kuchen, eine Brosche, die zu ihrem Warenhaus-Ring und dem Ohrgehänge paßte, trug sie auf der Brust, und endlich nahm sie dann auch den Hut ab.

Die Kramerin war nach Göttingen gekommen, um sich einer Begabtenprüfung der Pädagogischen Hochschule zu stellen. Sie habe »keine Schule besucht«, sagte sie, worauf ich sie mit: »Abitur, das sagt ja überhaupt nichts« tröstete. Die Prüfung war nicht glücklich gelaufen: Was eine Aktentasche und ein Gasometer gemeinsam haben, hatte man von ihr wissen wollen, und ein Spezialdiktat hatte sie schreiben müssen, in dem so ungefähr alle Schwierigkeiten vorkamen, die es in der deutschen Orthographie überhaupt gibt:

Heute trug ein Heide Häute durch den Hain.

Das alles war nicht sehr glücklich gelaufen. Einige Bewerber hatte man gleich dabehalten, und zu den anderen, auch zu der Kramerin hatte man gesagt: »Sie kriegen dann Bescheid.« Und nun saßen wir bei Cron & Lanz – erst ging ich aufs Klo, dann sie – und zerteilten die Tortenstücke mit der Gabel, und daß *ich* bezahlen mußte, war mir sofort klar.
Wir rechneten nach, wie lange es her wär, daß ich so mir nichts, dir nichts abgehauen war aus Hatzfeld, alles stehn- und liegenlassen und »nicht dergleichen getan«, wie sie es ausdrückte. Von Laudrian, dem Krüppel, war sodann zu reden und von »Woffgang«, dem jähzornigen Burschen. Daß eine neue Kreisstraße gebaut wird in Hatzfeld, wurde gesagt, da oben, wo die Wiese ist, und ein Schwimmbad ist geplant. Die Kramerin hielt auch Mitteilungen bereit über Christine, die düstere Pastorenfrau, und von Ulrike, deren Tochter ir-

gendwie »Kongo« oder was, aber sie dosierte diese Mitteilungen mit Raffinesse, und die Uhr zeigte erst halb vier, und ich wußte wirklich nicht, wie ich das bis zehn Uhr durchhalten sollte.

An das Kaffeetrinken bei Cron & Lanz war ein erneuter Stadtrundgang anzuschließen, diesmal andersrum. Die Jakobikirche brachte immerhin fünfzehn Minuten. Im Reitstall mit seinem schönen Renaissance-Portal war gar eine volle Stunde zuzubringen. Die Übungen einer Voltigiergruppe konnten beobachtet werden, wie die Kinder auf den dicken Hintern der Pferde sprangen, sich auf das Tier hinknieten und -stellten und die Arme ausbreiteten, als ob sie fliegen wollten. Im »Kurschritt« schlenderten wir durch die Gassen, rauf und runter, sie den Hut am Gummiband und die Handtasche fest im Arm. Wie man ein gotisches Fachwerkhaus von einem nichtgotischen unterscheidet, das konnte ich ihr erklären, und daß man an dem Knick einer Straße erkennen kann, wo früher ein Stadttor gestanden hat. Schließlich gingen wir einmal um die ganze Stadt herum, auf dem Wall: nach »Büfstök« stieß ich noch immer auf, und dieser Schlendrian war nicht mehr zu ertragen, die Arme hingen mir schwer in den Achseln.

Nach Besichtigung des »Elefantenklos« – einer etwas sonderbaren Bismarck-Gedenkstätte – ließen wir uns im Rohns nieder, ziemlich erschöpft. Der »Rohns« war ein Ausflugslokal, für Kaffeekränzchen gleichermaßen geeignet wie für Stiftungsfeste, herrlich am Hang gelegen.
Mittlerweile war es Abend geworden. Was für eine schöne Aussicht das sei, von hier oben, das sagten wir: »Die ganze Stadt liegt uns zu Füßen.« Wir bestellten ein Bauernfrühstück mit Bier, und dann kam der Reklame-Zeppelin der Firma Underberg, der flog direkt auf uns zu, und das war irgendwie mein Verdienst.
Warum ich damals weggelaufen wär, wurde ich nochmals gefragt, bei Nacht und Nebel, das sei bös gewesen! Mister! Sie allein sitzenzulassen zwischen all den Idioten! Und nicht ein

einziges Mal geschrieben? – Daß ich meine Märklin-Autos dortgelassen hätte, wär ein feiner Zug gewesen, darüber hätten sich die Kinder sehr gefreut.

Ganz oben auf der »Kehr« fanden wir ein Plätzchen, einen steinzeitlichen Begattungsplatz, Gorillas paaren sich in so einer Kuschelmulde.

Triumph krönt die Figur!

Wir verhakelten uns ineinander und rangelten – jede Menge beau-coup –, und es war aufzupassen dabei, daß sie ihr Kleid nicht zerknüllte, und hoffentlich hatte hier keiner hingemacht.

Sexuell sei sie ziemlich ausgehungert, sagte sie und suchte wild zu dominieren. Ziemlich kräftig war sie, und am liebsten hätte sie wohl Sibirien gespielt und mich mit ihrem Lackgürtel gefesselt, was mir nicht unangenehm gewesen wäre.

»Ich wünsch' dir was, Mister«, sagte sie dann am Zugfenster, und: winken, das war mir doch recht peinlich.

Eines Tages kaufte ich mir eine Badehose und fuhr ins Freibad. In die Chlorglocke tauchte ich ein, die angefüllt war mit Geschrei und Wasserplumpsen: Das wollte ich denn nun doch mal in Augenschein nehmen, junges Volk, wie sich das bewegt und wie es aussieht, das vor allen Dingen.

Einen geeigneten Platz fand ich bald in Nähe des Zaunes unter einer Buche. Zunächst legte ich mir die Aktentasche unter den Kopf, mit meinen Sachen darin, auch mal ein bißchen sonnen. Gleich neben mir stand eine dicke Frau, die trocknete sich ab. Sie trug einen schwarzen Badeanzug, und ich hatte nicht gedacht, daß der menschliche Körper solcher Expansionen fähig ist. Da tat einem direkt das Wasser leid.

Auf der anderen Seite lag eine junge Dame unbeweglich wie ein Brett, und sie lag so da, daß man wußte: die steht so bald nicht wieder auf.

Junge Männer, offensichtlich irgendwelche Perser, Studenten also, die es nicht nötig hatten, mittags in die Mensa zu

gehn, die sich statt dessen in der Taberna über das Essen beschwerten, spielten Ball über die Leute hin, und nun packten sie den einen und warfen ihn trotz Armbanduhr ins Wasser. Weiter entfernt, *zu* weit entfernt, war irgendwas im Busche, da balgte sich halbwüchsiges Volk beiderlei Geschlechts, und zwar ausdauernd. Ich stand also auf und marschierte einen weiten Kreis ab, spiralenartig auf dies Volk da zu: Volk und Aktentasche wechselseitig im Auge, und dann noch aufpassend, daß man nicht in Glasscherben tritt. Als ich in die Nähe der knackigen Jugend kam, hörte sie sofort auf sich zu balgen und fixierte mich. – Damit war es also auch nichts.
Immerhin, an einzelnen Objekten waren Kenntnisse zu gewinnen über anatomische Sachverhalte, die mir bis dato noch unbekannt geblieben waren. Die Anatomien des sogenannten schönen Geschlechts, auf der Straße, unter Rock und Bluse irgendwie kaschiert, hier doch offen zutagetretend.
Da ich nun einmal bezahlt hatte, stieg ich auch ins Wasser, Sprosse für Sprosse, den Bauch durch plötzliches Eintauchen überlistend, sonst wird's nie was. Ich schwamm vor und zurück, ganz wie es sich gehört, aber dies war kein Vergnügen, weil sich immer irgendwelche Menschen einen Spaß daraus machten, kreuz und quer im Becken herumzuschwimmen. Und dann die Jugend, die mit Kopfsprung zwischen die Badenden hechtet. Da steigt man denn doch lieber heraus, trocknet sich ab und fährt kopfschüttelnd nach Haus.

Schöne Buchhandlungen gab es in Göttingen. Ich war bei allen Kunde. Gern war ich bei Peppmüller. Bei dem konnte man anschreiben lassen. Es hieß: der schickt nur in den Schaltjahren eine Rechnung. Ein liebenswürdiger Betrieb. Man kannte die Verkäufer, und die erkannten einen, selbst dann, wenn man dort vor einem halben Jahr nur mal die »Frankfurter Allgemeine« gekauft hatte.
Viel Zeit verbrachte ich in den verschiedenen Antiquariaten. Bei Kerst kaufte ich mir von dem überschüssigen Nachhilfestundengeld Kafka und grüne Galsworthy-Romane, fünf Mark das Stück, diese riesige Familiensaga, von der man

nicht genug kriegen kann, und Gottfried Keller, sechs Bände mit Wasserschaden für nur fünfundzwanzig Mark.
Bei Deuerlich im Grabbelkasten fand ich »Das süße Gift der Sünde«, ein Büchlein, das meine Mutter mal besessen hatte. Vielleicht würde man noch andere Bücher finden von damals, Nils Holgerson vielleicht oder »Die Silberdistel« von Ruth Schaumann (»Junge, verdirb dir nicht die Augen«). Alle Bücher wieder besorgen, die die Eltern gehabt hatten, in eine Kiste packen, und wenn man die ganze Bibliothek beisammen hat, nach Hamburg schicken zur Mutter, und die denkt dann wunder was.
Im Geibel-Antiquariat, bei Frau von Moscherosch, war es besonders gemütlich. Die saß mit dem Rücken zur Kasse, von Studenten umlagert, denen sie Wermut spendierte oder Kaffee, und dann redeten die da, wie schwierig das Physikum ist, und Frau von Moscherosch sagte, sie sei felsenfest davon überzeugt, daß man das schaffen kann, das hätten schon ganz andere geschafft.

Jeden Morgen spielte ich zwei, drei Stunden Orgel, immer rauf und runter. Auf Seite 22 des Etüdenbuchs war ich bald, und vielleicht würde ich bis dann und dann auch noch die Seite 23 schaffen. Erstmal in Ruhe frühstücken und dann Orgel spielen.
Im Keller der Hochschule stand ein Positiv, auf dem übte ich Etüden und Bachsche Choräle, die selbst bei bescheidenem technischen Können ein Höchstmaß an Gedankenreichtum preisgaben. Auch kleinere Präludien gelangen mir schon ganz gut: Es ging aufwärts. Am liebsten hatte ich das freie Fantasieren und da reichte mir das hüstelnde Positiv bald nicht mehr aus. In Geismar, einem kleinen Dorf, fand sich ein freundlicher Pastor, der mir erlaubte, die Orgel zu benutzen, und das tat ich und zwar exzessiv.
Andere spielen ja immer besser als man selbst: ein dunkelhaariges Mädchen in Waschkleid und gestrickter Trachtenjacke namens Christa, altdeutsch frisiert, kam mir in die Quere, die hatte den Bogen raus. Warum sie eigentlich dauernd übte, war

mir unverständlich, die konnte doch schon alles? Mit ihren zierlichen langen Fingern spazierte sie über die Manuale ganz unangestrengt und meistens auch fehlerlos hinweg, sah kaum hin, hielt nur ab und zu mal inne, studierte unbeweglich die Noten, und dann ging's hurtig weiter.
Im Gegensatz zu den Touristen, die unter meinem Spiel gelegentlich den kühlen dunklen Raum betraten und das Orgelprospekt hinaufstaunten, aus dem meine turmhohen Fantasien quollen, konnte ich ihr mit meinen Improvisationen nicht imponieren. Sie lachte darüber, sie fand das komisch. Und noch komischer fand sie die Leute da unten, die sich das so verdaddert anhörten.
Von meinem Orgellehrer, der von der Hochschule unter Vertrag genommen war, hörte und sah ich nichts. Der hatte vor fünfzig Jahren den schlesischen Organistenpreis erhalten, der ruhte sich nun aus. So war es mir nur recht, daß Christa mir zeigte, wie das ist mit dem stummen Wechsel und mit dem Über- und Untersetzen der Beine, und daß ich die Schuhe natürlich anbehalten muß beim Spiel; in Socken spielen ist nicht zünftig. Fehlerkunde: Wie kommt es, daß man sich immer wieder an derselben Stelle verspielt, und was muß man anstellen, damit das nicht wieder passiert.
Einen äußerst sauberen Gehörgang hatte sie, wenn man sie von der Seite her betrachtete. Das schwarze Kraus-Haar über dem verwaschenen Waschkleid: sowas sieht man auch nicht alle Tage.

Nach den gemeinsamen Übungsstunden brachte ich sie meistens noch ein Stück. Menschen, die uns da so nebeneinanderhergehen sahen, stießen sich an: Er so ernst und sie irgendwie intelligent und niedlich zugleich? Die hat als Kind bestimmt mit einem roten Ball gespielt, dachten diese Menschen, und ein verwildeter Pfarrhaus-Garten tauchte vor ihrem Auge auf und das Mädchen darin, die langen schwarzen Zöpfe hinter sich werfend.
Wir führten beide unser Fahrrad, sie rechts, ich links, und der Gesprächsstoff ging uns nie aus, das plätscherte so dahin: Ob

mir das nicht auch so geht, daß ... fragte sie, und ich kramte in meinen Familienstories herum und hielt sie gegen ihre Stories, und das paßte.

Mein Vater war zwar kein Pastor gewesen, wie ihrer, aber in der Mittagszeit hatte ich mich auch nicht mucksen dürfen. Beide Väter hatten Militärmärsche gepfiffen, beziehungsweise, sie taten es noch, und die Mutter: »Zieh dir ja was Warmes unter, Kind.«

Alles war zu verstehen und alles war vertraut, so daß man meinte, man kennt den andern schon ewig.

Weil wir uns immer so gut unterhielten und weil sie mir so nett half, lud ich sie ein zu einem Orgelkonzert: Ein SBZ-Organist aus Wismar wühlte sich in der Jakobikirche ein Stück von Pepping zusammen. Wenn das Spiel von Christa mehr dem Rollschuhlauf eines Schulmädchens glich, hier war ein Fernlastfahrer am Werk.

Zuerst hatte ich noch gedacht: Dies Spiel, das ist ja wie ein Hilfeschrei, eine Art antikommunistische Deklamation, ein musikalischer 17. Juni, und es schluckte in mir auf, ganz automatisch, wie immer in heroischen Momenten: »Die armen Menschen ...« oder so in dieser Art. Dann wurde mir aber rasch klar, daß ich mich geirrt hatte. Hier hatte ein Mecklenburger aus Wis-Maria ganz einfach laut gespielt und schnell, weil da nämlich »forte« stand und »Allegro«. – Wie konnte es einem Menschen, der so unbedeutend aussah und so große Füße hatte und noch dazu aus der Ostzone kam, gegeben sein, so gut Orgel zu spielen? das fragte man sich.

Als der letzte Ton verhallt war und das Göttinger Publikum – »Da hinten geht Percy Schramm« – die Kirche verließ, warteten wir beide auf ihn, ob sich jemand um den kümmert. »Sonst erzählt der nachher, im Westen ist alles mies.«

Nein, niemand kümmert sich um ihn.

Eine Weile gingen wir hinter ihm her, Christa und ich, und wir tuschelten, ob wir ihn nicht zu einem Eis ins Venetia einladen sollten, wie er da mit seinem schweren Schritt dem Hotel zustrebt: vermutlich ohne eine Westmark in der Tasche, aber dann ließen wir es, vielleicht würde er ja beobachtet werden, so dachten wir, und als ordnungsgemäß ausgereister SBZ-Organist mit einem ehemaligen Häftling aus Bautzen in der Eisdiele zu sitzen, das wär' bestimmt nicht so ganz das Wahre.

Wir saßen dann öfter mal in der Eisdiele, abends. Wie in der Kneipe von Arles auf dem van-Gogh-Bild, so saßen wir da. Das billigste Eis kostete vierzig Pfennig, und wir tauschten unentwegt Familienstories aus. »Mein Vater war ein *kleiner* Reeder«, sagte ich, und sie erzählte, daß ihr Vater bald Superus wird und in seiner Studierstube so laut niest, daß der Totengräber auf dem Friedhof das hört.

Zuhören tat das Mädchen Christa löschblattartig, strich zart, aber zielbewußt das Eis von der Kugel, und wenn sie sprach, mit ihrer dunklen Stimme, dann sprach sie nicht zu kurz und zu lang, nicht zu laut und nicht zu leise. Leinenkleider trug sie und selbstgestrickte Trachtenjacken. Ihr Haar war schön und ihre Hände waren zart, wie sie da mit ihrer Bernsteinkette spielte: Der Zeigefinger ein wenig zum Mittelfinger hin gebogen, und der kleine Finger auch. »Ich wunder mich zur Mütze«, sagte sie und meine testartig vorgebrachten Scherze verstand sie ohne weiteres, – »strč prst skrz krk!« – und dann lachte sie irgendwie genießerisch: hum-hum!

Wieso hatte ich keine Meinung von ihr, das muß man fragen. Alles war in Ordnung, aber im Gesicht hatte sie etwas, das mich in Schranken hielt: Jede Menge Zahn! Dieser Mund war unzeitgemäß, anachronistisch, mehr um Nüsse zu knacken als fürs Eisessen bestimmt.

Nach dem Eis waren lange Spaziergänge zu machen. Da kam dann auch das Bach-Händel-Gespräch zu Ehren, daß 39 Opern einfach zu viel sind. Genau wie Haydn mit all seinen Symphonien, Haydn, den man schwer heraushört; zwischen Mozart und Beethoven sitzt der irgendwo. Ja?

Von Doppelbegabungen hatte sie noch nie was gehört: Goethe: Daß, der auch malen konnte, das fiel ihr jetzt ein, und Thomas Mann mit seinem op. 111 im Dr. Faustus, von dem niemand kapiert, daß das op. 111 sein soll, das hatte sie in der Schule gehabt. Und Friedrich der Große, dies berühmte Bild: »Das Flötenkonzert von Sanssouci«, da ist ja deutlich zu sehen, daß er Flöte spielen konnte. – Die Sache mit den Doppelbegabungen begeisterte sie, da lebte sie richtig auf: Hesse fiel ihr noch ein, der im Krieg Aquarelle verkauft hatte, und Gottfried Keller, die Sache mit den Fahnenstangen.

»In Göttingen sind alle Mädchen verlobt«, so wurde gesagt. Christa war es nicht. Schwarzes Haar hatte sie, dunkelblaue Augen und eine zierliche französische Figur, und nicht verlobt. Wir trafen uns also mit dem Fahrrad, sonntags morgens, sehr früh, und dann fuhren wir die Strecken, die ich schon abgefahren war, von denen ich wußte, daß sie Zweck haben und »gehen«: Daß man nicht womöglich in einem nach Teer riechenden Industriegebiet landet, mit endlosen Drahtzäunen und leeren Fässern.
Zunächst fuhr ich nur deshalb mit Christa, weil ich niemand anders dazu bewegen konnte, dann aber tat ich es gern und immer gerner, weil sie immer so genießerisch lachte – »hum-hum!« – und alles kapierte, was ich sagte, und weil ich das, was sie erzählte, auch kapierte, das kannte ich alles schon, obwohl ich es noch nie gehört hatte.
Meistens nahm sie ihre beiden Schwestern mit, was nicht weiter störte, ein jüngeres und ein älteres Semester, die beide so ähnlich aussahen wie sie, Waschkleider trugen und auf entzückende Weise linkshändig waren. Knospe, Blüte und Frucht, so hätte man die drei charakterisieren können: Knospe, Blüte, Frucht, mit äußerst sauberem Gehörgang und sehr viel Zahn, »hum-hum!«
Zu viert fuhren wir durch die Lande, ganz ohne Minox und Vespa, und das war nett und wurde immer netter, bei denen brauchte man nicht mit Schlüsseln zu klingeln! Da brauchte man nur Scherze zu machen, und alles war in Butter.

Die eine lieb' ich,
die and're küß' ich,
die dritte heirat' ich amol...

Wir fuhren den Hainberg hinauf zur »Kehr« und besichtigten die Gattinnen, die hier die Reitkünste ihrer Töchter begutachteten: »Schenkelschluß!« (Porsche oder Mercedes mit dem jeweiligen Gatten in der Nähe), und wir fuhren zur Mackenröder Spitze, wo uns beim Ausblick auf das weite Land Volkslieder einfielen, und zwar mehrstimmig.

Nun will der Lenz uns grüßen
von Mittag weht es lau,
aus allen Ecken sprießen
die Blümlein rot und blau.

Das sangen wir, und zwar nicht musisch bewegt, sondern ruhig und gefaßt. Dies trug uns bewundernde Blicke von Spaziergängern ein, weshalb wir denn auch ziemlich bald verstummten.

Zur Plesse fuhren wir, wo sich die Gelegenheit ergab, den Dorfnamen Bovenden französisch auszusprechen, in Nikolausberg die kleine Kirche mit den mittelalterlichen Pilgernamen an der Wand und die Zonengrenze mit dem Stacheldrahtzaun. Ich legte mich auf den Bauch und hielt die Hand aufs jenseitige Gebiet. Selbst das war ein bißchen kribbelig.
Die schönste Tour war die Wesertour: Bis Dransfeld schieben, und dann in einer einzigen rauschenden Fahrt bis nach Hannoversch-Münden, immer rauf und runter, aber im wesentlichen runter, mit huch! Und hach! und flatternden Röcken.

In Münden das Haus von Doktor Eisenbart suchen und dann die Stelle, wo Werra sich und Fulda küssen, was sie, wie schon gesagt, »büßen müssen«. Alle zusammen auf die Bank setzen und von einem Passanten knipsen lassen, Blende 5 Komma 6, ein einziges Foto genügt, und bei drei Mädchen weiß man nie, wo man sich eigentlich hinsetzen soll, immer ist eins übrig.
Wir aßen Würstchen mit Kartoffelsalat für eine Mark und achtzig, und dann fuhren wir weiter nach Bursfelde, wo es eine romanische Klosterkirche zu sehen gab, mit einer Kuhweide drum herum, und nach Lippoldsberg, ebenfalls romanisch, mit dem Wohnhaus von Hans Grimm, dem sogenannten

»Nazi-Barden« und einer ganz sonderbaren Buchhandlung, die quasi nur die Bücher dieses Mannes führte. In den Vitrinen standen die gleichen Bücher, die auch meine Eltern gehabt hatten, »Volk ohne Raum«, mit gelbem Umschlag, auf dem sich ein Muskelmensch gen Himmel reckt.

Eine Panne hatten wir nie, wenn wir so dahinrauschten, weserabwärts, mit Obstbäumen an der Straße, links und rechts, und sanften Hängen. Lagern taten wir dort, wo heute Parkplätze sind, und es fiel mir ein, die Mädchen meine drei »Bärlappgewächse« zu nennen, linkshändig und nach Zahnpasta riechend: Heuschnupfen hatten sie alle, das muß gesagt sein, und die jüngste, Waltraut hieß sie, war die hübscheste, trotz »Andachtszwiebel«, oder gerade deswegen.
Veronika, die älteste, war die zugänglichste: Wenn ich mit der Kleinen scherzte, lachte die Große. Aber Christa wurde dann still. Mit der Jüngsten durfte ich nicht lange scherzen, dann wurde Christa still und immer stiller.

Obstplantagen sind zum Lagern nicht geeignet, da weiß man nie, unter welchen Baum man sich denn nun eigentlich setzen soll. Am Weserufer lagerten wir, da war's schön, von gelegentlichen Bremsen mal abgesehen, die man bekanntlich erst bemerkt, wenn es bereits zu spät ist. Daß eine Kuhherde durch den Fluß schwimmt, sieht man auch nicht alle Tage: den Kopf über Wasser, und die Leitkuh wird auf einem Boot vorausgefahren: Deutsches Land! So war zu denken, und ich war wohl nicht der erste, der das hier dachte.
Wie kommt es, daß linkshändige Mädchen nicht pfeifen können, diese Frage warf ich auf, als wir auf unserer Decke saßen und hartgekochte Eier mit Kartoffelsalat aßen, was die drei zu Schusterpfiffen provozierte. Die älteste konnte gut schnirpsen mit einem Grashalm, das tat sie ausgiebig, und die Kleine fing Fliegen mit der Hand und zwirbelte sie tot. Ich konnte mit dem »Friseurgriff« dienen, und das Gesichtsalphabet ist ja auch ganz interessant.
Christa guckte mal hierhin und mal dorthin mit ihren großen

blauen Augen. Wenn ich meine Geschichten erzählte, dann lachte sie: »hum! hum!«, und, während ich sprach, tastete sie ihren Geschichtenvorrat ab nach dem, was passen könnte, und dann sagte sie: »Ja«, wunderte sich zur Mütze und erzählte auch »Weißt du noch«-Geschichten von mildem Glanz, anfänglich noch abzuwehren, dann aber hochwillkommen.
Auf der Decke saßen wir oder auch mal in einem Fährhaus, die Weserfähre beobachtend, wie sie an einem Draht ganz von allein hinüber und herüber fährt, und unser Kuchen war schwarz voll Wespen.
Einmal fanden wir die Ruine einer Kapelle am Waldrand, das war das einzige, was übriggeblieben war von einem ganzen Dorf, von den Schweden niedergebrannt im Dreißigjährigen Krieg. Wir stellten uns vor den Altarstein und sangen: »Dona nobis pacem«, ganz ohne musikantisches Gewiege, und das klang wunderbar.
Schade, daß Wunderlich nicht zufällig vorüberkam! »Liese-lotte, es gibt doch noch Werte in unserm Volk«, das hätte er bestimmt zu seiner Frau gesagt.

An einem lauen Sommerabend, als ich grade so schön am Fenster saß und die letzten Spaziergänger den Hainberg herunterkommen sah, klopfte die Wirtin an die Tür, da wären *drei* Mädchen, die wollten mich sprechen. Sie sagte das mit bedeutsamer Miene, weil das was anderes war, als dieses merkwürdige Wesen neulich mit Hut und derart kalten Augen. Das waren nämlich Mädchen ganz so, wie sie mal eines gewesen war, vor vielen, vielen Jahren.
Mit »hum-hum«-Gelächter traten sie also ein, die drei Bärlappgewächse, in Waschkleidern, mit selbstgemachten Kirschkern-Ketten um den Hals, und drüben pfiff das liebe Göttle seine allerschönsten Melodien.

Ach du klarblauer Himmel
und wie leuchtest du schön!

Ich machte Tee, und draußen in der Küche, beim Wasser-Holen, steckte mir Gustel ein paar kleine Kuchen zu, gefällig arrangiert auf einem Blümchen-Teller, und sie fragte mich,

was das für reizende Mädchen seien? Entzückend! Diese Augen – und so einfach gekleidet.
Ich zeigte den dreien das, was an meinem Zimmer zu zeigen war, und ich zeigte ihnen Fotos von meiner Mutter und sagte, daß mein Vater nun schon zwölf Jahre tot ist.
Hier ein Foto von mir selbst als Kind mit weißer Pudelmütze, auf einer Wiese sitzend, und hier als »Lausbub« mit der Arbeitermütze des Nachbarn auf dem Kopf. In der Ecke stand das Marionetten-Theater mit den Drahtpuppen: Vorhang auf! Und: »Wer hält mir mal eben die Taschenlampe?«
Es wurde schummrig und schließlich dunkel, und ich durfte den dreien erzählen, wie es damals gewesen war, als ich in der Zelle auf und ab ging und mir ein Taschentuch um den Hals band, um mich mit dem Löffelstiel durch Strammdrehen zu erdrosseln.
Am nächsten Morgen sagte die Wirtin: »Nein, was für reizende Mädchen! Diese Augen!« Und eine Tischlampe wurde mir ins Zimmer gestellt, damit es bei mir noch gemütlicher ist. Was die Mädchen denn so gesagt hätten, wollte sie wissen. Und, ob die vielleicht aus Frankreich stammen, weil die so zierlich aussehen, und das wundervolle schwarze Haar?

21

Zwischendurch fuhr ich immer mal nach Hamburg zu meiner Mutter. Sie freute sich, wenn ich kam, sie freute sich aber auch, wenn ich wieder wegfuhr, und zwar unverhohlen.
»Wo karrt di de Dübel her?« sagte sie und lächelte so, wie sie meinte, daß sie früher immer gelächelt hatte. Klein, zart und flink holte sie das Letzte heraus aus ihrem verkorksten Leben: in Graal Boot gefahren, drei Kinder zur Welt gebracht und in der Wirtschaftskrise Fliegensuppe gekocht. Nach dem Krieg Kürbis gehamstert und dann in der Zelle gesessen und nicht gewußt warum.
Das Hornsche Grundstück war immer wertvoller geworden, das hatte sie damals nicht hergegeben, obwohl sie von der Verwandtschaft »getriezt« worden war. Nun hatte es sich günstig verkaufen lassen, und von ihrem Anteil konnte sie bequem leben, plus Witwenrente, Ausgleichsrente und so weiter und so fort.
»Herrlich«, sagte meine Mutter.

So winzig hatte ich die Baracke gar nicht in Erinnerung: grün mit weißen Fensterrahmen, winzig und gänzlich überwachsen von Knöterich. Die Trümmer der ausgebrannten Villa hinter der Baracke waren weggeräumt, und an der Pforte stand: »Cornelli, bitte 2 × läuten.«
Cornelli war kein Freund von Verwandlungsmöbeln à la Schlafcouch Oslo, der hatte seine Biedermeiersachen nachkommen lassen. Zuerst hatte er sie von Rostock über die grüne Grenze nach Freiburg gebracht, unter Hundegebell, Stuhl für Stuhl und Schublade für Schublade, quasi im Rucksack, und nun von Freiburg mit regulärem Umzugswagen nach Hamburg. Die beiden hatten es sich gemütlich gemacht auf ihre alten Tage. Altersschwarze Bilder hingen an der Wand, Landschaften mit Tempelruinen im Hintergrund und einem See im

Vordergrund, an dem fröhliche Mädchen einander neckten und bekränzten.
Cornellis ovaler Mahagoni-Tisch stand im Zimmer meiner Mutter, mit gedrehtem Bein, Stühle drum herum und Sofa, und auf dem Tisch lag eine Occhidecke, von meiner Mutter selbst geknüpft. Bei ihm drüben stand alles voller Bücher, spezielle Erstausgaben und kleinformatige Klassiker in langen Reihen: »Cotta 1825.«
Im dritten Zimmer sah es aus wie in einer Möbelhandlung, da war der Mehrzwecktisch untergestellt worden, die Stehlampe mit dem angearbeiteten Rauchtisch, die beiden Noppensessel und die Schlafcouch, Marke OSLO. Das alles wartete auf den Bruder, der immer noch »saß«.

Cornelli: bitte 2 × läuten!

In weißem Leinenjackett und schlotternden Shorts trat er mir entgegen, Cornelli, mit seinen großen Augen, und er streckte beide Hände nach mir aus. Er empfing mich auf eine Weise lächelnd, daß es lieb und außerdem noch klug aussah.
»Ah, das ist ja unser Studiker! Salve! Te saluto!«
Und dann, mich zittrig an die Brust ziehend, ob's noch weh täte? Die Ablehnung? Daß man mich zurückgestoßen habe?

Hinter der Baracke, auf der Terrasse, unter der selbstgepflanzten Birke meines Großvaters, stand nun ein Gartentisch. Wir setzten uns, und es gab Topfkuchen und guten Kaffee dazu, und ich sah es wohl, daß meine Mutter eine besondere Tasse hatte: Meißner Weinblattmuster. Die hatte ihr Cornelli bei einem Antiquitätenhändler gekauft, zur Erinnerung an das verlorene Service.
»Wenn Karl nur einmal so aufmerksam gewesen wäre...«, sagte sie, »ein lieber Mensch, aber schenken, nee, das konnt' er nicht.«
Ein Buchfink kam herbeigeflogen und setzte sich auf eine Stuhllehne. Cornelli drehte in der Baracke das Radio an, irgendwie Vivaldi, und öffnete die Fenster, damit wir sie auch hören könnten, diese klar schreitende Musik, und meine Mutter erzählte von dem Komposthaufen ihres Vaters – »Ich

weiß es noch wie heute« – von den Obstbäumen, die im Tropfenfall gedüngt worden waren, und von Axel Pfeffer, diesem prachtvollen Tier: Beim Bürsten die Augen zugemacht, und wenn gerufen wurde: »So, nun andere Seite!« sich umgedreht, schwupp.

Der Buchfink bekam Kuchenkrümel, und ich mußte von Göttingen erzählen, von den warmen Nächten, in denen man auf der Weender Straße umherflaniert und in Eisdielen sitzt. Auch die stillen Straßen mußten erwähnt werden, den Hainberg hinauf, die originellen Professorenhäuser mit den wundervollen Vorgärten, wo nur selten das Gebrüll von Stiftungsfesten harmlos schlafende Vögel aufscheucht.

»Göttingen ist am schönsten im Frühling...«

Cornelli lachte über meinen Wunderlich-Bericht. Als ich vormachte, wie der so ausgreifend schreitet, lachte Cornelli sehr, und meine Mutter ließ sich auch nicht lumpen: Ich sollte den Mund nicht so schief ziehen, sagte sie allerdings, das wär' doch ganz unnötig. Das entstellte mein Gesicht. Wie Vati, der habe das auch immer gemacht.

Sie hätten gedacht, ich sei deprimiert, wegen dieser Geschichte da, das sagten sie auch, und ich hatte zu tun, daß ich sie von diesem Thema abbrachte.

Dann zeigten mir die beiden den Garten. Die Rosen, wie herrlich die sich machen, eine immer schöner als die andere, und hinten, neben dem Geräteschuppen, dort wo der große alte Birnbaum stand, Dahlien, eine neben der andern. Sie zeigten mir auch die Stelle, wo sie eine Veranda anbauen wollten an die Baracke, sowas sei gar nicht teuer, und das Radio, drinnen, mußte abgestellt werden, weil da nun »Die musikalische Wundertüte« erklang, mit dem Holzschuhtanz aus »Zar und Zimmermann«, den ich eigentlich ganz gerne hörte.

»Conrad Ferdinand Meyer. Eine didaktische Analyse im Hinblick auf seinen Einsatz in der Oberstufe«, so hieß das Thema meiner Semesterarbeit. »Nicht mehr als dreißig Seiten!« und hinten mußte ein Vermerk gemacht werden, daß man die

Arbeit selbst angefertigt hat und nicht etwa abgeschrieben, irgendwo: »Das merkt ja doch keiner...« so in diesem Stil.
»O Gott!« sagte meine Mutter, »*Analyse?*... Sollt' ich das nicht...«
Cornelli erregte sich über das Wort »Einsatz«, er nahm seine mit Leukoplast geklebte Brille ab, kaute auf dem Bügel und setzte sie wieder auf: der Ausdruck »Verwendbarkeit« wäre doch viel besser gewesen, »Einsatz«, das klänge so nach der Nazi-Organisation Todt! Er zählte andere Wörter auf, die noch aus der Nazizeit stammten und fröhlich weiterverwendet würden, als wenn nichts gewesen wär': »Betreuung«, »Entartung« und »Ausrichtung« zum Beispiel... Ich sollte mich melden bei Wunderlich und das abändern lassen, sagte Cornelli. Wenn das Thema bereits schief liege, dann könne aus der ganzen Arbeit nichts werden.
Dann aber geriet er ins Schwärmen. C. F. Meyer!

Schwarzschattende Kastanie!

Er hob die Hände mit seinen klirrenden Witwer-Ringen und rief: O, er wisse es noch, wie sein Lehrer mitten im Gedicht innegehalten habe, *ergriffen* innegehalten habe! Und dann mit bewegter Stimme die eine Zeile noch einmal laut gesprochen:

... Bis unter deinem Laub *erlischt*
Die rätselhafte Flammenschrift...

Und dann zitierte der Sechsundsechzigjährige aus dem Gedächtnis das ganze Gedicht, so wie es sein Lehrer damals gesprochen haben mochte, zitterig und sehr gedehnt, wobei er die bewußte Zeile *nicht* wiederholte, wie jener damals, denn das hätte ihn um seine Fassung gebracht.

Schwarzschattende Kastanie!

Andere Gedichte folgten, nicht weniger zitterig gesprochen, wenn auch nicht mehr ganz so vollständig, auf wenige, aber wesentliche Zeilen reduziert.
Im Grunde könne man *jedes* Gedicht den Kindern nahebringen, sagte er, nach längerem Schweigen, währenddessen letzte poetische Schemen durch sein Gehirn geweht sein mochten. Keines sei zu schwer, man müsse nur selbst ganz dahinterstehen. Manches von dem, was sein geliebter Lehrer

damals vorgetragen habe, das komme ihm erst jetzt, im Alter, in seiner goldenen Vertrautheit als Vertiefung und Lebenserklärung zu Hilfe.

Eine kleine Weile treibt das Leben
leidenschaftlich...

»O ja«, sagte meine Mutter. Ihr gingen jetzt auch so manches Mal Gedichte im Kopf herum:

Gemäht sind die Felder,
der Stoppelwind weht...

Wenn ihr Vater das gesungen habe, oh! Das habe immer so hohl geklungen. »Mein Martha«, habe er gesagt, »spiel' doch noch mal eben dieses wunderbare...« Und während wir den Topfkuchen eintunkten, erzählte sie von ihrer Kindheit, von Axel Pfeffer die Geschichte, die sie doch grade eben erzählt hatte, und: jeden Abend um sieben Uhr ins Bett. Eine Rute habe man an ihr zum Strunk geschlagen, weil sie nicht »Gesegnete Mahlzeit« habe sagen wollen, und: Jeden Abend um sieben Uhr ins Bett.

Die Erziehungsfehler ihrer Eltern gingen ihr noch immer im Kopf herum. Butter *oder* Marmelade und *ein* Stück Schokolade, *höchstens*. Sie selbst habe hoffentlich diese Art Fehler nicht gemacht mit uns: »Was auf den Tisch kommt, wird gegessen...« Wenn sie uns wirklich mal was hinten vor habe geben müssen, dann hätte sie hinterher immer um Verständnis geworben, und uns das erklärt: »Seht mal, Mutti weiß doch auch nicht, was sie machen soll.«

Hier konnte Cornelli wieder was beitragen zum Gespräch. Sein guter Vater, ach! Als er damals in der Quarta nicht versetzt worden war, da habe sein Vater, ach! ihn an sich gedrückt, habe geweint! Und er auch! Beide hätten sie geweint, eng aneinandergepreßt. Andererseits, das Leben – das Leben verfahre nicht so schonend. Manchmal werde man geradezu geschüttelt vom Leben: He! Du, wach auf!

Hier bestand nun die Gefahr, daß wieder von der abgelehnten Entschädigung gesprochen werden würde, aber meine Mutter fuhr dazwischen, mit »Oh! Ja!« das Zufallen der Zellentür und Ähnliches. Doch auch von diesem Thema kam sie glücklicherweise ab, was habe sie man noch sagen wollen... Ach ja:

Hähnchen war aufs Dach geflogen,
ins Bodenloch hinein,
der Wind, der schlug die Türe zu,
es muß gefangen sein...

dieses Lied sei ihr noch eingefallen, und sie sang es vor, genauso, wie sie es mir als Kind vorgesungen hatte, und sie hielt ihr Occhi-Schiffchen in der Hand, auch ganz so wie damals. Aber irgendetwas war anders. *Wie* damals, das war es, und das war traurig.

Die Verwandtschaft mied ich: »Ach, Volksschullehrer will er werden? Beim Deibel auf der Rinn?« hatte Tante Thea zu meiner Mutter gesagt. Ob sie wisse, daß die Volksschullehrer sehr, sehr schlecht bezahlt würden? Immerfort ausgeleierte Anzüge tragen, der Mai ist gekommen und kontrollieren, ob die Kinder sich die Hände gewaschen haben? Und dann dies Prügeln immerzu?
»Na, vielleicht kann er ja noch irgendwie aufstocken. Mittelschule. Oder zu den Blinden?« Rektor einer Blindenschule, vielleicht wär das das richtige.
Rita, die Geigerin, sah ich nur kurz. Sie war nun als »alter Hase« unter die »Tutti-Schweine« geraten, wie sie schrieb. In der Hamburgischen Sinfonischen Vereinigung mußte sie »strippen«, und zwar alles, was anfiel, von der Fünften bis zum Kaiserwalzer und außerdem noch drei Prozent Modernes, diese Art Musik, bei der der Dirigent dauernd in die Noten guckt und es selbst nicht so genau weiß. Neulich hatten sie alle gestreikt, sie hätten mit dem Geigenbogen auf das Instrument *klopfen* sollen! Da platze womöglich Lack ab! Nein, da wären sie sich alle einig gewesen, da hätten sie gestreikt.
Über Helga war nichts Näheres herauszubringen. Ich ging zur Universität und ließ die jungen Leute an mir vorüberströmen. »Vielleicht begegne ich ihr zufällig«, dachte ich, sowas gibt es ja. Aber ich begegnete ihr nicht, und im Kleinen Fährhaus, wo ich damals einen Kuß von ihr empfangen hatte, sah ich sie

auch nicht sitzen. Statt dessen war ein Rendezvous zu ergattern mit der Hartlieb. Ich rief sie an, und sie war sofort am Apparat, so als ob sie nur darauf gewartet hätte, und dann saßen wir im Alsterpavillon und fuhren mit den Teelöffeln auf dem Tisch herum, und zwar ziemlich ratlos. »Kennen Sie die VI. Symphonie von dem und dem? Nein.« Und ich: »Kennen Sie das Buch von dem und dem?« Auch: »Nein.«

Über die Prärie
läuft ein Weib
splitternackt...

spielte der Stehgeiger. Ich war benommen und unkonzentriert, und sie fummelte an ihrem blauen Wappenring herum. – Dies war es nicht, daß wir uns nichts zu sagen gehabt hätten, wir kamen nur nicht zusammen.

Als sie dann ging, machte sie eine sonderbare Bewegung: so als ob sie sagen wollte: Ich kann es auch nicht ändern. Und: Schade.

Zu den Onkeln und Tanten fuhr ich nicht, die Sache mit dem »Besuch machen« war passé. Nie wieder Kalten Hund! Lediglich nach Bargfeld fuhr ich, zu Onkel Gustav, dem Ahnenforscher, mit dem ich allerdings nur durch einen Scheffel Erbsen verwandt war, wie immer wieder gesagt wurde.

Onkel Gustav stand im Garten und beschnitt seine Rosen. Er winkte, ich sollte mich man schon setzen, er müsse das erst fertigmachen, hier. Dann kam er und zeigte mir die verschiedenen Rosen, die Korona und die Konrad-Adenauer-Rose, und wie sie alle hießen; die Gloria De-i sei ihm immer noch die liebste.

Er nannte mich »Walterius«, und er öffnete den Geldschrank, entnahm ihm die Fotos unserer Ahnen und legte sie auf dem Tisch aus wie ein Patiencespiel.

»Hier!« rief er, »hier fehlen noch zwei Bilder, die hat Lotti und rückt sie nicht heraus!« – Lotti in Lübeck, die mit ihrem Schmierölfritzen in der Nazizeit krumme Dinger gedreht habe, und sowas nenne sich dann Antifaschist.

Auch die kreisförmige Ahnentafel wurde herausgeholt, er

handhabte sie wie eine Generalstabskarte. Auf der Tafel zeigte er mir die »dunklen Punkte«, uneheliche Vorfahren, über deren Namen vom vielen Hinzeigen schon fettige Flecke glänzten. Neben meinem Namen hatte er geschrieben: »Wird Schulmeister!« Das wußte er also schon.
Die Nazizeit habe auch ihr Gutes gehabt, sagte er. Heutzutage gäbe kein Pfarrer mehr Auskunft in Ahnensachen, »rutsch' mir 'n Buckel runter«, so in dieser Art. Früher, bei Adolf, hätten sie gemußt! Wenn das früher nicht Pflicht gewesen wär, dann wär er heut' noch lange nicht so weit.
»Was ist dieser Cornelli eigentlich für einer?« wurde zwischen zwei Tassen Kaffee gefragt, ein bißchen eine sonderbare Type, was? Schleift die arme Grethe von einem Museum ins andere? Und Volkshochschule, Kurse über Lyrik? Was das bloß soll? Daß sich »Herz« auf »Schmerz« reimt, das wisse er auch so, da brauche er nicht in die Volkshochschule zu tigern.
Er frage sich, und er meine, wenn die beiden nun tatsächlich so rasend ineinander verknallt wären, warum heirateten die dann nicht? Diese Art Zusammenleben wär' doch direkt unmoralisch... »Onkelehe«, so nenne man es, wenn nicht geheiratet wird wegen der Renten. Wenn sowas überhandnehme, dann *müsse* der Staat ja kaputtgehen.
Der Nachmittag ging damit hin, daß er mir von Fritz Reuter die »Sokratische Method'« vorlas, und als ich ging, griff er keineswegs zur Brieftasche. Das mußte ja auch nicht sein.
Er drückte mir drei schöne, aber übelriechende Rosen in die Hand und sagte, ich sollte meine Mutter grüßen, und er wußte nicht, daß ich es wußte: Nachgestellt hatte er ihr in früheren Jahren.
Die Fotos von Tante Lotti... In Lübeck, damals, da hatte sie mir doch einen Umschlag mit Fotos gegeben? Ich hatte ihn noch nicht einmal geöffnet.

Mit Cornelli ging ich den langen Elbwanderweg von Teufelsbrück bis Blankenese. Er trug seine uralten Knickerbocker, an denen hatte sich links die Schnalle gelöst.
Es war von Wiederaufbau zu sprechen, von den fa-bel-haften

Maschinen, mit denen der Schutt weggeräumt wird, und zack! die neuen Bauten aufgerichtet, in imponierender Sachlichkeit, ein Stockwerk über dem andern, und die höchsten Häuser, unten, wie zum Trotz, auf spindeldünnen Stelzen.
Cornelli mit seiner runden Hornbrille: Den Sommermantel hatte er in die Öse seines aufgestützten Arms gehängt. Was den Wiederaufbau betraf, so regte er mich an, mir mal die neuen Kirchen anzusehen, die überall gebaut würden, unsymmetrisch und ganz auf das *Wort* bezogen. In Hamm, zum Beispiel, der Kirchturm als Alpha gebaut und das Schiff als Omega! (Er blieb stehen und zeichnete die Formen mit dem Spazierstock in den Sand): Was für eine großartige Idee!
Während wir nebeneinander herschritten um Hundehäufchen herum, überholt von einem Bananendampfer ungeheuren Ausmaßes, empfahl er mir, mich mit der katholischen Meßordnung zu beschäftigen, an der hätten Jahrhunderte gearbeitet! Ein Wunderwerk menschlichen Geistes. »Die Heiligen Zeichen« von Romano Guardini, das Buch sollte ich mal lesen. »Wer seines Lebens vielen Widersinn vereint und dankbar in ein Sinnbild faßt.« Das Schlimme, das einem widerfahre, *besonders* das Schlimme herausstellen und der Gnade innewerden, die uns einen Schicksalsschlag bejahen lasse. Das Leid »an«-nehmen, wie man es auch ausdrücken könne, dankbar werden, wie Rilke sagt, sich freuen über das Schlimme, auch wenn's weh tut.
Zum Beispiel meine nicht erfolgte »Anerkennung« als politischer Häftling. Jahr um Jahr gesessen – oh! er könne sich das gut vorstellen! – *stolz* gesessen, im Bewußtsein, sich nicht ergeben zu haben, wie die graue Masse des Volkes es in fatalistischem Masochismus seit je praktiziere, sondern gehandelt, wo Handeln gefordert war. Unrecht aufdecken, in einer Zeit, die auf die Herrschaft des Unrechts gefolgt sei ... Nein, er gönne mir diese Anerkennung, um die wir nun noch kämpfen müßten, die ja dann auch mit klingender Münze verbunden sei. Pecunia non olet. Aber – an sich doch stillos? Nicht? – Also, er würde mal so sagen: Die Sache ruhig weiterlaufen lassen, die Klage, die er erhoben hat um meine

Anerkennung als politischer Häftling, und für den schlimmsten Fall, die neuerliche Ablehnung nämlich, schon jetzt eine Akzeptanz bereithalten: Die Entschädigung für stillos erklären. Wär das nicht eine Möglichkeit?
Als ein »seiner selbst Durchchrister« schaffte Cornelli unentwegt »Neugottesgrund«, wie er es früher einmal ausgedrückt hatte, das war zu merken.

In Blankenese, auf dem Süllberg, wartete meine Mutter auf uns. Sie hatte einen exponierten Platz besetzt, von wo aus man einen herrlichen Blick auf die großen Schiffe hatte, die auf der Elbe vorüberglitten, von kleinen Motorbooten umkurvt. Die Schiffe dort unten und die großen Werften, das rechnete sie sich als Hamburgerin irgendwie als eigenen Verdienst zu.
Wir löffelten unser Eis, und die Mutter sagte: Schade, daß das alles so gekommen sei, der Dampfer damals gesunken, und dann all das andere. Aber gut, sonst säßen wir jetzt nicht hier. Das Schlimme, was man erlebt hat, das müsse man irgendwie verdauen, sonst nütze es nichts.
Und dann sprachen die beiden von ihren verschiedenen Aktivitäten: »Figaros Hochzeit«, und die Museen, eines nach dem andern. Man glaube ja gar nicht, was es für schöne Museen gibt! Die reizenden Puppenstuben in Altona und in der Kunsthalle die vielen schönen Gemälde. Daß sie als Hamburgerin sich das nicht schon viel früher mal angesehen habe, das begreife sie überhaupt nicht, sagte meine Mutter. Demnächst auch mal nach Helgoland fahren, (sie als Hamburgerin, noch nie auf Helgoland gewesen!) da gäb es ja ganz billige Touren.
Sie berichtete auch von ihren sozialen Aktivitäten, das Paketepacken für Tante Silbi in Rostock, Kaffee kriege man da drüben nicht und keine Schokolade – »Da gibt es ja noch Lebensmittelkarten« – und nach Druckknöpfen renne man sich die Hacken ab. Das Paketepacken und jeden Donnerstag Thea spazierenführen, die blinde Freundin aus der Jugendzeit, »Thete und Grethe« immer so unzertrennlich gewesen ...
Und dann das Babysitten bei dem reizenden Ehepaar Koch, nicht des Geldes wegen, sondern wegen der niedlichen Kin-

der, und daß man es diesem jungen Ehepaar auch mal ermögliche, ins Konzert zu gehen.

Mit meiner Mutter hatte ich dann noch ein längeres Gespräch unter vier Augen. Das fand in der Küche statt, beim Schmalzauslassen. Nicht ums UG ging es und nicht um meine Entschädigung (ob das denn nun unbedingt nötig gewesen sei, da solchen Unfug in den Fragebogen hineinzuschreiben), sondern darum, daß sie so froh sei, daß ich mich nun doch gefangen hätte, und, ich sollt mal sehen, das würd' noch wunderbar!
Ob ich es ihr auch ganz gewiß nicht übelnähme, daß Cornelli hier wohnt? Das Elternhaus quasi besetzt? Ehelich sei da übrigens nichts, es sei nur, daß man nicht immer so alleine ist! Manchmal weine er grundlos und ab und zu verschwinde er plötzlich für ein paar Tage und komme ganz verdattert wieder. Das sei wegen seiner Tochter, ein Biest, durch und durch! Die sei neulich hiergewesen, sei durch alle Räume gegangen und habe sich die Möbel ganz genau angesehn!
»Hastu Wochte?«
Sei so an den Sekretär gegangen, ob die Klappe noch aufgeht, und die Bücher, wieviele das wohl sind. Und gesagt: »Ach, das Sofa steht jetzt bei Ihnen?« Und: »Die Tasse? Daraus hat meine Mutter doch immer getrunken«, obwohl Cornelli diese Tasse extra bei einem Antiquitätenhändler gekauft habe für sie. Unangenehm und widerlich sei das gewesen, und der arme Cornelli ganz geknickt hinterher.
Wenn Robert komme, eines Tages, was meinte ich, ob der es wohl empfinden würde, daß sein Elternhaus quasi besetzt ist? – Ich sollt mal denken, sie beide zusammen hätten fast zweitausend Mark im Monat. Sei das nicht wundervoll?
So gut wie jetzt sei es ihr noch nie gegangen.
Sie rührte in der Schmalzpfanne herum, und es war daran zu denken, daß es ihr vor gar nicht allzu langer Zeit sehr schlecht gegangen war. »Und du warst schuld«, sagte ich zu mir, und sie dachte das vielleicht auch, aber sie sagte es nicht.

Anfang September mußte ich nochmal nach Hamburg, meine Klage vorm Verwaltungsgericht stand an. Von Cornelli war ein sehr nervöser, saugrober Rechtsanwalt engagiert worden: Ob ich persönlich erscheinen müsse? hatte ich vorsichtig angefragt, worauf der Anwalt prompt einschnappte. »Wir können's auch ganz lassen ...« so in diesem Stil. Hatte sich so viel Mühe gegeben mit diesem Menschen, und nun zog der den Schwanz ein?

In einem Bierlokal, unweit des Gerichtsgebäudes trafen wir uns. Da saßen wir neben einem glucksenden Aquarium, der Anwalt mit zu hohem Blutdruck, und ich rauchend und Bier trinkend, und sahen uns die Bilder an, die da hingen: Reproduktionen mittelalterlicher Stiche. Die verschiedensten Hinrichtungsarten waren auf diesen Stichen dargestellt, das Hängen war noch das harmloseste.

Ob ich mir das leisten kann, rauchen *und* trinken, fragte der Anwalt, wegen seines Blutdrucks keuchend, und ob ich mir eigentlich klar darüber wär', daß er meinetwegen mit Bonn telefoniert hat? Daß das doch irgendwie irrsinnig sei, daß derjenige, der wirklich was unternommen hat gegen diese Brüder dort drüben, leer ausgeht? Und daß Bonn die Achseln gezuckt habe, da könnten sie auch nichts machen?

Der Wirt mit seinen aufgekrempelten Ärmeln, dort hinterm blankgeputzten Bierhahn, horchte eine Weile herüber. Als er dann mitgekriegt hatte, daß wir nicht wegen krimineller Delikte vor Gericht ziehen wollten, sondern wegen irgendeiner Zivilsache, erlosch sein Interesse sofort.

Zu Cornelli, der ein wenig später kam, allerhand Papiere in der Hand, die er durch die Plusbrille hindurch musterte, sagte der Anwalt, ich hätte keine Ursache, mich kleiner zu machen als ich bin, die eine dumme Antwort da, daß ich mir bewußt gewesen sei, was Verbotenes zu tun (womit die Tatsache des Verstoßes gegen internationale Rechtsgepflogenheiten angeblich erwiesen sei!), diese eine Antwort hätte ich ja nicht gegeben, weil mir das damals bewußt gewesen sei, sondern weil mir das *heute* bewußt sei, daß die Russen das so hätten auslegen würden ... Er mache das schon, nur immer klar und deutlich antworten und nur reden, wenn man gefragt wird. Am besten sich ganz dumm stellen. Und schnell noch eine Krawatte kaufen, um die Ecke rum, ohne Krawatte vor Gericht erscheinen, das legten die womöglich als Affront aus. Cornelli warf noch einmal die Grundsatzfrage auf, ob ich mich nicht vielleicht doch mannhaft bekennen sollte zu meinen Taten, daß ich das ganz bewußt getan hätte, die Ausplünderungen der Zone durch die Russen aufzuschreiben. Aber das wurde schnell vom Tisch gewischt: Männerstolz vor Königsthronen? Aber doch nicht im Jahre 1957.

Das Gericht: Einen düsteren Saal hatte ich mir vorgestellt, holzvertäfelt, mit Anklagebank, Staatsanwalt und Verteidiger. Auf den Tribünen eine Menge Menschen und Journalisten, die alles mitschreiben. Sensationsprozeß Casilla ... Es war ganz anders. Die Verhandlung fand in einem einfachen Zimmer statt, mit ganz gewöhnlichen Stühlen und vorne ein ganz gewöhnlicher Tisch.
Der Anwalt sprach bewegt bewegende Worte über das »KZ«, in dem ich gesessen hätte, – ein Junge aus guter Familie, Vater Schiffsreeder und Offizier, im Osten gefallen – und er sprach von allerhand Torturen, die ich hätte aushalten müssen. Daß auch meine Mutter »eingesessen« habe, erwähnte er, und daß mein Bruder immer noch säße, ohne jede Aussicht auf Gnade. Das Urteil da drüben übrigens ohne rechtsstaatliche Usancen ...
Der Anwalt der Behörde, der mich die ganze Zeit über ziemlich ungeniert betrachtete, sagte irgendwann: »Ich weiß nicht – für mich ist dieser Mann ein ganz gewöhnlicher Krimineller«, was mich nicht aufbrachte, nur ganz von fern berührte, sich dann jedoch ansiedelte in meinem Gehirn, sanft und unauslöschlich.
Dann sagte der Richter zu seinen Beisitzern: »Schauen Sie ihn sich doch an, das ist doch ein ganz armes Würstchen ...«, was gut gemeint war und mich weich machte. Ich sah aus dem Fenster, drüben die Musikhalle mit ihrem grünen, barockartigen Dach. Jahre des Lebens, alles vergebens ... Ein Würst-

chen, ach ja, ein armes Würstchen. So hatte noch niemand zu mir gesprochen.
Plötzlich war die Geschichte ausgestanden, die Leute rafften sich zusammen und strebten dem Ausgang zu. Im Hintergrund zwei Jura-Studenten mit einem Gesetzbuch in der Hand, und in der Tür Cornelli, der mir wortlos beide Hände auf die Schultern legte.

In dem Bierlokal, dessen Wirt uns nun schon kannte – »Na, wie isses ausgegangen?« – löffelten wir Hühnerbrühe. Der Anwalt dankte Cornelli wegen irgendwas, das hätte sehr geholfen. Und zu mir sagte er, es wär' gut gewesen, daß ich mich ein bißchen unbedarft gegeben hätte. (Ihm wär' das heut' noch unerklärlich, wieso ich damals so dämlich hätte sein können und das in den Fragebogen reinschreiben, daß ich mir bewußt gewesen sei und so weiter und so fort.)
Und dann hieß es, sich gedulden. Als ganz gewöhnliches, kriminelles, armes Würstchen fuhr ich nach Haus, und dies war ein sehr sonderbarer Tag.

Schön war es in Hamburg bei den beiden Alten, mit all dem: »Wie isses nun bloß möglich!« und mit dem Verständnis für Klagen, die man noch gar nicht geäußert hatte. Schön war es aber auch in Göttingen wieder. Am Fenster saß ich und beobachtete die Spaziergänger. Nebenan das pfeifende Göttle:

Siehste wohl da kimmt er,
lange Schritte nimmt er…

der vermutlich gerade seine vollgeschriebenen Chronikseiten durchgezählt hatte und dabei auf eine respektable Anzahl gekommen war. Vielleicht sollte man doch wieder in alte Schrift überwechseln, nun, wo sich das Werk der Vollendung näherte, das würde besser aussehen und das Gesamtwerk ansehnlicher und umfangreicher erscheinen lassen.
Gustel stellte mir Blumen auf den Tisch. Im Frühjahr Tränende Herzen, dann Margueriten und jetzt Dahlien. Außer

Dahlien erhielt ich ab und zu auch mal ein Schälchen eingezuckerte Brombeeren, die mich leider an die Löcher in meinen Zähnen erinnerten.
Ob die jungen Mädchen von neulich nicht mal wiederkämen, diese drei reizenden Mädchen? Das wollte sie immer gern wissen.

Ich saß am Fenster und sah die Amseln auf dem Rasen hüpfen, und jetzt fuhr ein VW vorüber mit vergrößerter Heckscheibe, komisch, daß man die damals nicht gleich so groß gemacht hatte.

Aufsteigt der Strahl und fallend gießt
Er voll der Marmorschale Rund...

Das Gedicht vom »Römischen Brunnen« begleitete mich alle Tage. Ich hatte mir Fotos von den Straßen-Brunnen in Rostock besorgt: Oben für Vögel, in der Mitte für Pferde und unten für Hunde. Diesen Drei-Klassen-Brunnen stellte ich in meiner Arbeit dem so sehr viel humaneren Römischen Brunnen gegenüber: Daß der Römische Brunnen als ein Symbol für moderne Erziehung gelten könne. Ganz oben die reine Idee, aufsteigend aus der Tiefe, dann in die erste Schale fallend, dem Kreis der Jünger entsprechend, die ihrerseits dann dafür sorgten,

...Die zweite gibt, sie wird zu reich,
Der dritten wallend ihre Flut...

daß die Idee das breite Volk erfasse, immer dasselbe und doch wieder ganz anders. Hinweise auf die Wasserspiele in Kassel boten sich an, daß sich dort die reinlichen Fontänen nach Walzerklängen billigster Sorte drehen müssen, und auf Hermann Hesses Glasperlenspiel: Daß Joseph Knecht ausgerechnet *ertrinkt*, dies war zu deuten, aber sehr behutsam.

Wenn ich mein Zimmer betrat, dann lachte ich automatisch, rieb mir die Hände vor Freude und lachte, daß es mir so gut geht. Manchmal schien die Sonne herein wie der Scheinwerfer im Theater in die Kulissenfenster.
Neuerdings fuhr ab und zu »Miß Germany« vorbei in einem

offnen Sportwagen. Das war interessant, aber auch irritierend. Nie wußte man, wann das geschah. Wenn ich's gewußt hätte, dann hätte ich mich einrichten können. Aber so stand ich dauernd auf dem Sprung.

Das Göttle nebenan pfiff oder führte Selbstgespräche. Manchmal hatte er auch Besuch, das waren Brüder und Schwestern aus dem Unrechtsstaat, die sich bei ihm das amtliche Besuchsgeld holten. Göttle tat das für die Landsmannschaft der Thüringer, und er kriegte das aus Bonn. Laut oder leise wurde da schnurrend Klage geführt über die Verhältnisse drüben. Dann quietschte die Kasse, und dann gingen die Leutchen ziemlich bald weg.

Im Parterre unseres Hauses wohnten E. C.-Menschen. E. C. das hieß: »Entschiedene Christen«, die waren ganz für sich. Die grüßten niemanden, um den Wein nicht zu verwässern. Kamen einmal die Woche zusammen und sangen konsequente Lieder, die sich auf Jesus bezogen und auf den geraden Weg zu ihm.

Ein Stockwerk höher, die Leute, die hatten sich leider einen Fernsehapparat angeschafft, das war deutlich zu hören, besonders – bum-bum-bum! – die tiefen Töne bei Schlagermusik.

Aufstehen, wann man will, und ins Bett gehen, wann man will. Licht anknipsen, Fenster öffnen oder schließen: Das war mein »Freiheitsindex«. Sich christliche Lieder und Fernsehmusik anhören und dauernd denken zu müssen: Jetzt fährt die Schönheitskönigin draußen vorüber, das nicht.

Nachts die langen Spaziergänge durch die Stadt, das war fast zuviel Freiheit. Da hätte ich gern gewußt, wohin. Seppel war zum ersten Mal wieder in der Ostzone, und die drei Bärlappgewächse waren mit ihren Eltern in Tirol. Eine Postkarte schickten sie mir, auf der der Absender zugestempelt war.

Vergiß mein nicht: Die Postleitzahl

Nun dachten sie gewiß, ich wollte nichts mehr von ihnen wissen.

Als Sepp dann wiederkam – eine Spur weltmännischer geworden und äußerst befriedigt, daß es denen dort so schlecht geht–, war er sehr beschäftigt. Er hatte sich bei Schmidtchen eine Seminararbeit geholt, die viele Rollertouren nötig machte: »Der Tankstellenbau als Ausdruck modernen Gestaltungswillens«. Von Göttingen aus, wo auf diesem Gebiet nur wenig zu holen war, fuhr er nach Duderstadt, Einbeck und Northeim. Und jedesmal, wenn eine Tankstelle in Sicht kam, einständerig, zweiständerig oder mit integriertem Werkstatt-Teil, wurde abgesessen und fotografiert, und es wurde gesagt: Siehste! Wie gut, daß er eine Vespa hat und eine Minox. Wenn er damals seine Entschädigung nicht so sinnvoll angewendet hätte, dann hätte er jetzt die Arbeit über die Tankstellen nicht zustande gebracht. Wer weiß, vielleicht druckt das »Göttinger Tageblatt« einen Auszug daraus? Oder die »Lebendige Schule?«

Was Zapfsäulen und Büros anging, unterschieden sich die Tankstellen nur wenig voneinander, das hatte er schnell herausgebracht.

Blasenfrei zapfen!

Die Dächer waren noch das Interessante: Sehr ähnlich wie bei neuen Kirchen, pfiffig und extravagant, nur selten gradeweg, meist irgendwie mützenartig gebogen, wellenförmig oder als Muschel gestaltet, dem Fahrzeughalter Schutz zu gewähren bei Wind und Wetter, wenn er mit hochgeschlagenem Trenchcoatkragen auf die geöffnete Wagentür gestützt, dem Schnurren der Zahlen folgt, oder wenn er sagt und anordnet, daß Öl nachzufüllen ist oder Wasser.

Rührend fand Sepp eine Tankstelle aus den zwanziger Jahren, die er in Holzenhausen entdeckt hatte: Eine verrostete Zapfsäule vor einem Landgasthaus! Die auch fotografieren und unter »geschichtlichem Rückblick« einordnen. Der »Geschichtliche Rückblick« dürfe in seiner Arbeit nicht fehlen, das gäbe mindestens sechs Seiten, wenn nicht sieben, und das sei ja dann schon ein Viertel der ganzen Arbeit. Eventuell könne er ja auch einen Bastelteil anfügen, was meinte ich? Kapitel 6: Nutzanwendung im 8. Schuljahr? a, b, c – nach allen Regeln der Kunst? Mit Ausschneidebögen irgendwie?

Er komme nicht los von der Idee, daß man die Tanks einer Tankstelle auch mit dem Dach kombinieren könnte. Irgendwie intuitiv ... als Vision. Sonne und Regen kämen von oben, wieso nicht das energievolle Benzin?

Rorate caeli desuper
et nubes pluant iustum*

Bei der Fabrikation von Benzin sei schließlich des Menschen Geist tätig geworden, also etwas Göttliches ... Den Vorgang des Tankens mit katholischer Meßordnung in Verbindung zu bringen, wie ich es ihm riet – das lehnte er denn nun doch ab.

In meiner Menschenbuchführung stand Sepp ziemlich obenan. Ab und zu revidierte ich die Buchführung, aber Seppel stand immer obenan. Auf der Mädchen-Seite führten die Bärlappgewächse, neun Tage würde es noch dauern, bis man sie wiedersähe – das Foto von den Dreien, in Hannoversch-Münden gemacht, auf der Bank, stand auf meinem Schreibtisch. Christa hatte ich mir heraus-vergrößern lassen, die stand noch mal extra daneben. Es war ein gelungenes Foto, wie sie in die Ferne blickt, nachdenklich und mit zuem Mund. »Vous êtes le phénix des hôtes de ces bois ...«** Kommilitonen, die mich besuchten, fragten gewöhnlich sofort: »Wer ist denn *das*?«

Wenn etwas zu beanstanden war in diesen Tagen, dann war es das christliche Gekreische im Parterre und das bum-bumbum des Fernschapparats.

Daß ich ein ganz gewöhnlicher Krimineller sei, das grummelte auch noch nach, aber das war schon verblaßt, das muckte nur noch ein wenig auf, dann und wann. Zu fragen war, wie diese Sache ausgehen würde.

* Tauet Himmel den Gerechten,
Wolken regnet ihn herab.

**»Dann seid Ihr der Phönix
in diesem Waldrevier ...«
Aus einer Fabel von La Fontaine: Le Corbeau et le Renard.

22

Im Herbst irrten dann wieder stieselige Erstsemestrige durch die Stadt mit Baskenmütze und mit von Vati und Mutti geschenkter Collegmappe.
Das Gänseliesel auf dem Marktplatz hatte man wieder ein paar Meter nach links gerückt, so sah es in der Tat besser aus, ein neues Wohnblockviertel war entstanden und eine Straße mit Fachwerkhäusern hatte man endlich abgerissen, es wurde ja auch Zeit, daß das wegkam, dieses Nuttenviertel da.
Im Theaterkasten hingen Spielpläne, die tatsächlich gültig waren, Konzerte wurden in Sparkassen und in den Schaufenstern von Musikgeschäften angekündigt, Händel, immer ein Concerto grosso nach dem andern, aber auch Schütz und die Carmina burana, und: Martin Buber kommt dann und dann. Otto Hahn sah ich im Merkelpark dahinschlurfen, und von Weizsäcker beobachtete ich in einer Drogerie. Der kaufte sich Rasierklingen: Göttingen, wie es leibte und lebte.
In der PH gab's eine Mordsaufregung: »Das kommt auf keinen Fall infrage«, wurde gesagt, »daß Studenten nach Marokko fahren, eine Woche zu spät zurückkommen und dann noch darum bitten, daß man ihnen den Termin für ihre Arbeit verlängert!« Man müsse überlegen, ob man sie nicht relegiert, kurz und schmerzlos. »Wenn sowas einreißt, dann geht's bald holterdipolter!« Den Anfängen wehren... Damals, in Weimar, wenn da die Bürger aufgepaßt hätten, dann wär' uns all das Schreckliche erspart geblieben!
Erst als die beiden Jünglinge in einer AStA-Veranstaltung eine Lichtbildschau vom Stapel ließen und kühn die Professoren dazu einluden, die allesamt noch nie in Marokko gewesen waren, wendete sich das Blättchen, da wurde dann gesagt, von Mann zu Mann: »Schreiben Sie einen Bericht über Marokko«, da wurde »der Bock zum Gärtner gemacht«, wie es hieß, und die ganze Sache per Vertrauen unter den Tisch

gekehrt, die Verfehlung meine ich, statt in die Rhön zu fahren mit dem Fahrrad, nach Marokko zu trampen (wo halbnackte Mädchen Bauchtänze veranstalten), das Hochschulfest zu schwänzen und eine Woche zu spät zurückzukommen. Es wurde sogar in Kauf genommen, daß sich die beiden Jünglinge Bärte hatten wachsen lassen, die sie ja vermutlich irgendwann mal wieder abrasieren würden.

Zum Stammtisch der ehemaligen SS-Leute wurde die Einladung erneuert. Wieso Moskau damals nicht eingenommen worden war, obwohl man doch schon die erste Straßenbahnhaltestelle sehen konnte, das wurde dort diskutiert.
»Als erstes plädiere ich für ein Bier ...«
Und: Warum im Nansen-Haus zwar Neger, Inder und Chinesen aufgenommen würden, aber keine ehemaligen SS-Männer, das wurmte sie. Ob sie nicht genausolche Studenten wären wie x-beliebige Muttersöhnchen. Wären sie denn keine Menschen? Wenn die Begriffe »Schuld« und »Sühne« überhaupt einen Sinn haben sollten, im christlichen Abendland, dann müßten sie doch längst rehabilitiert sein, nach zehn Jahren Sibirien! Wo noch nicht einmal der Russe einen Anlaß gefunden habe, sie für irgendetwas zu verurteilen.
Weil der eine statt einer Krawatte ein seidenes Tuch im Hemde trug, wurde er von den andern beiden »Rummelfritze« genannt. »Faktisch«, sagte der anstelle von »praktisch«, das war so seine persönliche Note. (Manchmal sprachen sie russisch miteinander.)

Am 28. Oktober wurde der 200. Geburtstag des Freiherrn vom Stein begangen, mit einem Fackelzug, bei dem alle Studenten, Korporierte und Nichtkorporierte sehr erbitterte Gesichter machten: Diesen Mann ehren! verdammt noch mal, und wer was dagegen hat, der soll sich melden.
Auf dem mit Scheinwerfern erleuchteten Marktplatz wurde die Abschlußfeierlichkeit des Ehrungsmarsches veranstaltet. Durch alle Straßen strömte das Volk, und als alles beisammen war, und auch der Lautsprecher ausprobiert – »Montag,

Dienstag, Mittwoch« – da konnte es dann losgehen: Ein Professor hielt von der Rathausempore eine Rede, in der er von der Einheit in Freiheit sprach. Nachdem des Freiherrn vom Stein ausführlich gedacht worden war, was der wohl zu dem und dem gesagt hätte, wenn er jetzt noch lebte, und auch der Brüder und Schwestern, drüben im andern Teil Deutschlands, »klang die Feierlichkeit aus« – wie dann später in der Zeitung stand –, und zwar mit der dritten Strophe des Deutschlandliedes. Die vielköpfige Menge wurde überzuckt vom Blitzlicht, das Sepp von der Rathausempore her abschoß. Er würde dafür sorgen, daß dieser Tag nicht in Vergessenheit geriete.

Fräulein Lehmann ging von Paprikareis auf Linsen über. Sie war in Italien gewesen, auf den Spuren der Etrusker hatte sie gewandelt, und sie hatte es erleben müssen, daß der Reiseleiter durch Unwissenheit glänzte. Der hatte Jahreszahlen durcheinandergebracht, und wie! Nun, das hatte zurechtgerückt werden können, noch jetzt funkelten Fräulein Lehmanns Augen wenn sie bloß daran dachte.

»Kaufet die Zeit aus ...«, das sei ein merkwürdiger Ausdruck, sagte der überfällige Theologe, und er erzählte von einer Zeltmission, der er sich ausgesetzt hatte. Ganz suggestiv hätten diese biederen Menschen immer wieder gesagt: »Komm!-Komm!« Nur einfach »Komm!« gesagt und die Hände ausgestreckt.

Für den 16. Sonntag nach Trinitatis, wenn ein normaler Pastor absolut nicht mehr weiß, was er predigen soll, machten wir ihm Vorschläge: Über die drei D's predigen, zum Beispiel, Dankbarkeit, Demut und ... ja was? Ach ja: Durchhalten. Nächsten Sonntag drauf dann über die drei F's: Friede, Freude, Freiheit.

Beim Buchstaben L böten sich die Wörter »Licht! Liebe! Leben!« an – Herder, nicht wahr?

Er solle sich das aufschreiben, rieten wir dem Theologen, vielleicht könne er das noch mal brauchen? Gnade, Gnude, Gniede?

Wenn ich mich schön still verhielt, war es auszuhalten in diesem Kreis. Nur nichts sagen, sonst fielen sie alle über mich her: Ob ich nicht ganz klug bin oder wie oder was, und: den zukünftigen Volksschullehrer merkt man mir irgendwie schon an.

Der Theologiestudent hieß Orsendorf, der hatte vier Jahre in russischer Kriegsgefangenschaft zugebracht; das wär' auch kein Pappenstiel gewesen, sagte er gewöhnlich zu mir, wenn er mich noch ein Stück brachte. Und dafür gäbe es auch keine »Entschädigung«, ob ich das mal bedacht hätte? Tag für Tag bei Eiseskälte Bäume fällen und keinen Pfennig dafür bekommen? Und, er wär' ja nicht der einzige gewesen, dem das so gegangen sei Tausende und Abertausende! ... Und die Toten! Beim Marsch in die Gefangenschaft habe er auf der Landstraße etwas liegen sehen, wie eine alte Matratze habe das ausgesehen. Das sei ein toter Soldat gewesen, plattgewalzt von Panzern. Den könne man doch auch nicht entschädigen dafür, daß er plattgewalzt worden sei. Das sollt' ich mir vor Augen halten, wenn ich an die aus der Kratz gegangene Entschädigung dächte.
Ob ich denn schon eine Freundin hätte? Nein? Er müsse gestehen, daß es in dieser Beziehung bei ihm ebenfalls hapere. Sein Ideal wär eine richtige Kuh, mit gewaltiger Brust.

In der Hochschule war ich nun schon heimisch. Dem Hausmeister half ich das Tor aufmachen, der Feststeller geht immer so schwer, und da kommt ja auch die Cusius, Guten Tag! und natürlich übernimmt man nächste Woche die Wind- und Temperaturmessungen, zumal es einem angerechnet wird irgendwie.
Jeden Professor grüßen, auch wenn's zehnmal am Tag ist lieber einmal zuviel als einmal zu wenig, und da hinten die Mädchen vom Gehutsch, um die müßte man sich eigentlich ein wenig kümmern, die waren eigentlich gar nicht übel!
Man erzählte uns, was ein Denkanstoß ist, man machte uns Mut »zur Lücke« und man warnte uns gleichermaßen vor

»Überforderung« wie vor »Verfrühung«. Und: Akzeleration, das lernten wir, weiß der Himmel, woher es kommt, daß die Jugendlichen neuerdings so hoch aufschießen; sehen aus wie Erwachsene und sind noch halbe Kinder. Das wär eine große Gefahr. Kindheit, das wär' gar nicht so schön – wir sollten mal bedenken, was für eine Demütigung es für ein Kleinkind sei, dauernd hinzufallen!

Bei der Cusius sezierten wir Heringe, was zum Ohnmachtsanfall einer Studentin führte, und bei der Holzammer lernten wir Schulreifetests kennen. Bis vier müßten die Kinder zählen können, so schrieben einfachere Tests vor, und wenn ein Kind sich selbst zeichne, dann dürfe das kein Kopffüßler sein.

Bei komplizierteren Tests mußte die Anzahl der zu ergänzenden Zaunlatten stimmen. Wer eine wegließ, weil draußen grade ein Vogel zwitscherte, der rutschte mit seiner Schulreifebilanz an die Grenze zum Debilen. Das für fragwürdig erklärte Prinzip »vom Nahen zum Fernen« studierten wir in Erdkunde, und Collagetechniken in »Kunst« – alles wunderbar. Kunst: Einerseits, daß man Erbsen verschiedenartig anmalen und daraus einen Pferdekopf legen kann oder Stoffreste sammeln und Märchenbilder zusammenkleben: Die Hexe im Wunderland. Andererseits aber auch mal einfach drauflospatschen! Die Farben mit den Fingern an die Wände klatschen! Die Kreativität der Kinder herausfordern. Nur wer die Leistung *erwartet*, der erhält sie auch. Und nicht lockerlassen! Von uns hänge es ab, ob die Deutschen endlich normale Menschen werden, ein normales Volk in einem normalen Land. Zur Abschreckung und als Anstoß, endlich westeuropäische Zustände in der Schule durchzusetzen, wurde uns berichtet, daß ein Lehrer aus dem Dienst geworfen worden sei, weil er gerufen habe: »Das ist hier ja ein Lärm wie in einer Judenschule!«

Aus irgendwelchen Gründen besuchten wir auch mal eine Anstalt für schwererziehbare Jugendliche, für junge Menschen, die Verfehlungen begangen hatten, Autoreifen angestochen oder Straßenschilder vertauscht. Die Mädchen, die uns in einer gewissen Entfernung vorgeführt wurden, winkten uns zu, wir sollten sie da rausholen, sie würden uns das Leben dafür zum Dank unglaublich versüßen. Einen jugendlichen Mörder kriegten wir zu sehen, der beide Eltern erschlagen hatte mit einem Hammer, was ihm in unserer Gegenwart vorgehalten wurde von der Aufsichtsperson. Zum Schluß sahen wir auch eine ganz reguläre Zelle, und da wichen die Kommilitonen von mir, und sie raunten einander zu, daß mir diese Besichtigung ganz außerordentlich nahe geht, kalkweiß wär ich geworden, wurde hinterher erzählt.

Von dem durch Kneipp-Kuren gestärkten Wunderlich wurde meine Arbeit über Conrad Ferdinand Meyer wohlwollend aufgenommen. »Aufsteigt der Strahl...« Ob ich den Vergleich zwischen dem Römischen Brunnen und dem Prinzip der Pädagogik von mir hätte? Daß damit Erkenntnis gemeint sei, die sich zunächst nur einem kleinen Kreis von Menschen erschließe? Sodann – wes das Herz voll ist, des fließt der Mund über – sich einer größer und größer werdenden Schar von Menschen mitteile und schließlich das ganze Volk durchsäuere?

Der Gedanke, Erziehung mit dem Prinzip des Römischen Brunnens zu vergleichen, – alles, was recht ist: sehr schön. Der Ausblick, am Glasperlenspiel orientiert... Ein wenig zu pessimistisch vielleicht, und doch, wenn man es recht bedenke... Eine gute Arbeit sei das, sagte Wunderlich, die flache Hand auf sie legend. Fleißig, kundig machend und sittigend. Nur mit der Kommasetzung stünde ich wohl noch etwas auf dem Kriegsfuß, he? Da müßte ich nochmal ordentlich nachfassen. Kommasetzung und Orthographie, das habe etwas zu tun mit der Kontinuität menschlichen Denkens. – Und: »Denkungsart«, dieses Wort gäbe es nicht. Was sei eine Denkung? Könnte ich ihm das wohl mal erklären?

»*Noch* eins«, stand unter der Arbeit. Und: »In Anbetracht der Schwere Ihres Schicksals«, wurde dazu gesagt, und daß das »noch« auch pädagogische Gründe hatte, war klar: Von seinen Lieblingen muß man schließlich mehr fordern als von

Leuten, die einem egal sind. Dann fragte er mich, ob ich eigentlich die »Römische Fontäne« von Rilke kennte? Nein? – Ein sehr merkwürdiges Gedicht. Sowas ginge heute nicht mehr. Nach Auschwitz und Treblinka. Davon seien wir eben doch schon sehr weit entfernt.

Ich wollte schon gehen, weil Wunderlich aufgestanden war und hinter seinem Schreibtisch hervorkam, und er reichte mir auch schon die Hand, aber nur, um sie festzuhalten und mir gleichzeitig die andere Hand auf die Schulter zu legen.
Bewegt sah er mich an, und er »wechselte das Thema«, wie man so sagt. Mich an der Hand haltend und gleichzeitig so halb umarmend, schritt er mit mir auf die Tür zu. Ob ich eigentlich wisse, daß das Mädchen mit dem ich jetzt häufiger in der Mensa säße etwas ganz Besonderes sei? dies fragte er. In seinem linken Auge, das sah ich nun, war eine Ader geplatzt, vermutlich schon vor langer Zeit. Daß derjenige, der um ein solches Geschöpf werbe eine schwere Verantwortung auf sich lade? Sei ich mir darüber im klaren? Ja?
Ich drückte ihm wieder und wieder die Hand, damit er es mir auch glaubt, daß ich mit diesem Mädchen, kolossal anständig umgehe. Und daß ich mir gleich heute noch die Füße waschen würde, das gelobte ich mir noch zusätzlich.

Seppel hatte allerhand auszustehen wegen seiner Arbeit über die Tankstellen-Architektur. Am allerletzten Tag hatte er sie zur Post gegeben, drei Minuten vor Schalterschluß.
Sie wurde von Schmidtchen brüsk zurückgewiesen, die vielen Fotos, das wär unwissenschaftlich, und wieso er dazu kommt, sich eigne Gedanken zu machen? Das Wort »bescheuert« fiel, und Sepp überlegte schon, ob er Schmidtchen nicht vielleicht in der Nacht mit seinem Motorroller beglükken soll. Sich unter sein Fenster stellen und ab und zu durchstarten? Aber: »Iss mich eins, ich kauf mich Brause ...« Dieser Mann sei es ja gar nicht wert, daß man sich über ihn aufregt.
Obwohl die Arbeit »be«-scheuert war, durfte er sie aus-

nahmsweise korrigieren und ausnahmsweise in vierzehn Tagen noch einmal einreichen, obwohl das eigentlich nicht ging.
Nun, erstmal war eine längere Tour zu unternehmen, und zwar nach Hamburg. Diese Tour wurde nur deshalb unternommen, weil die Autobahn fertiggestellt worden war, durchgehend von Göttingen nach Hamburg.
Um die technische Errungenschaft ganz in uns aufzunehmen, drehten wir, in Hamburg angekommen, um und fuhren sofort wieder zurück, wobei wir kurz hinter Northeim anhielten, um die Nahtstelle zu besichtigen: Erkennbar an der fehlenden Standspur. Schade nur, daß man sich nicht an die Kolonne des Verkehrsministers hatte anhängen können, bei der Einweihung. Schade, das hatte man verpaßt.
Die Sache mit der Tankstellen-Arbeit, die kriege er schon, sagte Sepp, Gott sei Dank umfasse sie ja sechsunddreißig Seiten. Wenn er die Bilder wegließe, dann komme er auf neunundzwanzig, und das reiche doch wohl, oder?

Jeden Mittag traf ich mich mit den Bärlappgewächsen in der Mensa, von Wunderlich aus der Ferne mild betrachtet. Mal war die eine nicht da, mal die andere nicht. Aber immer waren es mindestens zwei, die ich dort traf, und Christa war jedesmal dabei.
Die Kommilitonen, die sonst nichts im Sinn gehabt hatten mit den dreien, sahen häufiger herüber. Zwischen all den blonden Ostfriesen, Oldenburgern und Hannoveranern, nahmen die drei sich sehr besonders aus, mit ihrem krisseligen schwarzen Haar. Daß diese zierlichen Mädchen einen französischen Nachnamen trugen – Fougett – tat ein übriges. Die Herren von der Waffen-SS machten mich sogar darauf aufmerksam, daß die Vorfahren dieser Mädchen aller Wahrscheinlichkeit nach von den Preußen ins Land geholt worden seien.
Wir aßen Petersilien-Kartoffeln mit zähen Dorschplacken, und wenn Christa sich die Gräten von den Lippen sammelte, dann sah das eigentlich doch ganz anmutig aus. Das Strahlen ihrer Augen hatte mit der Zeit zugenommen, wogegen die

Masse ihrer Zähne etwas in den Hintergrund geriet: So groß waren sie eigentlich gar nicht.
Daß sie auch aufs Land gehen will, wie ich, sagte Christa, bloß nicht in die Stadt. Wenn sie nach Hause fährt, zu ihren Eltern, dann guckt sie immer schon vom Zug aus, links und rechts, dann denkt sie: »In dem Dorf da, dort wirst du mal leben.«
Ich dachte immer an die kleine Schule in Bad Wursten 1933, und ich erzählte den dreien von den Ferien dort, von den Nächten im Heu, und daß wir da mal ein Gewitter erlebt hätten, wir Kinder, wie nie wieder im Leben.

Wegen der Orgelprüfung übte Christa jeden Tag mehrere Stunden. Eine Toccata in Ges-Dur von Reger sollte sie spielen, arg schwer, eigentlich kaum spielbar, aber dann doch irgendwie. Ich half ihr beim Registrieren. Im richtigen Moment die Stöpsel reinschieben oder herausziehen, das machte Spaß. Es irritierte sie überhaupt nicht, daß ich da so um sie herumsprang. Und mich irritierte es nicht, daß sie manchmal aufhörte zu spielen und, ohne sich zu rühren auf die Noten starrte. Das war so ein Moment, in dem die Zeit stillstand, da rührte ich mich dann natürlich auch nicht.
Tagelang übte Christa das Stück und jedesmal wurde es besser, und es war sonderbar zu denken, daß normale Leute, die sich das eines Tages anhören würden: »Das war schön« sagen würden und weiter nichts. Sie würden das raffinierte Portato nicht bemerken, mit dem Christa die einzelnen Stimmen hervorhob. »Sehr schön.« Das wäre noch das äußerste, mehr würde man nicht erwarten können.

Was mir das Leben vergällte, war der Sport: Handball – dieses Weggeschubse und »Häschen hüpf!« durch die Turnhalle. Oder Partnerübungen, bei denen man sich von kräftigen Kommilitoninnen durch die Halle tragen lassen mußte? Das war nicht mein Fall.
Staffeln nicht zu vergessen: Auf allen vieren einen Medizinball mit der Nase durch die Halle stupsen, wobei erwachsene Menschen einem: »Zieh! Zieh! Zieh!« nachschrien, was

bedeutete, daß man sich beeilen soll und »Armes Deutschland«, wenn man das nicht tat.
Originell war das »Ausschöpfen eines Gerätes«: Der Strick, zum Beispiel. Wenn der an der Reihe war, durfte man friedlich im Kreis sitzen und sich ansehen, was der Mensch alles mit einem Strick anfangen kann. Seilspringen oder Tauziehen oder, wenn der Strick als Kreis am Boden liegt, Raus- und Reinhüpfen. Fünfzig verschiedene Übungen einzig und allein mit einem Strick! Das war erstaunlich, und das hatte was mit Meditation zu tun: Sich gegenseitig aufhängen, das fiel einem auch ein dabei, aber das schied natürlich aus.
Ebenso originell war es, was man hinsichtlich der Methodik gesagt bekam: Die drei M's müßten vorkommen in jeder Sport-Stunde: das *Muß*, die *Muße*, und die *Muse*. Was Didaktik anginge – die verstehe sich ja von selbst.
Ich stellte mal die Frage, wieso die Kinder eigentlich nicht Jonglieren lernten, mit Apfelsinen etwa, still und fein, oder mit Flaschen, was ich mit zwei Keulen demonstrierte. Oder Orientierungsübungen mit zugebundenen Augen. Vielleicht wird man ja mal blind? Dann findet man sich besser zurecht? Oder mal »ausbrechen« lernen in Art von Entfesselungskünstlern. Sowas könne man vielleicht auch mal gebrauchen? Wer wisse denn, was einem nochmal blüht?

Eine weitere Vergällung meines Lebens fand im Deutsch-Seminar statt.

Fritz hat einen Roller,
Hat Fritz einen Roller?
Einen Roller hat Fritz.

Der Deutsch-Professor hatte es sich in den Kopf gesetzt, eine neue deutsche Grammatik einzuführen. Wir wären die Avantgarde, sagte er. Ohne uns gehe es nicht: »Satzgegenstand – Satzaussage?« Das wär total überholt! »Subjekt, Prädikat, Objekt?« Das verstehe ja kein Mensch.
Einer neuen deutschen, also klaren Grammatik galt es zum Durchbruch zu verhelfen, und deshalb mußten wir uns teure Bücher kaufen, in denen zunächst für alle Studenten noch

faßlich von den »drei Seiten des Mitteilens« die Rede war. Dann mußten sich jedoch frische, lebensfrohe Studentinnen, die gern ein Trakl-Gedicht interpretiert hätten, mit Grund-, Zuordnungs- und Gleichsetzungsgrößen befassen, wobei zu jedem Begriff eine erleichternde Zeichnung von höchst komplizierter Beschaffenheit an die Tafel geworfen wurde. Ganze Sätze wurden auf diese Weise an die Tafel gezeichnet, in Form von Spannungsbögen mit wolkenartigen Rundungen: Erst nimmt die Spannung zu ... dann noch 'n bißchen ... und dann nimmt sie wieder ab, nicht wahr? Im Prinzip also einfach. Das Märchen vom Süßen Brei wurde auf diese Weise vollständig an die Tafel gewolkt, Spannungsbogen für Spannungsbogen, die Tafel mußte auseinandergeklappt werden, damit man der Fülle der Zeichen auch Herr wurde. Das nebulose Gewolke stimmte dann allerdings selbst den Professor ratlos.

Ich ließ das alles von mir abprallen: Schemagrößen, Anteilgrößen und Sondergrößen; Freifugteile, Gradfugteile und Kernfugteile. Lieber will ich zur Müllabfuhr gehen als diesen Quatsch lernen, dachte ich, und daran tat ich gut.

Einmal kamen auch die frischen, lebensfrohen Studentinnen auf ihre Kosten, da wurde »Betroffenheitslyrik« analysiert. Bei der Behandlung eines solchen Gedichtes brächte man am besten einen Blumenstrauß mit in die Klasse.

Ergänzt wurde die uns vermittelte graue Theorie durch den immer wieder zitierten »grünen, goldenen Baum des Lebens«. Regelmäßig machten wir also Unterrichtsbesuche bei Lehrern, die dazu hatten überredet werden können.

In einem modernen Schulgebäude (Licht, Luft und Sonne!) mit Innenhöfen, Gruppenräumen und Wandelgängen, wo sozusagen jedes Kind sein eigenes Klo hatte, hörten wir einer Lehrerin zu, die nach den Prinzipien des Gesamtunterrichts Schule hielt. Das Thema »Brot« schleifte sie, ganz wie es sich gehörte, tagelang durch alle Fächer hindurch. Mit der »Sachbegegnung« begann das. Aus den Papierkörben des Schulhofs hatte sie weggeworfenes Schulbrot gefischt, und das hielt sie

nun mit spitzen Fingern in die Höhe. Ob das recht sei? fragte sie mit runden Augen, Brot wegwerfen?
Es folgte ein Besinnungsaufsatz: »Wenn's kein Brot gäb' auf der Welt.« »Ehrfurcht! Dankbarkeit!«
Auch in der Rechtschreibung gab dieses Thema was her, Wörter mit ck, backen, Nacken, packen... (Dabei natürlich aufpassen, daß die Kinder keine schlimmen Wörter nennen.) Das am besten überhören, Sitte und Anstand in Kinder hineinglauben, dann sagen sie sowas nicht. Und wenn sie es doch sagen, dann einfach überhören. Kinder haben ein feines Gefühl...
Im Rechnen wurde überlegt, wieviel Brot ein einzelner Mensch pro Tag, Monat und Jahr ißt, und wieviel Güterwaggons damit gefüllt werden könnten, und in Musik wurde gesungen:

> Es klappert die Mühle am rauschenden Bach!
> Klipp-klapp!

Mit diesem Lied habe sie immer gute Erfahrungen gemacht, sagte die Lehrerin, mit »Backe-backe Kuchen« weniger. Schnell mal notieren, welche andern Lieder noch zu diesem Thema paßten: »Im Märzen der Bauer sein Rößlein anspannt« zum Beispiel? Nein. Das geht nicht mehr, heutzutage hat jeder Bauer einen Trecker.
In Religion wurde Markus 8, 1–9 behandelt. Die wunderbare Brotvermehrung. Die Brotvermehrung – manche Lehrer packten alle Wundergeschichten des Neuen Testaments in die Grundschule, weil sie da keine zweifelnden Fragen zu hören kriegten. Dies sei ganz verkehrt. Einfach mal zählen lassen, wieviel Korn aus einem Zentner Saatgut zu gewinnen ist – und das ist doch auch Brotvermehrung, oder etwa nicht?
Das Zeichnen schloß sich an diese Stunde sehr harmonisch an, wobei es nervend war für die Lehrerin, daß die Kinder statt Brot in Körben lauter Autos zeichneten.
Im Sport Bringestaffeln? Also, das ging denn nun doch etwas zu weit, darauf einigte man sich schnell. Man dürfe ein solches Thema nicht zu Tode reiten. Aber vielleicht

noch ein Märchen zum Ausklang der Woche: »Vom Mädchen, das auf das Brot trat«. Oder ein Gedicht.
Einen Blumenstrauß aufs Katheder stellen und dann stillernst ein Gedicht behandeln. Gedichte seien das Hochzeitskleid der Sprache, die dürfe man nicht vernachlässigen.
Das sonderbarste an dieser modernen Schule war ein Lautsprecher in allen Klassen. Beim Morgengebet konnte es durchaus passieren, daß der Rektor auf herumliegende Milchflaschen aufmerksam machte.

In einer düsteren Schul-Kaserne mit Bankreihen unter Neonlicht wurden alte Vogelnester auseinandergenommen und in ihre Bestandteile zerlegt. Was für Material die Vögel verwenden, das interessierte sogar uns.
Die Moosplacken, Haare und Zweiglein wurden gezählt, und schließlich wurden die Kinder aufgefordert die Nester wieder zusammenzusetzen. Was die Vögel schafften mit ihren plumpen Schnäbeln, das müsse doch auch den Menschen mit ihren geschickten Fingern gelingen? Bei der anschließenden Diskussion (»Schlachtefest« genannt) wurde gefragt, ob das nicht sehr bedenklich sei, Vogelnester auseinanderzunehmen? ob dadurch die Schüler nicht zum Zerstören verführt würden?
Je besser eine Stunde war, desto schlechter kam sie weg bei nachträglichem Palaver und umgekehrt.
Ein mit Rüschenkleid und hochhackigen Schuhen bekleidetes »blondes Gift« aus Uchte – genannt »der Tuschkasten« – tat sich bei den Diskussionen immer besonders hervor. Eine Handtasche mit goldenem Verschluß hatte sie auf dem Schoß, und sie begann ihre Beiträge nicht mit »ich würde sagen«, wie jeder normale Mensch, sondern mit: »ich möchte meinen.«
Das machte Schule.

Eines Tages wurde alles zusammengetrommelt, was Beine hatte: Zwei Studenten aus Jena waren gekommen, aus jenem Teil Deutschlands also, der ganz allgemein als »Phänomen« oder »Gebilde« bezeichnet wurde.
So wie man dafür gesorgt hatte in dieser Hochschule, daß Graf

Baudissin Gelegenheit bekam, über den Bürger in Uniform zu meditieren, so wollte man nun auch der anderen Seite zu ihrem Recht verhelfen, ihr mit Fairneß die Chance geben, sich darzustellen, damit man eines Tages, wenn die Einheit in Freiheit kommt, nicht dasteht wie der Ochs' vorm Tor.

Deutsche an einen Tisch!

Ich kam grade dazu, wie die beiden Ost-Jünglinge von Studentenmassen in jenen Hörsaal geschoben wurden, der früher einmal herrschaftlicher Eßsaal gewesen war. So viele Studenten auch um die beiden östlichen Vertreter herumtraubten, man erkannte sie sofort und es war, als sollten diese linientreuen Menschen hingerichtet werden.

Nach der Begrüßung durch den AStA und einem Referat über Toleranz, in dem Professor Großkurth besonders auf den Vorzug freier Wahlen einging, daß man sich vor der Volksmeinung nicht zu scheuen braucht, wenn man ein gutes Gewissen hat, wurde die Gelegenheit zur Wortmeldung angeboten, und zwar wie sauer Bier: keiner wollte was sagen.

Ein paar wildfremde Herrschaften meldeten sich schließlich aus den hinteren Reihen, und die sprachen von der Deutschen Demokratischen Republik, daß die so ziemlich auf allen Gebieten voranmarschiert. Dies brachte die vollzählig anwesenden Professoren zum Kopfrecken: was sind denn das für Leute, die kennt man ja gar nicht? Haben sich hier irgendwie eingeschlichen, was? – Diese Leute wurden hinweggeführt: Das ist hier eine interne Veranstaltung, Leute von sonstwoher haben hier nichts zu suchen.

Dann kamen die beiden Jünglinge an die Reihe. In stark sächsisch gefärbtem Burokratendeutsch schilderten sie die Verhältnisse dort drüben in leuchtenden Farben. Bei der nachfolgenden Diskussion gab es dann eine Überraschung: Das Tuschkasten-Mädchen aus Uchte verfügte zum allgemeinen Erstaunen über marxistisches Wissen. Die konnte die Leute zeitweilig mit ihren eignen Mitteln schlagen. »Ich möchte meinen ...«, sagte sie, und das war sehr interessant.

»Kommen Sie nachher doch mal zu mir«, sagte der Rektor über die Menge hinweg zu ihr.
Das Ganze entwickelte sich dann rasch zur Prinzipien-Reiterei, dies hatte der und der da und da gesagt und das der und der da und da. Ob Lenin nicht der Erfinder der Konzentrationslager gewesen sei, wurde gefragt, und einer rief, daß er eine Tante drüben hat. Ein anderer stellte die Frage, ob Ulbricht wirklich einen umgebracht hat im Jahre 1922, und zwar in einem Bordell? Ob das den beiden bekannt wär? Ob sie dazu mal was sagen könnten?
Mich guckten die Kommilitonen immer so an, ich sollte sagen, daß ich da drüben unschuldig gesessen hab'. Aber ich schwieg still, dem lieben Robert, drüben, würde das nicht gut bekommen, wenn ich hier was sagte. Irgendwie leid tat es einem, wie die beiden Ost-Jünglinge da so versturt am Tisch saßen, keinen Schritt vor und keinen Schritt zurück: Absolut vertrotzt. Wieviel leichter hätten sie es gehabt, wenn sie ein bißchen flexibler gewesen wären.
Zum Schluß stob alles auseinander, und in der Mensa wurde auf den Tisch geschlagen, was man alles vergessen hat zu sagen, und diese Leute sind eben besser geschult.
Die Sache mit dem Sputnik – irgendwie peinlich für den Westen... Peinlich und Achtung abnötigend. Obwohl, das war sozusagen »arschklar«, wenn die Russen sich die deutschen Professoren nicht geholt hätten, nach 1945, dann hätten sie das nie geschafft. – Viel Bier wurde getrunken, und im übrigen wurde die Gründung einer Arbeitsgemeinschaft angeregt, die dafür sorgen würde, daß man Recht behält in einer Diskussion, dort, wo man Recht hat natürlich nur. Mit Menschlichkeit allein wär da nicht viel zu machen. Argumente einüben also, Fangfragen vorbereiten. Zum Schein freundlich sein und dann die tollsten Dinger auftischen.
»Begriffe klären«, wär' ein gutes Mittel, sagte der Tuschkasten. Wenn man nicht weiter weiß, dann einfach Begriffe klären: was der andere unter »Skepsis« versteht, zum Beispiel, das bringt die aus dem Takt. Aus Magdeburg stammte das Uchter Mädchen, und sie war der Star des Tages.

Sonntags besuchte ich die drei Bärlappgewächse in ihrer Doppelbude, mit bunten Zierkürbissen auf dem Ziegelsteinregal und einer Wandmatte aus Japangras, an der Reagenzgläser als Hängevasen befestigt waren.

Nicht jedes Mädchen hält so rein.

Sie hatten stets gutes holländisches Schmalzgebäck auf Lager und ostfriesischen Tee mit Kluntjes und echter Sahne, *erstklassigen* Tee, den man nicht umrühren darf, sonst schmeckt er natürlich überhaupt nicht, und die Sahne wird mit einem kleinen silbernen Schöpflöffel auf den Tee »gelegt«. So wird's gemacht und nicht anders.

Die drei Schwestern waren Teil einer großen Familie, allesamt schwarzhaarig, obwohl nur zum Teil Träger des französischen Namens, lauter Brüder, Vettern und Kusinen waren das, die allesamt in Göttingen studierten. Die Brüder und Vettern studierten ausnahmslos Theologie, was schon an den grünen Lodenmänteln zu erkennen war, und die Kusinen in ihren pastellfarbenen Pullis studierten Pädagogik oder auch mal Medizin.

Mich nahmen sie auf in ihren Kreis, ohne lange zu fragen, und dann saßen wir beisammen in der Doppelbude der drei Bärlappgewächse und sahen einander auf den Grund des Herzens, wo überall so ziemlich dasselbe zu finden war. Von französischem Blut war nicht mehr viel zu spüren: Einfache Seelen waren das, schlicht und gradeweg. Von einem der Vettern hieß es allerdings, er trinke zuviel Bier, und als Junge habe er immer so oft das Fahrrad aufgepumpt vor dem Haus seiner Lieblingskusine. Ein anderer ging sonntags nicht zu Pastor Pollack (was niemand begreifen konnte, weil es allewelt tat), der wanderte Sonntag für Sonntag, etwas extravagant, nach Herberhausen, wo einer auf der Kanzel stand, der das Kyrie richtig singen konnte und gern Witze machte in seiner Predigt, von Kritikern als Kanzelgeck bezeichnet.

Zur Kirche gingen sie alle, ob nun nach Herberhausen oder nicht, aber über Gogarten, Bultmann oder Barth wurde nicht diskutiert. Auch über den »Schlager als Volkslied unserer Zeit« wurde nicht gesprochen, und ob Fotografie Kunst sei,

war denen ziemlich schnuppe, hier wurde das Normalsein gepflegt, – »Musik muß für mich schön sein« – das gute norddeutsche Normalsein, wozu es gehörte, daß man nicht so klug daherredet. »Eins, vier, fünf, eins«, wie die Musiker sagen, immer gradeaus, das wurde praktiziert, auch in Glaubensdingen, da sowieso.
»Einsicht ist der erste Schritt zur Besserung«, solche Weisheiten gaben die Glieder dieser Sippe zum besten, und: »Bescheidenheit ist eine Zier, doch weiter kommt man ohne ihr.«
Hin und wieder geschah es, daß einer der rasant aussehenden Brüder oder Vettern ein fremdes Mädchen mitbrachte, dicke Backen plus Dutt, ein Mädchen, das *nach* dem Examen geheiratet werden würde und dann Kinder kriegen, Silberne Hochzeit und so weiter.

Ich saß ganz gern mit denen zusammen, aber schöner war es noch, wenn ich mit den drei Bärlappgewächsen alleine war. November, wenn's früh dunkel wird und dieses kummervolle norddeutsche Wetter.
Bei schummrigem Kerzen-Licht klebten sie Kunstpostkarten in Alben – »Der Aufstand der Viadukte« – oder sie bastelten Strohsterne für das bevorstehende Weihnachtsfest und Sterne aus Goldpapier. Christa konnte das am besten, die Kleine war zu ungeduldig und die Große zu träge.
Ich las ihnen Dostojewski vor, »Schuld und Sühne«, und wenn ich genug gelesen hatte, dann nahmen wir die Blockflöten und machten »Zwitschermusik«: einen Ton aushalten, und mal der eine, mal der andere durfte den umspielen. Wie die Schlangenbeschwörer saßen wir auf den Couch-Betten, unsere Schatten von den Kerzen übergroß an die Wand geworfen.
Ich hätte Affenhände, sagte die Kleine. Sie nahm meine Linke und zeigte sie den andern, und dann patschte sie mir mit meiner eigenen Hand eine runter. Dafür hätte ich sie nun zwicken sollen oder sonstwas, das hatte sie sich so ausgedacht – »na warte!« – aber als ich das tun wollte, traten die beiden andern dazwischen, die wollten das ganz und gar nicht.

»Adam und Eva ritten durch das Paradies, daß es eine Lust war«: Aus älteren Reform-Religionsbüchern lasen wir uns auch mal was vor, oder wir holten uns Noten und sangen vierstimmige Madrigale.

Mit Lieb' bin ich umfangen,
Herzallerliebster mein.
Nach dir steht mein Verlangen,
könnt's oder möcht's gesein.

Das war immer am schönsten. Wir sangen stets dieselben Lieder, und wir wiederholten sie, bis wir sie auswendig konnten. Das Singen war schön, das Flöten und das Necken mit der Kleinen. Die »Bärlappgewächse« nannte ich sie oder: »Meine gemeinsamen Freundinnen.«

Weil ich so gut singen konnte, gingen die drei zu Herrn Vormann – »Crescendo bedeutet leise singen« –, dem mit buschigen Augenbrauen versehenen Chordirektor der Johanniskantorei, der immer so dirigierte, als ob er Bäume in die Luft zeichnen müßte. Ob er mich aufnähme in den Chor? fragten sie ihn: bitte-bitte! Spätheimkehrer und singt gar nicht schlecht?

Nun: das konnte arrangiert werden, die Tenöre traten etwas auseinander und machten Platz für mich.

Übers Gebirg' Maria geht
zu ihrer Bas' Elisabeth.

So wurde gesungen, nur eben mal ansummen und dann ging's los, so vom Blatt ab, und die große Kirche hallte wider von dem Gesang.

Zum Ritus gehörte es, daß man hinterher nicht sagte: Donnerwetter, das war aber schön, sondern skeptisch dreinblickte und von was anderm redete, wobei gesagt werden muß, daß mit *mir* niemand redete: Irgendwie Ostzone? Spätheimkehrer? Sind das nicht diese Leute, die da irgendwo im Osten hinter Stacheldraht ihre Läuse gezählt haben? Und dann noch Volksschullehrer in spe?

Die Kirchgänger waren ein notwendiges Übel für diesen Chor, und die Predigt natürlich auch. Während der Predigt stellten

die jungen Leute, unter denen es etliche Theologie-Studenten gab, Prognosen an, worauf der Sermon des Pastors da unten nun eigentlich hinauslaufe? »Ah, Trillhaas...«, sagten sie, oder: »Was macht der nur, was macht der nur?«
Ich fand es schade, daß ich niemandem erzählen konnte, wie schön das damals gewesen war, das Singen im Gefängnis. Die hätten bloß gesagt: »Männerchor?« und damit wär die Sache erledigt gewesen. Herr Vormann immerhin, der Chordirektor, der sich Verdienste erworben hatte durch die Rekonstruktion einer Lukas-Passion von Bach – einmal aufgeführt und dann für immer vergessen –, der nahm mich mal beiseite. Ich sei doch Spätheimkehrer, fragte er mich, und er sah mich unter seinen buschigen Brauen ernst an: Ob ich Geld brauchte? Das sagte dieser Mann, und ich verstand, wie er das meinte.

Im Anschluß an das Singen ging's zum Essen in die Mensa oder auch mal in die Taberna, wo die Perser saßen und sich in ihrer unverständlichen Sprache amüsierten über dies beschissene Land hier, in dem sie sich nun leider aufhalten müssen. Wir aßen paniertes »Kottlett«, und jeder bezahlte für sich. Die drei Mädchen unter mancherlei Getuschel, und Christa hatte ein sonderbares viereckiges Portemonnaie, das sich ziehharmonikaartig durch Drehen öffnen ließ. Darin rührte sie mit dem einwärts gebogenen Zeigefinger herum, und viel war da nicht zu holen.
Anschließend kam dann der »englische Sonntag« an die Reihe, Tee trinken mit Sahne und Kluntjes, dazu holländische Kuchen, und die Vettern und Kusinen mit ihren tollen Weisheiten.

> Ist der Ruf erst ruiniert,
> lebt man gänzlich ungeniert.

Bei jeder Zigarette, die ich mir anzündete, rechnete mir die Medizin studierende Kusine vor, wieviel Nägel an meinem Sarg noch fehlten: Die erzählte auch mit Wonne Sachen, die man eigentlich nicht so gerne hört, von Geschwüren und eiternden Wunden. Einer gelähmten Frau hätten sie die Hand auseinandergebogen, der Handteller sei von Maden gänzlich zerfressen gewesen.

Die Theologen sprachen davon, wie schwierig das sei: Volkstrauertag, Buß- und Bettag, Ewigkeits-Sonntag – daß einem da immer noch was einfällt für die Predigt. Und dann:

Hoch droben schwebt Joseph
den Engeln was vor...

die Weihnachtszeit mit den kitschigen Weihnachtsliedern: »Stille Nacht, heilige Nacht«, darauf bestünden die Leute, das verlangten sie! Wo es doch soviel schönere Lieder gäb'. Lahusen zum Beispiel: »Wißt ihr noch wie es geschehen«, oder dieses andere, wie heißt es man noch...

Es ist für uns eine Zeit angekommen
die bringt uns eine große Freud...

Das wär doch viel schöner als: »Holder Knabe mit lockigem Haar.«

Ich war da gänzlich anderer Meinung. »Wißt ihr noch wie es gesche-hän«, wenn ich dieses Lied singen mußte, dann betonte ich es immer extra verrückt. Ich war mehr für »Tochter Zion«, was die andern nun wieder nicht verstehen konnten.

Erst gegen Abend empfahlen sich die Vettern und Kusinen einer nach dem andern, und meistens blieb dann noch einer zurück, mit freundlichem Grinsen. Den wurde man ewig nicht los.

Am Sonnabend vor Totensonntag traf ich mich mit Christa zu einer Abendmusik in der Marienkirche. Es war finster, nebelig, und in der Kirche war es düster. Wir saßen nebeneinander in der Bank, ich betrachtete ihre feinen Hände mit dem zur Mitte gebogenen Zeigefinger und sie betrachtete meine »Affenhände«, die, wie sie meinte, nun ja absolut keine Affenhände seien. Ganz im Gegenteil!

Auch mit den andern beiden Bärlappgewächsen war ich schon mal allein gewesen. Die Kleine hatte sich als Reinfall entpuppt, so frech sie sonst war, als ich ihr im Musikgeschäft Hack unversehens gegenüberstand, da tat sie so, als ob sie's eilig hat, als ob sie noch irgendwohin muß, aber sie brauchte nirgends hin – und das war irritierend.

Und die Große, auf der Post? Briefmarken anlecken? Und dann so komisch gucken, mit'n bißchen Glubsch-Augen, die ich vorher gar nicht als solche identifiziert hatte: Noch 'ne Briefmarke anlecken und noch eine? Und mit einer Riesenzunge?
Nein, mit Christa war das anders. Da war man still und langweilte sich trotzdem nicht, da war das so, als ob man sich schon ewig kennt: Brot mit Butter und Salz.

Da wird das Lachen werden teu'r,
wenn alles wird vergehn im Feu'r...

spielte der Organist in vielfältigen Variationen und der Pastor da vorne in der ersten Reihe wußte nicht so genau, wann er nun eigentlich dran ist. Seinen Lutherrock hatte er sich angezogen, mit Eckenkragen, und dauernd stand er auf und sah sich um, ob er nun dran ist oder nicht.
Der Chor sang irgendwas von Orlando di Lasso, in den tollsten Verflechtungen, und zum Schluß spielte der Organist eine Fuge, und man überlegte, was in so einer Fuge alles vor sich geht. Hört man sich an und hat keine Ahnung, was darin so alles vor sich geht. Das Hauptthema, wenn's einsetzt, kriegte man grade eben noch mit, aber sonst?

Wir gingen noch ein bißchen durch die Straßen, mein Kopf und dein Kopf, und die Gedanken klopften an die Schädeldecke.
Es hatte gereift, alles glitzerte, und an den Baumstämmen war eine dicke Eisschicht.

Der *kleine* Laden,
der sich *große* Mühe gibt.

Christa hatte selbstgestrickte, grüne Fausthandschuh an und betastete das glatte Eis an den Baumstämmen: Merkwürdig, daß das ein Baum aushält, Eis, und wenn man sich vorstellt, was unter dem Eis ist, lebendiges Holz, durch das im Frühjahr der Saft nach oben steigt...
Ich legte meinen Arm um ihre Taille, und als ich ihn dann irgendwann wegziehen wollte, klemmte sie ihn mit dem Ellenbogen fest. Wir gingen im Gleichschritt dahin; daß das

ein sonderbares Wetter ist, das brauchten wir uns nicht zu erzählen. Verliebt? Was ist das? Benommen, das trifft eher zu, klamm.
Irgendwann mußte ich mir dann ja doch die Nase ausschnauben, und dann hakte sie sich ein, und wir wußten, daß dies für immer war.

Die Wirtsleute schlugen die Hände zusammen! Nein! Das Fräulein Christa! Diese Augen... Sie hätten schon immer gesagt: *Das* wäre eine Frau für mich, so einfach und so von innen her strahlend!
Sie hatten nichts dagegen, daß wir nun immer gemeinsam zu Abend aßen (bei mir, versteht sich, sonst hätten die andern beiden ja immer dabeigesessen und all die Vettern und Kusinen). Ein Tauchsieder wurde angeschafft für den Tee und sogenannte »Sets«, damit die Decke nicht immer gleich so schmutzig wird. Mein echt-silbernes Besteck und ihre echtsilbernen Serviettenringe, Jagdwurst mit Knoblauch und ab und zu Hering in Tomatensoße.
Die Serviettenringe hatte Christa von ihrer Patentante geschenkt bekommen, alte Erbstücke waren das, mit Rosen drauf und »E. B. 1813«. Von dort würde noch so manches zu erwarten sein, eine Bronzeuhr und ein doppelmanualiges Cembalo.

Die beiden Schwestern hatten natürlich nicht »dicht gehalten«. Sie hatten nach Hause geschrieben, daß Christa jetzt einen »Kerl« hat (was der Familiensprache entnommen war). Die Mutter hatte daraufhin die ganze Nacht geweint. Der Vater hingegen fragte an, ob dieser Kerl »Kleiderschrank« oder »Mücke« sei.
Spätheimkehrer? Das interessierte die guten Leute natürlich auch. Aber wenn man Pastor ist, dann darf man sich nach sowas nicht allzu eindringlich erkundigen. Ob ich denn auch wirklich ganz gesund wär? fragten sie immerhin. Und: Zuchthaus? Na – das müßte ich bei Gelegenheit alles mal ganz genau erzählen. In Backfleeth das liebe Mariechen,

hat ja auch einen Spätheimkehrer geheiratet, allerdings Rußland, und das ist ja auch gutgegangen. Ein ganz, ganz lieber, völlig harmloser Mensch.
Mischehen seien an sich ja gar nicht schlecht, Ehen zwischen Flüchtlingen und Einheimischen, das wirke sich auf die Kinder später positiv aus. Onkel Heribert übrigens, der kam doch auch aus Rostock – bei dem würde man sich mal erkundigen können, ob die Sache mit der Reederei auch stimmt.
Meine Mutter schrieb, das freut sie so, daß ich jetzt ein Mädchen hab'. Sie sei gespannt, was das für ein Mensch sei – Christa Fougett? Das höre sich nicht schlecht an. Und der Vater Pastor?

Als Seppel Fröhlich davon erfuhr, daß ich vor Anker gegangen war, wie er das ausdrückte, kam er mit Vespa und Minox angebraust. Er wollte unsere ersten gemeinsamen Stunden für alle Zeiten »auf die Platte bannen«. Wir sollten unsern »Großen Sonnabend« für ein Fotoalbum nachstellen, das könnten wir dann später unsern Kindern zeigen: Das Sitzen in der Marienkirche, den nächtlichen Gang durch den Nikolausberger Weg, wo die Bäume vereist gewesen waren, und vielleicht auch das gemeinsame Abendbrotessen in meiner gemütlichen Stube, wie er als Freund uns grade mal besucht. Wir konnten ihn davon abbringen, Gott sei Dank. Immerhin, er machte dann doch noch ein Foto von uns beiden, und das war mitzunehmen, denn Weihnachten näherte sich, da würde man das Foto verschenken können.

23

Obwohl der Briefträger in dieser Zeit noch zweimal am Tag kam, erhielt ich nur wenig Post. Einmal pro Woche einen Brief meiner Mutter, mal eine Ansichtskarte und hin und wieder etwas Amtliches. Die sogenannten Kumpels hatten alle ihr Loch gefunden, die brauchten nicht mehr zu schreiben, und Rita, die Geigerin, die hatte es auch aufgegeben. Daß sie in der Welt herumkam, das konnte man sich ja denken.

Jede Woche kriegte ich »Die Zeit«, die war mir von einem Industrie-Unternehmen gestiftet worden: Wie sonderbar, daß es in der Bundesrepublik so wenig Autobahnen gibt, wurde darin beklagt, das wär' doch unerhört, und daß die Jugend so technokratisch ist, die habe nur Sinn für die Ausbildung und möglichst schnell Geld verdienen. Von politischem Interesse keine Spur.

Von der Kramerin aus Hatzfeld kam ein Brief mit Sondermarke, schief geklebt. Daß sie abgelehnt worden sei von der Hochschule, schrieb sie, das mache aber nichts, sie bewerbe sich jetzt in Hildesheim, und wenn es da nicht hinhaue, dann schreibe sie nach Lüneburg, irgendwo werde es schon klappen, und es wär doch schön, wenn wir uns öfter mal sehen könnten? Das Wort »klitze-klein« kam vor in dem Brief, daß sie Hoffnung hat, wenn auch nur ein ganz klitze-klein wenig. »Großes Ehrenwort«, das kam auch darin vor.

Sie solle die »Ohren steif halten« schrieb ich ihr.

In einem zweiten Brief stand, dies hätt' sie noch vergessen, Pastor Steinbrecher, daß den die Neger abgemurkst haben in Afrika, mit Frau und Kind. »*Dafür* nun nach Afrika zu gehen, um da abgemurkst zu werden! Das hätt' er billiger haben können ...«

Anfang Dezember brachte der Postbote einen querformatigen

grünen Brief mit rotem Porto-Stempel und Sichtfenster, an dessen Rand »Freie und Hansestadt Hamburg« zu lesen stand.
Daß aufgrund (ein Wort, das neuerdings zusammen und klein geschrieben wurde) soundso, Ziffer X, die Entschädigung an mich nun doch zu zahlen sei, irgendwie leider, abzüglich dem und zuzüglich dem. Im Namen des Volkes, Gott sei's geklagt, und sie wird mir überwiesen, wenn ich die beiliegende Erklärung *dort* unterschrieben hätte, wo ein *Bleistiftkreuz* sich befindet.
Nun, dies war das Wenigste.
Der Bankbeamte meines Kontos erlebte es, daß statt einer 150-Mark-Überweisung eine kam, die auf, in Worten: »Sechstausenddreihundertundsiebenundvierzig Mark« lautete. Da wird er sein Frühstücksbrot hingelegt und eine Weile still aus dem Fenster geblickt haben, wo die fleißigen Kräne schon wieder so herrliche Betonkübel durch die Luft schwenkten zum Bau von immer neuen Häusern: Ja, es geht aufwärts in diesem Land, und nun sind wir mal neugierig, was dieser junge Mensch mit all dem vielen Geld anfängt.
Nun, der junge Mensch hüpfte nicht und tanzte nicht, der ging sofort in die Küche zu Gustel, die ihr Göttle rief. Göttle sah sich das Schreiben an und die Überweisung, der »pfiff durch die Zähne«, wie man so sagt.

Schon wieder eine Seele
vom Alkohol gerettet,
schon wieder eine Seele
vom Alkohol befreit.

Und nun machen wir gleich mal eine gute Tasse Kaffee, das muß schließlich gefeiert werden, Geld da, verlobt, und der Hibiskus hat auch angesetzt!

Ich ließ mir bei einem Friseur mit »ö« die Haare schneiden, dann kaufte ich einen Blumenstrauß und ging zu Fräulein Lehmann, der dieser Besuch gar nicht paßte. Sie hatte unglaublich viel zu tun, mußte grade die Fensterbänke abwischen und ihr Reisetagebuch wollte auch noch in Ordnung gebracht sein.

»Haben Sie denn so viel Geld?« fragte sie mich, als ich ihr den Blumenstrauß überreichte, und das war ihr fatal, daß sie sich von mir was schenken lassen mußte. Deshalb öffnete sie den Kleiderschrank und kramte einen Schuhkarton hervor mit alten Lux-Lesebogen, toten Fliegen und Spinnen. Die könnte ich haben! Wenn ich Lehrer auf dem Dorf wär', dann könnte ich die für meine Unterrichtsvorbereitungen sicher gut gebrauchen.
Ich sagte, daß die Engländer wunderbare Menschen sind, die Autofahrer, vor jeder Frau halten sie an, und das war das letzte Mal, daß ich das Fräulein sah.

Danach ging ich in die Stadt und kaufte einen 8-Röhren-Löwe-Opta aus der Plastikton-Serie mit Ferrit-Antenne und elfenbeinerner 3-D-Taste, reichlich verziert mit goldenen Leisten. »Hör mal 'n beten to« – die Bässe waren an diesem Gerät das besondere, bum-bum-bum! Mit dem doppelten Baßverstärker konnte ich nun gegen den Fernsehapparat über mir anbumpen.
Ich kaufte Butter, Obst und viel, zu viel Aufschnitt, und dann deckte ich den Abendbrotstisch, mit Adventskerze und Blumen und allem Drum und Dran, und als Christa dann kam, noch rot vom Fahrradfahren und im krausen Haar Nebeltröpfchen, da spielten die Bamberger Symphoniker grade die Nußknacker-Suite, und das paßte großartig. Sie wollte wissen, woher ich das Radio hätte und ob ich Geburtstag hab'.
Als sie erfuhr, daß ich nun »anerkannt« sei und nicht mehr herumliefe als Krimineller, da stiegen ihr die Tränen in die Augen, und sie sagte: Daß man so wenig weiß voneinander...
Wir speisten dann in meinem schönen Zimmer – »möchtest du noch etwas Leberwurst?« – und es wurde nicht gefragt, ob das denn nötig gewesen sei, so einen teuren Apparat zu kaufen, ob ich nicht eher ein paar Hemden brauchte. Die wurden sowieso gekauft, am nächsten Tag, dazu ein Duffle-Coat mit Knebeln und Kapuze, endlich mal anständige Strümpfe und eine Armbanduhr »Dugena-Festa«, für vier-

undachtzig Mark, mit schwarzem Zifferblatt und rotem Gütesiegel an der Schachtel.
Nun konnten wir auch mal ins Theater gehen, »Macbeth« sahen wir und den »Fröhlichen Weinberg«. Ansonsten Kino natürlich, die Glenn-Miller-Story und Hitchcocks »Immer Ärger mit Harry«.

Christa und ich saßen nun jeden Abend beisammen und hörten Radio. Ich saß im Sessel, mit Pfeife, die Beine übereinandergeschlagen, und Christa auf der Couch, und mein Blick wanderte zwischen ihr und dem Radio hin und her: Dies hatte man dem Leben abgetrotzt.
Um Fünf vor halb sieben drehte ich das wundervolle Gerät an: »Blickpunkt Berlin«. Danach das »Echo des Tages«, mit der »Rhapsodie in Blue« als Eingangsmusik. Daß eine sowjetische Turnerin in Hamburg beim Stehlen erwischt worden ist, solche empörende Sachen erfuhr man da, und das Piepsen des Sputniks war zu hören. Anschließend die Nachrichten mit Kommentar von Ernst Friedlaender.
Dann umschalten und sich das »Streiflicht« anhören, »Blickpunkt Wirtschaft«, daß die Franzosen keine Volkswagen reinlassen, was ja wieder mal typisch ist, und wir, in unserer ehrlichen, dämlichen Art, wir kaufen denen die ganzen Enten ab.
Christa hörte auch zu beim »Blickpunkt Wirtschaft«, das interessierte sie sehr. Daß die Politiker an den Julius-Turm ranwollen und das ganze Geld ausgeben, das Schäffer, dieser tüchtige Minister aufgehäuft hat, das interessierte sie sehr: Was für eine Unvernunft!
Zwischen den Nachrichten und dem abendlichen Konzert klaffte gewöhnlich eine Lücke, in der »Wer gewinnt?« gesendet wurde oder volkstümliche Musik, genannt »Herz-As« mit Solvejgs Lied und: »Wien bleibt Wien«, einem Katalog bekannter Operettenmelodien, wofür man sich den Apparat ja nun nicht gekauft hatte. Erst um neun Uhr hatte sich das Radio wieder erholt, da gab es dann was von Pfitzner oder gar die Sechste von Tschaikowski.

Jahre des Lebens,
alles vergebens...
Wann werden wir uns einmal wie-dersehn?

Das einzige, was bei dieser Art Musik zu beanstanden war, das war das prompte Klatschen. Und: daß sie das Klatschen in voller Länge übertrugen, das dauerte ja zuweilen länger als die ganze Symphonie.

Wenn's mal etwas später wurde mit uns, dann räusperte sich das Göttle nebenan: Um zehn Uhr ist es eigentlich Zeit, sein Mädchen nach Haus zu bringen, alles was recht ist, zehn Uhr »c. t.« Das ist so Usus in bürgerlichen Häusern, und davon wollen wir auch hier nicht abgehen.

Auch nachts hörte ich Radio: Sekten kamen da zu Wort, in Zehn-Minuten-Sendungen, und der Suchdienst des Roten Kreuzes.

Gisela aus Allenstein, Nachname unbekannt.
Wer kennt mich? Ich wurde von einem russischen Soldaten im Straßengraben aufgelesen und in das Kinderheim von Ortelsburg gebracht.

Im warmen Bett liegen, nur die Skala des Radios erleuchtet, zurückdenken, wie alles gekommen ist, und auch an die Zukunft denken, wie alles wohl mal wird.

Mitte Dezember kam ein Brief aus Wuppertal, von einem gewissen Gustav Haderkamp, er sei grade entlassen worden, aus Bautzen, ihm geht's wahnsinnig schlecht, und er soll uns bestellen, Robert kommt auch bald.

Im nächsten Terminbrief meines Bruders stand es dann: »... kann ich euch heute die erfreuliche Mitteilung machen, daß ich noch vor Weihnachten ...« Und schließlich kam ein Telegramm: »Frei, frei, frei!«

Ich fuhr nach Hamburg, und da saß er auf dem Sofa unter der »Alten Liebe« neben meiner Mutter, grau im Gesicht und flüsternd, und »er müsse sich nun erstmal installieren«.

Er hielt meine Hand wie immer eine Idee zu lange und was dabei vergossen wurde, waren keine Familientränen.
Cornelli machte sich unsichtbar, und meine Mutter ging von einem Zimmer ins andere und sang vor sich hin. Die Kerze »echt Stearin« brannte unentwegt, mit Tannenzweigen garniert, und am schönsten wäre es gewesen, diese allererste Nacht hätte ewig gedauert.

Am nächsten Morgen wurde »richtig« Frühstück gegessen, mit »Bohnen«-Kaffee, guter Butter, Ei und Blätterteig-Brötchen, wie es sie jetzt zu kaufen gab: »Mü-beteig und Blätteteig«, diese alte Geschichte.
Meine Mutter lief zu Kaufmann Gurtbüttel – »Mein anderer Sohn ist nun auch wieder da« – und kaufte gedörrte Bananen und Traubrosinen, Datteln und Feigen, und am Telefon stand sie und sagte: »Robert ist nun auch wieder da!« und: »Ja, er ist gesund, ist das nicht schön?« Durch und durch gesund sei er, obwohl er aussähe wie Buttermilch und Spucke. Und daß Walter, ihr anderer Sohn, jetzt mit der Anerkennung durch sei, das sagte sie auch. Wenn sie eben aufgelegt hatte, dann klingelte es schon wieder. »Das ist ja zum Verzweifeln!« sagte sie, aber freuen tat sie sich doch.
Alpenveilchen wurden gebracht, von Tante Hille und von Tante Thea, und Telegramme kamen: »Alles Gute!« Daß Robert bald und jederzeit mal vorbeischauen könne, wurde ihm von der Verwandtschaft bestellt, man freue sich schon auf ihn! Und die Kerze brannte unentwegt.

Auf dem Schreibschrank war ein Geschenke-Tisch aufgebaut: Wie zum fünfzigsten Geburtstag: Blumen in Hülle und Fülle, darunter Nelken, jede einzelne mit einem Draht gehalten!
»Was 'ne Arbeit...«
Von Onkel Gustav war eine Mettwurst gekommen, einen halben Meter lang und Onkel Karl hatte einen Elektro-Rasierer geschickt. Mein Bruder überlegte, ob er sich einen Bart stehen läßt, was meinte ich? Brandrot, wie'n Kinderschreck? Besser, nicht, was? Lieber abrasieren.

Ob das angängig wär, daß sie mal wieder einen fundamentalen Griesflammeri machen könnte, mit zwanzig Eiern? fragte er meine Mutter, die immerfort von einem Zimmer ins andere flog. Oder einen Zitronenkrem? Aber nicht »kåckt«, sondern »slagen«.
»Sosst du haben, mein Jung'!« rief meine Mutter, »sosst du haben!«
»Jede Menge Barcelona«, diese Redensart hatte er mitgebracht von drüben und: »Jupp, die Geige«. Das war schon ganz weit weg.

Am Nachmittag kam ein Reporter vom NWDR, mit Schlips und Kragen, den hatten wohl die Nachbarn alarmiert. »Von Binnenland und Waterkant« hieß die Sendung für die er ein Interview erbat. Meine Mutter zündete den Adventskranz an, und während sie Kaffee kochte und durch die Zimmer flog um dieses noch zu holen und jenes, standen wir dem Mann Rede und Antwort ins Mikrophon, wobei wir nur das zu sagen brauchten, was er in seinen Fragen bereits vorformuliert hatte. »Hier«, sagte mein Bruder und kramte aus dem Mantelfutter eine Knaststickerei hervor, mit einem zur Nadel präparierten Stück Draht verfertigt (Blumen, wie man sah), aus Fäden, die man andern Häftlingen aus dem Hemd gezogen hatte. Er hielt die Stickerei vor das Mikrophon, und der Reporter beschrieb sie den vielen, vielen Millionen Menschen, die nun gewiß, draußen in der Welt, vor ihrem Gerät sitzen würden und atemlos lauschten.
Als meine Mutter endlich mit dem Kaffeegeschirr hereinkam und mit Pfeffernüssen, »Pflastersteinen« und Kemm'schen Kuchen, war bereits alles zu Ende. Das Tonbandgerät wurde aber doch noch einmal angeschaltet: »Ach, *Sie* haben *auch* gesessen?« Ob sie nun froh wär, ihre beiden Söhne gesund und munter wieder bei sich zu haben?
»Fundamental!« sagte mein Bruder, als der Reporter weg war, drüben gäb's sowas nicht, daß ein Reporter kommt und fragt, wie's einem geht. Und dann hatten wir ein langes Gespräch, wie der Mann ausgesehen hat, und daß der nicht »ohne«

gewesen sei. Das wär bestimmt kein gewöhnlicher Reporter gewesen, sondern ein Ober-Reporter. Einfachen Leuten vertraut man sowas doch nicht an.

Am Abend kamen Kalle Hesterberg und Willi Sänger, jeder mit einer Pulle im Arm: »Robbi ist wieder da!« riefen sie und umarmten ihn nach Knastrologenart. Wir rauchten originale Zuchthauszigaretten und sahen uns die Stickerei an, die Robert herausgeschmuggelt hatte, aus dem »Gelben Elend«. »Schade«, wurde gesagt, daß man das schöne Schachspiel nicht mit rausgekriegt hat, aus Brot geknetet. Und überhaupt, was da so entstanden sei an Kunstwerken, das glaubt ja kein Mensch.

Wer wo ist, das wurde sodann repetiert, und in Duisburg soll ein ehemaliger Wachtmeister sitzen, vom Kellersaal, der »falsche Adolf«. Den mal anständig vorn Koffer scheißen? Drüben eine Unmenschlichkeit nach der andern begangen, und hier womöglich eine Pension einstreichen, was?

Willi Sänger, der eine rote Weste trug zum grauen Anzug, erzählte, daß er den »Gartenzwerg«, diesen widerwärtigen Spitzel, auf der Mönkebergstraße gesehen hat, auf freier Wildbahn sozusagen.

»Ich denk', ich seh' nicht recht.«

Für den Fall, daß man mal wieder ins Gefängnis kommt, schon jetzt in den Nähten des Anzugs Bleistiftminen deponieren. Das sei ja das Schade, daß man in den Knast gekommen sei wie ein neugeborenes Kind. Es wäre ja direkt ein Spaß, wenn man jetzt wieder mal verhaftet würde, wegen irgend 'ner Lappalie, aus Versehen. Wie die wohl dumm aus der Wäsche guckten, wenn man sagte: »Ich habe schon acht Jahre gesessen. Sie können mir mit ihrem Kittchen hier nicht imponieren.« Damals wär' man ja ein Waisenknabe gewesen. Und doch – irgendwie durchgekommen, nicht? – Einzelhaft? Als er das Periodische System hingekriegt habe, ganz aus sich selbst heraus, sagte Kalle Hesterberg, da habe er gewußt, er sei noch normal.

»Von Binnenland und Waterkant«, diese Sendung hörten wir

uns dann von vorn bis hinten an, und als die Familie Kempowski endlich drankam, wunderten wir uns über den Klang unserer Stimmen.

Am nächsten Morgen holten wir die letzten drei Päckchen aus dem Schreibschrank, die noch immer nicht geöffnet worden waren, die letzten von über dreihundert.

So wechselt alles ab
Nach Krieg und Blutvergießen
laßt uns des Himmels Huld
des Friedens Lust genießen ...

Die alte Familientabakdose kam zum Vorschein, echt Iserlohn, völlig verspakt: die mal gleich tüchtig putzen, dann ist sie wieder wie neu. Das zweite Päckchen enthielt einen hölzernen Nußknacker, einer von dieser Art, die zwar schön aussehen, aber absolut unbrauchbar sind: Anlaß für endlose Weißt-du-noch-Geschichten, die alte Wohnung, das Wohnzimmer, schwarz tapeziert, mit goldenen Eulen, wo das schöne Blech-Auto von Tante Hedi, mit Vor- und Rückwärtsgang, gleich am ersten Tage kaputtgegangen war.
Im letzten Päckchen lag ein alter verblaßter venezianischer Stich, in Silberrahmen, das Glas zersprungen. Da kam dann eine ganz andere Geschichte hoch, die ging niemanden was an.

Meine Mutter nahm den Staubsauger aus der Abseite, öffnete die Fenster und fing an zu saugen. Dies war für uns das Signal aufzubrechen und in die Stadt zu fahren, was da so alles los ist. Wir gingen durch die mit Weihnachtssternen illuminierten Straßen, ich weltmännisch mit Hut und Trenchcoat, und mein Bruder im Ostzonenanzug mit zu langen Ärmeln unterm Mantel.

FROHES FEST!

Wir lauschten den gepingelten, gesungenen und trompeteten Weihnachtsliedern aus jedem Laden. Der große Weihnachtsbaum auf der Binnenalster und in den Schaufenstern ganze Armeen von Weihnachtsmännern: zwischen den Fleischber-

gen der Schlachtereien und zwischen den Bücherbergen der Buchhandlungen.
Mein Bruder hielt sich dicht an mir, zeitweilig faßte er mich sogar am Arm: »Gottesdonner«, sagte er, die Briefmarken zum Beispiel, in der Briefmarkenhandlung, 1936, Olympiade, »Wer ein Volk retten will, kann nur heroisch denken« und daß es beim Bäcker wieder ganz reguläre »Amerikaner« zu kaufen gäb', wie vor dem Krieg, das sei »Gottsdonner«.
Vor der Hamburger Bücherstube blieb er stehn. Das würd' ihn noch interessieren, ob es Bücher über den 17. Juni gäb' oder über den Korea-Krieg. Oder über Bautzen. Gäb's Bücher über Bautzen? Hintergründe und so weiter? – Na, das würde sich noch herausfinden lassen.
Was Schaschlik ist, wußten wir beide nicht. Dies mußte probiert werden, an einer Bude auf dem Rathausmarkt: appetitlich, aber zäh! Mein Bruder fragte den Mann mit der weißen Mütze, ob der sich wohl vorstellen kann, wo er herkommt!? Und der Mann drehte seine Schinkenwürste und die Schaschliks um und sagte: »Nein.«

Kling Glöckchen, klingelingeling!

Dann kam ein großer Weihnachtsmann, mit Bart und roter Mütze. Der stellte sich zwischen uns, und wir wurden fotografiert, und dies war das erste Foto von uns seit zwanzig Jahren.

Das Café Rose war nicht wiederzuerkennen. Den Klavierspieler samt Stutzflügel hatte man abserviert, die Mahagoni-Täfelung mit den geschliffenen Spiegeln herausgerissen. Frischer Wind war hier eingezogen, weswegen dieses Lokal in Zukunft zu meiden sein würde.
In der Rostocker Ecke, unter einem mit Lametta behangenen Adventskranz, sprangen die Altflüchtlinge auf, als sie sahen, wer da unter sie tritt. Ich segelte unter »nicht ganz astrein«, aber Robert wurde herzlich willkommen geheißen.

Der Rostocker
des Rostockers
dem Rostocker
den Rostocker Doppelkümmel!

Schwarzwälder Kirschtorte wurde spendiert, eiskalt, weil sie aus dem Gefrierfach kam, und eine Portion Kaffee, aus Pulverkaffee fabriziert, was 'ne dolle Erfindung ist, aber richtiger Kaffee schmeckt eben doch besser, der hinterläßt auch keine Spuren auf den Lippen. Dann wurde gefragt, ob Robert den und den kennt, der hat auch gesessen, und Fieden Lüng berichtete, wie er das angestellt hat, dem Russen noch dies und das aus dem Rachen zu reißen. Gott sei Dank, daß man rechtzeitig die Kurve gekriegt hat! Diese DDR-Leute! Die konnten ja noch nicht mal anständige Briefmarken herstellen, auf der Thomas-Mann-Marke den Scheitel auf der falschen Seite!

Der Wirt trat an den Tisch, mit seinen schönen Goldkronen, und an so einem Tag, da kam es ihm nicht darauf an, da spendierte er auch mal eine Runde. Und ob wir gesehen hätten, daß da hinten Max Schmeling sitzt? Nein, das hatten wir nicht gesehen, und sowas gibt's in der Ostzone auch nicht, daß da einfach Max Schmeling im Café sitzt, oder Heinz Rühmann oder wer nun grade.

»Nirgendwo ist die Ostsee so blau wie in Warnemünde«, das wurde festgestellt, und Robert wurde für den Sommer eingeladen nach Scharbeutz ins Wochenendhaus – »Meine Frau würd' sich freuen« – und als man mir die Hand gab, wurde in die andere Richtung weitergesprochen von Grundstückspreisen, die nun nicht mehr erschwinglich sind, damals habe man das alles für'n Appel und Ei bekommen.

Mit meinem bisherigen Lebensweg war man nicht sehr einverstanden, und was die Zukunft anging, so war von Bruder Robert, diesem lustigen Kauz, doch wohl erheblich mehr zu erwarten.

24

Zum 3. Advent war von betriebsamen Verwandten ein Familientag angesetzt worden. Ein angeheirateter Vetter aus Brasilien, den Krieg über interniert, – »hinter Stacheldraht? Jahrelang? Stellt euch das mal vor!« – gehungert und gedarbt, der wollte kommen, sich seine Heimatstadt anzuschauen (aus Trümmern auferstanden wie der Phönix aus der Asche!), endlich, und dieser Entschluß, lange immer wieder aufgeschoben, war das auslösende Moment für den Familientag. Die Einladung war auf einer Maschine violett abgezogen, und unten drunter stand mit der Hand: »Ihr kommt doch wohl auch?«
Weiß Gott, wir kamen, und wir nutzten den Familientag zu einem separaten Klein-Familientreffen, einen Tag vorher. Christa und ich reisten aus Göttingen an, und Ulla mit Mann plus eins-zwei-drei aus Kopenhagen in gelbem Auto mit schwarzem Nummernschild: »DK«.
Der Reihe nach fielen wir uns in die Arme, zum ersten Mal wieder alle beisammen! Der da hinten, den hatte man ja noch gar nicht umarmt, und die drei Nichten waren größer geworden, wie man sah, mit denen würde man keine »Abrokatik« mehr machen können.

Auf Christa ging die ganze Familie zu, der Reihe nach, und drückte ihr die Hand: So eine Art Menschenkind hatte es noch nicht gegeben in dieser Familie. Diese Augen? Dieses Haar! Und »Fougett«? Hugenottisch also... Das war schließlich auch nicht zu verachten. Schade, daß man nicht mehr de Bonsac hieß, dann würde Christa eines Tages »Christa de Bonsac, geborene Fougett« geheißen haben.
Ich saß mit ihr auf der Fensterbank, neben Amaryllis und Gummibaum, und Cornelli wußte noch am ehesten etwas anzufangen mit ihr. Klara Schumann irgendwie: Ein schwar-

zer Flügel an der Terrassentür – der Wind bauscht die Gardinen, die Kerzen flackern, und vom Meer her mischt sich herbe Luft mit den silbernen Klängen, die dieses Menschenkind mit ihren zarten Händen kraftvoll hervorbringt.

»Darf ich Sie um etwas bitten? Ob Sie wohl mal eben den Kopf zur Seite nehmen?« sagte er zu Christa. Er wollte sie im Profil betrachten. Und als ihm das zuteil geworden war, dachte er vermutlich: Ja, das kommt hin. – Dann hielt er uns beiden eine kleine Predigt, daß man aufeinander zugehen müsse, jeden Tag und den andern in seinem Anderssein begreifen, ihn nehmen wie er ist. Einen Menschen lieben, das heiße, ihn so sehen, wie Gott ihn haben will.

»Ja«, sagte meine Mutter, »und immer an einem Strang ziehen.« Oh, sie wüßt' es noch, die erste Zeit in ihrer jungen Ehe, das sei manchmal gar nicht leicht gewesen....

Auch Ulla wußte so allerhand zu berichten aus ihren ersten Jahren, eine Ehe sei eigentlich *nie* einfach, weder zuerst noch später.

Robert saß in der Sofaecke und nickte mir zu. Der war mir wohlgesonnen. Im Moment allerdings überlegte er, wie er es anstellen kann, daß er die Goons-Show im BFN zu hören kriegt, auf die er sich schon die ganze Woche gefreut hat.

Cindy, oh Cindy,
dein Herz muß traurig sein,
der Mann, den du geliebt,
der ließ dich ganz allein.

Vielleicht überlegte er in diesem Augenblick auch, wie er sein Lebens-Halma vorantreiben könnte. Daß er auch noch kalfatere, war ihm vermutlich klar.

Inzwischen hatte die Kaffeetafel begonnen, »Kinder, wie isses schön!« rief meine Mutter, und sie zündete sich mit dem Tischfeuerzeug, das sie in beide Hände nehmen mußte, eine Zigarette an, wobei ihr neuer Topas-Anhänger aufblinkte: »Was nützt das schlechte Leben!«

Die echten Stearinkerzen auf dem Adventskranz brannten

unentwegt, und der Platenkuchen wurde eingestippt in den Kaffee.
Es wurde von früher erzählt, von Bäcker Lampe, wo Ulla immer die »Lemmelings« geholt hatte und »Mü-beteig« und »Blätteteig«, die alte Geschichte. Und Sven wurde gefragt, ob er sich noch an die Butterkrem-Stücke erinnerte, die er im Krieg aus Kopenhagen mitgebracht hatte? O Gott! So wehrsam!

Hier öffnete auch Christa ihren Mund und sagte: »Dänemark«. Ihr Onkel sei auch Däne, der wär' im Krieg bei der Waffen-SS gewesen, als Däne. Was der für Schwierigkeiten gehabt habe, nach dem Krieg, das könne sich keiner vorstellen!
Dies war nun nicht so ganz das richtige. Es wurde ziemlich in die Gegend geguckt. Robert rettete die Situation. Der rief: »Dänemark?« und dann sang er ein Lied vor, das sich nannte »Den Piber og hans hund«. In diesem Lied wurde gepfiffen und an einer bestimmten Stelle sogar gebellt.
Meine Mutter wußte wie Rote Grütze auf dänisch heißt, und dann erzählte sie von ihrem lieben Füchschen, das jetzt in Bad Kissingen ist, und sie zauberte ein sonniges Lächeln auf ihr Gesicht, als sie von den wun-der-baren Gedichten sprach, die das liebe Füchschen immer wieder aufgesagt habe, abends, beim Schein der Feuerzone. Auch Robert, der inzwischen den Kopf in das Radio gesteckt hatte wegen der Goons-Show, konnte Gedichte auswendig, so war das ja nun nicht, Max und Moritz, und zwar halb:

Ach, was muß man oft von bösen
Buben hören oder lesen...

Er seinerseits habe den Knast wie einen tollen Film vor sich abrollen lassen, das könne er wohl sagen, den Kulturbetrieb zum Beispiel, wie die Leute da die wunderlichsten Vorträge gehalten hätten! Sowas komme ja nie wieder! Typen über Typen.
»Was glauben Sie denn, Fräulein Christa, was das hier für 'ne Familie ist! Lauter Knastrologen...« Knastrologen und Dänen, so könne man sagen, wobei die Dänen, teilweise, auch

Knastrologen gewesen seien, die Knastrologen jedoch keine Dänen, leider. Oder nur zum Teil.

Auch ich trug einiges bei zum Gespräch, wir ergänzten uns wie die Pleuel eines Motors, wenn der eine schwieg, dann redete der andere, und die Dänen prusteten regelmäßig mit Gelächter dazwischen. Wenn sie lachten, dann war es Zeit, ihnen mit Ernstem zu kommen, mit dem toten Konsul aus Wismar, zum Beispiel, der im Knast sogar eine Krawatte getragen hatte, und wenn sie dann betreten schwiegen, dann mußte wieder etwas Lustiges dargeboten werden: So schlimm sei es nun auch wieder nicht gewesen!

Ja, sagte meine Schwester Ulla, sie hätte immer nicht gewußt, was sie uns schreiben soll, in den Briefen, sie hätte immer gedacht, sie schadet uns!

Nachdem Cornelli einige Blitzfotos geschossen hatte, die Mutter auf dem grünen Sofa, Ulla und Robert links und rechts, ich mit Christa auf der Lehne und die andern dahinter, zog er sich diskret zurück. Er setzte seine Baskenmütze auf und »floh«, wie er sagte. »Ich fliehe!« Auf seinem schwarzen Fahrrad tat er das, die Klammern an der Hose. Für zwei Nächte kann man ja ruhig mal ins Hotel gehen, wenn einem auch all die Möbel hier gehören, mit denen man übrigens etwas vorsichtiger umgehen müßte.

Beim Abendbrot segnete uns mein Bruder mit dem Salzstreuer: Lebenswurst und Metzwurst – sauer eingekochter Greis. Es wurde getrunken, eine Flasche nach der andern, und Robert konnte nach all dem sogar noch Klimmzüge machen, an der Türfüllung, immer einen nach dem andern: »Drei-und-zwanzig, vier-und-zwanzig ...« und da schadete es auch weiter nicht, daß der nordische Schwager auf seine Gestapohaft hinwies und die Frage stellte, ob ihm mal einer sagen kann, wieso die Deutschen immer noch keine Entschädigung zahlen an die nordischen Völker? Seinem Freund im KZ alle Zähne rausgerissen und immer noch kein Geld?

Nein, das konnten wir ihm nicht sagen. Wir konnten nur zur

Kenntnis nehmen, daß die Deutschen sehr »dygtig« seien, was sich eher wie ein Vorwurf ausnahm.

Süßer die Glocken nie klingen,
als zu der Weihnachtszeit ...

Im Radio die reinsten Klänge, die man sich denken kann, von Glockengeläut untermalt, und dann wurde noch eine Flasche Wein entkorkt und »Prost!« hieß es, beziehungsweise »Skol«, und es war erstaunlich, wie die drei Nichten sich herausgemacht hatten, da mußte man ja zweimal hinsehen, das konnte man ja gar nicht glauben, daß sie so unwahrscheinlich hübsch waren. Jede auf ihre Art!

Robert drehte den Regensburger Domspatzen »das Gas ab«, wie er sagte, der suchte im Imperial Jazzmusik, die jetzt im Schwange war, hoch durchgeistigt, nur so'n bißchen pling-pling. Das »Modern-Jazz-Quartett« also, von dem wohl sogar eine richtige Fuge zu vernehmen war. Und er machte, als es dann im Radio etwas weniger sensibel zuging, den drei Nichten vor, wie die Leute in der Barberina getanzt hatten, 1936, und »oh ja!« und »wißt ihr noch?« und er berichtete ihnen, daß es einen Jazzpianisten gegeben habe, Art Tatum mit Namen, der völlig erblindet gewesen sei – das muß man sich mal vorstellen! – und Chick Webb, einen Schlagzeuger, völlig verkrüppelt.

Die Flaschen leerten sich, die Kerzen brannten nieder.
»Ich glaube, Kinder ...« Ja, das war recht. Morgen war auch noch ein Tag, und was für einer! Da kam das Familienfest angeschwebt, und da würde man frisch sein müssen. Neugierig war man, wie die Berliner Kusinen sich herausgemacht hatten, und Tante Lotti, ob die wohl wieder so ein vorsintflutliches Kleid anhaben würde?
Liegen wurden aufgestellt, Klappbetten der verschiedensten Konstruktionen, Luftmatratzen aufgeblasen, wobei mein Bruder wie ein alt gewordener Posaunenengel aussah, und bloß nicht die Vasen umstoßen dabei und nicht die Tische leerfegen mit den Petticoats, da muß man schon ein bißchen aufpassen.

Unter mancherlei Gepolter und Geächze legte man sich hin. »Side by side«, wie Robert sagte, fast wie im Knast so eng, aber schön. »Was Vater wohl geschimpft hätte...« Hier die Männer, dort die Frauen. (Dies gestreifte Bettzeug sei ja sonderbar, *gestreiftes* Bettzeug, irgendwie: nee!) Richtig urgemütlich. Licht aus! Einer ist noch auf dem Klo. Der kotzt da irgendwie. Vielleicht putzt er sich ja auch nur die Zähne.

Cornelli stand indessen am Fenster seines Hotelzimmers und schaute über das lichterzuckende Häusermeer hinweg, aus dessen Schluchten noch immer das Röhren des so urgesunden deutschen Volkes donnerte, und er dachte an die Erdkugel, auf deren Buckel sich das alles abspielt, daß die sich langsam, langsam dreht.

Am nächsten Morgen war guter Rat teuer. Was fängt man mit dem ganzen Tag an, man kann doch nicht ewig in der Bude hocken?
»Ich geh' mit Christa spazieren«, sagte ich.
»Oh ja!« rief mein Bruder, »Ich komm' mit. Und ihr –«, damit meinte er die ganze Mannschaft, »ihr kommt auch alle mit.« Hier war es der Schwager, der sich als erster besann. Er sagte was von »Karawane« – ein Wort, das es auch auf dänisch gibt – und daß man junge Leute nicht stören soll.
»Ach so, honeymoon« wurde gesagt, und man sah das ein. Wir sollten das man schön genießen und: »Huhu!« wurde gemacht, aus dem Fenster, und die drei Nichten bogen sich vor Lachen.

Ich zeigte Christa die Stellen, wo Bomben niedergegangen waren und wo die Leichen gelegen hatten, 1943, wie Holzkohle mit Gedärm. Zwei kleine Mädchen kamen des Wegs, die sagten »Guten Tag«, mit Knicks, und fragten, wie es mir geht. Das waren zwei von den Mädchen, die damals mit meinen Autos gespielt hatten, Klein-Winzigerode, und ich hatte das schon völlig vergessen.
Christa fand es großartig, daß ich so gut mit Kindern kann, das

gäb's auch nicht alle Tage, daß ein Mann so gut mit Kindern kann, das wär' ein gutes Zeichen. Ich würde bestimmt ein sehr guter Lehrer werden, darauf freute sie sich schon.

An der Alster sagte ich die Namen der Kirchen auf, eine neben der andern, wobei die Nummer 3 kein Kirchturm ist, sondern der Turm vom Rathaus, was man sich mal merken muß. Die Namen der Kirchen und all die großen Banken und Hotels. Wir wunderten uns über die Villen, die den Krieg unversehrt überstanden hatten, so möchte man auch mal wohnen, später, was? und das war ein angenehmer Spaziergang.

Christa mit ihrem »hum-hum«: Einen grauen Mantel trug sie, Raglan-Schnitt, mit Gürtel, und wir gingen eingehakt, den Regenschirm über uns.

Ein Meter *ein*undsiebzig maß ich – immerhin, fünf Zentimeter mehr als sie ...

Ein kleiner Hund schloß sich uns an, der wich den Pfützen aus, und der alte Witz fiel mir ein: »Heb die Beinchen, Kleinchen: es kommen Steinchen«, daß man das zu seiner Braut sagt. Und später dann, wenn man zwanzig Jahre verheiratet ist: »Heb' die Botten, 's komm' Klamotten«.

Daß das bei uns nicht so sein wird, darüber waren wir uns klar und: schade daß das Lokal in Winterhude geschlossen hatte, da hätte man jetzt schön sitzen können und sich was erzählen.

Auf der Lombardsbrücke, wie das so ist, geschah es, daß uns der Kamerad aus Lübeck begegnete. Wir neigten unsern Regenschirm und schafften es, grußlos aneinander vorbeizukommen.

Sehe jeder, wo er bleibe,
Und wer steht, daß er nicht falle!

Als wir vor dem Hauptbahnhof standen, fiel uns beiden gleichzeitig ein, daß es besser wäre, wenn sie nach Hause fährt. Familientag? Lauter fremde Menschen, und alle glotzen einen an? Nein.

Ihre Sachen schickte ich ihr nach, und den kleinen verblaßten Stich legte ich ihr ein in das Paket.

Am Abend war dann der Familientag. 1943 war der letzte Familientag gewesen, kurz vor der Zerstörung Hamburgs, im Bürgerhaus am Grimm. Die Patriarchen hatten zähneziepschend Reden gehalten in Frack oder Smoking und die Damen alle in Lang. Fotos existierten noch davon, die ganze Gesellschaft sorgfältig aufgestellt, je ein Dicker links und rechts, die Alten in der Mitte und die Jugend vorn.
Diesmal hatte man sich auf »ganz einfach« und »keine Umstände« geeinigt und zu diesem Zweck die Capri-Stube eines italienischen Ecklokals gemietet, einen kleinen schiefen Raum, der die übriggebliebenen und neu-gezeugten de-Bonsac-Massen kaum faßte. Ein Adventskranz hing unter der Decke und eine blanke Musikbox namens Tonomar stand in der Ecke.
Onkel Richard, früher einmal Oberst im Führerhauptquartier, nun am ganzen Leibe fliegend, mit Tante Gundi (immer noch gut auf dem Damm); Onkel Karl mit Tante Hanni; Hertha und Ferdinand aus Berlin mit ihren drei Töchtern (eine davon in Hosen). Tante Hille mit der blonden Helga und mit dem von Gott geliebten Wutzelchen...
Alles schrie gleichzeitig aufeinander ein, was noch überschrien wurde, wenn ein weiteres Familienmitglied aufgetaucht und identifiziert worden war. Die Familienmassen schrien aufeinander ein, der Hund bellte, und der Adventskranz der »Capri«-Stube pendelte hin und her. Erst als der arme Onkel Richard plötzlich erblaßte und nach einem Stuhl tastete, beruhigte sich die Sache ein wenig, vielleicht auch deshalb, weil die weißen Tücher weggezogen worden waren von dem Festmahl, das links und rechts neben dem Eingang aufgebaut worden war: Ravioli mit Tomatentunke, dazu Brause, Wein und Bier. Ein jeder sah zu, daß er was kriegte, und den Sitzplatz ließ man sich reservieren, »festhalten«, wie man es auch ausdrücken könnte, mit draufgelegter Windjacke oder mit Persianer, je nachdem, damit man nicht womöglich neben Lotti zu sitzen käme, die ein lila Kleid trug, das man irgendwie noch zu kennen meinte, das war heute grade dran. Beim Essenholen kam es zu einem kurzen Meinungsaus-

tausch mit Helga, daß es ihr gutgeht, und mir, wie's mir geht, gut? ja? du? bestimmt? Sie habe so oft an mich gedacht, ob ich mich wohl finge ... Damals sei ich ja ziemlich verbittert gewesen, Flüchtlingskomplex, und ich hätte immer so sonderbare Ansichten vertreten. Sie erinnerte sich noch genau daran, wie ich damals aufgetaucht wär, in Hamburg. »Das soll nun dein Vetter sein?« habe sie gedacht. Eigentlich ja ziemlich idiotisch von mir, im Osten da diese verbotenen Sachen zu machen. »Und Dorfschulmeister willst du werden?«
Wir wurden getrennt, und das war uns beiden recht.

Der Onkel aus Brasilien trug eine wahnsinnige Krawatte, soviel war auszumachen. Er hatte einen mit Tannengrün geschmückten Platz erhalten (niemand kannte ihn so recht, und seiner Frau mußte alles verdolmetscht werden), und die einzelnen Sippen, das sah man jetzt, saßen jede für sich.
Wir mit unsern Dänen machten ziemlichen Eindruck, der Knast und Dänemark (die hübschen Nichten!), dagegen kam »Studienrat« so leicht nicht an.

Als alle versorgt waren und sich mit Messer und Gabel quer durch den Raum »zuprosteten«, so kann man wohl nicht sagen, jedenfalls sich zusignalisierten: »Fein!« und: »Isses nicht wundervoll?« und untereinander austauschten, wer *nicht* gekommen war (was Ärger oder Genugtuung auslöste, je nach Sympathie), wurden einzelne Kinder dem fremdartigen Onkel zugeschoben, der ja wohl ein richtiges Menjou-Bärtchen trug. Mit Knicks oder Diener sagten sie Gedichte auf, die von Heimat, Glück und Wiedersehen handelten.
Danach trat Kusine Rita auf mit ihrer Geige, prüfte noch einmal kurz die Stimmung und geigte dann kraftvoll und ziemlich lange eine »Partita« herunter, deren Sätze einzeln beklatscht wurden von Leuten, nach denen man sich dann allerdings umdrehte.
Dann ging das Redenhalten los. Greise standen auf: »Bitte *nach* dir ...«, und sie sprachen von der Tragik des deutschen Volkes, und sie sagten, daß sie sich freuten, alle so gesund und

munter wiederzusehen. Besonders, daß auch Jugend gekommen sei, besonders *das* freue sie.
Onkel Ferdinand, dieser feinsinnige Berliner, hatte mal wieder zur Feder gegriffen, den Pegasus geritten also, und der verlas das jetzt, was er »Gedicht« nannte, und das hörte sich so an:

Geliebte, die ihr hier zusammen
in fröhlich-freie Runde kamt,
wir wollen heute nicht verdammen,
daß einer hustet, einer lahmt.

Von Bombengrau ans Licht gedrungen,
vom Feind nicht kleingekriegt, oh nein,
so geben wir uns ungezwungen
und hauen in das Essen rein.

Der liebe Richard kam aus Hessen,
der gute Karl aus Horn, ganz nah
Arthuro, dieses woll'n wir nicht vergessen
aus Südamerika sogar ...

Als er damit fertig war, sprangen ihm seine nun auch schon älter gewordenen Töchter an den Hals, und er sagte, das sei ihm so zugeflogen, er wisse auch nicht, wieso er das kann, dichten. Wir kamen nicht vor in seinem Epos. Um die Familie Kempowski machte der Dichter einen Bogen. Gefängnis und solche Sachen, das paßte nicht in den festlichen Kreis der Liebe, der hier versammelt war. Etwas anderes war es mit den brasilianischen Erlebnissen des guten Arthuro, Internierungslager! Demütigungen! Stacheldraht! Darauf konnte nicht verzichtet werden.

Aber nun auch mal der Toten gedenken, Rita, wo war sie denn? Würde die nicht vielleicht irgendein Lied improvisieren können? »Ich hatt' einen Kameraden?« Oder einen Choral? Rita war nicht aufzufinden, die hatte sich davon gemacht.

Na, auch nicht zu ändern, vielleicht ebenso gut. Diese Künstler sind ja wirklich ein sonderbares Völkchen, nehmen immer alles gleich persönlich.

Nun also der Toten gedenken. Vielleicht alle aufstehen? Was? Und die Namen nennen? Einen nach dem andern, feierlich-gemessen ... Aber, bei wem sollte man anfangen, das war die Frage. Tote gab's 'ne ganze Menge, sollte man von 1918 ausgehen oder schon vorher ansetzen? Vielleicht bis zu den Schweden zurück, 1638, oder zu General Gallas, vor dem sich ein Vorfahr in eine Schmiede geflüchtet hatte?

> ... man hat kein Dorf nennen können, da es
> nicht gebrannt, und was nicht abgebrannt, das
> ist niedergerissen worden ...

Der Toten allgemein gedenken, darauf einigte man sich; also aufstehen und still bis zwanzig zählen. (Die Jugend mußte schärfstens vermahnt werden: einfach weiteressen, das geht ja nun nicht.)

Kaum hatte man sich wieder gesetzt und Raviolis auf die Gabel gespießt, die mit etwas Ausgekotztem gefüllt waren, wurde schon wieder »Ruhe!« geschrien, wobei das Wutzelchen aufschreckte und einen Bell-Anfall bekam. Der Familien-Ahnenforscher Onkel Gustav öffnete seine Koffer, die voll Familiendingen waren. Er begann ein Projektionsgerät mit schwacher Leuchtkraft in Tätigkeit zu setzen, wozu der größte Teil der Lampen gelöscht werden mußte, was die Nahrungsaufnahme nicht gerade erleichterte. Tante Hedi aus Fehlingsfehn, die mich nicht ästimierte wegen des Kuchens, den sie großartig gebacken hatte, um meinetwillen, und dann einfach nicht gekommen, diese Tante, die sich noch schnell mit italienischem Mundvorrat versehen wollte, hätte um ein Haar in dieser Finsternis den Apparat umgerissen, grade konnte er noch aufgefangen werden.

Ein junger Mann, der ein Sohn des Vetters eines Onkels war, half dem lieben Onkel Gustav, der legte die Fotos unter die Projektionslampe, meist richtig herum, oft aber auch verkehrt, was unter Hundegebell mit juchhu! bedacht wurde, wie überhaupt das zunächst noch unterdrückte Murmeln der ziemlich gealterten, mit Zahnprothesen ausgestatteten Vettern und Kusinen, die so lange darauf hatten warten müssen, daß sie einander erzählen konnten, wie das damals gewesen war, als sie in der Sandkiste zusammengesessen hatten, vor vielen tausend Jahren, und 45 in Berlin, daß sie da alle »ran« mußten, eine nach der andern, – wie überhaupt das Murmeln allmählich anschwoll und nur notdürftig ab und zu, und zwar durch inständiges Appellieren und stieres Angucken ein wenig zu dämpfen war.

»Ich hör' gleich auf, wenn das hier so weiter geht!«

Ein anderer Quell der Unruhe war der italienische Wirt, der an der Tür mit einem Schreibblock in der Hand den Nächststehenden einen Rechenfehler demonstrierte, der ihm unterlaufen war, was zur Folge hatte, daß das Gedeck nicht auf 4,50 DM zu stehen kommen würde, sondern auf 5,40 DM. Und so konnte denn die per Lichtbild dargebotene Geschichte des Hauses de Bonsac nur unvollständig aufgenommen werden von denen, die sich dafür interessierten, die Sache mit »A'ri de Navarr'«, und daß es natürlich Unfug sei, »Bohnensack«, daß die Familie womöglich »Bohnensack« heiße, nein, die Erhebung in den Adelsstand sei zweifelsfrei erwiesen. Bonum Bono, die Sache mit dem Mundschenk, Kelch und Traube. Dokumente wurden verlesen, lang und breit, der Epitaph in der Katharinenkirche wurde erwähnt, und die Aufmerksamkeit kam ganz und gar abhanden. Sie nahm erst wieder zu, als die lieben Physiognomien der Patriarchen sichtbar wurden, auf die man sich noch gut besinnen konnte. »Dies ist der Bruder eures Urgroßvaters«, wurde den Jüngsten mitgeteilt: »Auf den könnt ihr stolz sein.« Und interessant war das portugiesische Echo, was vom Dolmetschen kam, das man tun mußte wegen der brasilianischen Tante, die kein Deutsch verstand und zusätzlich noch die Hand hinters Ohr legte. Was man besessen hatte, dermaleinst, wurde hergezählt auf deutsch, dänisch und auf portugiesisch, und was man alles verloren hatte.

Als dann die ohnedies hier Anwesenden auf der Leinwand

erschienen, wurde in die Gegend geschrien: »Hein, wie hest du di verännert«, und das von Gott geliebte Wutzelchen wurde nun doch hinausgeführt, weil es sich zu sehr erregte.

Mittendrin in all dem Schreien schrie einer: »Telefon!« Eva-Maria aus Braunschweig sei am Telefon und sie fänd' es so schade, daß sie nicht kommen kann.
Und dann noch einmal »Telefon! Karin, dein Typ wird verlangt!« Und eine junge Mutter, namens Karin, raste an den Apparat, um Gottes willen, da ist doch nichts passiert? ... Ob das noch lange dauert hier, wollte die Baby-Sitterin wissen, die man sich für diesen Abend angemietet hatte.
Der gute Onkel Richard lag, am ganzen Leibe fliegend, in seinem Stuhl, die Krawatte voll Tomatensoße, und ein Teil der jüngsten Jugend begab sich nach nebenan, wo ein Fernsehapparat den Film: »Das japanische Teehaus« zeigte, den man sich nicht entgehen lassen konnte, wann kriegt man den mal wieder zu sehn.
Mein Bruder Robert saß zwischen meiner Mutter und mir: »Studien treiben, Walter«, sagte er. »Das kommt ja nie wieder.« Ob wir hier wohl irgendwo einen Schnabus kriegten? das wollte er wissen. Und: Für einen anständigen »Tellör Bratkadowin« würde er jetzt sonstwas geben.
Ulla mit ihren drei Töchtern und Sven: »Eßt mehr Frrrüchte, und ihr bleibt gesund«, die alte Mutter: »... alle an einem Strang ziehen müssen wir, Kinder ...« und: »Studien treiben, Walter«, mein Bruder Robert, den Schlips mit einer Klammer in zwanghafter Buckelung gehalten und das Haar immerhin noch zu *einer* Welle des Sees Genezareth getürmt. Wir saßen eng beisammen, mal dem zuwinkend und mal jenem und signalisierend, daß es uns gutgeht, ja! und daß wir froh sind, mal wieder beisammen zu sein. Die Hände, wenn man sie ansah, das waren noch die gleichen Hände vom Brummkreiselspiel und vom Abo-Bibo, aber in den Gesichtern war das eingegraben, was dazwischenlag.

Bier her, Bier her, oder ich fall' um!

Mit zunehmendem Alkoholgenuß wurden die Unterschiede

in Stand und Rang verwischt, so'n bißchen wie in Große Freiheit Nr. 7 ging's zu mit Rauchschwaden und gemeinsamem Gesang, ohne Rauferei natürlich. Irgendeiner hatte den Tonomar in Tätigkeit gesetzt, aus dem krachte der ABC-Rock heraus, ohne daß sich das dämpfen oder abstellen ließ. Und als dann endlich die allerletzten Familienmitglieder eingetroffen waren, und die allerersten sich bereits anschickten, wieder »von hinnen zu ziehen«, wie Robert es ausdrückte, per Goggo oder Mercedes, um sich womöglich in den Vierjahreszeiten zu treffen, nochmal anständig zu essen und unter sich zu sein, in kleinstem Kreis, trat man zusammen zum Familienfoto, und zwar im Treppenhaus neben der Garderobe. Hier ein bißchen Jugend, da ein bißchen Alter, der eine in hellem Sommeranzug, der andere im Frack. Irgendwo hinten der arme Onkel Richard, von beiden Seiten gestützt, der Kamera entgegengehalten, und jeder sah zu, daß er bei den Seinen stand und daß er ein Gesicht machte, das auch in fünfzig Jahren noch Ehre einlegen würde.

»Schluß gut, alles gut«, sagte Sven, und: So jung komme man nicht wieder zusammen, das wurde auch gesagt, und es fragte sich, ob dies überhaupt je wieder der Fall sein würde.